KB201836

퇴
마
록

퇴마록

혼세편 4 이우혁

VANTA

차례

退魔錄   Exorcism Chronicles

홍수

수메르의 유적

백호는 중국에 도착하자마자 마중 나온 대사관 직원에게 호통을 치다시피 해서 호텔로 향했다. 이렇게 모든 것을 뿌리치고 중국으로 그들을 돕기 위해 온 것은 공직에 몸담고 있는 사람으로서 해서는 안 되는 행동이었다. 그러나 백호는 올 수밖에 없었다. 자기의 행동이 윗사람에게 보고돼 알려지게 되면 목이 달아날 것은 분명했다. 그러나 그런 것은 백호에게 중요하지 않았다. 중요한 건 자신이 아직 어느 정도의 권한과 영향력을 행사할 수 있는 자리에 있을 때 조금이라도 그들을 도와주는 일이었다.

아수라장이 된 호텔에서 만나 본 중국 관리는 냉랭한 목소리로 백호를 힐난했다.

"더 말할 것 없소. 그들이 위험한 존재들이라는 것은 이미 완전히 입증됐소. 그들은 우리 정예 요원들을 인형처럼 가지고 놀았고, 수감실을 말 그대로 붕괴시키고 빠져나갔소. 더 이상 귀국의 입장을 들어줄 상황이 아니오. 그러한 위험인물들은 인권 문제 차원에서 거론될 성질의 것이 아니오."

백호는 암담했다. 그러나 안타까워하는 백호와는 상관없이 중국 관리는 백호의 속을 긁듯이 말했다.

"오히려 당신이 우리에게 협조해야 하오. 이 일은 중차대한 문제요. 그러니……."

'협조? 협조하라고?'

백호는 뻔뻔스러운 관리의 말에 화가 치민 나머지 뭐라고 한마디 하려다가 입을 다물었다.

'가만있자……. 지금 나는 그들이 어디 있는지 알 방법이 없지 않은가. 그렇다면 차라리 이들에게 도움을 주는 척하면서 같이 행동하는 것이 낫지 않을까? 지금 내가 미친 사람처럼 날뛰어 본다고 해야 실제로 그들에게 아무런 도움도 줄 수 없는 일이고……'

백호는 냉정해지려 애썼다. 일이 벌어지지 않았기를 기대하면서 급히 이곳에 왔는데 일은 진작 벌어져 있었고 그들은 종적을 감추어 버렸다. 백호는 퇴마사들이 잡히지 않았을지도 모른다는 기대와 혹 잡혔다면 이 나라의 관리와 담판이라도 지어서 어떻게든 본국으로 빼돌릴 요량으로 중국에 온 터였다. 그런데 도망쳐 버렸다면 다른 방법이라도 짜내어 어떻게든 그들에게 도움을 주어야 했다.

'일단 정부의 명령을 받고 온 것처럼 하고, 다른 방법을 취해서라도 본국의 재가를 어떻게든 얻어 내자. 비록 단독으로 온 것이지만 그들을 남의 나라 손아귀에 넘겨주지 않기 위해 그런 행동을 취했다고 핑계를 대면 될 것도 같다. 그래……. 그러면 내 직책도 당분간 유지될 것이니 조금이라도 힘을 쓸 수 있겠지.'

직책이 아까워서가 아니었다. 다만 백호는 직책을 유지하고 있는 쪽이 퇴마사에게 작은 일이라도 더 해 줄 수 있을 것이라고 판단했다. 본국에서도 남의 나라에서 그들을 생포해 그들이 지닌 힘의 비밀을 캐낼지도 모르는 상황이 닥치는 것을 원치 않을 것이니, 그들을 송환하거나 아니면 사망을 확인한다는 조건을 붙이면 될 것 같았다.

'냉정해지자. 냉정해야 한다. 그래, 블랙리스트에 올라가 있긴 해도 그들의 모든 능력을 알고 있지 못할 거야. 정 안 되면 마지막 순간에 그들을 도피시킬 방법을 궁리해야겠지.'

중국에는 현암과 박 신부, 인도에는 준후와 승희가 있었다. 현암과 박 신부 쪽이 더 믿음직하니 승희와 어린 준후를 구하러 먼저 가는 것이 낫지 않을까 싶었다. 그러나 달리 생각해 보면 승희는 투시력이 있고 준후는 여러 가지 재주가 많으니 오히려 그쪽이 더 안전할지도 몰랐다. 더구나 박 신부는 다리까지 불편하고, 현암은 싸움 재주 말고는 아무것도 없지 않은가? 정말로 결정을 내리기 어려운 순간이었지만 결국 백호는 결심했다.

'할 수 없다. 일단 인도로 가 보고 거기서 만약 승희 씨와 준후의 자취를 찾을 수 없으면 중국으로 돌아오도록 하자. 어떻게든 그사이에만 버티어 주면 무슨 방법이 있기는 있을 텐데…….'

백호는 중국 관리에게 싸늘한 눈길을 한 번 쏘아 보낸 다음 한국에 전화를 걸기 위해 인공위성과 직접 연결되는 휴대 전화를 꺼내 들었다.

'중국에서 소동이 일어났다는 보고를 받고 서둘러 달려온 것으로 하자. 그러면 바로 목이 잘리지는 않을 테니……. 비굴해 보이더라도 할 수 없다. 무슨 짓을 하든지 간에 내가 책임을 져야 한다.'

전화의 다이얼을 누르는 동안에도 두 가지 마음이 교차하고 있었다. 분노와 자신의 무력감과 그에 대한 원망스러운 마음 때문에 금방이라도 쓰러지고 싶은 기분을 애써 추스르면서 백호는 망연히 하늘을 보고는 속으로 중얼거렸다.

'도대체 어디들 있습니까? 어쨌거나 제발 무사하시기를…….'

밤이 다 지나 새벽이 돼 가고 있었다. 꽤 달려왔는지 일행은 베이징 시내에서 상당히 멀리 떨어진 어느 이름 모를 변두리에서 낡은 창고를 발견했다. 다행히 창고는 비어 있었다. 일단 자리를 잡고 편하게 다리를 뻗고 앉으니 그래도 좀 살 것 같았다.

윌리엄스 신부는 여전히 정신을 차리지 못했기 때문에 부축해 안으로 데리고 갔다. 아라는 깨어나서 훌쩍거리다가 금방 다시 잠에 빠져 버렸으며, 연희도 깊은 잠에 들었다. 최 교수는 이제야 조금 정신이 드는 듯 주위를 두리번거렸다.

현암은 다른 사람들에게는 내색하지 않고 연희가 가지고 있던 세크메트의 눈으로 승희와 연락을 취해 보려고 했지만, 연락은 되지 않았다. 현암은 무엇인가 짚이는 것이 있었다. 그렇지만 다른 사람들에게 걱정을 끼칠까 봐 마음속에 담고 있다가 조용할 때 박 신부에게만 말할 작정이었다. 다른 사람들이 잠잠해지기를 기다리면서 현암과 박 신부는 아무 말 없이 마주 보고 가만히 앉았다.

박 신부는 반쯤 눈을 감고 있었다. 둘 사이에는 아무 말도 오가지 않았지만, 옆에서 보는 최 교수에게는 마치 깊은 이야기를 나누고 있는 것처럼 느껴져서 뭐라고 말을 걸 수가 없었다. 최 교수의 입장에서 보면 놀라는 일을 너무 많이 겪은 터였고 또 궁금한 것도 많았지만, 분위기가 분위기인 만큼 그냥 혼자 부스럭거리고 있을 수밖에 없었다.

그때 최 교수는 뒷주머니에서 뭔가가 눌리는 느낌이 들었다. 손을 넣어 꺼내 보니 그것은 아까 무심코 집어넣었던 황달지 교수의 수첩이었다. 최 교수는 긁적거리면서 수첩을 펴 보았다. 그 순간 최 교수의 눈이 커지고 안색이 변했다. 최 교수는 조금 더 밝은 곳으로 옮겨 가서 수첩의 내용을 뚫어지게 들여다보았다. 한참 만에 최 교수의 입에서 놀라움에 가득 찬 탄성이 터져 나왔다.

"이, 이럴 수가! 현암 군, 이걸 좀 보게!"

"네?"

"이건 황달지 교수의 노트네. 내가 우연히 챙긴 건데 황달지 교수가 자신이 연구한 핵심 내용을 모아 놓은 노트일세! 평소에 발상이 떠오를 때 사용하기 위해 이렇게 작은 노트에 메모해 놓았던 것 같은데, 앙그라라는 꼬마가 찾던 것도 이거였던 것이 틀림없네!"

박 신부도 최 교수 옆으로 다가앉았다. 최 교수는 떨리는 손으로 초서체의 한문으로 쓰인 글자들을 중얼거리며 읽어 내려갔다. 그러더니 잠시 후 몇 번 헛기침하고 나서 설명을 시작했다.

"황달지 교수는 내 홍수 연구에 깊은 관심을 가지고 중국의 상고 시대에서부터 시작해 근동의 역사까지 조사하고 있었습니다. 그런데 이런 내용이 있었을 줄이야!"

"그 수첩에 무슨 내용이 적혀 있습니까?"

박 신부가 안경 너머로 눈을 빛내며 나직한 목소리로 최 교수에게 물었다.

"황달지 교수는 치수 기술의 전파에 관심을 기울이고 있었습니다. 그러니까……."

최 교수는 정신이 없는 듯 말을 이으려다가 박 신부가 잘 알아듣지 못하는 듯하자 다시 헛기침을 하면서 자세히 말했다.

"우리나라에서 중국으로 건너간 치수 기술, 그러니까 오행치수법을 배워 간 사람은 후에 하나라의 임금이 된 우이고, 우는 치수를 마무리하고 왕이 된 이후에 신했던 백익과 함께 중국은 물론이고 주변 각국의 지리와 산물의 특성들을 조사하러 다녔다고 합니다. 혹자는 지금까지 내려오는 책인 『산해경(山海經)』이 그때의 조사 내용을 기록한 책이라고 합니다만, 그건 아닙니다. 여하튼 우가 왕이 된 이후에 천하를 주유했던 것은 사실인 듯합니다. 그러나 우리가 생각한 대로 전 세계에 걸쳐서 거대한 홍수가 있었다고 한다면 그 나라 역시 홍수의 두려움에 떨고 있거나, 혹은 피해가

다 복구되지 못한 상태에 처해 있었을 것이 분명합니다. 그럴 때 과연 우나 신하가 그곳을 그냥 지나치기만 했겠는가 하고 황달지 교수는 의문을 제시했습니다."

"그렇다면 우나 백익이 천하를 주유하면서 주변의 각국이나 부족들에게도 치수 기술을 가르쳤다는 말인가요?"

"그거야 정확히 알 수 없는 일이지만 영향을 주었을 것이며, 그 흔적이 지금까지도 남아 있을 것으로 황달지 교수는 보았던 모양입니다. 그리고…… 아! 다음 장을 보십시오. 마침내 개가를 올렸습니다! 그 내용이 여기에 적혀 있어요!"

"개가를? 어떤 것이지요?"

"유적, 유적입니다. 수밀이국(須密爾國)의 유적……."

이번에는 현암이 눈을 크게 떴다. 수밀이? 몇 번 들어 본 이름이 아니었던가?

"수밀이라고요?"

"그렇네, 수밀이! 『환단고기』나 기타 고대 역사서에는 단군 연방 십이국 중 하나로 수밀이라 표기돼 있지. 이건 어쩌면 수메르일지도 모르네."

"수메르는 중동 국가인데 그 나라가 연방이라는 건 심하지 않습니까? 거리가 너무 먼데."

"이보게, 고대의 연방은 식민지 같은 것이 아냐. 그냥 사신이 한 번 다녀가서 서로를 인정해도 그렇게 기술될 수 있는 걸세. 중국 사서에서도 수많은 주변 국가들이 방문해 그들에게 품계를 내렸다는 기록이 얼마든지 있지. 가령 왜국의 경우도 여왕 비미호(卑彌呼, 히미코)가 중국 위나라에게 인장을 받았는데, 당시 관점으로는 왜국과 위가 소통을 하고 위에서 책봉을 했으니 연방이 된 것이라고 볼 수 있어. 물론 실제적으로는 효력이 없지만, 양국 모두 자국 내에서는 정치적으로 이용할 수 있는 일이었단 말일세. 그렇다고 왜국이 위나라의 종속국이 됐단 말인가? 고대인들의 정치 감각을 그렇게 무시하면 안 되네. 최소한 책 구절만 읽고 현실감 없이 명청한 상상을 하는 현대의 바보들보다는 백 배 더 똑똑했을 걸세. 단군의 십이 연방을 마음대로 해석해 십이국을 지배했다고 떠드는 건 명청한 국수주의자들의 이야기고, 실제로는 사신이나 귀족 한두 명이 오가며 긍정적인 대화만 나누었어도 성사될 수 있는 일일세. 단군국은 단군국대로, 수메르는 수메르대로, 오히려 멀리 떨어져 있어 간섭받지 않고 세를 과시할 수 있으니 누이 좋고 매부 좋은 것이 아니겠는가. 고대사 관련 사서에는 이런 구절이 수도 없어. 중국 역사서도 틈만 나면 서역 국가들이 중국에 복속했다고 기록하고 있지만, 칭기즈 칸이 나타나기 전까지 서역 국가가 중국에 복속된 적은 한 번도 없었고 도리어 그들은 중국이 복속했다고 떠들었네. 고선지가 한번 실크 로드를 개척했지만 서로의 이해가 맞는 무역으로만 살아 있었지. 주변 국가들은 그 후에도 독립국들이었으나 사서에는 그렇지 않은 뉘앙스로 기록된 것과 마찬가지네."

박 신부도 흥미를 느끼는지 최 교수에게 물었다.

"그건 그렇다 치고, 어쨌든지 수밀이인지 수메르인지의 유적을 황달지 교수가 찾아냈다는 말입니까?"

"아직 그곳으로 가 보지는 못했던 것 같습니다만 확실합니다. 오오! 정말 놀라운 일이에요!"

현암이 물었다.

"그 위치도 나와 있나요?"

"있네. 파키스탄일세. 대량의 점토판이 발견된, 수메르의 유적이 발견된 곳에서 약간 동쪽으로 위치해 있는 나라지. 수메르의 홍수 신화를 생각해서 편의상 황달지 교수가 붙인 이름일지도 모르겠군. 아아! 유적이라니…… 노트를 보면 거의 흠 하나 없이 완벽하게 보존된 지하 도시가 있다고 하네. 발견자의 말에 따르면 동굴 벽을 깎아 만든 주택 십여 채의 흔적과 광장까지 있다는군. 아…… 가만! 이걸 보게나. 황달지 교수는 이것이 홍수를 근간으로 해 문명이 전파된 흔적이라 생각하고 있어. 또 이 구절을 보게. 거기에는 문자가 새겨진 거대한 녹색의 비석이…… 그런데 해독되지 않는 그 문자는, 황달지 교수의 견해에 따르면 단군 조선의 신지 문자(神誌文字)나 녹도문이 아닐까 한다는 걸세! 그래. 그러니까 이건 동쪽에서부터 발달한 치수 기술을 기본으로 해 문명이 이동한 흔적, 그 결정적인 증거란 말일세!"

"그렇다면 그것이 우리의 고대 문명이 중국을 거쳐서 서(西)로 이동해 수메르나 메소포타미아에까지 미쳤다는 증거란 말입니까?"

"그야 당연하지! 신지 문자. 단군 조선의 문자로 돼 있는 비(碑)가 지금의 파키스탄 지방에 존재하다니…… 조금 전까지는 그냥 이름만 연방국일 거라 말했네만, 물증이 나온다면 이건 대사건일세! 어딘가가 복속되거나 문화 지배를 받았다는 건 철없는 비약이 겠지만, 적어도 문화적 교류와 교통의 증거를 찾은 셈이니까!"

"우리 고대 민족이 그렇게 강성했다는 것입니까?"

"이보게, 무조건 그렇게 비약하는 건 안 돼. 있는 대로 봐야지. 적어도 우리 고대 민족이 주체성과 독립된 문화를 지닌 하나의 집단이었다는 것으로 해석해야지, 무턱대고 확대하는 건 반대파들이 구실을 삼기 딱 좋은 섣부른 생각이야."

"그렇군요. 주의하겠습니다."

"로마 때의 갈리아나 게르만을 생각해 보게. 간단히 말하면 갈리아인은 프랑스인의 선조이고, 게르만인은 독일의 선조였는데, 로마의 기술에 의하면 그들은 그냥 야만족이었어. 카이사르가 갈리아는 정벌했지만, 게르만은 굳이 정벌하러 갈 필요성을 못 느꼈다고 할 정도로. 그러나 그건 로마인의 시각에서만이야. 그들은 로마인이 모르는 바지를 만들어 입을 줄 알았고, 자체적인 문화나 풍습도 지니고 있었어. 프랑스의 만화 중에 『아스테릭스』라는 게 있네. 갈리아인이 그들을 정복하려는 카이사르의 로마인과 맞서는 내용인데, 꽤 유명하고 아무도 그걸 문제 삼지 않지. 그런데 이게 우리나라에서 비슷한 것을 만들면, 당장에 '국수주의자'라고 온갖 험한 욕을 먹고 심한 꼴을 당해야 하네. 하다못해 철부지 애들에게까지 '그런 욕은 해도 된다'며 부추겨 광풍을 만들어내지. 누가 이렇게 하는가? 프랑스나 독일인이 로마 문명에 덧쓰이지 않는 도나우강 유역의 문명 흔적을 찾으려 애쓰는 것은 당연한 일이고, 서양 학자들은 아무도 그것을 이상하게 여기거나 비난하지 않아. 한데 우리나라로 오면 사정이 달라져. 중국 역사에 매몰된 역사 속에서 우리의 고대사를 뒤져 주체성을 찾으려 들면, 누군가가 나타나 오만 트집을 걸고 함정에 빠뜨려 매도하기 일쑤지. 허황된 수작을 펴고 있다, 증거도 없는데 거짓말을 지어냈다, 가치 없는 말이다, 후대의 위작이다……. 심지어는 책 이름을 언급만 해도 욕설을 해 대는 저질 문화를 의도적으로 퍼뜨리기도 하지. 이상하지 않나?"

"흠……."

"이 녹비가 중동에서 발견된다고 중동이 우리 지배하에 있었다고 믿는 건 바보 같은 생각이야. 신라 때 유물을 보면 천축(인도)이나 아랍에서 온 유리 제품이 적지 않게 발견되네. 그게 나왔다고 신라가 천축이나 아랍의 식민지였나? 그렇지는 않잖은가. 마찬가지일세. 그보다는 우리 선조가 문화도 없는 야만인이 아니라, 어엿하게 다른 민족에게 무엇을 전달할 만큼은 됐다는 것으로 받아들여야 하네."

자제하라고 말했지만 그런 최 교수도 약간은 흥분한 것 같았다.

한편 현암은 다른 것을 생각하고 있었다. 룽페이가 마지막 숨을 거두면서 한 말이 떠올랐기 때문이다. 룽페이는 모든 것이 땅속의 지하 도시에 있다고 말하면서 숨을 거두었다. 그런데 이 유적의 이야기가 왠지 룽페이가 말한 것과 깊은 연관이 있는 듯한 생각이 들었다. 그동안 마스터가 무엇 때문에 최 교수와 황달지 교수를 죽이려 했을까에 대한 의문은 계속 현암의 마음속에 두고두고 풀리지 않는 수수께끼처럼 남아 있었다.

현암은 두어 번 심호흡을 하면서 깊이 고심해 보다가 박 신부에게 말했다.

"혹시 이 지하 도시가 룽페이가 죽으면서 말했던 그 지하 도시는 아닐까요?"

"흠! 어째서 그러한 생각을 하게 됐는가?"

"저는 오래전부터 마스터가 왜 전혀 관계도 없는 황달지 교수님과 최 교수님을 해치려고 하는지 의문을 가지고 있었죠. 그러나 이 지하 도시가 만약 룽페이가 말한 대로 마스터의 본거지거나 그 비슷한 종류의 장소라고 한다면, 그것을 들키지 않기 위해서라도 마스터가 교수님들을 해칠지 모르지요. 더구나……"

현암이 박 신부가 채 말을 맺기도 전에 입을 열었다.

"맞네! 나도 전부터 그런 생각을 했어. 최 교수님의 말에 따르면 황달지 교수는 그곳에 있는 녹색의 비석에 대해 언급했네. 녹색의 비석…… 뭔가 짚이는 것이 없는가?"

"네? 아! 에메랄드 태블릿?"

"추측이 지나친 것이 아니라면 그건 어쩌면 에메랄드 태블릿의 원형이거나, 아니라고 해도 에메랄드 태블릿처럼 무엇인가 고대의 신비를 담아 놓은 것일 가능성이 많아. 만약 마스터 같은 자가 그것을 발견했다고 한다면, 그 힘을 끌어내어 독차지하기 위해서라도 절대 그곳을 비밀로 하고 지키려 하지 않겠는가?"

현암과 박 신부는 둘의 대화 내용을 이해하지 못해 멍한 얼굴을 하는 최 교수를 놓아둔 채 마주 보았다. 둘은 비로소 동일한 결론에 다다른 것 같았다. 지하 도시는 단순한 유물이 아니라 그 이상의 존재일지도 몰랐다. 그리고 어쩌면 그곳이야말로 마스터가 재기를 노리는 근거지이자 신동들을 키워 내고 훈련한 곳일지도…….

연희는 악몽에 시달리다가 겨우 눈을 떴다. 꼭 악몽 때문에 눈을 떴다기보다는 갈라진 벽의 틈 사이로 비치는 햇살이 눈에 닿았기 때문에 잠에서 깨어난 것이었다. 연희는 잠시 멍한 상태에서 주변을 둘러보았다. 저만치 한구석에서는 윌리엄스 신부가 잠들어 있었고 아라는 자신의 옷자락을 붙잡고 자고 있었다. 그런데…….

"앗?"

연희는 놀라면서 몸을 일으켰다. 현암과 박 신부가 보이지 않았다. 그리고 최 교수도…….

벌떡 일어나서 창고의 밖을 내다보았다지만 넓디넓은 벌판만이 펼쳐져 있을 뿐, 세 사람의 자취는 어디에도 보이지 않았다.

"도대체 어딜 간 거야?"

연희는 놀랍기도 하고 당황스럽기도 해서 다시 창고 안으로 뛰어 들어왔다. 그런데 아까 미처 보지 못했던 종잇조각 한 장이 놓여 있는 것을 발견하고 연희는 재빨리 집어 들었다. 연희가 몸을 움직이자 옆에 있는 아라가 눈을 비비면서 몸을 일으켰다. 연희는 종잇조각을 들여다보았다. 박 신부의 필체였다.

연희 양, 미안하네. 말도 없이 떠나게 돼서…… 속상할지도 모르겠지만 우리와 같이 가는 것은 위험한 일이기도 하고 연희 양과 윌리엄스 신부님에게는 따로 부탁할 일이 있어서 그러는 것이니 이해해 주게. 연희 양은 윌리엄스 신부님과 함께 티베트로 가 주게. 그래서 나 대신 판첸 라마를 만나서 에메랄드 태블릿에 대한 이야기를 들어 주게. 티베트의 에메랄드 태블릿도 이번 일과 중요한 관련이 있을 거야.

우리는 수밀이의 유적으로 가네. 그곳은 마스터의 근거지일 가능성이 높고 이번 일을 푸는 데 큰 열쇠가 될 장소인 것 같아서 그러는 것이니 재차 이해를 바라네.

거듭 부탁하네만 티베트의 일을 꼭 처리해 주게. 연락은 이쪽에서 어떻게든 취하겠네. 윌리엄스 신부님의 사제관으로 우리의 소식을 전할 테니 신부님께도 그렇게 말씀드려 주게. 그리고 미안하지만 자동차는 우리가 쓰겠네.

그 밑에는 조그맣게 최 교수의 전언도 쓰여 있었다.

아라를 잘 부탁합니다. 아무리 위험하더라도 저는 학자로서 그렇게 중요한 유적에 가 보는 일을 포기할 수 없습니다. 아라를 한국에 있는 저의 친척들에게 맡겨 주시기 바랍니다.

"너무해!"

연희는 입술을 깨물었다. 티베트에서의 일이 중요하다고는 하지만 이번과 같은 경우는 위험에서 자신들을 빼놓은 것이라고밖에 생각할 수 없었다.

"언니, 아빠는 어디 갔어? 이이잉!"

아라는 아빠가 없어진 것을 알고 울먹거렸다. 연희는 아라를 다독거려주면서 다시 한번 혼잣말로 중얼거렸다.

"정말 너무해!"

박 신부와 현암은 꺼림칙한 기분으로 최 교수와 함께 차를 탄 채 달리고 있었다. 현암과 박 신부는 최 교수도 떼어 두고 가려고 했으나, 최 교수는 막무가내로 같이 가겠다고 했다. 자신이 아니면 그 지하 유적은 찾아가기 어려울 것이라고 반협박까지 해 가면서⋯⋯.

아닌 게 아니라 황달지 교수의 노트에 적힌 기호들은 박 신부나 현암으로서는 알 수 없는 것들이었다. 숫자가 좌표를 의미하는 것인지 연대를 의미하는 것인지도 알 수 없었고 간략하게 표시된 약자들의 의미도 비전문가로서는 알 수 없었으니, 둘은 별수 없이 최 교수와 동행하게 된 것이다.

윌리엄스 신부나 연희보다도 최 교수와 아라가 위험에 빠질 가능성이 더 컸지만, 이번 일을 해결하자면 최 교수는 꼭 필요한 존재였다. 위험하다는 핑계를 대고 놔두고 오기는 했어도 연희와 윌리엄스 신부가 티베트에서 에메랄드 태블릿에 대해 알아내는 것 역시 중요한 단서가 될 것 같아 겸사겸사 그렇게 한 것이었다.

현암은 운전대를 잡고 있었고 박 신부는 앞좌석에 앉아 무엇인가 생각에 잠겨 있었다. 뒷좌석에 앉아 있는 최 교수는 황달지 교수의 노트를 훑어보느라 여념이 없었다. 현암은 파키스탄으로 가기 위해 서쪽으로 차를 몰았다. 자동차로 가려면 몇 날 며칠이 걸릴지 모르는 먼 길이었다.

한참 말없이 가다가 현암이 문득 한마디를 꺼냈다.

"승희와 준후는 괜찮을까요?"

박 신부는 묵묵히 눈을 내리깔고 있다가 조용히 말했다.

"아직은 별일 없는 것 같네."

"걱정되는데요?"

"걱정하지 말게. 둘 다 무사하니 말일세."

현암은 무심코 한 말이었는데 박 신부가 너무도 태연하고 확신에 찬 어조로 이야기하자 조금 당황스러웠다. 박 신부는 확실히 예전과는 많이 달라졌다. 그사이 무슨 능력이 생겼단 말인가? 그렇지 않다면 어떻게 위험에 빠져 있을지도 모르는 승희와 준후의 일을 저토록 확신을 가지고 말할 수 있단 말인가? 박 신부는 현암의 생각을 아는지 모르는지 지도책을 꺼내어 한참이나 들여다보다가 중얼거렸다.

"자동차로 가려면 닷새는 걸리겠군. 너무 오래 걸리는데……."

박 신부의 말에 최 교수가 창밖을 둘러보더니 말했다.

"지금 여기는 우한(武漢) 부근입니다. 여기서 똑바로 서쪽으로 가면 파키스탄이 나올 겁니다."

박 신부가 최 교수의 말을 받았다.

"자동차로 닷새 거리라면 너무 멉니다."

"흠!"

최 교수는 무엇인가 생각하는 듯하다가 떠오르는 게 있는지 입을 열었다.

"그렇다면 우한 시내로 들어갑시다. 거기 박물관에 아는 사람이 있습니다."

"아는 사람요?"

"어쩌면 그 사람을 통해 가짜 여권을 얻을 수 있을지 모릅니다."

"가짜 여권을요?"

현암이 되묻자 최 교수는 씩 웃어 보였다.

"고고학 연구를 하는 데에도 어려움이 많네. 불법 입국이나 출국도 불사해야 하는 경우가 종종 있는 법이지. 그럴 때 찾는 사람들이 있는데, 이 사람도 그중 한 사람이지."

현암이 그 말을 듣고 박 신부를 돌아보며 말했다.

"그렇다면 모험을 하는 셈 치고 그 사람을 찾아가 보는 것이 어떨까요? 자동차로 국경을 넘는 것도 보통 일은 아닐 텐데요. 더구나 여기는 사회주의 국가 아닙니까?"

"흠, 그렇긴 하네. 무엇보다 시간이 너무 오래 걸리니…… 비행기를 탈 수만 있다면 좋겠지. 그러나 분명 우리를 수배하기 위해 사방에 인원이 쫙 깔렸을 텐데, 그걸 어떻게 하지?"

현암은 잠시 궁리하다 슬쩍 웃어 보였다. 좋은 방법이 생각났기 때문이었다.

"제게 한 가지 생각이 있습니다."

백호는 갖가지 이유를 붙여서 결국 '그분'에게 자신의 행동을 납득시키기에 이르렀다. 물론 퇴마사들을 탈출시키기 위해 중국인들을 돕겠다는 뜻은 밝히지 않았다. 다만 '그들의 위험한 능력'이 중국을 비롯한 기타 다른 나라에 의해 밝혀지는 것을 원치 않기 때문에, 그들의 죽음을 확인한다는 입장으로 행동의 자유를 보장받았을 뿐이었다.

섬뜩하고 기분 나쁜 임무를 자원한 꼴이었지만 이 방법 이외의 다른 방법은 떠오르지 않았으니 할 수 없었다. 백호는 비상시에만 사용할 수 있는 경비행기 한 대를 자유롭게 사용할 수 있도록 승인받았고 그 비행기를 즉시 베이징으로 오게 했다.

비행기가 도착하기도 전에 백호는 중국 관리들의 전화를 받았다. 혹시나 퇴마사들이 잡힌 것은 아닐까 하고 속이 뜨끔했지만 전화로 들려오는 소식은 그렇게까지 심각한 것이 아니었다.

[영국인 신부 한 명과 통역사로 보이는 여자 한 명, 그리고 여자아이 한 명, 이렇게 세 명이 우한으로 가는 국도 쪽의 한 오두막에서 발견됐습니다. 속히 와 주시기 바랍니다.]

"그 사람들 외에 다른 사람은 없었습니까?"

[그들의 말에 따르면 세 명의 남자는 자신들이 자는 사이에 떠나 버렸다고 합니다. 또 인터폴에서 도구르 경위가 도착했는데, 그분도 당신을 찾고 있습니다. 그러니 빨리 이쪽으로 와 주시기 바랍니다.]

백호는 일단 현암과 박 신부가 잡히지 않은 것을 확인하고 안도의 한숨을 내쉬었다. 영국인 신부는 분명 윌리엄스 신부일 것이고 여자와 아이는 연희와 아라일 것이다. 윌리엄스 신부도 숨겨진 능력이 있었지만 외부적으로 노출되지는 않은 상태이고, 연희와 아라는 블랙리스트에 올라가 있지 않은 민간인들이니 쉽게 풀려날 수 있을 것 같았다.

현암과 박 신부는 그들이 동행하면 위험해질까 봐 떼어 놓고 간 모양이었다. 그러나 한 가지 묘한 게 있었다.

'최 교수님은? 최 교수님은 왜 따라간 거지? 차라리 능력이 있다면 윌리엄스 신부님이 더 있을 것이고, 언어 문제라면 연희 씨가 더 도움을 줄 수 있을 텐데……'

궁금증에 대한 해답은 간단했다. 이번 일은 홍수의 기원에 얽힌 일이라는 것을 백호는 알고 있었다. 그런 일이 아니라면 굳이 위험을 무릅쓰고 최 교수를 동행시킬 이유가 없었다. 아니, 그보다는 최 교수가 자진해서 따라갔을 확률이 높았다. 그래서 어린 딸아라까지 버려두고 길을 나섰을 것이라 짐작했다. 만약 현암이나 박 신부였다면, 최 교수가 아무리 필요하다고 할지라도 최 교수에게 딸을 놓아두고 위험한 일을 하러 같이 가자고 권유하지는 않았을 것이다.

최 교수가 자원해 같이 가기를 원했다면 그들은 무엇인가 아주 중요한 열쇠를 쥐고 있는 게 틀림없다고 백호는 결론을 내렸다. 백호는 혹시나 싶어 자신의 추리를 검토해 보았으나 동일한 결론에 도달하게 됐다.

'그렇다면 연희 씨나 윌리엄스 신부님도 뭔가를 알고 있을 게 분명하다. 만약 중국 측에서 그 사실을 알아내면 곤란하니, 어서 가 보아야겠다.'

백호는 얼른 자리에서 몸을 일으켰다. 그리고 방을 막 나서려는데, 머릿속에서 무언가 번뜩하고 지나갔다.

'가만! 인터폴의 도구르 경위? 도구르, 도구르라⋯⋯. 어디선가 들어 본 이름 같은데⋯⋯.'

방을 나서면서 백호는 어디서 그 이름을 들어 보았을까 하고 곰곰이 생각하다가 마침내 탄성을 질렀다.

'맞아! 미스 바이올렛에게 맨 처음 투시를 부탁했다고 하는 사람이 도구르였어. 그런데 그 사람이 인터폴의 요원이라니! 우연의 일치일까, 아니면⋯⋯.'

백호는 입술을 깨물면서 차에 올라타 시동을 걸었다. 뭔가 큰 것이 있는데 그것을 아직 깨닫지 못하고 언저리에서만 맴돌고 있다는 느낌이 강하게 들었다. 백호는 좀 더 깊이 숙고하고 추리해 볼 필요성을 절실히 느꼈다. 이번 일이 어째서 이렇게 돼 버렸는지 근본적인 이유를 알아내야 한다는 생각이 들었다.

승희는 지푸라기 더미 속에서 일어나 길게 기지개를 켰다. 언제 잠이 들었는지도 모르게 잠이 들어 버린 모양이었다. 눈을 떠 보니 옆에는 준후가 양 무릎을 세워 두 팔로 감싼 채 쪼그리고 앉아 있었다.

"좀 잤니, 준후야?"

"네, 괜찮아요. 누나는요?"

준후가 아무래도 밤을 새운 것 같아서 승희는 좀 멋쩍은 기분으로 대답했다.

"잘 잤어. 이제 좀 정신이 드는 것 같아."

"다행이네요."

승희의 말을 듣고 준후는 미소를 지어 보였다. 승희가 잠에서 깨어난 멍한 상태에서 벗어나려고 고개를 몇 번 세차게 흔들자 머리카락에 붙어 있던 지푸라기들이 떨어져 옆으로 흩어졌다.

"피곤이 좀 풀렸으니 어쩌면 투시가 될지도 몰라. 현암 군이 어디 있는지 알아볼까?"

준후가 고개를 끄덕였다. 그러나 승희가 아무리 집중을 해도 아무것도 감이 잡히지 않았다.

"이런 젠장! 아직도 안 돼!"

승희는 신경질을 벌컥 내다가 준후의 얼굴을 보고는 입을 다물었다. 준후는 그런 승희의 얼굴을 보고 씁쓸하게 웃으며 말했다.

"아직 모두 무사해요. 저는 사람들의 일을 자세히 알아낼 수 있는 능력은 없어서 정확한 상황은 모르지만, 다들 무사한 것은 확실해요."

"그래? 정말이니?"

준후는 대답 대신 고개를 끄덕여 보였다. 그러나 승희는 좀 석연치 않았다.

"너는 살아 있는 사람들에 대해서는 투시를 못 하지 않니? 그런데 어떻게 현암 군이나 다른 사람들이 무사한지 알지?"

"누나 말대로 전 사람들에 대해서는 알지 못하죠. 그래서 어젯밤에 월향을 투시해 봤어요. 그랬더니 잘되지는 않았지만, 어렴풋이 신부님이나 현암 형, 연희 누나나 윌리엄스 신부님의 기운이 느껴졌지요. 그러나 최 교수님이나 아라는 잘 모르겠어요. 영적인 기운이 없는 사람들이라서……."

준후의 말을 듣고 승희는 안도의 한숨을 내쉬었다. 그런데 조금 더 지나 생각해 보니 이상한 게 한 가지 있었다. 원래 준후는 투시를 행하는 능력이 없었다. 다소 무리를 해 가며 무슨 수를 써서 알아낸 모양인데, 거기에까지 생각이 미치자 승희는 자신이 쓸모없는 존재가 돼 버린 것 같아서 울화통이 치밀었다. 무능력한 자신을 저주하고 싶었으나, 준후의 얼굴을 보고는 목구멍 끝까지 솟아오른 말들을 꿀꺽 삼켰다.

"바이올렛 할머니는 아직 안 왔어요. 승희 누나, 얼굴이 안돼 보이는데 조금 더 쉬는 것이 어때요?"

준후의 말에 승희는 충분히 쉬었으니 괜찮다고 말하려다가 문득 얼굴을 만져 보았다. 피곤한 탓으로 초췌해 보이는 것도 있겠지만, 화장이 지워져 평소의 모습보다 더 늙어 보이는 자신의 얼굴을 준후가 본 것 같아서 가슴이 철렁했다.

"아, 웅. 그래, 조금 더 쉬어야겠구나."

승희는 어물거리며 대답하고는 얼른 뒤로 돌아누웠다. 그리고 눈물이 솟아오를 것 같아 자신의 핸드백을 뒤졌다. 자신이 가지고 왔던 화장품들은 모두 그 안에 들어 있었지만 가장 중요한 세크메트의 눈은 여전히 보이지 않았다. 지난번에 연희와 마지막 교신을 하고서는 분명 핸드백 안에다 잘 넣어 두었다. 그러나 다른 것은 다 있는데 어째서 그것만 없어졌는지 납득이 가지 않았다.

'빌어먹을! 이런 개 같은……'

속으로 마구 욕을 퍼붓던 승희는 핸드백을 철컥 닫고는 냅다 발치에다가 내던져 버렸다.

'세크메트의 눈만 잃어버리지 않았어도 이렇게 막막하지는 않았을 텐데……'

어쩌다가 그것을 잃어버렸는지 알 수 없었다. 소매치기를 당한 것일까? 곰곰이 돌이켜 보았지만 기억나는 것이 없었다. 승희는 정신을 집중해 다시 투시해 보았지만 이번에도 되지 않자 할 수 없이 준후에게 말했다.

"준후야, 넌 사람은 투시하지 못해도 월향에 대해서는 희미하게나마 투시할 수 있다고 했지?"

"네."

"그러면 그건 어떠니? 세크메트의 눈은?"

"글쎄요. 그것도 영적인 힘이 들어 있는 물건이니 어쩌면⋯⋯."

"그러면 한번 해 봐. 준후야, 그것만 찾을 수 있다면 현암 군과도 다시 연락할 수 있을 거야."

"해 보죠."

준후는 심호흡을 몇 번 한 뒤 눈을 감았다. 시간이 지나자 준후는 땀을 흘리면서 눈을 뜨더니 이번에는 부적 몇 장을 꺼내어 사방에 뿌렸다. 부적들은 정확하게 준후의 주위에 몰려들었고 땅에 떨어지자마자 확 하고 타올랐다. 준후는 더욱 정신을 집중하는 듯 이마에 땀방울이 흘러내렸다. 그러더니 이윽고 긴 한숨과 함께 고개를 저었다.

"어휴! 안 돼요. 그건 아무래도⋯⋯."

"흠, 그럼 야단이네? 어떻게든 연락이 돼야 하는데⋯⋯."

"그러게 말이에요. 저도 한참 고민해 보았지만 특별한 방법이 없네요. 월향검은 영혼이지만 너무 봉인이 잘돼 있어 투시가 잘 안되고⋯⋯. 뭐, 그럴듯한 신물이라도 하나 주고 왔다면 가능⋯⋯."

준후는 탄식하듯이 말을 이어 가다가 말을 끊었다. 생각나는 것이 있었기 때문이다.

"조요경! 그래, 조요경!"

"조요경? 그게 뭐지?"

"아라가 가지고 있던 목걸이! 그것이라면 어쩌면⋯⋯."

준후는 가슴이 뛰었다. 일본에서 얻은 목걸이를 아라에게 주었을 때, 준후는 그 안에 영적인 힘이 있는 것을 느끼기는 했지만 그 힘을 끌어낼 방법을 알지 못했다. 그러나 주기 선생은 그 목걸이에 깃들어 있는 힘을 알아내고 목걸이를 통해 아라의 집, 그러니까 최 교수의 상황을 살폈다고 말했고, 그걸 조요경으로 알 수 있다고 했다. 비록 준후는 그 술수에 대해 잘 알지는 못했지만 일단 목걸이는 주기 선생의 술수가 걸려 있으니 그것을 통해 그쪽의 상황을 알 수 있을지도 모르겠다는 생각이 들었다.

"누나, 잠시만 조용히 해 주세요. 어쩌면 될지도 몰라요."

"된다고? 어떻게?"

"잠시만요."

마음이 급하기는 준후도 마찬가지였다. 준후는 서둘러서 부적을 뿌리고는 정신을 한군데로 모았다.

중국 공안청에 도착하자 백호는 연희와 윌리엄스 신부를 면회하기에 앞서서 사태의 전말을 적은 보고서 사본을 요구했다. 사건에 대한 전말을 미리 알아 두는 것이 좋을 것 같아서였다.

중국 측 보고서의 내용은 백호의 예측대로였다. 백호는 퇴마사들의 초인적인 능력을 익히 알고 있지만, 다른 사람의 경우에는 어떨까? 그들이 귀검인 월향검이나 음공인 사자후, 그리고 윌리엄스 신부가 흡혈귀로 변하는 것 등을 과연 믿을 수 있을까? 보고서는 작성자 자신도 차마 믿지 못하는 상황을 나름 합리적으로 써 보려고 애를 쓴 흔적이 역력했지만, 자세히 보면 아무도 믿어 주지 않을 그런 기록들로 가득 차 있었다. 증거 자료가 되지 못할 것이 분명했다. 백호가 내심 기대하고 있던 것도 바로 그것이었다.

서류 검토를 마친 백호는 공안청의 깊숙하고 구석진 방으로 들어섰다. 그곳에는 중국의 관리들 이외에 연희와 윌리엄스 신부, 그리고 아라와 함께 또 한 명의 키가 큰 사람이 서 있었다. 날카로운 눈빛을 지닌 삼십 대 중반의 남자로 큰 키에 깡마른 몸매에다 날카롭고 신경질적인 인상이었다.

그 사람은 계속해서 연희에게 질문 공세를 펴고 있었고 연희는 모른다는 답변만 되풀이하고 있었다. 연희는 몹시 힘이 드는 듯, 이마에 땀방울이 송골송골 맺혀 있었다. 연희는 백호가 들어서자 일순 반가운 표정이 도는 듯했으나, 곧 쌀쌀한 표정으로 바뀌었다.

"실례합니다. 저는 한국에서 나온 특무 검사 백호입니다."

백호가 말을 꺼내자 그 남자는 취조를 중단하고 허리를 펴며 손을 내밀었다.

"인터폴의 도구르 경위입니다."

"예, 반갑습니다. 여기 계신 분들의 신병을 인수하기 위해 왔습니다. 혹시 물어보실 말이 있으면 간략하게 끝내 주셨으면 합니다."

"아직 할 말이 많이 남았습니다."

상대가 퉁명스럽게 말하자 백호도 간단하게 상대의 말을 중간에서 잘라 버렸다.

"시간이 없습니다. 본국으로 송환하기 위해 지금 비행기가 대기하고 있는 중이니까요."

"저런! 그렇다면 유감이군요. 비행사에게 기다리라는 전화라도 걸어 두시는 게 좋을 것 같습니다."

"그럴 수는 없습니다. 저 또한 본국에서 부여한 임무를 수행해야 하니까요."

"이번 같은 일이 발생했을 경우, 각국은 인터폴에 협조하게 돼 있습니다. 그런 것을 모르시지는 않겠지요?"

"물론 이번 일의 중대성은 알고 있습니다. 그러나 여기 있는 이 사람들은 이번 일과는 연관이 없습니다."

"연관이 없다고요? 하하하. 오늘 새벽까지 그들과 같이 있었고, 그들을 방조해 도망치도록 도와준 사람이 누구지요? 그들은 중국의 공안 요원 십여 명을 장난감처럼 짓밟고 탈출했습니다. 그리고 그때 이 사람들이 그들을 도와주었다는 것을 본 사람은 수없이 많습니다. 그런데 연관이 없는 사람들이라고요?"

백호는 얼굴에 웃음을 띠고 있었지만 속으로는 매우 긴장하고 있었다. 연희와 윌리엄스 신부는 당장 위험에 처해 있는 것은 아니었고 좀 고생은 하더라도 증인으로서의 심문이나 조사를 받으면 될 뿐이었다. 그렇다고 그들을 내버려두고 모른 체할 수 없었다.

"허허허. 그런가요? 좋습니다. 이 사람들이 그들과 친분이 있었다는 사실은 부인하지 않겠습니다. 그런데 이들이 어떻게 그 사람들을 도망치도록 도왔다는 겁니까?"

"공안 요원들을 대질시켜 드릴까요?"

"저도 보고서를 읽어 보았습니다. 여기 계신 이 신부님이 갑자기 괴물로 변신했다면서요? 그리고 바람을 일으켜서 공안 요원들을 쓰러뜨렸다고요? 그 말을 믿으라는 겁니까?"

"그것에 대해서는…….."

눈치를 챈 듯, 윌리엄스 신부가 끼어들었다.

"저는 지금 교황청의 명을 받고 특사로 티베트에 가려던 참입니다. 그런 저를 괴물로 몰다니, 좀 더 그럴듯한 이유가 있어야 하는 거 아닙니까?"

다시 백호가 나섰다.

"저는 또 다른 보고서도 읽어 보았습니다. 박 신부를 구금할 때도 윌리엄스 신부님이 괴물로 변해 저항했습니까? 두 사람은 모두 순순히 구금에 응했던 것으로 돼 있는데요?"

"그 사람은 공안청의 벽을 소리 없이 부수고 탈출했습니다."

"박 신부의 이야기를 하자는 것이 아닙니다. 지금 이 자리에서 곤욕을 치르고 있는 분은 윌리엄스 신부님이시니까요."

도구르는 난처한 듯했다. 그도 그럴 것이 중국 공안청에서 작성한 보고서를 그대로 외부에 보일 수는 없는 일이었다. 백호는 기회를 놓치지 않고 이번에는 그 자리에 서 있는 공안 요원에게 말했다.

"이 여자분은 소리를 질렀다고 했고…… 아! 이 여자분도 경찰 두어 명을 때려눕혔다고 돼 있던가요? 그런데 이 여자분이 진술한 것을 보면 그들은 전부 사복 차림이었고, 갑자기 이분이 타고 가던 차를 세우기에 호신술을 쓴 것이라고 돼 있더군요. 이분들에게 먼저 신분증 제시를 했습니까?"

백호의 추궁에 공안 요원은 당황해 잘 대답을 하지 못했다.

"말로는 먼저 알렸습니다. 상황이 상당히 급해서……."

"체포나 연행, 아니 임의 동행을 요구할 때는 신분을 명확하게 밝히는 것이 기본 아닙니까? 더구나 이분들은 외국인 신분입니다. 이역에서 불쑥 사람들이 떼거리로 나타나 자신의 일행들을 잡아가려고 한다면, 입장을 바꿔서 생각해 보십시오. 당신 같으면 어떻게 하겠습니까? 그건 납치 행위입니다. 그런데 저항한 것이 과연 구금해 둘 정도로 잘못일까요? 그것 이외에 이들이 범죄 행위를 한 사실이 있습니까? 살인? 절도? 스파이 행위?"

"그러나……."

"이현암과 박윤규 신부, 두 사람에 대해서는 이의를 제기하지 않겠습니다. 그건 위에서 논의가 끝난 일로 알고 있으니까요. 그러나 여기 있는 이 세 사람의 경우는 이야기가 다릅니다. 한 사람은 영국인 신부님, 한 사람은 외교관 패스까지 지닌 우리나라의 유능한 통역 요원입니다. 그리고 또 한 사람은 이제 겨우 아홉 살밖에 안 된 여자아이입니다. 이 여자아이가 도대체 어떻게 그들이 도망가는 데 협조했지요? 계속 울어서 공안 요원들의 신경이라도 흩뜨려 놓았나요? 방금 말씀드린 것처럼 이현암과 박윤규 신부, 그 두 사람에 대해선 이의를 제기하지 않겠습니다. 우리나라에서도 양보할 만큼 했습니다. 그러나 그 일과는 관련이 없는 다른 사람들의 인권까지 침해하는 일은 외교 차원에서 그냥 넘어갈 수 없습니다. 지금 이 자리에서 본국의 입장을 전달하겠습니다. 즉시

신병을 인도해 주실 것을 요청합니다."

도구르는 대답을 하지 못했다. 도구르나 중국 측의 관리, 또 백호도 이번 일의 내막을 드러내 놓고 이야기할 만한 위치에 있지는 못했다. 그들이 받은 명령은 그 '네 명'을 추적해 체포 또는 사살하라는 것뿐이었으니까. 백호는 보다 강경하게 한참 동안 이야기해 결국은 자신의 서명과 한국 정부의 공식적인 보증 아래 세 사람의 신병을 인도받는 데 성공했다. 그러나 도구르의 쏘는 듯한 눈빛이 자신의 뒤를 따라다니는 것 같아서 백호는 마음이 켕겼다.

공안청을 나오면서도 연희는 아무 말도 하지 않았다. 윌리엄스 신부도 침통한 표정이었고 아라도 멍하니 말이 없었다. 백호도 그들에게 할 말이 없었다. 그러다가 억지로 쥐어짜듯이 연희를 향해 입을 열었다.

"고생 많으셨죠? 죄송합니다."

"……."

연희가 아무 대꾸도 하지 않자 백호는 머쓱해져서 입을 다문 채 열심히 핸들만 잡고 있을 뿐이었다. 물어보고 싶은 것이 태산 같았지만 분위기가 영 아니었다. 자신이 공안청에 들어갔다 나오는 사이에 차 안에 도청 장치를 해 두었을 수도 있다. 백미러를 보니 뒤에서 미행하는 차들이 아예 줄을 지어서 따라오고 있었다.

백호는 쓴웃음을 짓더니 말없이 차를 몰았다. 앞자리에 앉은 연희는 고개를 반쯤 돌린 채 창밖만 내다보고 있었고, 윌리엄스 신부는 뒷자리에서 눈을 감고 있었다. 아라는 허공을 바라보다가 간

혹 준후가 준 목걸이를 꼭 쥐고 조몰락거렸다. 그러나 목걸이에서 희미한 빛이 간헐적으로 뿜어져 나오는 것은 전혀 느끼지 못했다.

그다지 크지 않은 우한의 허름한 공항 한 귀퉁이에서는 이상한 일이 벌어지고 있었다. 파키스탄행 화물 항공기의 정비를 서두르고 있던 정비 요원 리청은 다른 정비 요원 대여섯 명과 함께 낡은 항공기를 손보는 중이었다. 또 다른 두세 명의 요원들은 비행기에 짐을 싣고 있었다.

비행기에 싣는 화물은 흔들림을 방지하기 위해 알루미늄으로 된 커다란 용기 속에 싣는 것이 보통이었고, 지금은 짐의 포장이 거의 끝나서 그 용기들을 비행기의 화물칸 안에 차곡차곡 싣기만 하면 그만이었다. 물론 그들은 일에 열중하고 있어 공항의 가장자리에 쳐져 있는 철망의 한구석이 동그란 모양으로 오려진 것을 알지 못했다. 그런데 리청의 귀에 이상한 소리가 들렸다. 리청은 일을 하다 말고 허리를 편 뒤 자기가 혹시 잘못 들은 것이 아닌가 싶어 다시 한번 귀를 기울여 보았다. 동료인 사이훙이 리청을 쳐다보며 말했다.

"왜 그래?"

"자네, 무슨 소리 못 들었나? 여자가 울고 있는 소리……."

"어? 자네도 들었나?"

둘은 얼굴을 마주 보면서 의아한 표정을 지었다. 그곳은 승객이 들어올 수 없는 정비소였고, 이 정비소에는 여직원이 하나도 없었기 때문이다. 그들이 서로 얼굴을 쳐다보고 있는 동안에도 흐느끼는 듯한 여자 목소리는 계속 들려왔다. 소리가 나는 장소는 정비소 맨 안쪽의 상자들이 수백 개 쌓여 있는 곳이었다. 그곳에는 고양이도 드나들기 힘들 정도의 아주 작은 창문이 하나 나 있는 것 외에는 다른 문은 없었다.

리청은 의문에 찬 표정으로 그쪽을 쳐다보았다. 또다시 그쪽에서 흐느낌과 숨죽인 외침 같은 것이 뒤섞인 기괴한 소리가 울려왔다.

"들어 봐. 저거 여자 목소리가 맞지?"

"음, 그래. 그런데 여기에 여자는 없잖아. 우리가 있는 곳을 지나가지 않고는 드나들 곳도 없는데……."

이제는 리청과 사이홍만이 아니라 다른 정비원들도 하던 작업을 중지하고 그 나무 궤짝 더미 쪽을 바라보았다. 이번에는 아까보다 더 크게 들려왔다. 리청이 옆을 보니 사이홍은 다리를 벌벌 떨고 있었다.

"이런 대낮에 귀, 귀신이 아닐까?"

"귀신이라니! 말도 안 돼!"

"그렇지만 저게 뭐야? 누가 저런 소리를 내는 거지?"

정비 요원들은 누가 시키지도 않았는데 웅성거리며 한곳으로 모여들었다. 그때 갑자기 날카롭게 울부짖는 소리가 궤짝 더미 뒤쪽에서 나자 리청은 그 소리가 분명 여자가 지르는 비명이라고 단정했다.

"누가 있나 봐! 가 보자!"

리청이 앞장서자 다른 정비 요원들도 뒤를 따라 정비소 안으로 들어갔다. 어둠침침한 정비소의 구석에서 여자의 울부짖는 소리가 들리는 것에 호기심이 가기도 했지만, 아무리 벌건 대낮이어도 그런 소리를 듣고 태연히 일을 할 수는 없었기 때문이다. 정비 요원들이 나무 궤짝 더미 뒤로 돌아가서 살피는 사이에 반대편에서는 검은 그림자 셋이 정비 중인 비행기의 화물칸에 몰래 숨어 들어갔다.

정비 요원들이 웅성거리며 여기저기를 살피는 동안 나무 궤짝 더미의 뒤쪽에서 조그마한 은빛의 물체 하나가 휙 하고 비행기의 화물칸 안으로 날아 들어갔다.

"이제 괜찮을까?"

간신히 좁은 컨테이너 속으로 기어 들어간 박 신부가 낮은 목소리로 말하자 역시 급히 들어가느라 반쯤 몸이 끼어 버린 현암이 소곤거리듯 말했다.

"염려 마세요. 불편하시더라도 비행기가 이륙만 하면 나갈 수 있으니 괜찮을 겁니다. 그때까지만 참으세요."

정비 중인 비행기를 훔쳐 탄다는 것은 도저히 불가능했기 때문에 현암이 한 가지 꾀를 냈다. 월향검을 작은 창문을 통해 으슥한 정비소 구석으로 보내 놓고 울게 해 정비원들을 유인한 다음, 그때를 기다려 비행기에 올라탄 것이다. 물론 파키스탄행 항공편을 알아내기 위해 공항 안으로 들어간 최 교수가 비행기의 번호를 익히는 동안, 공항 주변의 철망은 월향검이 도려냈다. 다행히 공항은 그리 크지 않았기 때문에 쉽게 비행기에 다가갈 수 있었다.

정비 요원들은 아무리 나무 궤짝 뒤를 뒤져 보아도 사람의 자취를 찾을 수 없자 이것이 정말 귀신의 소행이 아닌가 하고 웅성거리다가 작업반장의 호통 소리에 다들 와르르 밖으로 몰려나왔다.

리청과 사이홍은 그 소리가 사람이 내는 소리네, 떠도는 귀신이 울부짖는 소리네 하면서 입씨름을 벌이는 중이었다. 컨테이너 안에서는 현암이 회심의 미소를 짓고 있었지만 일이 꼭 뜻대로만 돼가는 것은 아니었다. 방금 나타난 작업반장은 이 비행기가 예정된 이륙 시간이 변경돼 여섯 시간이나 늦게 떠나도록 됐으니 서두를 필요 없다고 정비원들에게 말하고 있었다.

겁이 나서 숨죽여 헐떡거리며 아무 말도 하지 않고 있던 최 교수는 작업반장이 외치는 소리를 희미하게 알아듣고는 이 말을 과연 현암과 박 신부에게 지금 해야 하는가 말아야 하는가 하고 고민했다.

한차례의 난투극이 벌어졌던 호텔로 돌아올 때까지도 연희는 내내 입을 열지 않았고, 선잠에서 깨어난 아라도 윌리엄스 신부도 굳게 입을 다물고 있었다. 호텔 방에 돌아와 보니 중국 공안청의 관리들이 내부를 한바탕 뒤집어 놓았지만 물건들을 압수하지는 않았던 듯, 모든 물건은 한쪽 구석에 차곡차곡 쌓여 있었다.

백호는 연희가 가만히 입을 다물고 있는 것이 아무래도 마음에 걸려 쓸데없이 헛기침을 몇 번 하면서 이곳저곳을 배회했다. 그러나 그런 어색한 순간에도 백호는 중국 공안청과 도구르가 여기저기에 설치해 놓았을 것이 분명한 도청 장치를 찾아보고 있었다. 서너 군데에 뭔가 꺼림칙한 흔적이 보였다. 그리고 조금 더 면밀하게 관찰한 결과 TV 모니터가 설치돼 있지는 않은 것 같았다.

점검을 마친 백호가 고개를 돌려 보니 연희는 얼굴을 양손으로 감싼 채 소파에 앉아 고개를 떨구고 있었고, 아라는 그 옆에 바싹 붙어서 슬픈 듯한 눈으로 연희를 쳐다보고 있었다. 윌리엄스 신부도 입을 꾹 다물고 아무 말 없이 앉아 있었고…… 백호는 그런 답답한 분위기를 더 이상 참을 수 없었다. 마음 같아서는 연희에게 자신이 정말로 품고 있는 생각을 밝혀 오해를 풀고 싶었을 뿐 아니라 자신을 곱지 않은 눈매로 쳐다보는 그들의 시선도 피하고 싶었다.

그러나 그 사실은 입 밖에 내어서는 안 되는 것이었다. 연희나 윌리엄스 신부를 믿지 못해서가 아니었다. 공공 비밀에 속하는 일은 어떠한 이유를 불문하고 자신의 입 밖으로 나가는 순간 더 이상 비밀이 아니었다. 그것이 백호가 가지고 있는 일관된 신조였다. 설령 지금 자신의 행동이 반역이나 이적 행위라는 누명을 뒤집어쓰는 한이 있더라도 자신은 퇴마사 일행을 구출하기 위해 최선을 다할 생각이었다. 그러기 위해서는 누구도 이러한 자신의 마음을 알아서는 안 됐다. 차가운 시선을 받더라도 할 수 없었다. 도청 장치가 돼 있는 이곳에서는 특히 그랬다.

백호가 연희에게 조용한 목소리로 타이르듯 말했다.

"연희 씨, 짐을 챙기시기 바랍니다. 비행기를 대기시켜 두었습니다."

연희가 고개를 들어 눈물 젖은 눈으로 백호를 바라보았다. 그 눈은 슬퍼 보였지만 한편 담담해 보이기도 했다. 백호는 연희와 눈이 마주친 순간, 이유 없이 눈앞이 핑 도는 듯한 어지러운 느낌을 받고는 서둘러 연희에게서 눈을 돌렸다.

"이, 일단은 한국으로 돌아가십시다. 아라도 있고 하니……."

"왜 가라고 하는 거죠? 저는 아직 할 일이 남아 있어요."

"무슨 할 일이?"

"신부님이 제게 당부하신 일이 있습니다. 저는 윌리엄스 신부님과 함께 티베트에 가야 해요."

백호가 황급히 연희의 말을 가로막았다.

"그 일은 조금 뒤로 미뤄 둡시다. 여기서 더 이상 지체할 수는 없어요."

연희를 설득하려던 백호는 또 연희와 눈이 마주쳤다. 그리고는 눈앞이 아득해지는 듯한 어지러움 비슷한 느낌에 휩싸였다. 이상한 일이었다. 백호는 눈을 돌리려고 했지만 이번에는 그것마저 안 됐다. 자꾸만 말하고 싶은 기분이 들었다. 자신이 왜 이런 행동을 하는 것인지에 대해서, 그리고 앞으로 어떻게 행동을 취할 것인지에 대해서……

전혀 이유를 알 수 없었고 또 이유를 알고 싶지도 않았다. 무엇인가에 홀린 듯 걷잡을 수 없는 수렁으로 빠져드는 그런 기분이었다. 오로지 백호의 시야에서는 연희의 커다랗고 깊이를 알 수 없는 듯한, 깊고 깊어서 끝을 알 수 없는 연못처럼 넘실거리는 듯한, 그런 눈동자만이 가득하게 다가올 뿐이었다. 단지 직업적인 단련을 통해 체득된 본능 때문에, 백호는 입을 여는 대신 펜을 꺼내 작은 테이블 위에 어질러져 있던 신문지에다가 무언가를 급하게 쓰기 시작했다.

연희가 백호의 눈을 쳐다보는 동안 백호도 연희의 눈에서 시선을 떼지 않고 신문지 위에 글자를 휘갈겨 썼다. 윌리엄스 신부는 둘 사이에 무슨 일이 벌어지고 있는지 알 수 없었지만, 연희의 전신에서 무언가 알 수 없는 기운이 일어나고 있는 것을 느낄 수 있었다. 그러다가 눈을 돌린 윌리엄스 신부는 아라의 시선을 따라가게 됐고 곧 벌린 입을 다물지 못했다.

아라는 신기한 듯이 반쯤 입을 벌리고 연희의 오른손을 바라보고 있었다. 자신도 의식하지 못한 중에 꼭 쥐고 있던 연희의 오른손에서는 불이 켜진 작은 전구를 쥐고 있는 듯, 금색의 환한 빛이 새어 나오고 있었다. 윌리엄스 신부는 그것을 보고는 고개를 끄덕이며 깊은 숨을 내쉬었다. 그리고 눈을 돌려 백호가 신문지에 써 놓은 글자를 읽었다.

〈기회를 보아 신부님 일행을 구할 생각입니다.〉

조금 있다가 백호가 움찔하면서 고개를 돌렸다. 눈 부근이 몹시 이상한 듯, 몇 번이고 눈 가장자리를 문질렀고 연희도 어지러움을 느끼는 듯 눈을 꼭 감고는 비틀거렸다. 백호가 고개를 흔들면서 정신을 차리는 동안, 윌리엄스 신부가 신문지를 집어 들고는 조심스럽게 그것을 접었다. 정신을 차린 백호가 믿어지지 않는다는 듯한 표정으로 뭔가 말을 하려고 했으나, 윌리엄스 신부가 손가락을 세워 급하게 입술에 갖다 댔다. 잠시 후 연희도 정신이 드는 듯했다.

"내, 내가 어떻게 된 거죠?"

연희는 말을 더듬거리면서 오른 손바닥을 펼쳐 보았다. 오른 손바닥에서는 예전에 준후가 그려 넣어 주었던 부적의 문양에서 금색의 빛이 서서히 사그라져 가는 중이었다. 그것을 보고 윌리엄스 신부가 조용히 중얼거렸다.

"마인드 컨트롤과…… 유사하군요. 연희 양의 눈, 거기에 준후 군의 힘이……."

윌리엄스 신부는 더 말을 하지 않고 접었던 신문지를 펼쳐서 연희에게 보여 주었다. 연희는 신문지에 쓰여 있는 내용을 보고 뭔가 생각에 잠기더니 백호에게 말하려 했다. 그러자 백호는 손을 들어 말하려는 연희를 제지하면서 큰 소리로 말했다.

"아무튼 한국으로 돌아가세요! 그게 좋을 겁니다!"

말을 하면서도 백호의 손은 펜을 잡고 신문지 위를 달리고 있었다. 연희도 백호의 의도를 눈치챘다. 신문지 위에는 다음과 같은 글귀가 쓰여 있었다.

〈방금 어떻게 된 것입니까? 연희 씨도 영능력자입니까?〉

연희는 다소 화가 난 표정으로 재빨리 백호에게서 펜을 빼앗아

들고는 입으로는 다른 말을 했다.

"꼭 가야만 하나요? 비행기 편은 어떻게 되지요?"

그러면서도 신문지 위에다가는 다른 내용의 글을 써 내려갔다.

〈그러면 나도 희생시킬 생각인가요? 그것이 정부의 입장?〉

"항공편은 걱정하실 필요 없습니다. 특별기가 대기 중입니다."

능숙하게 받아넘기면서 백호가 재빨리 말을 줄여서 썼다.

〈그 이야기는 나중에. 좌우간 이미 말해 버렸으니 밝히겠음. 신부님 일행을 구하고자 함.〉

연희가 펜을 받아 써 내려갔다.

〈어떻게? 일행이 발견되면 넘겨줄 생각인가요?〉

〈절대 아님. 책임을 지겠음. 무슨 일이 있더라도!〉

백호는 문장 끝에 느낌표를 꽉 찍었다. 이번에는 백호가 연희를 쳐다보았다. 백호의 눈은 결의에 차 있었고 매우 맑아 보였다.

〈정부에서 신부님 일행을 넘기기로 했다는 말은?〉

〈정부의 입장이고 내 입장은 아님.〉

〈명령을 불복할 수도 있다는 말인가?〉

〈이미 불복했음. 옳지 않은 명령은 따르지 않아도 됨. 군법에도 그런 조항이 있음.〉

연희는 나직이 한숨을 쉬면서 좀 천천히 몇 글자를 썼다.

〈그러면 백호 씨를 믿을게요. 하지만 나도 더 이상 아는 것은 없어요.〉

백호는 원래 연희에게도 자신의 거취를 밝힐 의향이 있던 데다 무엇에 홀려서인지 모르지만 말을 꺼낸 이상 더 숨기고 싶은 생각은 없었다.

〈나는 당분간 이곳의 요원 및 인터폴의 도구르와 함께 행동할 것임. 그러다가 만에 하나 신부님들이 잡히면 탈출시킬 계획임.〉

〈그러면 저도 같이 가요.〉

〈그럴 수는 없음. 사정이…….〉

연희는 뭔가 한참 생각해 보는 것 같았다. 그사이 백호가 몇 자를 썼다.

〈그런데 아까는 어떻게 된 겁니까?〉

연희가 글씨를 보고 나서 고개를 들자 백호는 악의 없이 웃고 있는 것이 보였다. 연희는 의식적으로 무슨 행동을 한 것이 아니었다. 다만 그땐 다른 사람들이 한없이 원망스럽던 차에 백호가 나타나자 이유 없이 미웠다. 그에게 진의를 묻고 싶었으나 차마 입이 떨어지지 않았고 그러다가 비몽사몽 백호의 얼굴을 쳐다본 것뿐이었다.

연희는 준후의 부적이 무슨 조화를 부렸을 것이라고 추측했지만 거기에 대해서는 대답하지 않았다.

〈신부님은 저희에게 티베트에 가 줄 것을 당부했어요.〉

백호도 연희의 오해가 풀린 것 같자 여유를 가지고 필담을 진행하려는 듯, 말이 축약형에서 평이한 문체로 돌아왔다.

〈그래요? 무엇을 알아냈나요?〉

〈모르겠어요. 다만 중요한 결단을 내린 것 같았어요. 최 교수님

이 남긴 쪽지를 보면요…….〉

〈저도 그렇게 생각했습니다. 대단히 중요한 것을 짚어 낸 것 같더군요. 안 그러고는 이 위급한 상황에서 최 교수를 데리고 움직일 리가 없었을 텐데요. 그런데 티베트는 왜?〉

〈에메랄드 태블릿.〉

〈에메랄드 태블릿? 녹색의 비석 말인가요?〉

〈네. 그러나 지금 도저히 거기에 갈 기분이 아니에요. 백호 씨, 부탁이 있어요.〉

〈뭡니까?〉

〈신부님과 현암 씨를 꼭 구해 주세요.〉

〈최선을 다하겠습니다.〉

〈만일 공안청에서 먼저 발견하면 어떻게 탈출시킬 거죠?〉

〈비행기가 있습니다.〉

〈비행기까지는 어떻게 가고요?〉

〈그건 저도 모릅니다. 그들과 연락이 되십니까?〉

〈영국에 있는 윌리엄스 신부님의 사제관을 통해 연락을 전하기로 했어요.〉

〈그렇군요. 시간은요?〉

〈그건 정한 바 없어요.〉

백호는 뭔가 생각해 보더니 신문지에다가 몇 자를 적었다.

〈윌리엄스 신부님의 사제관도 안전한 곳은 못 될 겁니다. 영국이라고 그냥 있으라는 법은 없을 테니까요.〉

〈그러면 어떻게 하지요?〉

〈한 번 이상 그쪽과 교신을 하는 것은 위험합니다. 그 사실을 그쪽에 전달해야 합니다. 누구 영국에 믿을 만한 사람이 없을까요? 단, 박 신부님이나 현암 씨의 목소리를 알아들을 수 있어야 합니다.〉

백호는 연희가 의아해하는 눈빛을 하자 빠른 속도로 적어 나갔다.

〈인터폴이 개입됐다면 윌리엄스 신부님도 주목받고 있을 것이 분명함. 발신지 추적을 할 것임. 그러나 현암 씨나 박 신부님은 정식 요원은 아니기 때문에 목소리 기록까지는 하지 않았음은 물론, 자료 제출도 불가할 것으로 보임. 따라서 영국 측은 그들의 목소리까지는 파악하지 못할 것이나, 국제 전화가 걸린 경우에는 전부 조회해 볼 것임. 그러므로 한 번 소식을 전했을 때에 반드시 연락처를 옮겨야 함. 그 이상일 때는 다른 사람에게 연락받은 것처럼 목소리를 변조해야 함. 그래야 발신지 추적을 막을 수 있음.〉

그러자 지금까지 둘의 필담을 지켜보고 있던 윌리엄스 신부가 펜을 달라는 손짓을 했다. 그러더니 한 사람의 이름을 신문지 위에 적었다.

〈미스터 월터 보울.〉

월터 보울이라면 영국 심령 연구 협회의 회원이며 지난번에 박 신부, 현암, 윌리엄스 신부 등과 함께 영국에서 있었던 유령 소동에 뛰어들었던 사람이었다. 그 이름을 보고 연희는 고개를 끄덕였으나 백호는 윌리엄스 신부를 바라보았다.

〈믿을 수 있습니까?〉

윌리엄스 신부가 시적인 문장으로 답했다.

〈그는 권력보다 영혼의 결백을 더 믿는 사람이며, 법보다 우정을 더 소중히 여기는 사람입니다.〉

그제야 백호는 고개를 끄덕이면서 연희와 일종의 작전 계획(?)을 짜기 시작했다. 그 와중에 아라는 먼발치에서 아빠 생각으로 눈물만 훌쩍거리고 있었다. 자신의 목에 걸고 있던 목걸이가 뒤로 넘어가서 빛을 조금씩 뿜는 것도 느끼지 못한 채…….

"아직도 안 되니?"

승희가 답답한 듯 묻자 준후는 한숨을 내쉬면서 지친 목소리로 중얼거렸다.

"뭔가 잡히기는 하는데…… 아라가 목걸이에 관심을 별로 안 기울이고 있나 봐요. 관심을 기울여서 주의 깊게만 본다면 내 뜻을 전달할 수도 있을 텐데……."

준후가 아쉬워하고 있는 참에 오두막의 문이 열리면서 바이올렛이 들어섰다.

"간밤에 잘들 주무셨나요? 불편했지요? 제가 좋은 소식을 갖고 왔어요. 내일모레 바바지님을 만날 수 있을지도 몰라요."

예의 소란스러운 바이올렛이 수다를 떨어서 승희는 자신도 모르게 눈살을 찌푸리다가 바바지의 이야기가 나오자 눈을 크게 떴다.

"바바지님을요? 어디에 계시는지 찾아냈나요?"

"내일모레가 일 년에 두 번, 바바지님이 수도자들에게 가르침을 주러 내려오시는 날이래요. 그때 그곳으로 가면 만날 수 있을 거랍니다. 호호호."

"그곳이 어디죠?"

"이곳에서 멀리 떨어진 아시람(Ashram)이라는 곳이지요. 안식처라는 뜻이에요. 작은 오두막 또는 수도자가 기거하는 청빈한 거처를 그렇게 불러요. 사원이라고도 하지만 원래는……."

"내 말은 바바지님이 내려오신다는 장소가 어디냐고요?"

승희가 신경질적으로 질문을 하자 바이올렛은 약간 기가 꺾인 듯 풀 죽은 목소리로 말했다.

"히말라야 기슭이지요. 내일 출발하기로 해요. 그럼……."

바이올렛은 안고 온 종이봉투를 내려놓고 밖으로 나갔다. 뭐가 저렇게 바쁜지……. 준후가 바이올렛이 갖고 온 봉투 안에서 먹을 것들을 꺼내 들려는데 승희가 손을 들어 제지했다.

"준후야, 잠깐!"

"어? 왜요? 나 배고픈데……."

승희는 준후의 투덜거림에도 아랑곳없이 봉지를 열어서 음료수병 하나를 들고 유심히 살펴보았다. 그런 다음 포장해서 가져온 빵의 포장을 뜯고 냄새를 맡아 보고는 목에 걸고 있던 은십자가 목걸이를 빵 안에 밀어 넣었다. 준후는 그런 승희의 모습을 보고 의아하다는 표정을 지으며 쳐다보았다. 승희는 한참 만에 은십자가를 꺼내어 유심히 살펴본 다음 그제야 준후에게 빵을 내밀었다.

"왜 그래요, 누나? 이상한 느낌이 드나요?"

"저 할망구, 믿을 수 없어. 준후야, 너도 조심해야 해."

"무슨 말이에요?"

"저 할망구는 우리에게 뭔가를 바라고 있어. 준후야, 방심하면 안 돼."

"무슨 말이에요? 바이올렛 할머니가 우릴 이렇게 헌신적으로 도와주고 있는데……."

"아냐! 저 할망구는 분명 뭔가를 원하고 있어. 난 느낄 수 있다고. 투시력이 아니더라도 느낄 수 있어. 뻔해. 수다르사나, 그것 때문이야."

"무슨 말이지요?"

"우리가 이 지경이 된 와중에도 저 할망구는 우리에게 은근슬쩍 수다르사나 이야기를 꺼냈어. 보통 사람은 이런 상황에서 우리를 피신시켜 주었으면 이곳에서 빠져나갈 방법을 찾아보는 것이 순서일 거야. 그런데 저 할망구는 우리를 여기 처박아 두고 밖으로 나다니면서 시타 교수를 만나 수다르사나 어쩌고 하는 것만 찾아다녔고, 그걸 우리에게 알려 주었어. 뭔가가 이상해. 그렇지 않니?"

"음!"

준후의 얼굴이 어두워졌다. 승희는 강조하듯 말했다.

"좀 더 생각해 보면 더 이상해. 저 할망구는 수다르사나인가를 얻으려 하고 있어. 그러나 어째서 우리를 끌어들이려는 것인지 잘 모르겠단 말이야."

"그건 나도 이상하게 생각했어요. 그러나 나는 누나하고 바이올렛 할머니가 이야기하는 것을 알아들을 수 없으니…… 혹시 누나가 먼저 가겠다고 한 것 아니었나요?"

승희는 준후가 자기 속을 알고 있다는 것처럼 말하자 그것을 감추려는 듯 역정을 벌컥 냈다.

"그게 더 속상해! 속이 빤하게 들여다보이는 술책이었어. 그런데도 나는 넘어갈 수밖에 없었단 말이야!"

"왜요? 안 넘어가면 그만이잖아요. 지금이라도 도로 한국으로 돌아갈 길을 찾는다고 한다면…….'"

"넌 몰라! 좌우간 가야만 해! 속임수라도 좋고 뭐라도 상관없어! 가야 한단 말이야!"

승희가 이야기해 주지 않는 이상 준후는 수다르사나에 죽은 자를 살릴 수 있는 힘이 깃들어 있다는 내용도, 또 승희 자신이 월향 때문에 수다르사나를 억지로라도 얻으려 한다는 것도 알 리가 없었다. 승희는 차마 준후에게 그 이야기만은 말할 용기가 없었다. 아무한테도 터놓고 이야기해 본 적이 없었던 사실 아닌가?

"왜요? 그게 그토록 중요한 건가요?"

"중요해. 아직 확실한 건 알 수 없지만 이번 일 모두와 큰 관련이 있을 것 같아."

승희는 억지로 말을 지어내려니 힘이 들었다. 그러다 보니 말도 조금 더듬거리게 됐고, 그런 것을 본 준후는 쓴웃음을 짓고 더 묻지 않았다. 짐작 가는 면이 없지는 않았지만 자신과 가까운 사람이 뭔가 감추고 싶어 하는 것을 억지로 캐묻기가 싫었던 것이다.

승희는 속으로 서글픈 생각이 치밀고 올라오는 것을 느꼈다. 훤히 들여다보이는, 뭔가 있는 듯한 바이올렛의 속임수에 넘어가는 것이 과연 옳은 일일까? 거기다가 자신만이 아니고 준후까지 끌어들이게 될지도 모르는 판국에…….

"준후야."

"네?"

"너, 나랑 같이 갈 거니?"

"그래야죠."

"내가 공연히 고집을 부리는 거여도? 위험해질지도 모르는데?"

"누나가 하는 일인데…… 누나가 옳다고 믿는 바대로 하세요."

"으응, 그래. 고마워."

"에이, 뭘요."

"준후야."

"네?"

"가능한 한 내 옆에서 멀리 가지 마. 그리고 바이올렛에게 내색도 절대 하지 말고…… 항상 주의하고 있어야 한다."

"네."

승희는 초조한 기분에 사로잡혀서 정신을 모아 보았으나 여전히 먹장을 친 것 같이 투시는 전혀 되지 않았고, 다급할 때면 들려오던 애염명왕의 목소리마저도 들려오지 않았다. 이래서야 바바지를 만나더라도 사기꾼 취급을 당하는 것이 아닌지……. 승희는 답답한 기분에 성질을 이기지 못하고 자신의 가슴만 쾅쾅 주먹으로 두들겨 댔다.

연희, 윌리엄스 신부와 밀담을 나누다가 갑자기 도구르의 호출을 받고 달려온 백호는 인상을 잔뜩 찌푸리고 있었다. 명목상으로는 자신의 수색 작업에 협조해 달라는 것이었지만, 막상 달려가 보니 도구르는 백호를 본 체도 않고 자신의 일에만 몰두하고 있었다. 프랑스의 현역 경찰이자 인터폴의 임무를 띠고 파견돼 온 도구르는 과연 일 처리에 능숙했다.

베이징 근교에서 연희 일행을 발견한 다음 중국 공안청의 요원들을 윽박질러서 대규모 인력을 동원해 그 일대를 샅샅이 뒤지던 그는, 특히 공항 주변에 철저히 경계를 취하도록 일렀다. 그러나 일반적으로 행해져야 할 공항의 검문이나 신분 확인 등의 업무에는 인원을 파견하지 않았다.

"그들은 보통 사람들이 아니다. 특수한 사람들이고, 무엇보다도 바보가 아니란 말이다! 절대 상식적인 방법으로 공항에 들어가지는 않는다. 변장하거나 신분을 위조해서 탈출하지는 않을 거다. 오히려 강공법을 쓸 확률이 높다."

도구르는 공항의 경비를 늘리자는 의견을 일축하고, 뜻밖에도 베이징에서 차로 스물네 시간 이내의 범위에 위치한 공항들의 외곽 경비에 대량의 인력을 투입했다. 도구르의 판단은 맞아떨어졌다.

우한의 공항 부근에서 현암의 의해 탈취당한 것으로 보이는 차가 발견되고, 공항의 외곽 철망에 커다란 구멍이 뚫렸다는 말을 들은 도구르는 일각의 지체도 없이 그쪽으로 대규모의 동원을 지시했다. 도구르에게 한풀 죽은 중국의 공안청 요원들은 불만스러운 얼굴이었지만 그의 말대로 많은 인원을 그쪽으로 파견하는 한편, 모든 항공기의 이륙을 막았다. 그다음 도구르는 보란 듯이 백호에게 동행을 요구했고, 백호는 할 수 없이 도구르와 같이 헬기를 타고 우한 공항까지 가기에 이르렀다.

백호는 겉으로는 표를 내지 않았지만 속으로는 매우 긴장하고 있었다. 자신이 애써 만든 연락망이 어쩌면 필요 없어질지도 모른다는 생각, 또 자신이 퇴마사들을 위해 무엇을 할 수 있을까 하는 궁리 때문에 머리가 터질 지경이었다. 반대로 도구르는 여유 만만했다.

"아까 풀어 드렸던 그분들과는 많은 대화를 나누었습니까?"

한참 침묵을 지키던 도구르가 백호에게 물었다.

"한국으로 돌아가는 일정에 대해 논의했습니다."

"오! 저런…… 그것만이 아닌 것 같던데요?"

"무슨 말씀이지요?"

"아까 종일 앞뒤가 맞지 않는 대화만 하고 계시더군요. 그리고 뭔가 쓰는 소리가 너무 크게 들렸어요. 필담으로 아주 중요한 이야기를 하신 모양이지요?"

백호는 속이 뜨끔했지만 내색하지 않고 소리를 쳤다.

"도청 장치를 했단 말입니까?"

"화낼 것 없어요. 중국 공안청에서 설치한 것이니까요. 거긴 외교관이나 대사관이 아닌, 일개 호텔 아닙니까? 자기 나라 정부가 자기 나라 호텔에 도청 장치를 설치한 것에 대해서야 제가 드릴 말씀은 없는 것 아니겠습니까?"

백호가 뭐라고 응수하기도 전에 도구르는 능글맞게 웃으며 말했다.

"알고 있어요. 무슨 말씀을 하시려는지. 아니, 안다기보다는 이해가 됩니다. 그들은 백호 씨가 육성한 분들, 이 표현이 맞을지 모르겠습니다만, 그러니 애착이 가는 것도 당연하겠지요. 심정은 충분히 이해가 갑니다. 가능하다면 그들을 달아나게 해 주고 싶겠지요? 그래서 한국으로 모이게 해서…… 허허허."

도구르는 얼굴빛을 달리하면서 차가운 표정을 지었다.

"할 수 있으면 해 보시지요. 그런 짓은 안 될 겁니다. 절대! 그들은 절대 도망칠 수 없어요. 알겠습니까? 그리고 당신도 손 하나 까딱할 수 없을 것이고!"

도구르의 말을 듣고 화가 난 백호가 몸을 움직이려 하자 뒤에서 뻗어 온 몇 개의 단단한 손이 백호의 어깨를 움켜잡았다. 그들은 백호의 총과 아까 호텔에서 들고 나온 기다란 천에 싼 물건을 헬기의 뒷좌석으로 옮겼다. 그 안에는 지난번 현암이 챙기지 못하고 놓고 간 청홍검을 감춘 목도가 들어 있었다. 뒷좌석의 요원들이 그 목도를 도구르에게 전해 주었고 도구르는 능글맞게 웃으며 목도를 받아 들었다.

"오호! 이런…… 나는 기관총이나 대전차 로켓이 들어 있을 줄 알았는데……. 백호 씨는 검도를 할 줄 아십니까? 취미 활동을 위해 가지고 나온 것도 아닐 테고……."

도구르는 좀 의외라는 듯 목도를 집어 들더니 여기저기를 살폈다.

"나무라고 하기에는 상당히 무거운데, 여기에 뭘 감추셨나?"

그러나 도구르는 목도 안에 감추어 둔 청홍검을 찾아내지는 못했다. 그것은 준후가 부적의 힘으로 붙여 놓은 것이라, 아예 부수거나 불에 태우거나 부적을 붙인 부분에 손가락으로 특정한 문장을 그리기 전에는 칼이 뽑히지 않게 돼 있었던 것이다. 도구르는 목도를 부숴 보려 했으나, 좁은 헬기 안이라 불가능해 그냥 발치에 던져두고는 백호에게 또 말을 걸었다.

"당신에게 위해를 가할 생각은 없습니다. 말하지 않았습니까? 나는 당신을 동정한다고. 그러니 섣부른 짓은 하지 마시란 거요. 당신은 당신 입으로 그들을 잡는 데 협조하겠다고 했으니, 내가 그들을 잡는 것을 잘 지켜보면 되는 겁니다. 그리고 그들의 시신을 확인해 주면 그걸로 당신의 임무는 끝입니다. 그래서 동행하도록 한 것이니 그리 아세요."

백호는 속이 부글부글 끓어올랐다. 도구르는 백호가 예상한 것보다도 훨씬 치밀하고 음흉한 자였다. 도청 장치로 펜으로 쓰는 소리를 잡아낼 정도로 지독하고 정교한 일면이 있는가 하면, 자신의 속셈을 그것 하나로 자신의 속에 들어가 본 것처럼 짚어 낼 만큼 음흉했고, 우한 부근의 공항 철조망에 구멍이 났다는 말만으로 전 병력을 그리로 돌릴 정도의 과감한 행동력도 갖추고 있는 무시하지 못할 자였다.

연희와 윌리엄스 신부를 빼내는 일 라운드에서 이긴 것으로 방심했던 자신이 너무 안일했다고 생각한 백호는 입술을 깨물었으나, 일단은 어찌할 방법이 없었다. 그러는 중에도 헬기는 우한 공항을 향해 날아가고 있었다.

더운 날씨에 좁고 답답한 비행기의 화물 상자 안에서 여섯 시간이나 버틴다는 것은 상상 이상으로 고통스러운 일이었다. 아직 이륙 시각까지는 많이 남아 있었다. 현암과 박 신부, 그리고 최 교수가 숨어 들어간 화물 상자는 비행기 안에 실렸지만 화물칸의 문은 닫히지 않은 것 같아서 밖으로 나갈 수 없었다. 더군다나 화물 상자는 통풍도 되지 않고, 좁디좁은 공간에 세 명이나 몸을 접듯이 끼어 들어가다 보니 거의 찜통 같아서 숨 쉬는 것마저도 답답했다. 특히 최 교수의 숨소리는 점점 높아지고 있었다.

"이러다가 질식해 버리는 건 아닐까요? 헉헉……."

숨죽인 말소리로 최 교수가 중얼거리자 현암이 나직하게 대답했다.

"그렇진 않을 겁니다. 바람구멍은 있는 것 같아요."

"이거 너무 더, 덥고……."

"조금만 더 참으세요."

더 이상 밖에서 사람의 기척이 들리지 않는 것 같자 박 신부도 한마디 거들었다.

"여기보다는 인도나 파키스탄의 날씨가 더 덥겠죠? 아마 그곳의 바깥 기온은 여기 이 화물 상자 정도 될 겁니다. 승희나 준후는 더 고생하고 있을지도 모르니 좀 참읍시다."

승희와 준후 이야기가 나오자 현암의 표정이 어두워졌다.

"준후하고 승희에게 별일은 없을까요? 지금 유적을 찾으러 가는 것보다는 승희와 준후와 합류하러 가는 편이 더 낫지 않을까 싶군요."

현암의 말에 박 신부도 씁쓸하게 말했다.

"글쎄. 준후하고 승희는 현재 아무 일 없이 잘 있네. 미스 바이올렛이 잘 피신시킨 모양일세. 나도 승희만은 못하지만 그 정도 알아낼 수 있는 재주는 있다네. 그리고 여기에 마스터의 흉계가 숨어 있을 가능성이 많으니, 유적에 관한 것을 먼저 해결하는 것이 급하지 않겠는가?

최 교수도 답답해서 견디기가 어려운지 농담 섞인 어조로 한마디 했다.

"파키스탄으로 가는 것이 보통 일이 아니네요. 이 몸이 새라면 훨훨 날아갈 텐데…… 허허허."

그 말에 현암은 채 말도 꺼내지 못하고 눈을 크게 떴다. 아주 짧은 시간이었다. 전부터 생각은 해 오고 있었지만 워낙 정신없는 일이 많아서 한 번도 제대로 정리를 하지 못했던 것들이 최 교수와 박 신부의 말로 인해 봇물이 터지듯 떠올랐기 때문이다.

— 마스터의 흉계가 있을 것이니 이걸 먼저 알아내어…….

— 이 몸이 새라면 훨훨 날아갈 텐데…….

— 준후하고 승희는 현재 아무 일 없이 잘 있네. 미스 바이올렛이 잘 피신시킨 모양일세.

이것들 외에 앙그라의 몸에 썬 마스터와 화중명 노인의 약재상에서 대결했던 일, 황달지 교수의 방에서 기습을 당했던 일들까지 폭발하듯이 한꺼번에 현암의 머릿속에 떠올랐다. 그리고 뒤죽박죽으로 두서없이 얽혔던 일들이 하나로 합쳐져 정리되기 시작했다.

이번 일에는 이상하게 꺼림칙하고 앞뒤가 맞지 않는 일들이 많았다. 그러나 현암은 그 모든 것을 꿰뚫어 줄 만한 단서를 잡지 못했다. 아니, 잡았을지도 모르는데 어느 사이엔가 놓쳐 버린 것 같았다. 언제 그런 생각을 했더라? 지금 현암의 머릿속에 떠오르는 생각이 맞다면 모든 것이 다 설명된다. 모든 것을 설명할 수 있는 방법이 그것 한 가지뿐이라면…….

"큰일이다!"

별안간 현암이 소리를 지르자 박 신부와 최 교수는 몸을 움찔했다. 아무리 바깥에 사람의 인기척이 들리지 않는다고 해도 소리를 지르는 것은 위험한 일이었다. 박 신부와 최 교수는 영문을 몰라 어리둥절한 표정이었다.

"왜 그러나, 현암 군?"

현암은 박 신부의 말에 응답할 겨를이 없었다. 현암의 머릿속에서 방금에서야 정리가 된 그 결과라는 것은…….

"승희, 승희와 준후가 위험해요!"

"응? 글쎄, 승희와 준후가 위험에 처했을 거라는 건 다 아는 사실 아닌가? 하지만 별일 없이 어딘가에 잘 숨어서⋯⋯."

"아니오! 경찰이나 정보기관 때문에 위험한 게 아닙니다. 바이올렛! 바이올렛이야말로 위험한 존재예요!"

"뭐라고?"

덩달아 박 신부의 목소리도 높아졌다.

"경황이 없어서 미처 생각을 정리하지 못하고 있었는데 이제야 비로소 알았습니다! 이제야 확신할 수 있게 됐어요. 바이올렛! 바이올렛이 바로 마스터입니다!"

너무도 의외인 현암의 말에 박 신부조차도 경악을 금치 못해 얼굴빛이 변해 버렸다. 현암은 황급히 세크메트의 눈을 꺼내 들고는 승희와 통신을 취하려고 수선을 떨었다. 그러나 연락이 되지 않았다. 어지간한 일에는 눈 하나 꿈쩍하지 않는 현암의 이마에도 구슬땀이 맺혀 갔다. 박 신부는 어둠 속을 멍하니 보고 있다가 정신을 차린 듯, 현암에게 물었다.

"어떻게, 어떻게 그런 일이 있을 수 있는가? 마스터는 신동들의 우두머리인 앙그라라고 하지 않았던가?"

현암은 세크메트의 눈을 손에 쥐고 여러 차례 흔들다가 소리치듯 말했다.

"물론 그랬죠. 그러나 마스터는 영혼입니다. 공간적인 제약 같은 것은 마스터에겐 아무런 의미가 없어요. 한 사람의 몸에 들어갈 수 있다면 또 다른 사람의 몸에도 들어갈 수 있는 겁니다."

"또 다른 사람? 아니, 어떻게 그런 생각을……."

"제가 의심하기 시작한 것은 황달지 교수의 아파트에서 본 빈 통조림 개수 때문이었습니다. 앙그라가 황달지 교수를 잡고 있던 시간은 약 사흘이었을 겁니다. 그런데 깡통은 겨우 여섯 개밖에는 되지 않았어요. 아무리 앙그라가 작은 아이라지만 통조림 두 개로 하루를 지내기는 힘들지 않았을까 하고 생각했죠."

"그러나 그럴 수도 있는 일 아닌가? 식욕이 없을 수도 있고, 뭔가 다른 것을 먹었을 수도 있지."

"그건 그렇습니다. 그래서 저도 금방 그런 생각은 지워 버렸죠. 대신 이렇게 생각해 보기로 했어요. 즉 사흘 동안 계속 있었던 것이 아니라 어디로 나갔다가 돌아온 것은 아닐까 하고 말이지요. 그러던 중 앙그라와 싸우게 돼서 잠시 그 추측은 까맣게 잊고 있었습니다. 그다음 우연히 만난 화 어르신에게 시술받고 돌아오는 길에 택시가 잡히지 않아서, 내가 영혼이었다면 훨훨 날아 금방 호텔까지 갈 수 있을 텐데, 라고 생각했죠. 그 순간 마스터는 영혼이니 그 시간 동안 어딘가를 훨훨 날아간 것은 아닐까 하는 생각을 하게 된 겁니다."

"그렇다면 그때 비행기 안에서 바이올렛이 기절한 것도 그런 이유 때문이라고 생각하는 건가?"

"그렇습니다. 우리가 앙그라와 싸우고 있을 무렵, 바이올렛은 준후와 승희와 함께 비행기를 타고 있었어요. 그런데 승희의 말로는 그때 바이올렛은 이유 없이 기절해서 깨어나지 않았다지요?"

"그랬네. 그, 그렇지만……."

"아, 물론 그땐 저도 몰랐습니다. 믿을 수도 없었고요. 그러나 저는 처음부터 한 가지 껄끄럽게 생각했던 것이 있었습니다. 마스터가 투시력이 있는가 없는가 하는 것 말입니다. 마스터가 승희처럼 투시 능력이 있다고 한다면 모든 일들을 잘 알고 있을 것이고, 따라서 우리가 가는 앞길에 함정을 깔아 놓을 것이 분명했기 때문에 관심을 가졌지요. 그런데 황달지 교수의 방에서 앙그라에게 기습을 당했을 때 처음으로 앞뒤가 안 맞는 일이 생기게 됐고 그때부터 의심을 가지게 된 겁니다."

"그게 무슨 말인가?"

"저는 처음 황달지 교수의 방에서 의외의 기습을 당하고 나서 마스터가 미리부터 모든 것을 알고 있었구나 했지요. 조금 더 신경 써서 경계하지 않은 것을 후회했고요. 그런데 당시 마스터는 아라가 우리와 같이 온 것은 몰랐어요. 그건 틀림없습니다. 마스터는 아라가 바퀴벌레 떼와 함께 뛰어 들어오자 당황해서 우리에게 치명적인 일격을 가하지 못했던 거고요. 그것만 놓고 본다면 분명 마스터는 투시력이 없습니다. 그런데도 마스터는 우리가 신동들을 물리치고 중국으로 황달지 교수를 찾아오리라는 것을 정확하게 알고 있었지요. 그 신동들은 죽거나 다친 상태였고, 만약 그들 중 도망친 아이들이 패배했다는 결과를 마스터에게 보고했다고 해도 시간적으로 도저히 불가능한 일이었습니다."

"그렇군! 황달지 교수는 사흘 전부터 자리에 누워 있었다고 했지? 그것은 앙그라가 마약에 중독시켜서 눕혀 놓은 것일 테니 그 점은 알겠네. 그러나 바이올렛이 어떻게 마스터가 될 수 있다는 것이지?"

"투시력 건을 생각해 보세요. 마스터가 아라를 투시하지 못한 것은 마스터에게 투시력이 없다는 의미입니다. 그런데도 마스터는 우리의 정황을 소상하게 알고 있었어요. 신동들의 보고를 받지도 않았으면서 말이지요. 생각나세요? 레그나가 신동들과 대화를 할 때, 앙그라와는 연락이 되지 않는 것처럼 이야기했지요? 그 애들은 앙그라가 황달지 교수를 무사히 처치했는지의 여부도 모르고 있었어요. 그렇다면 투시력이 없는 마스터가 어떻게 우리의 근황과 일정 등을 소상하게 알 수 있었을까요? 답은 한 가지뿐입니다. 우리의 옆에서 직접 보고 들은 겁니다. 그 이외에는 달리 설명할 방법이 없어요. 앙그라는 황달지 교수를 사흘 전부터 붙잡아 놓고 기다리고 있었습니다. 그리고 우리가 올 시각에 맞춰 황달지 교수의 몸 밑에 숨어 들어가 있었지요. 우리가 도착할 시간을 대강이나마 알지 못했으면 그러지 않았을 겁니다. 또 제가 겨루어 본 바에 의하면 마스터의 영능력은 예전에 비하면 보잘것없었어요. 만약 저와 연희 씨만 가지 않고 우리 모두 갔다면 함정을 파놓았어도 실패했을 겁니다. 마스터가 그냥 모험을 했다고는 생각할 수 없습니다. 마스터는 별다른 예감 능력이 없는 저와 연희 씨만 황달지 교수에게 가리라는 것을 알고 있었던 것이고, 그건 신동들도 알 수 없는 일이었습니다. 마스터에게는 투시력이 없으니, 내부의 누군가가 알려 준 것이겠지요. 그럴 사람은 바이올렛뿐입니다."

"마스터가 투시력이 있는데 아라에게는 신경을 쓰지 않은 것은 아닐까?"

"그건 아니라고 봅니다. 만약 투시력이 있다면 황달지 교수의 몸 밑에 숨어서 우리를 기다리는 동안, 우리가 어디쯤 오고 있는지 투시했겠지요. 아라가 문밖까지 같이 따라왔던 사실을 모르지도 않았을 거고요."

"흠! 그러나 바이올렛은 성난큰곰과 같이 오지 않았는가? 그리고 바이올렛에게서 이상한 낌새는 우리 중 어느 누구도 발견하지 못하지 않았는가?"

"물론 지금에 와서야 할 수 있는 이야기입니다만, 신부님은 바이올렛을 의심하고서 투시해 보거나 영사를 행해 보신 적이 있습니까?"

"없네."

"그렇다면 승희나 준후도 마찬가지였을 겁니다. 바이올렛은 성난큰곰과 같이 왔지요. 그것도 싸움이 한참 고비로 접어드는 중에 왔고요. 그러니 아무도 의심하지 않은 것입니다. 아니, 의심하려는 마음조차 들지 않은 것이지요. 정말 음흉하기 이를 데 없는 술수입니다. 더군다나 바이올렛은 특이한 목소리로 마치 연기하는 성우처럼 소리를 내곤 했지요. 우리는 처음부터 그렇게 보았으니 으레 그런 줄 알고 있었지요. 지금 돌이켜 보면 바이올렛이 짙은 화장을 한 것도 얼굴에 나타날 수 있는 기운을 감추기 위한 것이 아니었을까 싶습니다."

"그래도 나는 이해가 가질 않아."

"저도 믿어지지 않기는 마찬가지입니다. 그러나 그것 이외에는 설명할 수 있는 방법이 없어요. 생각해 보세요. 앙그라는 우리가 중국에서 황달지 교수를 찾을 줄 알고 죽이지 않은 채 마약에 중독시켜 침대에 묶어 놓았어요. 그건 바이올렛을 믿게 만들기 위한 마스터의 술수였습니다. 바이올렛은 사흘 전부터 투시해 본 결과 황달지 교수가 살아 있다고 말했지요. 마스터는 우리에 대해 아주 잘 알고 있었습니다. 자기가 그렇게 말하면 당연히 승희도 투시해 볼 것이라고 짐작한 것이지요. 아시다시피 승희는 정황보다는 단순히 심리 상태만을 읽어 낼 뿐입니다. 마약에 취해 잠든 황달지 교수의 마음속은 승희에게는 악몽으로밖에 보이지 않았겠지요. 따라서 우리는 바이올렛의 수정구 응시가 정말인 것으로 믿게 됐고, 그에 따라 바이올렛이 최 교수를 구하려고 한 것이나, 정체불명의 조직이 있어서 그 조직에서 여러 사람을 노린다는 것들을 모두 믿게 됐습니다. 더군다나 바이올렛은 성난큰곰과 같이 왔지요. 성난큰곰은 믿을 만한 사람이었으니까 우리는 더더욱 의심하지 않았습니다. 그러나 돌이켜 보면 성난큰곰은 바이올렛이 한국에 블랙 서클의 후예인 신동들이 나타났다고 말하면서 우리가 위험하다고 하니 당연히 달려왔겠지요."

"그래? 그런데……."

"기억나십니까? 바이올렛이 했던 말이? 성난큰곰과 자기는 아주 친한 친구 사이라고 했지요. 그런데 바이올렛은 성난큰곰을 불과 하루 전에 만났을 뿐이었어요. 또 있습니다. 바이올렛이 정말 수정구 응시를 해 사람을 찾아내는 재주가 있었다면, 미국에서 성난큰곰을 찾는데 이틀씩이나 걸리지는 않았을 겁니다. 응시를 행하고 나서 미국으로 가는 게 순서가 아니겠어요? 시타 교수나 최교수의 집 주소까지도 응시해 내는 재주가 있다면 성난큰곰의 행적을 찾는 것은 그다지 어렵지 않았을 테고요."

"그렇다면 바이올렛이 했던 말이 모두 거짓말이었다는 것인가?"

"제 결론은 그랬습니다."

"그러나 그렇게 거짓말을 하는 것은 매우 위험했을 텐데? 더군다나 성난큰곰이 함께 있지 않았는가? 또 룽페이의 임종 시에도 바이올렛이 갔다면서?"

"아아, 그 말씀을 들으니 이제야 명쾌하게 정리가 됩니다. 맞아요! 신동들의 몸에 장치돼 있던 폭탄, 그게 무엇 때문에 있었는지 이제야 알 수 있을 것 같습니다."

"그렇다면…… 그건 성난큰곰을 노린 것이었다는 말인가?"

"그렇습니다."

"그것은 마스터가 우리를 상대하기 위해 대비해 놓은 게 아니었을까? 만에 하나라도 그들이 질 경우를 대비해서 말이야."

"만약 신부님 말씀대로라면 마스터는 왜 신동들이 진 순간부터 함정을 준비하지 않고 사흘 전부터 함정을 파고 기다렸을까요? 그걸 뒤집어 마스터가 뭔가를 얻기 위해 일을 꾸몄다고 가정하면 말이 됩니다. 즉 신동들은 처음부터 우리를 이기기 위해 온 것이 아니라는 겁니다. 신동들은 처음 주기 선생을 이기려고 하지 않았 습니다. 그 점을 이상하게 생각하지 않으셨습니까?"

"좀 의아하기는 했네. 신동들이 한꺼번에 들이닥쳤다면 주기 선생 혼자로는 절대 이겨 내지 못했을 거야. 그러나 나는 그 아이들이 일부러 시간을 끌고 있다가 우리가 나타나기를 기다려서 폭탄으로 우리 모두를 없애려 했다고 생각했네."

"저도 그렇게 생각했었습니다. 그러나 지금 와서 생각해 보니 비로소 전모가 드러나는 것 같아요. 바이올렛이 마스터라고 가정한다면 성난큰곰은 우리가 바이올렛을 믿게 만들도록 하는 일종의 소도구에 불과했던 거죠. 신동들도 마찬가지고요. 신동들이 가지고 있던 폭탄도 필경 그런 종류에 불과한 겁니다. 더구나 그건 여섯 명의 신동을 보냈음에도 불구하고 그들이 질 것을 처음부터 알고 있었다는 말밖에 되지 않아요. 신동들이 이긴다면 구태여 함정을 만들 필요도 없었을 겁니다."

"그럼 왜 그런 번거로운 짓을 했을까?"

"그건 이런 뜻이지요. 우리가 말려들어 스스로 모습을 드러내기를 바랐던 겁니다. 만약 바이올렛이 우리에게 직접 의뢰를 했다고 한다면 우리는 조사를 좀 더 해 보았을 겁니다. 그러나 주기 선생에게 말려들어 벌어진 일이므로 우리는 별 의심을 하지 않고 남의 말을 다 믿으면서 일에 끼어들게 된 거죠. 신동들이 지니고 있던 폭탄이 누구를 노린 것인가에 대해서도 우리는 많이 이야기를 나누었습니다만, 그건 우리를 노린 것도 아니었습니다. 신동들 자신과 성난큰곰을 노린 거였지요. 즉 우리가 그 싸움에서 죽거나 다치지 않게 하는, 그러면서도 바이올렛을 믿게 하는 소도구였던 셈이지요."

"……."

"그 생각은 전부터 하고 있던 것이었어요. 레그나의 이야기를 듣고부터 말입니다. 신부님께서 레그나와 마지막으로 겨루실 때 그 아이가 엄청난 힘을 감추고 있다고 하셨지요? 그런 힘을 감추고 있다면 폭탄을 쓸 것도 없이 그냥 감추고 있는 힘을 써 버리면 그만입니다. 성난큰곰이 나타나 두려워서 도망친 것 같다는 이야기도 나왔지만, 전 아무래도 이상했어요. 과연 그런 주술을 쓸 정도로 단련하고 수련한 아이들이 두려움이라는 감정을 가지고 있을까 하는 것을 말입니다. 보통 아이들이라면 그런 감정을 가질 수 있습니다. 준후도 그러니까요. 그러나 준후는 절대 사람에게는 주술도 쓰지 않고 더군다나 사람을 해치지는 못합니다. 반면, 그 애들은 어떤가요? 사람 목숨을 장난하듯 죽일 수도 있게 수련된 아이들이에요. 물론 룽페이 같은 아이들은 순진한 구석이 있습니다. 그러나 문제는 레그나예요. 레그나가 폭탄을 피에트리에게 주었으니 그 애가 폭탄을 터뜨린 것은 확실합니다. 자기와 같이 있던 아이들을 제물로 삼을 만큼 냉정한 마음의 아이가 과연 두려움이라는 감정을 가질까요? 제 생각으로는 두려움보다는 미움이라는 감정이 더 적절한 표현일 것 같습니다. 레그나는 충분히 혼자서도 싸울 만한데 꽁무니를 빼고 달아났지요. 그건 마스터의 명령 때문이었던 것 같습니다. 하지만 그것과 상관없이 그 폭탄은 터졌을 겁니다. 신동들이 이기면 우리를 죽이지 않기 위해서 터뜨렸을 거고, 아니면 성난큰곰을 없애기 위해서라도 그랬을 겁니다. 아마도 마스터는 성난큰곰이 다른 사람을 구하려 나설 것이라는 점을 간파했던 것 같습니다. 폭탄에 그토록 알아보기 쉽도록 환한 색으로 글자판을 만든 것도 수상했어요. 모두가 같이 죽으라고 만든 것이 아니라는 소리지요. 정말 모두 죽일 생각이었다면 귀신도 모르는 사이에 터지게 했을 겁니다. 신동들이 나타난 것은 다 계획적이었던 것이죠. 저는 룽페이의 유언을 들으면서 룽페이가 세상을 지키기 위한 사명감으로 주술을 쓰고 있었다는 걸 알았어요. 그렇다면 신동 중에는 마스터의 진정한 수족은 몇 없었다는 이야기도 됩니다. 레그나 정도겠지요. 나머지는 마스터에게 소모품에 불과했을 거고요."

박 신부는 깊은 생각에 빠진 듯했다. 현암의 말은 앞뒤 정황이 모두 맞았다. 물론 비약도 있었고 가정도 있었지만 이처럼 논리정연하게 상황을 설명할 만한 다른 것은 찾아보기 힘들었다. 박 신부의 등줄기로 식은땀이 흘러내렸고, 섬뜩한 기분에 잠시 진저리를 쳐야 했다.

"그러나 현암 군……."

"예."

"그렇다면 마스터는 우리를 죽이지 않기 위해 애썼단 말인가?"

"모두는 아닙니다. 마스터는 저나 연희 씨는 잔인하게 해치우려고 했습니다. 그걸 보아서는 지금 동행 중인 승희나 준후를 노리는 것이 아닐까 싶습니다."

"그러나 그 애들은 무사…… 아니, 그렇다면 마스터는 그 애들을 어딘가에 이용하려고 모든 일을 꾸몄다는 소리인가?"

"그렇습니다. 그래서 승희와 준후가 더 걱정이 되는 겁니다."

현암의 답은 짧고 명료했다. 박 신부가 한동안 생각에 몰두하자 현암이 넌지시 물었다.

"그런데 신부님?"

"뭔가?"

"마스터는 악마가 자신을 죽였다고 했습니다. 그게 사실입니까?"

박 신부는 사실대로 말할까 잠시 고민했지만 역시 모르는 편이 낫다고 생각했다. 그래서 말을 흐렸다.

"그랬던가……. 몰랐네."

"그렇습니까."

박 신부는 화제를 돌리려고 천천히 말을 이어 갔다.

"그건 지금으로선 별로 중요한 게 아니고…… 자네 말이 맞다면 지금 상태를 보아서는 마스터는 우리를 일부러 분산시킨 셈이 되는데……. 따지고 보면 황달지 교수는 연관이 있지만 시타 교수는 원래 연관이 없던 사람 아닌가? 단지 바이올렛의 말 때문에 시타 교수가 있다는 인도에도 사람을 보내게 됐다는 말인데. 마스터는 인도에 승희와 준후가 갈 것까지도 예상하고 있었다는 얘긴가?"

"승희와 준후 둘 다는 아닐 겁니다. 둘 중 한 명이겠지요. 마스터의 뿌리가 원래 인도에서 비롯된 것인 만큼, 승희는 애염명왕의 화신이고 준후는 밀교의 술수에 능통하니 둘 중 누구를 노리는 것인지는 정확히 알 수 없지요. 제 생각으로는 승희 쪽이 더 가능성이 많은 듯싶습니다."

"나도 그렇다고 보네. 그럼 승희를 이용해 마스터는 무엇을 하려는 거지? 승희가 아니면 손댈 수 없는 유물이나, 승희를 통해서만 접근할 수 있는 고대의 힘 같은 것이 숨겨져 있는 것일까?"

"비슷할 것이라고 생각합니다. 마스터는 죽은 지금까지도 힘에 대한 집착을 버리지 못하고 있어요. 계약은 그대로이니 우리 모두를 희생시켜 악마 아스타로트에게서 자신의 힘을 돌려받겠다는 소리를 한 적이 있습니다. 그러나 우리를 해치는 것을 미루면서까지 얻고자 하는 힘이라면, 그보다 훨씬 더 큰 것이라고 봐도 되겠지요."

박 신부는 한참이나 신음을 내다가 입을 열었다.

"바이올렛이 마스터 본인이 아니라, 하수인이라고 가정해도 말이 되지 않나?"

"글쎄요. 그런 가정도 해 보았습니다만, 바이올렛은 하수인이 될 수가 없다고 봅니다. 마스터가 힘에 욕심을 낸다면, 그것을 절대 남의 손에 맡기지는 않을 겁니다. 그렇기 때문에 모험을 하는 것이라고 봐도 되겠지요. 저는 심리학에 조예가 있지는 않습니다만, 죽어서까지 잊지 못하는 힘에 대한 욕구를 다른 사람을 부려서 얻을 수 있다고 여겨지지는 않는군요."

"그러나 마스터가 뭔가 얻기 위해 사실을 감춘다면 그게 바이올렛 본인이 아니라 하수인이어도 지장은 없을 것 같은데?"

"아까도 말씀드렸지만 마스터라는 작자가 힘을 얻기 위해 꾸민 일을 다른 사람 손에 맡긴다고는 상상할 수 없어요. 더구나 마스터는 영혼 자체이고, 제가 상대해 보니 그 능력은 예전에 살아 있을 때보다 한참 떨어졌습니다. 그런 처지라면 수하로 거느린 자가 자기보다 셀 경우 그 힘을 대신 가져가 버리는 경우도 계산했을 텐데, 절대 남에게 그런 기회를 주지 않겠지요. 물론 제 짐작일 뿐입니다. 그러나 무엇보다도 앙그라가 활동하고 있는 동안에 바이올렛이 기절해 있었다는 사실이 둘이 동일인, 아니 동일 영혼의 조종을 받고 있었다는 사실을 분명히 보여 줍니다. 또 황달지 교수의 집에서 앙그라가 내내 잠복해 있었던 것도요. 그건 우리를 지키기 위해서만이 아니라 유체 이탈을 하는 동안 앙그라의 몸을 안전하게 숨기기 위한 방법도 됐을 겁니다."

"그렇다면 마스터가 노리는 것은 인도에 있다는 이야기가 되는군. 음…… 현암 군, 시타 교수 이외에 황달지 교수나 판첸 라마는 꾸며 낸 이야기일까?"

"그건 아닙니다. 황달지 교수를 미끼로 했을 뿐이지 죽이려 한 것은 아니었다고 봅니다. 처음에는 자신의 힘이 노출되지 않게 하기 위해 황달지 교수나 최 교수님을 없애려고 하다가, 다른 좋은 생각이 떠오른 것 같습니다. 우리도 없애면서, 자신은 또 다른 힘을 획득할 수 있는 방법 말입니다. 마스터는 분명 뭔가 원하는 것이 있습니다. 우리는 이제까지 최 교수님을 지키고 그들이 감추려고 하는 사실을 밝히기 위해 신경을 써 왔지, 마스터 자신이 뭔가 찾고 있을 것이라고는 생각지도 않았습니다. 저도 이번 일에 이상한 점들을 많이 봐 오면서도 그것이 앞뒤가 맞지 않기 때문에 계속 고민만을 거듭했던 겁니다. 그러나 시선을 달리해 보니 비로소 마스터의 흉계가 보입니다. 준후나 승희가 지금까지 무사한 것을 보면 압니다. 저와 연희 씨의 경우는 인정사정 두지 않고 즉각 없애 버리려고 했습니다. 그러나 바이올렛은 기절한 것 말고는 그들에게 의심을 살 만한 행동은 하지 않았습니다. 그냥 없애 버리고 사라져도 여기에 있는 우리는 아무런 대응책이 없는데도 말입니다."

"음, 대강 수긍이 가네. 한 가지만 더 물어보세. 마스터는 어떻게, 그리고 왜 각국의 정보기관에 우리의 존재를 알려서 우리를 이 꼴로 몰아넣은 거지?"

"그건 확실히 모르겠습니다. 우리를 절대로 해치우고야 말겠다는 생각에선지 아니면 우리를 갈라놓고 고립시키려는 수작에서 비롯된 것인지……. 그것도 아니라면 승희나 준후를 이용하는 데 그것이 도움이 되는 상황인지도 모르지요. 좌우간 마스터는 무서운 놈입니다."

현암의 말끝이 살짝 떨리고 있었다.

"그나저나 어떻게 하지? 어떻게든 일단 인도로 가서 승희와 준후를 찾아야 할 것 같은데……. 유적의 일도 중요하지만 말일세."

"저도 동감입니다."

박 신부는 한숨을 크게 내쉬었다. 현암의 말을 듣고 보니 마스터의 흉계가 보통이 아님을 알게 됐고, 지금 마스터와 동행하고 있는 승희와 준후가 무척 걱정됐다. 잠시 생각에 잠긴 박 신부가 현암에게 조용한 소리로 물었다.

"세크메트의 눈은 어떤가? 여전히 안 되나?"

"글쎄요. 이상하군요. 전혀 느낌이 오지 않아요."

박 신부는 한숨을 내쉬었다.

"마스터가 뭔가를 원해서 승희랑 준후와 동행하는 것이라면 지금 당장은 별일이야 없겠지. 그러나 그 애들이 마스터가 원하는 물건을 찾고 나면 더 힘든 일이 닥칠 걸세. 더구나 상대는 바이올렛, 아니 마스터야. 게다가 세크메트의 눈도 되질 않고…… 가까이라도 있었으면 말이라도 전달할 수 있을 텐데, 여긴 너무 멀군."

"말을 전달하다니요?"

"내게는 다른 사람에게 내 의사를 전달할 수 있는 능력이 생겼다네. 그리 오래된 것은 아니네만……."

"언제 그런 능력이 생기셨나요? 혹시 예전에 가사 상태에서 그분을 만나신 후에?"

현암은 과거 박 신부가 죽음의 일보 직전에서 '그분'이라 일컫는 빛의 영상을 만난 이후 능력이 배가됐다는 것을 알고 있었다.

박 신부가 공안청의 벽 다섯 개를 부수고 탈출한 힘도 그때 얻은 힘 같았는데 거기에다가 마음속으로 의사를 전달하는 능력까지 생겼다니, 도대체 그의 능력의 끝은 어디일까?

그러나 박 신부는 낮은 신음만 계속 내고 있을 뿐 현암이 묻는 말에는 대답하지 않았다.

"그러면 현암 군, 우리 한시라도 빨리 인도로 가세. 승희와 준후가 인도의 어느 곳에 있는지는 모르지만 조금 더 가까운 거리에만 들어간다면, 세크메트의 눈이 아니더라도 내가 승희에게 의사를 전달할 수 있을 테니 말일세."

"그러죠. 그러면 일단 여기서는 빠져나가 다른 비행기에 타야……."

현암이 행동을 옮기기 위해 몸을 펴려고 하는데 갑자기 최 교수가 조용히 하라며 손가락을 입술에 갖다 댔다.

"사람들이 와요! 조용히 하세요!"

최 교수의 말에 두 사람이 숨을 죽이자 바깥에서 아까보다도 더 소란스러운 발소리가 들려왔다.

현암은 추리를 마친 이후 승희와 준후가 걱정이 돼서 미칠 지경이었지만 수행을 하는 기분으로 참고 있었다.

'제발 무사히…… 우리가 갈 때까지만이라도 무사해 다오.'

박 신부도 입 밖으로 걱정의 말을 하지 않았지만 마음이 무겁기는 마찬가지였다. 박 신부는 기도문을 중얼거리며 읊기 시작했지만 그 소리는 바깥에서 들려온 소란스러운 소리에 파묻혀 버렸다.

강행 돌파

연희와 윌리엄스 신부는 백호가 느닷없이 호출을 받고 나가자 마음이 불안했지만, 백호와 약속한 대로 월터 보울에게 연락 사항을 전달하기 위해 준비를 했다. 윌리엄스 신부는 밖으로 나가서 ―물론 미행자가 있는 것 같았지만― 무작위로 전화를 고르기 위해 버스를 타고 몇 구역을 간 다음에 여러 대의 전화 중 하나를 잡고 월터 보울과 통화를 했다. 만약 영국 측에서도 정보부의 누군가가 퇴마사들에게 관심을 기울이고 있다면 월터 보울을 주목하고 있을 것이 분명했으나, 아직 도청까지 할 것 같지 않다는 백호의 의견에 따른 것이었다.

그러나 한 번 이상 전화 연락이 가면 월터 보울의 사무실도 도청을 당할 것이 분명했으므로 이번 한 번에 메시지를 전달해야만 했다. 또한 기껏 논의한 연락 방법이 도청자들의 귀에 들어가면 안 되므로 그들이 알 수 없는 방법을 써야 했다. 게다가 어떤 의사 표현상의 약속이 미리 돼 있는 것은 아니라서 박 신부 등이 알아듣지 못할 말을 써서도 안 됐다. 물론 도청이 예상되므로 전혀 해독될 수 없는 것이거나, 아니면 최소한 하루 이내에 해독될 수 있는 문장은 아니어야 했다. 그런 점을 감안해 연희는 머리를 짜내고 짜내다가 묘안을 생각해 냈다.

월터 보울을 통해 메시지를 녹음하는 일은 상상 외로 별다른 방해를 받지 않고 끝났다. 윌리엄스 신부는 생각보다 조금 싱겁다는 느낌이 들었다. 아무 일이 없었다는 것은 백호의 강력한 항의가 주효했는지 어땠는지 모르겠지만, 중국 정보기관이나 인터폴에서 별다른 간섭을 하지 않고 있다는 표시일 수도 있었다. 물론 어디선가 감시의 눈빛은 번득이고 있겠지만……. 윌리엄스 신부는 그 생각을 하자 기분이 언짢아졌고 그 때문에 돌아오는 동안 내내 우울한 얼굴이었다.

윌리엄스 신부가 돌아왔을 때 연희는 호텔 안의 라디오며 TV 등 소리가 날 수 있는 것들은 모조리 틀어 놓고 주위를 두리번거리고 있었다. 도청을 방해하기 위해 그런 모양이었다. 하긴 필담하는 것도 한계가 있었고 영 답답했을 테니 그런 방법을 짜낸 것 같았다. 그것을 보고 윌리엄스 신부는 귓속말 같은 작은 소리로 연희에게 물었다.

"연희 양, 이제는 어떻게 할 생각이지요?"

"글쎄요. 신부님은요?"

"저는 티베트에 가야 할 것 같습네다. 원래 제게 부여된 사명도 있고 또 팍 신부님이 그 일을 부탁하시기도 했으니까요. 연희 양은요?"

"글쎄요. 가고 싶은 기분이 영 아닌데요."

"그것은 저도 이해합네다. 아멘! 그러나 지금 상황에서 우리가 할 수 있는 일은 더 이상 없어요. 차라리 두 사람을 믿기로 하고 우리는 우리가 할 수 있는 일을 하는 것이 어떨까요?"

그래도 연희는 내켜 하지 않는 표정이었다. 어느새 커다란 눈에는 눈물이 글썽거렸다.

"그러나…… 차마 발길이 떨어지지 않는걸요."

윌리엄스 신부 역시 슬픈 얼굴로 성호를 그은 다음 더 이상 입을 열지 않았다. 연희는 눈물을 글썽이며 한참 동안 고민에 빠졌다. 윌리엄스 신부는 그런 연희를 물끄러미 바라보다가 말을 꺼냈다.

"그런데 연희 양, 아까는 어떻게 된 것입네까? 언제부터 그런 능력이 있었습네까?"

"무슨 말씀이지요?"

"아까 미스터 백호에게 마인드 컨트롤 같은 것을 하지 않았나요?"

"글쎄요. 저는 뭘 어떻게 하겠다고 특별히 생각해 본 적은 없는데요."

"미스터 백호는 연희 양이 바라보자 본인의 의지와 상관없이 글씨를 써 내려가던데요. 무척 놀라워하는 것 같던데……."

"저도 뭐가 뭔지 잘 모르겠어요. 다만 백호 씨가 자신의 진심을 얘기해 주기를 바랐어요. 화도 났고요. 물론 백호 씨를 못 믿겠다거나 원망하는 것은 아니었어요. 백호 씨가 최선을 다하고 있다는 것도 느낄 수 있었고요. 그저 신부님과 현암 씨와 승희와 준후가…… 모두가 너무 불쌍해서 잠시 이성을 잃었었나 봐요."

"그 심정은 저도 이해합네다. 하지만 지금 제 말뜻은 그것이 아니라 연희 양이 보인 비범한 능력에 대해 이야기하자는 것입네다. 연희 양, 오른손을 좀 볼 수 있을까요?"

연희는 윌리엄스 신부의 요구대로 오른손을 펴서 보여 주었다.

지금은 거기에서 솟아나던 금빛의 기운이 가시고 없어져서 눈으로 볼 때는 아무것도 보이지 않았지만, 영능력이 있는 윌리엄스 신부는 거기에서 어떤 힘 같은 것을 느낄 수 있었다.

"준후 군의 느낌이군요. 상당한 힘이 느껴지는데요?"

"예, 준후가 넣어 주었어요. 덕분에 아슬아슬한 위기를 여러 번 넘길 수 있었죠. 저 같은 사람이 무슨 힘이 있다고 악령들에게 대적했겠어요? 그나마 제 몸이라도 지킬 수 있었던 것은 이것 덕분이지요."

"그런데 아까 연희 양이 미스터 백호를 쳐다볼 때에 연희 양의 오른손이 빛나고 있었어요. 알고 계셨나요?"

"따스한 느낌이 왔어요. 그렇지만 그때는 화도 나고 마음이 답답하기도 해서 별로 신경을 쓰지 않았지요. 신부님…… 그러면 준후의 힘 때문에 제가 아까 신부님께서 말씀하신 마인드 컨트롤의 능력을 갖게 됐다는 말씀인가요?"

"꼭 그것 때문이라고는 볼 수 없습네다."

"그럼요? 그런데 마인드 컨트롤이란 게 뭐죠? 최면술 같은 것인가요?"

"다릅네다. 최면술은 그 사람의 잠재의식에 어떤 관념을 심어두어서 무의식중에 어떤 행동을 하게 만드는 것이지요. 또는 자신도 모르고 있는 잠재의식 속의 사실을 말하거나 기억하도록 하기도 하고요. 그러나 제가 아까 본 것은 그보다 한 수 위의 능력인 것 같습네다. 최면술에 걸려서 잠재의식이 발동되면 보통 그 사람 본래의 이성은 나타나지 않고 의식을 잃는 경우도 많고, 또 자신이 어떻게 최면에 걸렸는지에 대해서는 잘 기억하지 못하지요. 그러나 방금 미스터 백호는 의식을 잃지도 않았고, 연희 양이 행했던 것이나 자신의 생각을 다 기억했습네다. 그건 미스터 백호가 연희 양의 어떤 힘에 자극받아서 말하고 싶지 않다는 생각이 자연스럽게 말하고 싶다는 생각으로 바뀌었다는 것을 나타내는 것 같습네다."

"잘 이해가 되지 않는군요. 비슷한 것 아닐까요?"

"다릅네다. 적절한 비유인지는 모르겠습니다만 예를 들어 보죠. 개가 있는데 그 개를 어디로 데려가려 한다고 가정해 봅시다."

윌리엄스 신부는 말을 하면서 윙크를 했고, 그것을 본 연희는 살짝 웃었다.

"개는 좀 예가 심한데요?"

"그 개는 그곳으로 가기 싫어한다고 가정합시다. 그럴 때 개에게 목걸이를 걸어서 원하는 곳으로 끌고 가는 것이 최면술이라면, 마인드 컨트롤의 능력은 그 개가 그곳으로 스스로 가고 싶게끔 만드는 힘이라 할 수 있지요. 물론 마인드 컨트롤이라는 이름도 적절한 것은 아니고 제가 임시로 붙인 이름입니다만……."

"원래 마인드 컨트롤은 그런 개념이 아닌 것으로 압니다만……."

"마인드 컨트롤은 자기 계발이나 각성을 위한 요법을 말하지요. 한때 큰 유행이지 않았습네까? 그러나 연희 양이 보인 능력은 그런 것과는 비교가 되지 않아요. 자신이 아닌 남을 그렇게 했으니까요."

그 말을 듣고 연희는 안색이 어두워졌다. 윌리엄스 신부는 연희의 그런 모습이 의아했던지 고개를 갸웃했는데 조금 있다가 연희가 천천히 입을 열었다.

"저는 어떻게 된 것인지 정말 몰라요. 그리고 제게 그런 능력이 생겼다고 해도 영 달갑지 않군요."

"왜죠?"

"능력은…… 다른 사람들도 마찬가지겠지만, 특히 승희를 보면서 저는 많은 생각을 했어요. 힘이 생기는 것은 그만한 대가를 치러야 하는 것이라고요. 제가 봤을 때 특히 승희는 자신이 지니게 된 능력 때문에 점점 불행에 빠져들고 있는 것 같아요. 뭐라고 이야기할 수는 없지만요. 자꾸 마음의 벽이 두꺼워지는 것 같은 그런 기분이 드네요. 신부님, 힘이 생기면 정말 좋은 것일까요? 그런 것만은 아니지 않나요?"

"연희 양의 이야기가 맞습니다, 아멘……. 자신에게 합당하고 걸맞은 것 이외의 힘은 오히려 짐이 되겠지요."

"불안해요. 저는 항상 자신을 평범한 보통 사람이라고 여기고 있었는데……."

"허허허. 연희 양 같은 어학의 천재가 어떻게 보통 사람입네까?"

"그건 지금 이런 종류의 능력과는 전혀 다른 것이잖아요."

"글쎄요. 다를까요?"

"무슨 말씀이시지요?"

"어떤 종류의 것이든 힘은 양면성을 지니고 있다고 봅네다. 저도 예전에 곽 신부님과 이야기해 보아서 승희 양이 깊은 시름에 빠져 있다는 것은 대강 알고 있지요. 그렇게 따지면 저도 할 말이 없지 않습네까? 가장 반기독교적인, 피를 빨아 먹는 괴물이 내 몸 안에 있다니…… 그러나 그 힘 때문에 저도 위기를 넘긴 적이 많이 있습네다. 미력하나마 연희 양이나 퇴마사분들께 도움이 된 적도 있고요. 저도 맨 처음 흡혈귀들에게 잡혀서 그러한 힘을 얻게 됐을 때, 슬퍼하고 고민하며 힘을 떨쳐 내려고 수단과 방법을 가리지 않고 노력했습네다. 그렇지만 그건 저 자신의 속에 있는 것이기 때문에 결국은 떨쳐 버릴 수가 없었지요."

"아, 그러셨군요."

"저도 나름대로 실망도 많이 하고 고민도 많이 했습네다. 그러나 곽 신부님, 그리고 여러분들과 하느님 이외에는 누구에게도 그 고민을 털어놓고 이야기할 수가 없었지요. 저는 그런 짐을 안은 채로 강론도 하고 신도들 앞에 나서기도 했습네다. 그러면서 죄책감에 시달리는 저 자신을 더욱 채찍질하기도 했어요. 그런데 어느 날인가, 묘한 기분을 느낀 적이 있었습네다. 주교님과 함께 미사를 마치고 나서는 길에 주교님이 제게 좋은 말씀을 해 주시는 거예요. 태도가 아주 온화해지고 경건한 분위기가 넘친다고요. 처음에는 반신반의했지요. 흡혈귀로 변신하는 신부가 경건은 무슨 경건이냐고 마음속으로 외치기도 했습네다. 그러다가 저는 어떤 일로 인해 사악한 힘과 충돌한 적이 있었습네다. 악귀에 들린 사람에게 엑소시즘을 하던 중이었는데……."

연희는 어느새 시름도 잊고 윌리엄스 신부가 유머러스한 표정을 띠며 하는 이야기에 점점 빠져들고 있었다.

"힘이 부족하지 뭡네까? 그래서 좀 위험한 지경에 빠졌는데…… 하하하. 아멘. 그 뱀파이어의 이블 파워를 사용해 간단하게 악령을 제압한 다음 본래의 모습으로 돌아와서 엑소시즘을 수행해 놈을 몰아냈습네다. 물론 빈혈 때문에 나중에 엑소시즘 할 때는 힘들었지만…… 그래도 웃으면서 기절했습네다. 하하하."

연희는 자기도 모르게 윌리엄스 신부를 따라 웃었다. 작달막한 데다가 어린아이같이 순진한 구석이 있는 윌리엄스 신부의 이야기는 전혀 꾸밈이 없었고, 엄숙하게 엑소시즘을 하고는 맥이 빠져 웃으면서 기절하는 모습을 떠올리자 어딘지 가슴 뭉클한 웃음이 입가에 맴돌았기 때문이었다.

"병원에서 수혈을 받으면서 여러 가지를 생각했습네다. 힘에 대한 생각도 많이 해 보았고, 퇴마사분들의 고충도 다시 생각해 보았지요. 팍 신부님이나 미스터 현암, 준후 군의 능력은 제가 가진 이블 파워에 기도력의 믿음을 더해도 반도 미치지 않는 커다란 것이지요. 그런 힘을 지니고 있는 분들은 제가 겪은 고민의 몇 배나 되는 나름의 많은 고충이 있었을 테니 오죽하겠습네까? 제 고민과는 비할 수 없는 고통…… 그들은 분명히 안고 있을 겁네다. 잘 알 수는 없지만, 하느님께서 공짜로 아무것이나 주시지는 않으니까 말입네다. 하하하."

연희도 고개를 저으면서 웃었다. 윌리엄스 신부의 모습을 보고 연희는 그가 코미디언이 되면 더 나았을지도 모르겠다고 생각했다. 물론 그의 이야기는 충분히 공감하고 있었지만…….

"그러나 미스터 현암이나 팍 신부님은 그런 고통이나 번민은 내색하지 않으시면서 훌륭한 일을 하고 계시지 않습네까? 그래서 저는 다시 생각해 볼 계기를 갖게 된 겁네다. 그리고 지금은…….'"

윌리엄스 신부는 어깨를 으쓱하며 양팔을 들고 하던 말을 계속 이어 갔다.

"그렇게까지 고민하지는 않습네다. 아무 때나 제 통제 없이 일어나는 현상도 아니고, 제가 남의 피를 찾아 밤거리를 헤매는 것도 아니니까요. 오히려 그 힘이 제 안에 들어온 후로 저는 저 자신에 대해 조금이라도 더 성찰하고 채찍질하고 만사에 성의를 가지려고 노력합네다. 제가 잘나서 그런 게 아니라, 하다 보니 그렇게 된 것이지요. 못생긴 남자들이 공부를 열심히 해야 더 성공하는 경우가 많다는 말을 어디선가 들은 적이 있습네다. 코미디 프로그램에서 들은 말입니다만 그것도 완전히 사실무근인 것은 아니겠지요? 아멘……. 저도 생각하려 애썼습네다. 그리고 지금은 이 모든 것이 하느님이 뜻대로 된 것이겠지요. 작고 작아서 키까지 작은 미천한 신부가 뭘 어쩌하겠습네까. 아멘……. 하하하."

연희는 또다시 웃었다. 윌리엄스 신부에게는 묘하게 사람의 마음을 위안시키는 힘이 있었다. 윌리엄스 신부의 이야기를 듣던 사이에 자신의 그런 힘에 대한 고민은 물론이고 울적하고 터질 것 같던 마음도 많이 가벼워지는 것 같은 기분이었다. 연희는 그제야 냉정한 기분으로 현재 상황을 돌아볼 수 있었다.

'이제는 어떻게 해야 할까? 윌리엄스 신부님과 함께 티베트로 가야 할까? 박 신부님은 그렇게 해 달라고 당부하셨지만, 지금 이렇게 급한 상황에서 그리로 가는 것이 정말 중요한 일일까? 여기서 무슨 일인가 할 수 있었으면 정말 좋을 텐데…… 도움이 돼 줄 수 있다면 어떻게 해서라도…….'

문득 최 교수와 아라의 일도 더불어 떠올랐다. 아라…… 이런 꼬마 아이를 두고 갈 정도라면, 물론 일이 위험해서였기도 했지만, 최 교수도 야속한 면이 있다고 연희는 생각했다. 연희는 고개를 돌려서 소파에 누워서 잠들어 버린 아라를 쳐다보았다. 지쳐서 피곤한 듯, 자고 있는 작은 얼굴을 보자 애처로운 생각이 들었다. 연희는 아라를 들어 침대에 눕혀 주려고 팔을 뻗었다. 그러다가 아라의 목덜미 부근에서 무엇인가가 간헐적으로 빛나는 게 보였다.

'저게 뭐지? 뭐가 빛을 내는 걸까?'

가만히 아라의 옷깃과 머리칼을 헤쳐 보니 빛을 내고 있는 물체는 준후가 아라에게 선물한 목걸이였다.

'이게 어째서?'

의아하게 생각한 연희는 빛을 발하고 있는 아라의 목걸이를 향해 손을 뻗었다.

준후는 모든 정신을 다 쏟아 비몽사몽인 상태에 있다가 갑자기 느낌이 오자 정신이 번쩍 드는 것 같았다. 준후의 몸이 흠칫하자 옆에 있던 승희는 긴장하면서 준후의 얼굴을 쳐다보았다. 준후는 땀만 비 오듯 흘리며 안색이 창백해진 채 눈을 꼭 감고 입도 꼭 다물고 있었다. 승희는 준후가 뭔가 알아낸 것이지, 아니면 어디가 잘못돼서 저러는지 분간이 가지 않아 손에 땀을 쥐면서 입술을 깨물었다.

정신을 극도로 집중하자 준후의 머릿속에 희미하게 반대쪽의 모습이 보이기 시작했다. 맨 처음 보이는 것은 희미하고 커다란 그림자였고 좀 더 시간이 지나자 그 그림자는 사람의 손 모양을 하고 있었다. 누군가가 주술의 매개체가 된 목걸이를 만지고 있는 것 같았다. 그다음으로 보인 것은 연희의 얼굴이었다. 낯익은 얼굴이 보이자 준후는 너무도 반가워서 하마터면 정신이 흐트러질 뻔했다.

간신히 다시 정신을 수습하자 조금 더 먼 곳에 있는 모습들도 희미하게 나타나기 시작했다. 저만치에 검은 옷을 입은 사람의 모습이 보였다. 처음에는 박 신부가 아닐까 싶었지만 박 신부보다는 체격이 작았다. 윌리엄스 신부 같았다. 두 사람의 모습이 별일 없는 것처럼 느껴져서 준후는 다소 마음이 놓였다. 그리고 이쪽의 생각을 담아 보내려고 애를 썼으나 연희의 커다란 눈은 호기심에 가득 차서 계속 준후―실은 목걸이를 바라보는 것이었지만―를 보고 있었다.

연희 누나! 나예요! 들려요? 느껴지나요?

준후는 안간힘을 다해 마음속으로 소리를 지르듯 외쳤으나 연희에게는 준후가 애타게 찾는 마음의 소리가 느껴지지 않는 것 같았다.

　'내 힘이 부족하구나. 아이구! 연희 누나가 아니라 윌리엄스 신부님이 만졌으면, 그분은 능력이 있는 분이니 의사를 전달할 수 있을지 모르는데. 연희 누나는 아무런 힘이 없으니……'

　돌연 연희의 얼굴이 휙 멀어지면서 준후의 눈에 보이는 영상이 어지럽게 흔들렸다. 아라가 몸을 트는 바람에 목걸이가 흔들렸던 모양이다.

　'가만히 좀 있어. 아이구!'

　준후는 답답해서 화난 듯이 중얼거렸다. 그러나 이윽고 부적의 기운들이 꺼져 가는 듯한 느낌이 왔고 준후도 기력이 빠져서 더 이상 힘을 쓰기 힘들었다. 할 수 없이 준후는 푸우! 하고 긴 한숨을 내쉬면서 눈을 떴다. 준후가 눈을 뜨는 것을 보고는 승희가 준후에게 물었다.

　"준후야, 어떻게 된 거야? 괜찮아? 응?"

　"보이긴 보였는데 아직은 제가 힘이 부족하네요."

　"그래? 다들 무사하니, 응?"

　"연희 누나하고 윌리엄스 신부님밖에 보이지 않았지만 별일은 없는 것 같아 보였어요."

　"다른 사람은 보이지 않니, 응?"

　"글쎄요. 너무 염려 마세요. 보는 데 성공하고 나니 자신이 생기네요. 몇 번 더 해 보면 이쪽의 소식도 알릴 수 있을 거고, 최소한 그쪽 상황이 어떤지는 알 수 있을 것 같아요."

승희는 그 말을 듣자 반가워서 다시 해 보라는 말을 하려다가 준후의 얼굴이 몹시 피곤해 보여 그 말을 꿀꺽 삼켰다.

"피곤해 보이네. 힘 많이 들었지?"

"괜찮아요."

"아니야, 피곤해 보이는걸? 에구! 내가 이런 꼴만 되지 않았어도……."

"누나의 잘못이 아니잖아요."

"흠…… 일단 좀 쉬렴."

"그럴까요?"

"그래, 염려 말고 좀 쉬어. 잠을 자도 좋고……."

승희는 몇 마디 말을 중얼대면서 마른 풀잎을 끌어모아서 준후를 편히 쉬게 해 주려고 했으나, 어느새 준후는 앉은 채로 꾸벅꾸벅 졸고 있었다. 그 모습을 보니 승희는 마음도 아프고 지금 처한 상황이 서러워서 눈물이 날 것 같았지만 꾹 참고 준후를 끌어다가 눕혀 주었다. 준후는 탈진했는지 쌔근쌔근 곤하게 숨을 내쉬고 있었다.

밖에서 들려오는 수선스러운 소리에 박 신부와 현암, 최 교수는 숨을 죽였다. 처음에는 정비원이나 수리공들이 무언가를 하는 것으로 알았으나, 최 교수가 가만히 들어 보니 사정이 조금 이상하게 돌아가는 것 같았다.

"신부님! 현암 군!"

최 교수가 조그만 소리로 두 사람을 다급하게 부르자 최 교수와 가까이에 있던 현암이 먼저 그 소리를 듣고 고개를 돌렸다.

"왜 그러세요?"

"밖의 분위기가 심상치 않네."

"무슨 말씀이지요?"

"누군가가 정비원들을 모두 밖으로 나가라고 하고 있네. 대체 무슨 일이지?"

현암은 숨을 죽이고 있다가 최 교수의 말을 듣고는 부쩍 의아심이 들어 신경을 집중해 밖의 소리에 귀를 기울였다. 현암의 귀에는 말소리 말고 다른 소리도 잡혔다. 저벅저벅하는 무거운 발소리에 섞여 들려오는 쇳소리같이 좌락좌락거리는 소리……. 그것은 일반 정비원들이 신는 구두나 운동화에서 나는 발소리가 아니었다. 군화에서 나는 소리였다.

현암은 긴장해 소리에 귀를 기울여 보았다. 그 소리들 외에 철컥거리는 쇳소리도 분명히 들렸다. 그것도 사방에서……. 총을 장전하는 노리쇠 소리가 분명했다.

"신부님! 교수님! 급합니다. 군인들이 몰려온 것 같아요!"

"뭐라고?"

박 신부와 최 교수가 놀라는 사이 정비원들은 밖으로 빠져나간 것 같았고, 예의 무거운 발소리가 격납고 내부에 가득 찼다. 누군가가 고함을 지르는 소리도 들렸다. 그 소리를 듣고 최 교수가 대경실색을 하면서 떨리는 목소리로 숨죽이듯 말했다.

"샅샅이 뒤지랍니다! 이젠 틀렸어요!"

현암은 숨을 죽이고 긴장한 채 계속 바깥의 동정에 귀를 기울이고 있었으나 머릿속은 다른 생각이 복잡하게 흐르고 있었다. 이것은 절체절명의 위기나 다름없었다. 무장한 수십 명의 군인이라니! 그 숫자가 늘어나는지 군화 소리는 점점 크게 들렸고, 여기저기를 마구 뒤지는 듯 물건들이 뒤집어지는 소리와 사람들이 외치는 소리가 뒤섞여 들려왔다.

"이거 독 안에 든 쥐 신세가 되고 말았군. 어떻게 하지? 아멘."

박 신부가 탄식하듯 중얼거렸다.

"여기서 나가야 합니다. 도망쳐야 해요. 저들이 화물 상자의 뚜껑을 열면 우리는 끝장입니다."

현암은 채 말을 끝내기도 전에 화물 상자의 뚜껑을 조심스럽게 밀치면서 바깥의 동정을 살폈다. 틈 사이로 보인 광경은 상상 밖이었다. 현암의 눈에 보인 광경은 군인들 모습 대신 비행기의 화물칸 문이 서서히 닫히고 있는 것이었다.

"앗! 비행기의 화물칸 문이 닫혀요! 어떻게 된 거죠?"

최 교수가 그 말을 듣고 놀란 듯이 말했다.

"비행기를 이륙시키려는 것이 아니겠나?"

박 신부는 고개를 저었다.

"그렇지 않을 겁니다. 왜 하필 수색하는 중에 비행기를 이륙시키려 하겠습니까? 내부가 번잡해 숨을 곳이 많아질까 봐 일단 여기저기를 막아 놓는 것일 겁니다."

그러는 사이 화물칸의 문이 굳게 닫혀 버렸다.

"문이 닫혔습니다!"

현암은 말을 마치고 곧 화물 상자의 뚜껑을 열어 버렸다. 그리고 잠시 비교적 맑은 공기를 —화물칸도 공기가 맑은 것은 아니었지만 화물 상자 안의 공기보다는 나았다— 한 번 들이마시고는 몸을 일으켜 세운 다음 월향검을 빼어 들었다. 다른 사람도 화물 상자에서 나왔으나 너무 긴 시간 동안 웅크리고 있었던 탓에 오금이 저려 한동안 몸을 잘 움직일 수 없었고, 특히 최 교수가 심했다. 한편 월향검을 빼 든 현암을 보고 박 신부가 말했다.

"어쩌려는 건가?"

"비행기의 반대편을 부수고 나가는 겁니다. 이런 비행기의 벽쯤, 월향으로 그으면 간단히 도려낼 수 있어요."

박 신부가 고개를 저었다.

"안 되네! 비행기의 주변이라고 감시하지 않으란 법은 없네. 벽이 도려내어지는 것이 발견된다면 그 앞에서 지키고 있다가 자네가 나가려는 순간에 마구 총을 쏠지도 모르네. 그러면 어쩌려고 그러나!"

현암도 그 말을 듣고는 주춤했다. 박 신부의 말이 옳았다. 총을 쏘아 대면 자신뿐 아니라 그 누구도 어쩔 도리가 없었다. 현암은 답답했는지 자신도 모르게 입에서 끙 하는 신음이 흘러나왔다. 박 신부가 고개를 끄덕이며 현암에게 손짓했다.

"잠깐만! 내게 생각이 있네."

백호는 헬기 안에서 두 명의 중국 공안 요원의 감시를 받으며 불안한 자세로 앉아 있었다. 도구르는 박 신부와 현암을 잡았다고 믿고 현장에서 진두지휘를 하기 위해 백호를 이곳에 억류시켜 두고 나가 버렸다. 물론 그들도 한국의 외교관 패스를 가지고 있는 백호에게 수갑을 채운다거나 감금하지는 않았다. 그러나 만약의 사태가 생기면 꼼짝 못 하게 할 것임은 분명했다.

어느새 우한 공항 주변을 둘러싼 병력은 시간이 지날수록 점점 늘어나 개미 떼처럼 주변을 뒤덮고 있었다.

'큰일이군. 그들이 여기에 숨어 있다면 이 삼엄한 경비를 뚫고 빠져나가기 힘들 텐데……'

백호는 이런 상황을 목전에 두고도 아무것도 할 수 없는 자신의 처지가 답답해 자신도 모르게 주먹을 불끈 쥐었다. 그것을 보고 공안 요원은 몸을 흠칫하면서 곱지 않은 시선을 보냈다. 중국의 공안 요원도 대단히 긴장하고 있는 모양이었다.

'그들의 엄청난 능력에 혼나서 그런가? 그래서 나도 같은 사람으로 보이는 걸까? 왜 이리 긴장하는 거지?'

백호는 쓴웃음을 지었다. 지키고 있는 두 명의 공안 요원은 무장을 하고 있는 데다 자신은 무기까지 압수당해 섣불리 도망칠 수도 없었다. 이 공원 요원들은 어찌어찌해서 때려눕힌다고 하더라도 헬기의 문은 밖에서 잠겨 나갈 방법도 없었다. 병력을 수송하는 데 사용하는 중형 헬기여서 창문도 작고 문을 여는 것도 쉬워 보이지 않았다.

백호가 한숨을 내쉬면서 고개를 숙이는데 발밑에 도구르가 버리고 간 목도—청홍검이 들어 있는—가 놓여 있는 것이 보였다.

"비행기는 격납고 밖으로 빼라! 그리고 각 격납고들을 샅샅이 뒤져!"

도구르는 만면에 여유 있는 미소를 머금고 병력들을 지휘했다. 이미 밖에는 군인들과 공안 요원들이 공항을 한 겹 포위하고 있었고, 공항 내부의 수색은 공항 요원들의 도움으로 완료됐다는 보고가 들어왔다. 남은 것은 몇 곳의 격납고뿐이었으니 더 이상 그들이 도망칠 수 있는 방법은 없을 거라고 도구르는 판단했다.

격납고 안에는 비행기가 몇 대씩이나 있어서 수색하는데 애로가 많이 따를 것임이 틀림없었다. 게다가 숨을 곳이 많은 구석으로 병력을 보내면 막강한 초능력을 가진 그들에게 인질로 잡힐 공산이 컸다.

때로는 가장 단순한 방법이 가장 확실한 것이라고, 특히 지금의 이런 자들을 상대하는 데는 자기가 짜낸 이 방법이 최선이라고 도구르는 믿었다. 어차피 집중 사격을 견뎌 낼 수는 없을 테니 격납고 내부를 치우고 무장 병력을 일렬횡대로 정렬해 한 발짝씩 훑고 지나가도록 명령을 내린 것이다. 가장 단순하지만 정말로 꼼짝 못하게 하는 방법이었다. 그러려면 비행기가 문제 되기 때문에 밖으로 빼내라는 명령을 내린 것이었다. 물론 비행기 안에 퇴마사들이 숨어 있을 가능성도 있어서 밖으로 비행기를 한 대씩 빼면서 수십 명의 병력으로 비행기의 주위를 감시하도록 했다.

그러던 중에 중국군의 담당자 웨이가 달려와서 숨을 헐떡이며 말했다.

"저 비행기가 이상합니다! 벽이 조금씩 도려내어지고 있는 것 같습니다!"

"비행기 벽을요?"

"가스 절단기는 아닙니다만, 비행기 벽이 흠집이 나고 있습니다."

"비행기의 어느 쪽입니까?"

"날개 밑의 측면입니다. 눈에 잘 띄지 않는 곳이라, 그리로 탈출하려는 것 같습니다."

"그럼, 그리로 병력을 집중시키세요."

도구르는 즉각 그쪽으로 달려가서 능숙한 솜씨로 병력을 분산시켜 사격 대형으로 갖춰 놓았다. 병력을 세 무리로 분산시킨 것은 폭발물에 대비하기 위해서였다.

과연 웨이의 보고대로 비행기의 날개 밑부분이 보일 듯 말 듯하게 조금씩 도려내어지고 있었다. 도구르가 회심의 미소를 지으며 중얼거렸다.

"대단한 놈들이군. 비행기 벽을 도려내고 빠져나갈 궁리를 하다니……. 그러나 그런 정도의 수작이 내게 통할 것으로 믿었나?"

"어쩌면 문으로 빠져나갈지도 모릅니다."

"비행기의 비상구 부분에도 저격수를 배치했습니다. 열리기만 하면 머리가 날아갈 겁니다. 조용히 사태를 지켜봅시다. 놈들은 독 안에 든 쥐나 다름없으니 말입니다."

그런데 웨이가 갑자기 딴소리를 했다.

"그런데 꼭 사살해야 합니까? 생포도 가능할 것 같은데요."

도구르는 웨이의 말이 영 못마땅했다.

"모르는 소리 마세요. 그들은 평범한 사람들이 아닙니다. 위험 인물이란 말입니다."

"그러나 상부에선 가능하면 사살하지 말고 생포하라는 명령이 떨어졌습니다."

"생포? 그게 말이나 된다고 생각하십니까? 당신네 나라 공안청 지하실에 가둬 두어도 흔적도 없이 도망치는 자들입니다. 그런데 그런 자들을 생포한다고?"

"상부의 명령입니다!"

"무슨 말입니까? 이곳의 지휘권은 나에게 있습니다!"

"물론 알고 있습니다만, 그들도 사람입니다. 그리고 알아내야 할 게 한두 가지가 아닙니다."

"사람들이라고? 그들은 무서운 존재들입니다. 전염병 세균과도 같습니다! 반드시 없애야 합니다!"

도구르는 위압적으로 말했지만 아무래도 웨이의 눈치가 이상했다. 중국 정부에서는 저자들에게 호기심을 가지고 있는 것이 분명했다.

'생포해 그 힘을 알아내고 싶겠지. 그러나 안 돼! 그들은 없어져야 될 존재들이야.'

만약의 경우에 웨이 휘하의 중국군들이 그들을 사살하지 않고 생포하려 할지도 몰랐다. 그래서는 안 됐다. 최악의 상황에는 직접 사살하기로 도구르는 마음을 먹었다.

비행기는 트레일러에 끌려서 나간 것이므로 잡힐 인질도 없었다. 이렇게 된 바에야 비행기를 폭파해 버리는 것이 어떨까 하고 도구르는 생각했지만, 웨이를 비롯한 중국군들의 눈치가 수상해서 그렇게까지 말하지는 못했다.

수많은 총구들이 그곳을 겨냥하고 있다는 것을 아는지 모르는지 비행기의 날개 밑 부분은 이제 서서히, 사람 하나가 빠져나갈 만한 정도의 크기로 둥글게 도려내어졌다. 시간이 꽤 걸리자 사격 자세를 취하고 있는 군인들은 흐르는 땀을 연신 닦아 내며 긴장된 표정으로 총구를 겨냥한 채 신경을 집중하고 있었다. 도구르도 입술을 살짝 혀끝으로 핥으면서 오른손을 서서히 어깨 높이로 올렸다. 손을 내리는 것이 일제 사격의 신호였다.

둥글게 도려내어진 비행기 동체의 알루미늄 판이 철컹 소리를 내며 바닥에 떨어지는 순간, 도구르는 손을 든 채 간발의 오차도 없이 소리를 질렀다.

"무기를 버리고 투항하라! 너희는 완전히 포위……."

그러나 도구르는 말을 채 끝맺지 못했다. 무엇인가가 밀어 내어 땅에 떨어진 알루미늄 판의 저편에는 아무도 없었고, 그 대신 은빛 물체 하나가 강렬한 빛을 뿜으며 쏜살같이 사람들 쪽으로 날아들었기 때문이다. 반사적으로 도구르와 웨이는 몸을 움츠렸고, 도구르의 손이 내려지자 군인들은 무의식적으로 발포를 시작했다. 삽시간에 비행기의 날개 밑은 벌집이 됐으나, 은빛 물체는 아랑곳없이 호선을 그리면서 날카로운 소리를 질렀다.

까아아악!

여자의 날카로운 귀곡성 소리가 등골이 오싹할 정도로 울리자 사격하던 군인들은 어깨를 흠칫하면서 사격을 중지했다. 그 순간 월향은 무서운 속도로 중국 군인들의 바로 앞을 휩쓸고 지나갔다. 얼마나 빠른 속도였는지 월향이 지나간 다음, 겨냥을 하고 있던 중국 군인들의 자동 소총 앞부분들이 와르르 떨어져 나갔다. 월향이 품고 있는 검기에 의해 군인들은 미처 느끼지도 못할 정도로 유연하게 자동 소총의 앞부분이 두부처럼 잘려져 나간 것이다.

그 사실을 깨닫지 못하고 방아쇠를 당긴 몇몇 군인의 총에서 총신의 강선(腔線)을 거치지 않은 총알들이 사방으로 튀며 날았고, 가스관이 파괴된 총들은 연기를 뿜어 댔다. 몇몇 총알들이 어지럽게 사방으로 핑핑 소리를 내며 튀어 날아가자 총을 들고 있던 군인들은 비명을 지르며 총을 버렸고, 그중 한 군인의 총이 폭발해 근처의 군인들을 크게 다치게 했다.

"뭐, 뭐냐! 저건!"

도구르가 소리를 지르는 사이 월향은 제비처럼 허공을 날아 옆쪽의 다른 군인들에게도 날아들었다. 그래도 명색이 군인들이라 그들은 당황하면서도 날아드는 월향검을 향해 소총을 쏘아 댔으나 월향을 맞출 수는 없었다. 날아가는 비행기조차 맞추기 어려운데 하물며 손가락보다 조금 더 큰 월향검이 맞지 않을 것은 당연한 일이었다.

또다시 귀곡성이 울려 퍼지는 사이, 다른 대열의 군인들 총이 반토막이 나 버렸다. 생전 듣지도 보지도 못한 황당한 경우를 당한 군인들은 총을 내던졌고, 몇몇은 이를 갈면서 거의 마구잡이로 총을 쏘아 대기도 했다. 비행기의 비상구를 경계하고 있던 다른 군인들조차 공포에 사로잡혀 여기저기 마구 날아다니는 월향을 향해 총을 쏘아 대자 사방은 삽시간에 아수라장이 돼 버렸다.

도구르는 군인들을 진정시키려고 목청껏 소리를 질렀지만 그 목소리는 총소리에 묻혀서 멀리 나아가지 못했다. 더군다나 도구르의 말을 통역해 전달해 주어야 할 웨이가 저만치 우왕좌왕하는 군인들 틈에 파묻혀 있어서 도구르는 명령조차 제대로 내릴 수가 없었다.

"그만! 사격 중지! 저런 장난감을 쏘고 있을 때가 아니다! 사격 중지!"

군인들을 제지하던 도구르의 눈에 비행기의 앞부분이 살짝 흔들리는 모습이 보였다. 그리고 몇 개의 파편 같은 것들이 튀어나왔다. 총성 때문에 소리가 들리지 않았고 불꽃 같은 것도 비치지 않았지만 비행기의 앞부분이 부서지고 있는 것임을 단번에 직감할 수 있었다.

'아차! 놈들이 우리를 혼란에 빠뜨리고 반대쪽으로 도망칠 작정이구나!'

도구르는 이를 갈면서 아직도 종횡무진으로 날아다니는 월향검을 바라보았다. 그 정체 모를 장난감 같은 물건이 어떤 종류의 것인지 제대로 식별할 수조차 없었다. 그러나 저 괴물은 그사이에 근방에 있던 이십여 명 병사들의 총을 모두 두 토막을 내 버렸고, 이번에는 군인들의 허리띠나 모자를 베고 지나가면서 군인들을 공포 상태로 만들고 있었다.

도구르는 웨이가 두 손을 머리에 올린 채 땅에 납작하게 엎드려 있는 모습을 보고는 이를 갈았다. 외곽을 경비해야 할 병력들마저 총소리를 듣고 이쪽으로 달려오고 있었다. 포위망이 풀리고 만에 하나 차량이 탈취당할 경우 저들이 충분히 도주할 수도 있는 상황이었다.

"병신들아! 쫓아! 저쪽으로 도망간단 말이다!"

도구르는 화가 머리끝까지 올라 악을 써 댔으나 아무도 듣지 않았다. 도리어 휙 하고 지나가는 서슬 퍼런 월향검에 옷깃만을 찢겼을 뿐이었다. 그제야 도구르도 뜨끔해졌다. 보니 그 물체는 거의 군인들을 가지고 놀 듯 몸에는 상처를 주지 않고 사방을 누비며 날아다녔고, 군인들은 몰이꾼이 모는 양 떼처럼 한편으로 쫓겨서 허둥지둥 도망치고 있었다.

'도대체 저 물건은 뭐지? 최신 무기인가? 지능이 있는 것처럼 행동하는군! 빌어먹을 물건이다.'

도구르는 순간적으로 머리를 굴렸다. 군인들이 사방에서 우왕좌왕 달려오거나 혹은 도망치는 중이어서 처음엔 자세히 관찰할 경황이 없었으나, 분명 그 빌어먹을 물건은 군인들을 한쪽으로 몰아가고 있었다. 그렇다면 놈들은 반대편 쪽으로 도주할 공산이 컸다. 도구르의 눈이 점점 커졌다. 도구르는 군인들이 몰려가는 것을 가로질러 반대편 방향인 비행기 앞부분으로 향했다.

뻥 뚫린 비행기 앞부분에서 한 남자는 이미 뛰어내렸고 다른 자가 한 사람을 등에 업은 채 뛰어내리는 참이었다. 도구는 권총을 꺼내어 조준했다. 그러나 저쪽에서 그 빛나는 물체가 날아드는 것을 보고는 얼른 총을 감추었다. 도구르는 그들의 뒤를 따라가려고 했으나 그 물체가 꺄아아악 하는 소리를 내면서 코앞을 위협하듯 휙 스쳐 가자 소름이 돋아 발걸음을 멈출 수밖에 없었다.

그러는 사이 그들은 군인들과 반대쪽이 아니라 군인들과 같은 방향으로 섞여서 뛰어갔고, 포위망 저쪽에서 달려온 군인들은 그들이 군인들과 뒤섞여 달리자 차마 총을 쏘지도 못하고 앞을 막아서려고만 할 뿐이었다. 그 빛나는 물체는 다시 허공을 제비처럼 날아 덩치 큰 남자를 등에 업고 뛰던 남자의 손에 척 하고 멋지게 날아가 잡혔다. 그것을 보고 도구르가 악을 써 댔다.

"쏴! 무조건 쏘란 말이야! 놓치면 안 돼!"

군인들은 그때야 비로소 정신을 차리고 그들의 앞을 막아섰지만 그 세 사람은 그런 것을 전혀 개의치 않고 여전히 달렸다. 등에 사람을 업고 달리던 남자는 자기 옆을 달려가던 군인 한 명을 오른손으로 잡아 장난감처럼 들어 앞을 가렸다. 그 광경을 보고 도구르를 비롯한 모두가 놀라서 어안이 벙벙해졌다. 도대체 자기보다도 큰 사람을 업고 달리면서 또 다른 남자를 한 손으로 장난감처럼 들어 앞을 가리다니. 그건 인간으로서는 상상조차 하기힘든 괴력이었다. 몇몇 군인들은 총을 들었으나 차마 쏘지 못하고 있었다.

어느 틈엔가 웨이가 도구르의 옆으로 달려왔다.

"저건 뭡니까? 저자들이 지녔던 무기는 뭡니까? 그리고 저놈은어떻게 저런……."

"내 말하지 않았습니까! 무조건 발포 명령을 내려요!"

"그러나 우리 편 한 사람이 잡혀 있습니다!"

"상관없습니다! 쏘세요!"

"내 부하입니다! 말 같지 않은 소리 집어치워요!"

도구르는 웨이가 노골적으로 저항하자 권총을 꺼내려 했지만웨이가 먼저 권총을 꺼내며 의미 있는 듯한 눈으로 도구르를 노려보았다. 그에 도구르는 멈칫할 수밖에 없었다.

그러는 사이 그들은 어느새 망설이는 군인들 사이를 달려서 저만치에 차들을 세워 둔 공항의 주차장으로 뛰어가고 있었다.

"왜 그리 사살을 좋아합니까? 생포합시다!"

"이런 빌어먹을! 생포할 수 없을 겁니다!"

"몸으로 밀어붙입시다! 저래 봐야 독 안에 든 쥐요!"

웨이가 도구르에게 시선을 떼지 않은 채 군인들에게 소리치자 이십여 명의 군인들이 웅성거리며 주차장으로 가는 길목을 점거한 채 달려오는 남자의 앞을 막아섰다. 그런데 등에 업힌 남자의 몸이 연녹색의 빛으로 감싸이더니 푸른 발광체가 우르르 우박처럼 군인들에게 쏘아져 나갔다. 군인들은 피할 사이도 없이 구체들을 얻어맞고는 비명을 지르면서 나가떨어졌다. 그것은 본 웨이의 눈이 휘둥그레졌다.

"저, 저건 뭐야!"

"지금이라도 늦지 않았습니다! 쏴요, 쏴! 어서 쏴! 죽여야 해!"

도구르는 웨이가 총을 겨누고 있는 것도 아랑곳하지 않고 권총을 뽑아 들었다.

그 빛나는 구체를 얻어맞지 않은 여섯 명의 군인이 길목을 막고 서 있는데도 달려가던 남자는 속도를 조금도 줄이지 않고 그대로 몸을 부딪쳐 가면서 한 손에 들고 있던 군인의 몸을 그대로 집어 던졌다. 그러자 비명과 동시에 퍼벅 하는 소리가 들리는가 싶더니 지키고 있던 군인 중 세 명이 집어 던진 군인과 부딪혀서 저만치로 밀려 나가떨어졌다. 달려가던 남자가 휘두른 팔에 얻어맞은 다른 두 군인은 이삼 미터나 몸이 공중에 떠올랐다가 처박혀 버렸다. 나머지 한 명은 등에 업힌 남자의 이상한 빛에 밀려서 저만치로 튕겨 나갔다.

자기 발로 달리는 두 사람의 주위는 업혀 있는 남자의 몸에서부터 퍼져 나오는 이상한 빛에 둥글게 싸여 있었는데, 웨이는 그 빛이 그냥 빛이 아니라 무슨 보호막일지도 모른다는 생각이 들었다.

'저들은 대체 누구란 말인가? 외계인? 초과학적인 비밀 무기를 지닌 자들?'

웨이는 머릿속이 윙윙거리는 것 같아서 순간적으로 아무런 판단도 내릴 수 없었다. 이제 그들은 거의 주차장에 도달했고 외곽의 병력이 그곳까지 도착하려면 제법 시간이 걸릴 만큼 양쪽의 거리가 꽤 멀어 보였다. 도구르는 웨이가 넋이 나간 듯하자 인상을 쓰면서 권총을 들어 도망치는 자들을 겨냥하고 연속으로 총을 쏘아 탄창을 모두 비웠다. 그러나 그들은 그대로 주차장 안으로 뛰어들어 차 한 대에 올라타려 했다.

"제길! 이젠 인질도 없다! 쏴! 명령을 내리라고!"

도구르는 웨이의 멱살을 잡고 흔들면서 소리를 질렀다. 웨이는 도구르의 눈에 살기가 어린 것을 보고는 정신이 확 들었다. 도구르가 인터폴의 요원이긴 하지만 프랑스 경찰의 일개 경위일 뿐인데 어째서 저들에게 이렇게 증오심을 품는 것인지 의아했다. 더구나 저들은 신기한 물건들을 지니고 막강한 힘을 소유하기는 했지만 들은 것만큼 위험한 것 같지는 않았다.

마음만 먹는다면 아까의 그 무시무시한 은빛 무기로 자신의 부하들을 반 이상 죽일 수 있을 것이다. 총을 반으로 잘라 버릴 정도니 목을 베는 게 더 수월할 터이고, 그러는 편이 추격을 따돌리기도 쉬웠을 텐데 왜 그러지 않았는지 의아했다. 그리고 인질도 끝까지 잡아가지 않고 도중에 내버리기까지 했다. 아무래도 납득이 가지 않았다.

그러나 웨이에게도 그들을 잡아야 할 임무가 있었다. 이제 보통의 방법으로 저들을 막을 수 없다고 보고 정신을 차렸다. 웨이는 권총을 주머니에 꽂고 명령을 내렸다. 가까이 있는 부하들에게 아무 차나 빨리 잡아타고 그들의 뒤를 쫓으라고 하는 한편, 무전기를 꺼내어 같은 명령을 반복해서 내렸다.

도구르가 성난 목소리로 웨이에게 말했다.

"우리가 타고 온 헬기를 어서 불러! 내가 직접 쫓겠으니. 그리고 중화기, 로켓포를 속히 준비해! 내 손으로 저들을 날려 버리겠어!"

"중, 중화기라고요?"

도구르는 무서운 인상을 지어 보였다.

"이번에 저들을 놓치면 당신도 각오해야 할 거야!"

마구잡이로 액셀러레이터를 밟으면서 현암은 비로소 한숨을 내쉬었다. 박 신부의 허허실실 작전은 요행히도 적중했다. 박 신부는 현암으로 하여금 월향검을 조종해 비행기의 한쪽을 천천히 잘라 내어 시선을 끈 다음, 월향검으로 주변이 혼란스러워지면 반대쪽을 뚫고 나가자고 한 것이다. 단, 비행기의 벽은 월향검 없이는 부수기가 힘이 드니, 박 신부가 공안청의 벽을 부순 수법을 썼다.

현암이 보니 그 방법은 간단했다. 박 신부는 자신의 손으로 그짓을 두 번 다시 하기 싫다면서 현암에게 부정한 문장을 비행기의 벽에 그리게 했는데, 거꾸로 선 십자 모양과 여섯 뿔의 별과 동그라미를 조합한 모양이었다. 현암은 궁금한 생각이 들어서 이것이 무슨 문장이냐고 물었지만 박 신부는 대답해 주지 않았다.

부정한 문장을 벽에 그린 다음 박 신부가 기도성을 외우면서 일초가량 정신을 집중하자 알 수 없는 엄청난 기운이 느껴지더니 그 벽은 글자 그대로 '무너져 내린' 것이다.

현암은 박 신부의 이상한 힘에 경외심을 느끼면서 다리가 불편한 박 신부를 들쳐 업었다. 박 신부는 그러면 더 위험하다고 사양했지만 현암은 믿는 것이 있었다. 다행히 아까 답답한 화물 상자 안에 갇혀 있는 동안 조금 운기행공을 했더니 화 노인의 치료가 효력을 발휘했는지 예전보다는 공력 순환이 자유로워졌다. 그 덕분에 힘이 살아난 것이다. 박 신부가 오라 구체로 엄호하고 현암이 월향검과 기공력으로 밀어붙인 덕분에 아슬아슬한 순간에서 탈출할 수 있었다.

박 신부 일행이 탄 차는 지프차와 비슷한 무개 차량이었다. 현암은 운전하면서 힐끗 백미러를 보니 뒤에서는 차 세 대가 맹렬한 속도로 따라오고 있었다. 그러나 방금 전의 상황에 비하면 이 정도는 어떻게든 넘어갈 수 있을 것 같았다. 현암은 운전석 옆자리에 앉은 박 신부에게 괜찮은지 물었다.

"신부님, 괜찮으세요?"

"괜찮네. 수고했네, 현암 군. 주께서 아직 우리를 버리지 않으신 모양일세. 아멘."

현암이 씩 웃고 고개를 조금 더 돌려 보니 최 교수는 얼굴이 백지장처럼 하얗게 질린 채 거의 넋이 나가 버린 얼굴로 숨을 헐떡이고 있었다. 아까의 일들이 하나도 뇌리에 남아 있지 않고 그냥 정신이 없는 모양이었다. 현암은 뒤에서 따라오는 차들이 속력을 내자 자신도 한층 더 세게 액셀러레이터를 밟았다. 그러는 중에 박 신부는 눈을 감고 고개를 아래로 숙였으나, 현암은 미처 거기까지 신경을 쓰지는 못했다.

아까부터 아련하게 들려오는 총소리에 백호는 겉으로 내색하지는 않았지만 속으로는 초조해 안절부절못하고 있었다. 총까지 쏘는 것으로 보아 이 공항에 박 신부와 현암, 최 교수가 숨어 있던 것이 분명했다. 설마설마했지만 백호도 마음속으로는 최악의 사태를 각오하고 있었다. 그러던 중 백호는 헬기가 요란한 엔진 소리를 내면서 위로 떠오르는 것을 느꼈다. 상당히 다급한 이륙인 것 같았다.

'무슨 일일까?'

백호는 헬기에 나 있는 작은 창문으로 바깥을 내다보았다. 백호가 밖을 내다보자 눈을 떼지 않고 있던 공안 요원들이 무어라 하려 했지만, 백호는 위압적인 눈길로 보기만 하는 것뿐이라고 제스처를 보낸 뒤 계속 창밖을 주시하자, 공안 요원들도 특별히 행동을 취하지는 않았다.

헬기가 그렇게 높게 뜬 것은 아니었지만 워낙 공항은 평평한 곳이라 약간의 높이에서도 주변의 광경이 확 눈에 들어왔다. 저만치 공터 쪽에서 수많은 차가 어지럽게 달리고 있는 것이 눈에 보였다. 그리고 수많은 군인이 바글거리면서 그쪽으로 달려가고 있는 것도……. 일단(一團)의 군인들이 저렇게 허둥대며 달려가는 것으로 보아 박 신부와 현암이 잡힌 것은 아닌 것 같았다.

백호가 안도의 한숨을 내쉬는데 앞의 조종석의 무전기에서 도구르가 외치는 소리가 뒤에 있는 백호의 귀에까지 들려왔다. 어서 헬기를 격납고 부근에 대라는 소리였다. 그에 덧붙여서 병력에게 그들이 도망치지 못하도록 차량으로 포위하라는 소리도 들려왔다. 백호가 고개를 들어 멀리 내다보니 정말 한 대의 차량을 다른 차량들이 에워싸고 이리저리 몰아가는 모습이 보였다. 박 신부와 현암이 도망쳐서 차를 빼앗는 데까지는 성공했으나, 워낙 군인들의 수가 많아서 몰리는 모양이었다. 백호는 안타까워 한숨을 내쉬는데 마음속에서 이상한 소리가 울려 퍼졌다.

백호 씨, 들리시오?

백호는 깜짝 놀라서 몸을 튕기듯 일으켰다가 헬기의 벽에 부착된 선반에 머리를 호되게 부딪쳤다. 감시하고 있던 중국 공안 요원들은 의아한 듯 백호를 쳐다보았다. 백호는 머리가 아파 인상을 찡그린 채 일단 주변을 둘러보았으나 자신에게 말을 건 사람은 없었다.

'뭐지?'

백호 씨, 놀라지 마시오. 나 박 신부요.

백호는 놀란 나머지 자신도 모르게 박 신부님이라고 외치려다가 자기 손으로 입을 헉 소리가 나게 틀어막았다. 옆의 공안 요원은 그런 백호를 보더니 고개를 갸웃하면서 우습게도 멀미용 종이

봉투를 내밀었다. 백호는 얼결에 봉투를 받아 들고 몸을 뒤로 돌렸다. 물론 입은 계속 틀어막은 채로…….

'이, 이게 도대체 어떻게 된 거지? 박 신부님의 목소리가…… 내가 미쳤나?'

백호 씨, 놀라지 마십시오. 지금 상황이 급해서 말을 건 겁니다. 말을 하실 필요는 없고 마음속으로 생각만 하세요. 단, 제게 말한다고 집중하시고 생각해 주셔야 합니다. 제겐 승희 같은 능력은 없어요.

마음으로 전달되는 대화라 좀 어색했지만, 보통의 말로 하는 것보다는 훨씬 빠르게 서로의 생각이 전달되는 것을 느꼈다. 말로 하려면 빨라도 십 초는 걸렸을 이야기였지만 일 초도 안 되는 사이에 박 신부의 생각이 휙 하고 전달돼 들어왔다. 백호는 어떻게 아무런 능력이 없는 자신에게까지 이런 식으로 대화를 걸 수 있을까 생각하고는 놀랐다.

박 신부님! 이, 이건…… 지금 제게 하는 것이 텔레파시입니까?

그런 이야기는 나중에 하기로 합시다. 백호 씨가 부근에 있는 것을 우연히 느끼게 돼서 도움을 청하는 겁니다. 지금 어디에 있습니까?

저도 억류당한 신세입니다. 도구르의 헬기 안에 있지요.

헬기? 아! 지금 저만치서 날고 있는 중형 헬기를 말하는 겁니까?

그렇습니다. 이곳에선 신부님이 타고 계신 차도 보입니다.

상황이 급하군요. 총을 마구 쏘지는 않지만, 피하기 어려울 것 같아요.

사격을 함부로 하지 않는다는 박 신부의 말에 백호는 고개를 갸웃했지만 곧 그 이유를 짐작할 수가 있었다. 중국 정부에서는 이들을 생포해 힘을 이용해 보려는 흑심을 가지고 있는 것이 틀림없었다. 그렇다면 도구르가 지금 분명 우세를 점하고 있기는 하지만 그에게도 허점이 생길지 몰랐다.

박 신부는 그런 백호의 생각을 아는지 모르는지 계속 백호에게 생각을 전달해 왔다.

헬기를 탈 수 있다면 도움이 될 것 같은데…… 어떻게 안 되겠소?

아! 이 헬기는 도구르가 타고 온 것입니다. 지금 격납고의 가장자리에 대려고 하는 중입니다! 무전기로 그 소리를 들었어요!

아하! 그렇군요. 고맙소!

박 신부가 전해 오던 목소리가 뚝 끊어졌다. 백호는 속으로 무척 놀란 상태이기는 했지만, 심호흡하며 마음을 안정시키면서 두 명의 공안 요원을 싸늘한 눈초리로 쳐다보다가 시선을 밑으로 옮겼다. 바닥에는 청홍검이 굴러다니고 있었다.

그다지 크지 않은 공항이라고는 하지만, 비행기가 이착륙하는 곳이라 실제 넓이는 상당했다. 차로 달려도 공항의 가장자리에 다다르기까지는 꽤 시간이 걸렸다. 더군다나 사방을 에워싸고 있던 군인들이 이제는 목표를 발견하고 개미 떼처럼 달려드는 바람에 일직선으로 달릴 수가 없어서 더더욱 힘들었다. 그나마 다행인 것은 아직까지 그들이 직접적인 집중 사격을 하지 않았다는 점이었다. 가끔 위협사격을 하면서 그들을 몰아붙이려고 하는 듯해서 당장 눈에 보이는 위험은 없었다.

그러나 현암은 죽을 맛이었다. 수십 대의 차량이 사냥감을 몰듯이 그들을 휩쓸어 현암은 이리저리 먼지를 일으키며 피해 다니기에 급급했다. 벌써 차를 탄 지 사오 분이 지났는데도 공항 밖으로 빠져나가기는커녕 쫓겨 다니는 중이었고, 현암 일행을 쫓는 차량들의 수는 점점 늘어나고 있어서 더 이상 도망치는 것도 쉽지 않았다. 그러는 중 눈을 감고 흔들리는 차의 문 위 손잡이를 꼭 잡고 앉아 있던 박 신부가 현암에게 느닷없이 말했다.

"격납고 쪽으로 가세. 그곳에 헬기가 내릴 걸세."

현암은 앞을 막아선 차를 피해 핸들을 급히 돌리느라 박 신부의 말을 듣고서도 무슨 말인지 그 뜻을 알아차릴 수 없었다.

"네? 격납고요?"

"그쪽에 내릴 헬기 안에 백호 씨가 있네."

백호라는 말에 현암은 반가운 생각이 들었지만 한 가닥 의심도 같이 들었다.

"그래요? 그러면 우릴 구하러 온 겁니까?"

"지금처럼 해서는 잡히고 말겠네. 어서 가세!"

현암은 박 신부가 그런 사실을 어떻게 알았을까 의아했지만 그런 것에 대해 일일이 물어볼 만한 시간은 없었다. 얼른 다른 차 한 대를 피해 돌면서 잠깐 격납고 방향을 향해 눈을 돌렸다. 과연 꽤 커다란 헬기 한 대가 그쪽에 내리려는 듯, 공중에서 맴돌고 있는 것이 보였다.

"꼭 잡으세요!"

현암은 소리치듯 말하자마자 냅다 핸들을 돌리면서 액셀러레이터를 있는 대로 밟았다. 순간 차는 요동을 치면서 뒤집어질 것처럼 휘청하고 기울어지는 듯하더니 먼지구름을 일으키며 방향을 바꾸었다. 앞을 막아서던 트럭 한 대가 다른 지프와 박치기를 하고 방향이 뒤틀어지면서 멈추어 섰고, 현암의 차는 그대로 차들의 포위망을 뚫고 일직선으로 달려가기 시작했다. 몇몇 군인들이 앞을 막아서려다가 워낙 무섭게 달려오는 차의 기세에 눌려 몸을 옆으로 피했다. 그 모습을 보고 현암은 힘껏 클랙슨을 울렸다. 행여 사람을 치고 싶지는 않았다.

그때 도구르와 웨이는 헬기의 줄사다리를 잡고 막 위로 올라가려 하는 참에 난데없이 커다란 클랙슨 소리가 들려와 거의 동시에 고개를 돌렸다. 한 대의 차가 마치 헬기와 충돌이라도 하려는 듯이 맹렬한 속도로 달려오는 모습이 눈에 들어왔다. 웨이는 놀라서 줄사다리를 잡았던 손을 놓고 옆으로 몸을 피했지만 도구르는 그 모습을 보고도 피하려 하지 않았다. 아니, 피하기는커녕 도리어 차의 앞을 막아서면서 앞으로 나아가는 것이었다. 그 모습을 보고 웨이가 소리쳤다.

"왜 안 피합니까?!"

도구르는 총을 꺼내어 조금도 동요하지 않는 자세로 달려드는 차를 겨누면서 웨이에게 들으라는 듯이 외쳐 댔다.

"저들은 사람을 죽이지 못합니다! 절대 나를 치지 않을 겁니다!"

같은 순간, 현암도 도구르가 자신의 앞을 막아서는 광경을 보았다. 현암은 앞을 막고 서 있는 저자가 누구인지는 정확히 알지 못했지만, 자신이 그토록 속력을 내어 몰아가는 차의 앞을 막아서는 것을 보고는 무척 당황했다. 저 사람은 지금 제정신이란 말인가!

"비켜!"

들리지도 않을 것이지만 현암은 안타까워서 소리를 버럭 질렀다. 그러나 도구르는 듣지도 못했고, 들었다고 비켜날 사람도 아니었다. 도구르는 권총을 겨냥해 차의 운전석을 겨누었다. 곧이어 두 방의 총성이 울렸다. 한 방은 백미러에 맞았고 한 방은 차체 윗부분에 맞아 유리에 금이 갔을 뿐이었다. 최후의 순간이라고 느낄 때까지도 현암은 속도를 줄이지 않았다. 그러나 자신의 앞을 막고 선 저자는 마치 현암이 사람을 깔아뭉개고 지나가지는 못한다는 것을 알기라도 하는 듯, 태연하게 총구를 겨누고 있었다. 불현듯 그냥 밀고 나가면 알아서 피하지 않을까 하는 생각도 들었지만, 그런 생각은 금방 지워 버렸다. 차가 도구르를 칠 것 같자 박 신부도 다급하게 소리를 질렀다.

"현암 군!"

현암은 더 이상 어쩔 수 없게 되자 급히 핸들을 꺾었고, 차는 굉음과 함께 방향을 돌리려다가 속도를 이기지 못하고 벌렁 뒤집힌 채로 미끄러져서 도구르의 코앞을 아슬아슬하게 비껴가서는 격납고에 부딪혀 정지해 버렸다.

도구르는 권총을 집어넣고는 웨이에게 손짓을 하며 큰 소리로 말했다.

"로켓포! 로켓포를 가져오세요!"

웨이가 도구르의 말을 되받아쳤다.

"당신, 미쳤군! 제정신이 아니야!"

웨이는 눈앞에 벌어진 상황을 믿을 수가 없었다. 도구르는 저자들이 결코 사람을 죽이지 않는다고 말했다. 자신의 눈으로 본 바로도 그것은 사실인 것 같았다. 그 차는 얼마든지 도구르를 치어 버리고 지나갈 수도 있었다. 지금처럼 추적당하는 상황에서 저런 무모한 급회전을 한다는 것은 상식적으로도 말이 되지 않았다. 도구르가 총을 쏘기는 했지만 운전하던 자가 총을 맞거나 해서 정지한 것도 아니었다. 웨이가 본 바로는 저들은 '도구르를 해치지 않기 위해' 위험을 무릅쓴 것처럼 보였다. 그러나 도구르는 저들을 죽이기 위해, 차가 전복돼서 살아 있을지 죽었을지도 모르는 상황인데도 그들을 확실하게 날려 버리기 위해 로켓포를 가져오라고 소리를 지르고 있었다.

웨이도 임무를 위해 총을 쏜 적이 있었고 사람이 죽는 광경도 여러 번 본 바 있었다. 그러나 지금과 같은 상황만은 이해가 되지 않았다. 왜 도구르는 저들을 이토록 집요하게 죽이려고 하는 것일까? 왜 살려서 잡으려고 하지 않고 무슨 수를 써서라도 없애려고 발광하는 것일까? 웨이가 이런 문제들로 갈등하고 해답을 찾아내기에는 방금 벌어진 일들이 너무도 당황스러웠다.

그러나 순간적으로 웨이의 머리에 떠오른 생각은 도구르의 행동이 무엇인가 숨겨진 이유가 있어서 저러는 것은 아닐까 하는 것이었다. 글자 그대로 저들이 도구르가 말하는 것처럼 위험천만한 악인들이라면 도구르를 치지 않기 위해 무모하게 방향을 틀지는 않았을 것이다. 반대로 도구르는 저들이 사람을 해치지 않음을 알고 자신의 몸을 방패막이로 저들을 함정에 빠뜨린 것이다. 그렇다면 상황은 단순하지가 않았다.

웨이는 복잡한 머릿속을 정리하면서 그 자리에 서 있었다. 그 사이에도 도구르는 웨이를 보고 성질을 부리다가 옆에 있던 병사의 기관 단총을 빼앗으려 하고 있었다. 그것을 보고 웨이가 냅다 소리를 질렀다.

"이봐! 군인이 총을 빼앗기면 어떻게 되는 줄 알지?"

웨이가 질타하자 그 군인은 얼결에 총을 잡은 손에 힘을 주어서 도구르를 밀쳐 냈다. 도구르는 비틀거리다가 웨이를 향해 눈을 부릅떴다.

"무엇 하자는 겁니까!"

웨이는 눈을 가늘게 뜨고 도구르를 노려보았다. 저자는 분명 정상이 아니다. 인터폴에서 파견 나와 범인을 체포하러 온 사람이 어떻게 저따위로 행동할 수 있단 말인가! 웨이는 그런 도구르가 개인적인 복수심에 가득 찬 영화 속의 악당 같아 보일 뿐이었다.

웨이는 속으로 번민했다. 자신은 명령받은 대로 협조만 해도 그만이었다. 그러나 이번의 경우에 그냥 넘어가서 저들을 죽이게 놓아둔다면 자신은 평생을 두고 후회할 것 같은 묘한 기분이 들었다.

"나는 상부에서 당신이 저들을 체포하라는 데 협조하라는 명령을 받았지, 살인을 방조하라는 명령은 받지 않았습니다."

"살인? 나는 현재 임무를 수행하고 있는 사람입니다!"

"지금 당신의 지휘는 이유 없는 학살을 조장하는 행위입니다. 저들은 이미 무력화됐어요."

"무력화됐다고? 몇 번이나 당했으면서도 당신은 아직도 모르겠습니까? 지금 저 정도로 저들이 무력화됐을 것 같아요? 저들이 어떤 자들인지 겪어 보고도 지금 몰라서 하는 소립니까?"

"저들이 어떤 자들인지 오늘 이 자리에서 직접 겪어 보아서 잘 알 것 같습니다. 저들은 아무도 해치지 않았고 해치지 못하는 자들입니다. 당신도 그걸 당신 입으로 직접 시인하지 않았습니까?"

"뭐라고? 그럼 놓아주겠다는 말입니까?"

"내가 언제 그런 말을 했습니까? 다만 나는 상부의 명령대로 체포에 협조할 뿐입니다. 이유 없는 학살은 안 됩니다! 당신은 숨기는 것이 있습니다. 저들을 그토록 죽이고 싶어 하는 이유가 뭡니까?"

"당신 미쳤군! 이 일은 중대한 외교적 문제로 비화할지도 모르니 쓸데없는 감상은 버리십쇼! 당신이 무슨 휴머니스트라도 된단 말입니까?"

"휴머니스트가 되자는 것이 아니라, 거듭 말하지만 상부의 명령에 복종할 뿐입니다. 아시겠습니까?"

웨이는 말을 마치고는 주위를 둘러싼 병사들에게 싸늘한 눈짓을 보냈다. 그러자 병사들은 도구르를 둘러쌌고 그중 한 병사가 도구르의 총을 빼앗았다.

"뭐 하는 짓이야! 감히 나를!"

도구르는 소리를 쳤지만 별수 없이 총을 빼앗기고는 얼굴이 붉으락푸르락해졌다. 웨이가 도구르에게는 신경도 쓰지 않고 넘어져 있는 차 쪽을 보고 손짓을 하자 병사들은 그 주위를 빽빽이 에워싸고 포위했다.

"아직 접근하지는 마라!"

명령을 내리고 웨이는 무전기를 달라고 해서 상부에 무전 연락을 취했다. 자신의 판단만으로 도구르를 억류한 것은 아니었다. 방금까지의 정황으로 보아 그들을 죽이고 싶지 않은 마음도 들었지만, 상부의 지시 내용을 놓쳐서도 안 됐다. 가급적이면 그들을 생포하라는 상부의 명령을 받았으니까. 지금 계속 시끄럽게 불평만 해 대던 도구르를 멋지게 꼼짝할 수 없도록 만들어 놓은 것까지는 좋았지만, 뒤가 켕기는 것은 어쩔 수 없었다. 그래서 웨이는 상부에 지금의 상황을 보고하고 어떻게 처리해야 하는지 확인해 볼 생각이었다. 정 사살해야 한다면 그다음이라도 늦지 않으니까.

차가 뒤집어져서 구르는 순간, 박 신부는 오라 막을 펼쳐서 현암과 최 교수를 감쌌다. 다행히 오라 막 때문에 세 사람은 큰 충격을 받지 않고 곧 정신을 차릴 수 있었다. 세 사람 모두 안전벨트를 꼭 매 둔 덕분에 몸이 뒤집혀 거꾸로 매달린 상태였다.

세 사람은 긴장해 숨을 죽이고 아무 말도 하지 않았다. 현암은 차체가 뒤집힌 충격으로 혹시나 차에 불이 붙지는 않을까 염려했지만 그 정도는 아니었다. 현암은 한숨을 내쉬고는 멋쩍은 듯 중얼거렸다.

"죄송합니다. 아무리 그래도 사람을 칠 수는 없어서······."

"괜찮네, 현암 군. 잘했어! 아무리 급하다고 해도 사람을 치어서는 안 되지."

박 신부는 별로 긴장하는 기색도 없이 대답했다. 현암은 차 밖의 정황의 귀를 기울이다가 말했다.

"헬기까지 갔어야 하는데 틀렸군요. 이젠 어떻게 하지요?"

"속단은 이르네. 백호 씨가 헬기 안에 있을 거야. 그건 그렇고 지금 밖으로 나가면 총을 쏘아 댈지도 모르는데······."

박 신부가 다소 우울한 어조로 말하자 현암은 입술을 깨물다가 탄성을 올렸다.

"신부님, 백호 씨와 의사소통이 되나요?"

"그렇네만······."

"그러면 헬기가 어느 방향에 있는지 알려 달라고 하십시오. 잘하면 그리로 갈 수 있을 것 같습니다."

"어떻게 말인가?"

"공력을 아껴 두었으니 가능할 겁니다. 그러니 신부님도 힘을 빌려주세요."

헬기의 안에서 상황을 지켜본 백호는 속이 타들어 가고 있었다. 백호도 도구르가 달려오는 차 앞을 가로막고 서 있는 것을 보고 놀라워했지만, 마음속으로는 그냥 콱 깔아뭉개라고 짧은 시간이나마 수없이 기원했다. 그러나 역시 퇴마사는 퇴마사였다.

차가 뒤집혀서 처박히는 것을 보고서 백호는 가슴이 내려앉는 것 같았다. 헬기는 계속 아래에서 지시하는 명령을 듣지 못해 위의 상공에 떠 있는 참이었다. 조종사도 궁금했는지 주위를 조금 돌면서 아래를 내려다보고 있었다. 헬기의 문은 줄사다리를 내리려고 열어 놓은 상태여서 백호도 아래를 내려다볼 수 있었다. 아래에서는 뒤집어진 차와 그 차를 빽빽하게 둘러싸고 있는 병사들의 모습이 보였다.

'살아 있을까? 아니면⋯⋯.'

백호가 걱정스러워하고 있는데 아까처럼 박 신부의 목소리가 들렸다.

백호 씨, 듣고 있나요?

아, 신부님! 무사하십니까?

다행히 크게 다치지는 않은 것 같소. 그러나 불안해 움직일 엄두를 내지 못하고 있군요.

다행입니다! 나오지 마세요. 병사들이 빽빽이 에워싸고 있습니다.

헬기로 가려고 했는데 큰일이군요. 병사들은 무얼 하고 있지요?

주변을 에워싼 채 움직이지 않고 있습니다.

백호는 마음속으로 생각을 전달하면서 좀 더 아래쪽을 자세히 보기 위해 몸을 굽혀 내려다보았다. 무전기를 들고 떠들어 대는 웨이의 모습과 병사들에게 포위돼 있는 듯한 도구르가 함께 보였다.

음? 중국인 지휘관은 무전으로 통화 중입니다. 그런데 도구르가 이상하군요. 병사들에게 포위된 것처럼 보입니다.

백호가 조금 더 자세히 보려고 할 때 착륙하려는 듯 헬기가 아래로 내려가는 느낌이 들었다.

착륙할 모양인데요.

어디지요?

바로 부근입니다.

방향을 일러 주시겠소? 현암 군이 어떻게든 방법을 강구해 보겠다고 하는군요.

현암 씨가요?

어서요! 헬기가 가까운 곳에서 내린다면 가능성이 있대요. 정확한 방향을 알려 주시오. 나도 기운을 써야 하기 때문에…….

말하는 사이에 헬기는 어느새 땅에 착륙했으나, 웨이는 아직도 무전기에서 귀를 떼지 않고 있었다.

차가 넘어진 앞부분에서부터 시계 반대 방향으로 구십 도, 거리는 약 십오 미터가량 됩니다. 지금 막 헬기가 땅에 내렸습니다. 그런데 어떻게 하시려는 거죠?

몸을 피해 계십시오.

박 신부는 그 말만을 전달하고 나서 교신(?)을 끊었다. 백호는 도대체 현암과 박 신부가 무슨 생각을 하고 있는지 알 수 없어서 불안하기만 했다.

웨이는 무전기를 내려놓으면서 씩 웃었다. 자신의 예상대로 상부에서는 저들을 죽이는 것을 원치 않았다. 저들은 군사적으로 이용 가치가 있는 인물들 같았다. 이유는 모르겠지만 인터폴의 경위 도구르는 그것이 누출되는 것을 막기 위해 저토록 혈안이 된 모양이라고 웨이는 짐작했다. 그들을 생포하기 일보 직전이라고 상부에 보고하니 상부에서는 도구르를 억류한 일 따위는 문제 삼지 않을 것 같았다.

상부의 명령도 명령이지만 웨이는 저들을 다치게 하고 싶은 마음이 없었다. 그리고 가능하면 저들이 반항하지 않기를 바랐다. 웨이는 확성기를 받아 들고 중국어로 외쳤다.

[영어나 중국어를 할 줄 아는 사람이 있는가? 대답하라! 너희는 완전히 포위됐다!]

그러나 전복된 차 쪽에서는 아무런 응답이 없었고 별반 움직임도 느껴지지 않았다. 이번에는 웨이가 영어로 외쳤다.

[대답하라! 크게 다쳤나? 의사가 필요하다면 불러 주겠다! 그러나 저항하지는 마라!]

웨이가 다시 소리치자 차 안쪽에서 누군가가 떨리는 듯한 목소리를 쥐어짜듯이 외치는 소리가 들렸다. 조금 떨어진 헬기 안에 있던 백호도 헬기의 로터 소리가 좀 잦아들자 그 소리를 들을 수 있었다. 최 교수의 목소리였다.

"가…… 가까이 오지 마라. 다치기 싫다면…… 지금 내가 대신 말을 전해 주는 것이지만…… 그러니까…….."

조금 전에 보여 주었던 맹활약과는 달리 겁먹은 듯한 목소리가 들려오자 웨이는 고개를 갸우뚱하면서 웃었다. 옆에서 도구르는 애가 타는지 주먹을 거의 입에 집어넣고 있었다. 웨이는 보란 듯, 이런 자들이 당신이 그토록 두려워하는 자들이었냐는 듯, 도구르를 슬쩍 보고는 소리쳤다.

[지금 우리를 위협하는 것인가?]

"아무도…… 다치기를 원하지 않는다! 그러니…… 그러니 되도록 멀리…… 멀리 떨어져라!"

옆에 섰던 병사들조차도 말은 잘 못 알아 들었겠지만 최 교수의 겁먹은 듯한 소리를 듣고 킥킥거리기 시작했다. 웨이는 속으로 오늘은 정말 희한한 일을 많이 당한다고 생각하면서 터져 나오려는 웃음을 간신히 참고 있었다. 그러자 옆에 있던 도구르가 날카롭게 한마디 했다.

"속임수요! 우리를 방심시키려는 겁니다."

웨이는 도구르의 말은 들은 척도 하지 않고 다시 소리쳤다.

[우리도 다치기는 원하지 않는다! 그러니 투항하라! 절대 해치지 않겠다. 폭발물을 가지고 있는가? 자폭할 셈인가?]

그러나 웨이는 저렇게 벌벌 떠는 목소리로 보아서는 절대 자폭 같은 것을 할 리 없다고 생각했다.

"폭발물은 없…… 없다. 그쪽이 다칠까 봐 그러는 것이다. 즉각 주변에서 물러나라! 그렇지 않으면……."

영어를 알아듣는 병사들 몇몇이 깔깔거리면서 웃음을 터뜨리기 시작했다. 웨이도 더 웃음을 참기가 어려워서 크게 웃음소리를 냈다.

[협박인가? 하하하. 이거 원!]

웨이가 채 웃음을 거두기도 전에 차에서 거의 흰빛에 가까운 빛이 뿜어져 나오며 쾅 하는 소리와 함께 차의 한쪽 부분이 터져 나갔다. 그러면서 차는 마치 대포에라도 얻어맞은 것처럼 넘어진 그대로 주우욱 미끄러지며 헬기 쪽으로 밀려갔다.

"아, 아니! 이건!"

웨이는 대경실색했다. 차의 주위를 에워싸고 있던 병사 중 몇몇은 몸을 피했으나 미처 피하지 못한 병사들은 밀려오는 차에 볼링핀처럼 얻어맞고 사방으로 튕겨 나갔다. 차는 무서운 힘으로 밀려서 서 있던 헬기 끝부분과 살짝 부딪히더니 한 바퀴 빙글 돌고 멈추어 섰다.

순간 헬기의 문이 활짝 열리고 문 사이로 백호의 얼굴이 보이는가 싶더니 곧이어 헬기 안의 공안 요원들이 등줄기를 총자루로 내리쳤다. 백호는 비명을 지르고는 바닥에 쓰러졌다. 그러나 이미 헬기의 문은 활짝 열린 상태였고 차에서 퍽 소리가 나면서 월향검이 강한 빛을 뿜어내며 날아올랐다.

꺄아아악!

월향검의 귀곡성이 사방을 울리자 아까 혼이 나 본 경험이 있는 병사들은 순간적으로 질겁하며 몸을 움츠렸다. 그리고 뒤를 이어 차의 문짝이 펑 하는 소리를 내며 날아갔고 소리와 동시에 현암이 몸을 한 바퀴 굴리면서 뛰어나왔다.

현암은 혼신의 공력을 있는 대로 모아서 '발' 자 결의 공력을 써서 땅을 밀어 내고 그 반동으로 차를 그대로 밀어 보려는 기상천외한 생각을 한 것이었다. 삼 년 전만 해도 그런 일은 꿈에도 생각할 수 없는 것이었지만, 지금의 현암은 달랐다. 도혜 스님에게서 받은 칠십 년 공력을 이제는 거의 다 쓸 수 있을 만큼 단련돼 있고, 거기에다가 박 신부가 불어 넣어 준 힘도 과거에 퇴마진을 처음 구성할 때와는 비교도 되지 않을 만큼 강해졌다.

처음에는 여러 번 땅을 쳐 내야 차가 밀려갈 것 같았는데 의외로 단 한 번의 혼신의 힘을 기울인 '발' 자 결의 공력 운행만으로 차를 밀 수 있었던 것이다. 지반이 잔디밭이어서 비교적 미끄러지기 쉬웠던 것도 도움이 됐다. 차가 밀려 나서 헬기라고 생각되는 물체에 부딪치자마자 현암은 운전석의 차 문을 밀면서 월향검을 내쏘고 밖으로 몸을 굴려서 뛰쳐나온 것이다.

이번에는 웨이도 급했다. 그들은 헬기를 타려고 하는 것 같았는데 얼른 막을 수가 없었기 때문이었다. 헬기를 탈취당하기라도 하면 정말 일이 어려워진다고 생각했다. 그렇다면 총을 쏘아서라도 놓치지는 말아야 했다.

"안 되겠다! 쏴라!"

웨이의 명령을 받은 군인들이 총을 겨누자 월향검이 허공에서 귀곡성을 울리면서 쏟아져 내려와 몇몇 군인들의 총을 향해 덤벼

들었다. 그러나 그 외의 군인들은 월향검을 향해 마구 사격을 해대기 시작했다. 다만 뒤에 헬기가 있어서 그들은 총을 마구잡이로 쏘지 못하고 가급적 헬기를 맞추지 않게 조준 사격을 하려고 했다.

현암은 차에서 잘 빠져나오지 못하는 박 신부와 최 교수를 급히 끌어내면서 힐끗 군인들이 총을 겨누는 모습을 보았다. 현암은 단전에 힘을 끌어모아 남은 공력으로 사자후의 일갈성을 질렀다.

"어허헝!"

엄청난 울림이 사방을 꽉 채우듯이 메웠고 상상을 초월한 소리에 군인들의 반은 자신도 모르게 총을 떨어뜨리면서 귀를 틀어막았다. 나머지 반도 순간적으로 몸을 주춤하며 총을 쏠 엄두를 내지 못했다. 웨이와 도구르도 귀가 터져 나갈 것 같아 몸을 휘청하면서 양손으로 귀를 틀어막았다. 그사이 현암은 급히 박 신부를 차 안에서 끌어 올렸다. 그런데 언뜻 보니 박 신부의 등이 젖어 있었다. 검은 옷이어서 처음에는 알지 못했는데 가만히 보니 피 같았다. 현암은 놀라서 눈이 휘둥그레졌다.

"신부님! 다치셨나요?"

박 신부는 현암이 낸 사자후의 여운 때문에 현암의 말이 잘 들리지 않는 듯, 손만 휘휘 내저었다. 현암은 다급하게 박 신부를 헬기 안에 밀어 넣고 다시 한번 길게 사자후의 일갈성을 뿜어냈다. 이번에는 공력을 거의 다 쓴 것 같은 허탈감이 느껴졌으나 위력만은 여전했다. 아까 총을 떨어뜨리지 않은 군인들까지도 이번의 사자후에는 귀를 틀어막았고 몇 명은 그 자리에 주저앉기까지 했다.

그 틈을 타서 현암은 최 교수마저 헬기 안에 밀어 넣고 자신도 황급히 헬기에 올라탔다.

현암이 헬기에 타는 순간, 백호를 감시하던 공안 요원 두 사람은 박 신부의 오라 막에 튕겨서 반대편으로 굴러떨어지는 참이었다. 헬기 안에는 막 얻어맞고 쓰러진 백호가 현암의 사자후 소리 때문에 정신이 드는지 몸을 일으켜 세우고 있었다.

"신부님! 현암 씨!"

"백호 씨! 어서 조종사에게 이륙하라고!"

현암은 백호를 보고 알은척할 사이도 없이 거칠게 소리쳤다. 문을 다 닫기 전에 헬기의 틈 사이로 월향검이 미끄러지듯 날아와서 현암의 왼손 손목에 채워진 칼집 안으로 들어와 꽂히는 것을 확인하고 현암은 헬기의 문을 닫았다.

어느새 몸을 일으킨 백호가 조종석으로 갔다. 조종사는 권총을 뽑아 들면서 자리에서 일어서려는 중이었다. 조종사는 헬멧을 쓰고 있었고 또 헬기 앞부분에 있어서 사자후에 별로 충격을 받지 않았던 것이다. 박 신부는 오라로 헬기 안에 있던 두 명의 공안 요원을 밀어 낸 참이었고, 현암은 헬기의 문을 닫는 중이었다. 최 교수는 사자후의 소리에 질려서 의식을 잃은 상태였다.

백호는 조종사가 자신에게 권총을 겨누려는 순간 발로 땅에 떨어져 있던 청홍검이 든 목도를 멋지게 튕겨 손에 잡고 헬멧을 쓴 조종사의 머리를 내려쳤고 조종사는 엉겁결에 권총을 발사했다. 조준을 하지 않은 총알이었지만 기내의 벽에 다시 튕겨져 총알은

펑펑 소리를 내며 멋대로 날아다녔다. 총소리가 나는 순간 박 신부가 오라 구체를 조종사 쪽으로 쏘아 보내자 조종사는 창문까지 밀려가서 처박힌 다음 그대로 축 늘어져 버렸다.

"조종사가 없으니 어떡하지요?"

박 신부가 안타깝게 소리치자 백호는 잠시 뭔가 고민해 보더니 스스로 조종석에 앉았다. 헬기의 문을 걸어 잠근 현암이 소리쳤다.

"조종할 줄 아십니까?!"

"해 봅시다!"

백호가 조종간을 왈칵 당기자 헬기는 덜컹 소리를 내며 심하게 흔들렸다. 그와 동시에 바깥에서는 총을 난사하기 시작했다. 헬기의 창문에 퍽퍽 흰 동그라미 모양의 금을 내며 총알이 박히기 시작했고, 동시에 헬기가 덜컹거렸다.

"빌어먹을! 제발 좀 떠라! 떠!"

백호가 소리를 지르면서 조종간을 왈칵 젖히자 헬기는 거친 조종에 반항하듯 격렬하게 요동치면서 위로 떠올랐다.

"떴다! 어서 갑시다!"

그러나 헬기는 잠시 기우뚱거리더니 서서히 내려앉았다. 아래에서 쏘아 대는 총알은 점점 많아지고 있었다. 그때 박 신부의 눈에 헬기의 한쪽 구석에 있는 상자가 눈에 들어왔다. 연막탄을 담은 상자였다. 박 신부는 얼른 상자를 집어 들고 손에 잡히는 대로 핀을 뽑아서 창문을 열고 연막탄을 밖으로 집어 던졌다. 현암과 이제 정신을 차린 최 교수도 연막탄을 던지기 시작했다. 주변이 갖가지 색의 연기로 자욱해지자 총알에 맞는 빈도가 줄어드는 것 같았다. 백호가 다시 조종간을 힘껏 당기자 그제야 헬기는 거침없이 하늘로 떠올랐다.

"됐다! 갑니다!"

백호가 소리를 지르는 것과 동시에 헬기는 수평 비행으로 전환돼 거침없이 앞으로 나아갔다. 아래에서는 연막 때문에 군인들이 우왕좌왕하면서 돌아다니고 있었고, 웨이는 넋이 나간 듯 얼굴이 하얗게 질려 멍하니 하늘만 바라보고 있었다. 그리고 도구르는 화가 난 얼굴로 무전기를 한 병사의 손에서 빼앗아 들고 있었다.

서로의 길로······

윌리엄스 신부가 티베트로 가서 판첸 라마를 만나겠다고 할 때까지도 연희는 결정을 내리지 못하고 있었다. 과연 위험에 빠진 박 신부와 현암 일행의 안위도 듣지 못한 채 그곳으로 가는 것이 옳은 것인지, 박 신부의 당부대로 나중 일은 어떻게 되건 현재 자신이 할 수 있는 일에 최선을 다해야 하는 것인지, 결정하는 것이 아무래도 쉽지 않았다. 박 신부의 당부를 따라야 한다는 생각에는 변함없었고 지금 자신이 할 수 있는 일은 그것뿐이라는 사실도 분명했다.

그러나 만약 박 신부와 현암 등이 모두 잡혀 버린다면 굳이 자신이 티베트로 가는 것은 무슨 의미가 있을까? 물론 이번 일에 대단히 중요하다는 것은 연희도 알고 있었다. 그러나 그들이 사라진다면 자신이 과연 그 일을 계속해 나갈 수 있을까? 예전부터 연희는 승희가 퇴마사들을 따라다니는 것이 꼭 무슨 책임이나 목적의식이 있어서가 아니라 그들과 함께 있고 싶다는 생각 때문이라는 사실을 눈치채고 있었다. 그런데 지금 생각해 보니 자신도 마찬가지였다. 박 신부와 현암, 준후와 승희가 없는데 홍수 전설이 무슨 소용이고 마스터의 영혼이 무슨 상관이란 말인가?

일단 연희는 박 신부와 현암 등의 상황을 알아보고 난 다음에 티베트에 가겠노라고 결심했다. 서둘러 나갔기 때문에 긴 이야기를 하지는 못했지만 만일 백호가 그들을 구출까지는 아니더라도 만나기라도 한다면, 그들에게 월터 보울과 연락을 취하는 방법을 가르쳐 줄 것이다. 그리고 자신은 월터 보울에게 연락한 장소로 가 있으면 적어도 박 신부와 현암의 무사만은 확인할 수 있을 것이다. 티베트에 가는 것은 그 이후라도 괜찮다고 생각하면서 소파에 앉은 채 뻣뻣해진 목을 조금 돌려 보았다. 갑자기 방문이 열리고 아라가 잔뜩 흐느끼면서 터덜터덜 걸어 나왔다.

"아라야, 왜 우니? 더 자 두지 않고……."

"언니이, 이잉. 아빠랑 오빠가 보고 싶어. 오빠랑 아빠가 죽는 꿈 꿨어잉."

연희는 불쌍한 생각이 들어서 아무 말도 하지 못한 채 아라를 품에 안아 주었다. 아라는 훌쩍거리면서 연희의 품에 얼굴을 묻었다.

"괜찮아, 아라야. 괜찮을 거야. 아빠도, 오빠도 모두 다 괜찮을 거야."

연희는 아라를 끌어안고 다독거렸다. 그때였다. 연희의 눈에 뒤로 젖혀진 아라의 목걸이가 희미하게 빛나는 것이 보였다. 연희는 고개를 갸웃하면서 오른손으로 목걸이를 들어 보았다. 그 순간 이유 없이 무언가 안타까운 생각이 들었다. 승희와 준후는 잘 있는지……. 그러고 보니 현암과 박 신부만이 아니라 그들도 연락이 두절되지 않았는가. 연희의 입에선 아라에게 말하는 것인지 자기 자신에게 말하는 것인지 알 수 없는 소리가 새어 나왔다.

"다들 잘 있을 거야. 신부님도 승희도 현암 씨도…… 어서 연락이라도 됐으면, 그러면 좋을 텐데……."

같은 시간, 오두막 안에서 다시 한번 부적을 태우면서 정신을 집중하던 준후는 순간적으로 몸을 부르르 떨었다. 아라의 목걸이가 빛난 것은 준후가 정신을 집중해서 연희 쪽의 상황을 살폈기 때문임은 말할 나위가 없었다. 연희의 말로 미루어 볼 때에 신부님과 현암까지도 쫓기는 신세가 된 모양이었다. 준후는 놀라면서도 승희에게 그 사실을 조금 있다가 이야기해 주어야겠다고 생각했다. 안 그러면 약간 제정신이 아닌 승희가 더욱 괴로워할 것 같았기 때문이다.

'연희 누나, 제발 말 좀 해 주세요. 지금 돌아가는 상황에 대해서…… 조금만이라도 말을…….'

조요경의 술수로 그쪽의 상황을 비추어 보는 것으로는 그들이 어느 위치에 있는지, 어떻게 해야 그들과 연락이 닿는지 알아낼 방도가 없었다. 결국 누군가가 연락 장소를 말해야 하는데, 연희는 그런 말은 할 생각을 하지 않고 있었으니 준후 입장에서 매우 답답한 노릇이었다.

아라야, 그만 울음을 그쳐야지. 응? 걱정 안 하고 잘 기다릴 수 있지?

아라는 연희의 말에 대답하지 않고 계속 훌쩍거렸다. 연희는 왠지 모르게 답답한 느낌이 들어 조금 짜증이 났다.

연락이라도 좀 하지. 아마 세크메트의 눈이 있으니 신부님하고 승희 쪽은 연락이 될 텐데…… 나만 답답하네. 아, 아라야. 아냐, 아냐. 그냥 혼잣말이란다. 다 잘될 거야…….

말을 맺으면서 연희는 자기도 모르게 중얼거렸다.

그나저나 월터 보울 씨가 전화로 잘 전해 주어야 할 텐데…….

준후는 순간적으로 튕겨지듯 눈을 뜨면서 몸을 일으켰다. 그 바람에 그 광경을 숨죽이며 지켜보고 있던 승희도 덩달아 놀라서 같이 몸을 벌떡 일으켰다.

"뭐지? 준후야!"

"월터 보울, 연희 누나가 그 이름을 말하는 것을 들었어요!"

"월터 보울? 영국 사람 말이니?"

"그 사람이 뭔가 전해 줘야 한다고 했어요. 그렇다면 그분에게 연락을 하면……."

"근데 월터 보울 씨에게는 어떻게 연락을 하지?"

"제가 옛날에 받아 놓은 그분의 명함이 있어요. 아마 지금도 있을 거예요!"

준후는 급하게 소매를 뒤집었다. 부적과 기타 오만 가지 잡동사니가 우르르 쏟아져 나왔는데, 준후는 그 안을 뒤지다가 자그마한 명함 한 장을 찾아냈다.

"여기 있어요! 파란색 명함은 그분에게서 받은 것뿐이었어요. 승희 누나, 좀 읽어 주세요. 맞죠?"

승희는 준후가 내미는 명함을 받아 들고 거기 쓰인 이름을 읽어 보았다. 틀림없는 월터 보울이었다.

"월터 보울 씨가 뭔가 전화를 잘 전해 줘야 한다고 했어요. 신부님하고 현암 형도 지금 다른 사람들과 헤어진 상태인 것 같으니 연락 장소를 전달해 달라고 부탁한 게 틀림없어요."

"가만! 준후야, 지금 신부님하고 현암 군이 헤어졌다고 했니?"

"어? 아, 네……."

"어떻게 된 거야? 너, 두 분은 별일 없는 것 같다고 했잖아?"

"저도 몰랐어요. 이제야 알게 된 거예요."

승희는 금방이라도 신경질을 낼 것 같은 표정이었다. 준후는 조금 겁이 나서 얼른 말을 이었다.

"신부님이나 현암 형이라면 별일 없을 거예요. 우리도 이렇게 멀쩡하잖아요? 두 분도 잘 있을 테니 염려하지 마세요. 그나저나 우선 우리의 소식을 알려야 하지 않을까요? 월터 보울 씨에게 전화라도……."

"전화라……. 그런데 밖으로 나가도 될까?"

"글쎄요. 그건 저도 모르지요."

승희는 어떻게 해야 할까 생각 중이었는데 때마침 바이올렛이 들어서는 것을 보고 입을 다물었다. 아무래도 승희는 바이올렛을 꺼림칙하게 여기고 있었기 때문에 그런 이야기를 바이올렛의 귀에 들어가게 하고 싶지 않았다. 준후도 아까 승희가 바이올렛을 믿지 말라고 당부했던 일도 있고 해서 입을 다물었다. 바이올렛은 주변에 흩어져 있는 불타고 남은 부적 조각 같은 것을 보고는 눈빛에 이채를 띠는 듯했으나 아무 일 없다는 듯 입을 열었다.

"이걸 좀 보세요."

바이올렛은 말을 하면서 종잇조각 하나를 집어서 승희와 준후에게 보여 주었다. 승희는 그것을 보고는 얼굴이 하얗게 질려 버렸다. 몽타주였다. 글자를 알아볼 수는 없었지만 그 종이에 그려져 있는 몽타주는 승희와 준후와 거의 흡사했다.

"절대 나가시면 안 돼요. 벌써 여기까지 손이 뻗쳤더군요. 한국에서 온 사람들을 수배하는 전단이에요. 도착한 지 채 이틀도 안 됐는데 이렇다니……."

"어차피 예상했던 겁니다. 그보다는 미스 바이올렛?"

"예?"

"바바지라는 분이 어디 계시는지는 알아냈나요?"

"음, 대강은요. 그런데 정말 가시겠어요?"

승희는 어깨를 움찔했다. 뻔히 알면서도 이런 위험한 상황에서 다른 일을 벌인다는 것은 현명한 행동이 아닌지도 몰랐다. 그러나 바이올렛은 진짜 걱정스러운 목소리로 자신이 갈 것인지의 여부를 묻고 있었다. 승희는 누군가가 자신을 진정으로 걱정해 준다는 사실이 너무나 행복해서 오히려 꼭 가야 한다고 다짐했다. 가야지. 가서 얻어야지. 그래서 그 멍청이를 조금이라도 기쁘게 해 줘야…… 승희는 밀려오는 잡생각을 떨쳐 버리려는 듯 단호하게 말했다.

"어서 출발합시다. 시간을 낭비하는 건 현명하지 못해요. 어서 바바지라는 분을 찾아가서 수다르사나인지 뭔지를 얻든지, 뺏든지, 안 되면 훔치기라도 합시다!"

서투른 솜씨나마 헬기를 조종하며 그럭저럭 꽤 먼 곳까지 날아가는 동안 백호나 박 신부, 현암은 할 말이 많을 텐데도 입을 열지 않았다. 말을 꺼내기가 서먹서먹한 것 같아서이기도 했지만 실상 박 신부와 현암, 최 교수는 극도로 피곤한 상태였다. 그리고 백호는 방금 있었던 일에 대한 해결책―백호는 공공연히 그들의 탈주를 방조한 셈이니까―과 더불어 어떻게 하면 이들을 추적받지 않게 안전한 장소로 옮길 수 있을 것인가 하는 것을 궁리하는 한편, 식은땀을 흘려 가면서 서투른 조종을 하느라 대화를 나눌 경황이 없었다.

그러나 정말 안전한 장소가 있을 수 있을까? 이들이 도망쳤다는 것은 지금쯤 보고가 됐을 것이고 그러면 또 각국에서는 그들을 끝까지 추적하려고 새로운 요원들을 파견할 것이다. 중국 정부만 하더라도 단지 두 명을 체포하기 위해 중대 규모의 군대까지 동원하지 않았던가.

'중대가 실패했으니 다음번에는 대대 규모, 그다음에는 사단, 군단 병력이라도 동원하려 들겠지? 이번 한 번은 어떤 식으로든 벗어났지만 또 이런 일이 닥치면 어쩌지? 그건 그렇고…… 어디 안전한 나라가 없을까? 남미?'

그것도 적절한 방법은 되지 못했다. 각국에서 이들의 존재와 힘을 알게 된 이상 공식적으로는 못 잡게 한다고 하더라도 뒤로는 스파이라도 파견해 이들을 잡으려 하거나 그게 여의찮으면 없애려 들 것이었다.

'단 한 가지 방법은 있다. 받아들일 가능성을 희박하지만 지금 사정이 사정이니만큼……'

백호는 잠시 더 생각을 해 보고 조심스럽게 입을 열었다.

"신부님 그리고 현암 씨, 괜찮으세요?"

그 말에 현암은 기대어 누운 채 고개만 끄덕해 보였고 박 신부는 몸을 일으켜서 정중하게 대답했다.

"괜찮소. 그나저나 백호 씨가 고생이 많으시군요."

백호는 박 신부의 악의 없는 말에 얼굴이 붉어졌다. 일이 이렇게 된 것은 자신을 비롯한 정부 측의 책임인데 오히려 자신에게 고맙다고 하다니…….

"천만의 말씀입니다. 그런데 앞으로의 일이 더 걱정입니다."

"무슨 말씀이시지요?"

박 신부는 여전히 미소를 잃지 않은 채 허리를 쭉 폈다. 그 순간, 옆에 앉아 있던 현암이 몸을 벌떡 일으켰다. 현암은 박 신부가 기대어 있던 헬기의 벽에 핏자국이 얼룩져 있는 것을 보았던 것이다. 그러고 보니 아까 박 신부를 부축할 때 손에 피가 묻었던 것이 기억났다. 워낙 경황이 없어서 잊고 있었던 것이다.

"신부님!"

몸을 벌떡 일으킨 현암이 일어나 앉은 박 신부의 옷자락을 잡으며 한 손을 등에 대 보았다. 예상대로 축축한 감촉이 느껴졌고 조금 더 자세히 보니 박 신부의 사제복 여기저기에 총알구멍이 나 있었다.

"시, 신부님! 총에 맞으셨나요?"

현암의 말에 박 신부는 조금 멋쩍은 듯한 미소를 지어 보였다. 최 교수와 백호까지도 놀란 눈으로 박 신부 쪽을 돌아보았다. 현암은 박 신부의 등을 살폈다. 놀랍게도 총알 자국은 여섯 개나 있었다.

"신부님, 이런 중상을 당하시고 어째서……."

"중상은 아니네. 목소리 높이지 말게나."

"그렇지만 총알을 여섯 발씩이나……."

"찰과상일 뿐이네. 염려할 것은 없대도."

"이렇게 정통으로 맞았는데 어떻게 찰과상입니까? 어서 웃옷을 벗으세요! 어서!"

"심한 것은 아니니 걱정은 말게. 그러고 보니 총알을 빼내는 걸 잊긴 했구먼. 여기서 지금 뽑아야 하나? 도구도 없지 않은가?"

"월향검으로 하면 됩니다. 아프시더라도 참으세요."

"그렇게 심한 것은 아니니 흔들거리는 여기서는 하지 마세나. 나중에 착륙하면 그때 해도 덧나진 않을 걸세."

"지금 총상을 입으셨는데 그런 말씀을 태연히 하십니까? 안심 시키려고 그러시는 거죠? 어서 옷을 벗으세요. 어서요!"

현암은 눈물을 속으로 삭이면서 싫다는 박 신부의 옷을 강제로 벗겼다. 그러자 놀라운 것이 보였다. 그 총알들은 분명 자동 소총 의 총알이니 관통력이 상당한 것일 텐데 박 신부의 옷을 벗기고 보니 정말 총알은 박 신부의 몸 깊숙한 곳에 박히지 않고 살갗에 만 박혀 있는 것이었다. 피가 나기는 했지만 총알이 몸속 깊숙이 들어가지 않았다면 생명에 지장을 주지는 않을 것 같았다. 현암이 조심스럽게 월향검 끝으로 총알을 하나하나 뽑아내자 박 신부는 아픈 듯 몸을 움찔움찔했다. 그러고 보니 월향검과 박 신부와는 영의 파장이 잘 맞지 않아 평소 박 신부는 월향검에 손도 대지 못 했다. 지금도 월향검 끝이 박 신부에게 닿으면 거의 눈에 보이지 않을 정도이지만 희미하게 불꽃이 일며 전기 같은 것이 통하는 듯 했다. 그래도 과거에 비하면 이 정도의 반작용은 없는 것이나 다 름없었다.

"이게 도대체 어떻게 된 겁니까?"

"글쎄, 나도 잘 모르겠네."

현암은 총알을 뽑아내면서 계속 생각에 잠겼다. 이 많은 총알이
다 불량이었을 리도 없고 가까운 거리에서 사격했으니 위력이 줄
어들 이유도 없었다. 곰곰이 더 되짚어 보니 박 신부는 탈출하면
서 내내 오라 막으로 방어를 펼치고 있었다.

"그렇다면 오라 막 덕분에 총알의 힘이 약해져서?"

"글쎄, 나는 잘 모르겠네. 조심해 주게. 공연히 더 찢어 놓지 말고."

박 신부는 태연하게 말했으나 현암은 '감사합니다. 감사합니다'
라고 누구에게 하는 것인지도 모를 인사를 속으로 하면서 눈물을
흘리고 있었다. '박 신부가 없다면?' 상상만 해도 아찔했다. 박 신
부는 현암을 비롯한 퇴마사들에게 아버지나 다름없는 존재였기
때문이다.

박 신부의 몸에 박힌 총알을 빼내던 현암은 생각에 잠겼다. 박
신부나 월향검, 그리고 준후 등의 기운은 하나도 맞지 않았다. 준
후는 불가와 도가의 술수를 쓰고 월향은 영이 서린 귀검이었으며
박 신부는 가톨릭의 성직자가 아니던가? 그런데도 그들은 한데
모여서 힘을 합했고, 의지만이 아니라 그 힘들 간의 상충하는 점
들도 거의 사라졌다. 이제 한 덩어리가 돼 가고 있는 것이 아닐까
하는 생각이 들었다. 그런 이질적인 것들을 하나로 엮어 가는 힘
은 무엇일까 현암은 아주 잠깐 답을 찾아보았다.

현암이 떨리는 손으로 총알을 빼내는 사이 최 교수가 헬기 안을
뒤져서 구급상자를 찾아냈다. 최 교수에게 약상자를 받아 든 박
신부는 여전히 침착한 모습으로 약상자를 살피더니 적절한 약을

발라 달라고 현암에게 주문했다. 그런 와중이라 백호는 하려던 말을 채 끝내지 못했다. 최 교수가 탄식하듯이 말했다.

"차라리 한 살이라도 나이가 덜 먹은 내가 맞는 게 낫지, 어떻게 연로하신 신부님께서……"

말을 하다가 최 교수는 현암을 보고는 얼른 입을 다물었다. 그 말대로라면 제일 젊은 현암이 모든 총알을 다 맞아야 한다고 들릴 수도 있었기 때문이었다. 현암은 개의치 않고 고개를 끄덕이다가 문득 의구심이 들었다.

'정말 신부님에게만 총알이 쏟아진 것일까? 사실 총알이 날아오는 맨 앞에 서서 신부님이나 최 교수를 가려 주려고 했던 것은 내가 아니었던가? 어째서 나는 총알을 한 발도 맞지 않고 내가 몸을 가려 드린 신부님께서?'

현암은 이상한 생각이 들었다.

"신부님, 이 총알들을 언제 맞으신 겁니까?"

"음! 뭐 정신이 없어 잘은 모르겠네만 차에서 내려 헬기에 탈 때 그랬던 것 같네."

"그때는 제가 앞에서 막아서고 있었으니 맞아도 제가 맞았어야 할 것이 아닙니까? 그런데……"

"총알에 눈이 달렸겠는가? 그거야 내가 알 바가 아니지."

박 신부는 무심하게 말했지만 현암은 눈매 속에 뭔가 자비로운 미소가 스쳐 지나가는 듯한 느낌을 받았다. 그리고 그것이 무엇인지 깨닫고는 속으로 꿍 하는 소리를 냈다. 자신의 추측이 맞다면 그건 충격이었다. 감동의 충격…….

분명 차에서 내려 헬기를 탔을 때 총 앞엔 세 사람 모두가 노출됐다. 그렇지만 자신이 맨 앞을 막아서고 있었으니 박 신부 혼자서 총알을 다 맞는다는 것은 이치상으로는 맞지 않았다. 총알에 힘을 가해서 몸속으로 뚫고 들어오지 못하게 만들 정도라면 총알을 모두 빗나가게 만들 수도 있지 않았을까? 그래서 현암이 맞을 총알을 박 신부 스스로가 맞은 것은 아닐까?

조금 더 생각해 보니 그것도 이상했다. 총알을 빗나가게 하거나 궤적을 뒤틀리게 할 수 있다면 아예 빗나가게 할 것이지, 왜 박 신부가 맞는다는 말인가? 그런 생각을 하면서 현암은 설레설레 고개를 가로저었다. 도대체 그 이유를 몰라 박 신부에게 대놓고 물어보고 싶었으나 그대로 물어보면 박 신부가 대답할 리 없었다. 현암은 은근히 이야기를 다른 곳으로 돌렸다.

"총알이 맞고 맞지 않고도 운인가 봐요."

"그러게 말이네. 나는 아마 운이 없는가 보지? 허허허."

"그런 것은 아닙니다. 다만…….""

"뭔가?"

"이해가 되질 않아서요. 제가 앞을 막았는데 총알은 뒤에 가서 맞다니, 이 총알들 입장에서 보면 꽤 운이 없다 싶네요."

"맞고 안 맞고는 쏘아질 때 정해져 있었지. 그러니 그것까지야 누가 어떻게 바꾸겠는…….""

무심코 대답하다가 박 신부는 아차 싶어 말을 멈추었다. 그와 동시에 현암의 고개가 자신도 모르게 끄떡였다. 그 순간 현암은 모든 것을 확실히 알 수 있었다. 맞고 안 맞고가 쏘아질 때 정해진 운이라고 했다. 그리고 그것까지는 바꿀 수 없었다는 말도……. 완전히 납득은 되지 않았지만 박 신부는 현암에게 맞을 총알의 운을 조금 비틀 수 있었던 것이 아닐까? 그래서 그 총알들을 자신에게 돌린 것이 아닐까? 심중을 잘 나타내거나 말하지는 않았지만 지금 박 신부가 지닌 능력으로 본다면 그런 일도 불가능하다고는 생각되지 않았다. 그렇다면 결론은 하나였다. 박 신부는 자신을 위해 그랬던 것이다.

"신, 신부님!"

"그만두게. 모두가 운에 달린 일이지."

박 신부는 미소를 지으면서 현암에게 그만 말하라는 듯한 눈짓을 해 보였다. 현암은 연로한 박 신부가 자신을 위해 총알을 대신 맞아 준 것이라고 확신했다. 남들은 말도 안 되는 소리고 있을 수 없는 일이라고 생각할 수도 있겠지만…… 자신을 위해 총알을 막아 준 것은 승희가 첫 번째였고, 박 신부가 두 번째라고 할 수 있었다. 그렇다면 자신은 그들을 위해 무엇을 했던가? 현암은 자신도 모르게 감정이 격해졌다.

"신부님!"

"왜 그러나?"

"신부님! 절대 돌아가시면 안 됩니다. 많이 다치셔도 안 되고요. 절대로요. 알겠지요?"

감정이 복받쳐 말을 꺼내기는 했지만 막상 나온 말은 그야말로 스스로 듣기에도 유치하기 짝이 없었다. 그러나 그런 말 외엔 다른 말을 할 수가 없었다.

"약속하세요. 네?"

박 신부는 미소를 짓더니 현암의 마음을 알았다는 듯 손을 뻗어 현암의 한 손을 꼭 잡았다. 따뜻한 뭔가가 손끝을 타고 전해져 오는 것 같았다. 현암은 눈물이 쏟아질 것 같았다. 아무도 알아주지 않고 끝없이 목숨을 걸고 힘든 싸움을 해 왔지만 그래도 계속할 수 있는 원동력은 바로 여기에 있다고 외치고 싶었다. 온갖 위험에 처하면서도 그것들을 넘길 수 있는 강인한 힘의 근원은 자신의 검기도, 준후의 부적술도, 박 신부의 오라도 아닌 바로 여기, 박 신부의 마음에 있다고……. 자신을 지키기보다 다른 사람을 지키기 위해 싸웠기 때문에 신부님은 몇 배 더 강해질 수 있었던 것이 아니었을까?

현암은 이유 없이 터져 나오려는 눈물을 참으려고 한 손은 박 신부의 손에 잡힌 채 다른 손으로 얼굴을 감싸 쥐었다. 박 신부가 무사하다는 것을 안 백호는 조종에만 열심이었고 최 교수는 영문을 알 수 없어서 멀뚱히 그런 두 사람의 모습을 지켜보고 있을 뿐이었다. 그러나 아무것도 모르는 최 교수의 마음에도 뭔가 따뜻한 느낌이 파고들었다.

조금 시간이 지나고 나서야 백호가 입을 열었다.

"자, 이제 한국으로 돌아가도록 합시다. 이 헬기도 추적당할 테니 오래 탈 수는 없고…… 제가 대기시켜 놓은 비행기가 있는 공항 부근까지만 가도록 하지요. 비행기를 타고 일단은 우리나라로 돌아갑시다. 좀 더 안전한 곳을 마련해 드리도록 하겠습……."

박 신부가 백호의 말을 가로챘다.

"돌아간다고요? 아닙니다. 백호 씨, 그럴 수는 없어요."

백호로서는 박 신부의 갑작스러운 행동이 얼른 이해되지 않았다.

"예? 그러면?"

이번에는 박 신부 대신 현암이 입을 열었다.

"인도로 가야 합니다. 어쩌면 승희와 준후가 위험에 빠져 있을지 몰라요."

"거긴 제가 가 보겠습니다. 여러분이 더 이상 돌아다니는 것은 대단히 위험합니다."

"죄송합니다만 백호 씨는 도움이 안 돼요. 상대는 마스터입니다. 우리가 직접 가야 합니다."

"뭐라고요?"

백호는 소리를 지르고는 놀란 듯한 표정을 한 채 잠시 뒤를 돌아보았다.

"마스터는 죽지 않았습니까? 지금 정보기관들의 추적도 따돌리기 힘든데 마스터라니요?"

"물론 마스터는 죽었습니다. 문제는 그의 영혼이지요. 지금 자세히 설명해 드리겠습니다."

박 신부는 침착한 어조로 자세를 흐트러뜨리지 않고 입을 열었고 백호의 얼굴은 창백하게 질려 갔다.

  중국으로 향하는 한 여객기의 구석 자리에는 어울리지 않는 두 명의 여행자가 의자에 깊게 몸을 묻고 있었다. 한 사람은 보통 체구였는데 아무래도 복부가 불편한 듯, 조금 기우뚱한 자세로 움직이지 않고 이상하게 생긴 두건 같은 것으로 얼굴을 가리고 있었다. 또 한 사람은 의자가 부서질 정도로 커다란 덩치를 하고 중절모를 얼굴에 얹고 있었는데, 팔에 부목을 대고 또 몸이 뻣뻣해 보이는 것으로 보아 석고 붕대로 깁스를 온몸에 한 것 같았다.

  그 두 사람은 서로 부축하면서 비행기에 탄 이후 아무런 말도 없이 얼굴을 가리고 죽은 것처럼 앉아 있어서, 손님에게 항상 상냥해야 하는 스튜어디스들마저도 의아한 눈빛으로 그들을 힐끔힐끔 쳐다보곤 했다. 두 사람은 숨소리조차 내지 않고 가만히 앉아 있어서 오히려 주변의 사람들까지 불안하게 만들었으나 그런 것은 안중에도 없는 듯, 자는지 무언가 생각에 잠겼는지 기절했는지 간에 하여간 꼼짝도 하지 않았다.

  그러나 그들은 자는 것도, 기절한 것도, 물론 죽은 것도 아니었다. 그들은 깨어 있었고 오히려 극도로 정신을 집중하고 있었다. 또 아무런 말소리도 내지 않았지만 계속 대화를 나누고 있었다.

  정말 무슨 일이 벌어진 것인가, 미스터 상준?

  성난큰곰이 마음속으로 자신의 뜻을 전달하자 주기 선생도 마음속으로 대답했다.

틀림없소. 그들은 분명히 인도와 중국으로 떠났을 것이오. 나도 병상에서 나마 그런 이야기를 들었고…….

그런데 공항의 출국 기록에는 그들이 떠났다는 기록이 전혀 없는데 그건 무엇 때문인가, 미스터 상준?

그러니까 무슨 일이 생긴 것 같다는 거요. 그들이 떠난 것만은 확실합니다. 그것도 특별기가 아닌 보통 여객기로……. 그런데 나중에 보니 그런 기록은 하나도 없고, 연락이 두절됐소. 더군다나 백호 씨마저 연락을 취할 수 없게 됐지 않소? 뭔가 일이 생긴 것이 분명합니다.

흠!

성난큰곰은 마음속으로 깊은 한숨을 내쉬었다. 그러더니 다시 주기 선생에게 마음을 전달했다.

그들은 나의 은인이다. 내 목숨만이 아니라 영혼까지 구원해 준 친구들이다. 내 부상 따위는 조금도 중요하지 않다. 그러나 당신은 어째서 가는 건가? 당신의 부상도 꽤 심한 편이고, 더구나 당신의 마음은 현암과는 가까운 것 같지 않은데…….

난 현암, 그 친구를 몹시 싫어하오.

왜?

내 전인(傳人) 때문에 가는 거요. 더 이상 묻지 마시오.

주기 선생은 말을 딱 잘라 버리고 조용히 손을 움직여 품속에 넣어 둔 작은 거울을 손가락으로 쓰다듬으면서 속으로 중얼거렸다.

'이 조요경이 말을 잘 들으면 좋을 텐데…….'

호텔에 앉아 있던 연희는 나간 백호로부터 거의 하루가 다 지나
도록 연락이 없자 매우 답답했다. 그래서 몇 차례 호텔 방 안을 왔
다 갔다 하다가 답답함을 이기지 못해 외투를 걸쳐 입고 밖으로
나가서 미행을 따돌리듯 주변을 몇 바퀴 돌다 공중전화를 걸었다.
백호가 대기시켜 둔 전용기에 설치된 전화로 백호에게 무슨 연락
이 있었는지 물어볼 심산이었다. 연희가 전화를 걸자 담당자는 천
만뜻밖에 백호를 바로 바꿔 주었다.

　"백호 씨?"

　[웬일입니까? 제가 연락하기로 했는데? 안 그래도 지금 막 연
락하려던 참이었습니다.]

　"별일 없었나요?"

　[조금 골치 아픈 일들이 있었지만 성과가 없었던 것은 아닙니
다. 그런데 그 전화, 괜찮습니까?]

　"괜찮을 거예요."

　[그래도 긴 이야기는 할 수 없군요. 공항으로 빨리 와 주세요.
저희 비행기로 와 주시면 됩니다. 태극 마크가 달린 조그마한 쌍
발기입니다.]

　"지금요?"

　[예, 지금 당장요. 모두 데리고 오십시오. 저도 더 이상 여기에
머물기는 힘들 것 같습니다. 그러니 빨리 오세요.]

　그 말을 끝으로 백호는 전화를 끊었다. 전화를 끊고 나서 연희
는 백호가 성과가 있었다고 한 말만 자꾸 되씹고 있었다. 그렇다

면 박 신부나 현암과 연락을 하는 데 성공했다는 말인가? 연희는 잠시 생각하다가 정신을 차렸다. 전화는 끊어졌지만 아직도 수화기를 들고 있었기 때문이었다.

연희는 수화기를 내려놓지 않은 채 갑자기 뒤로 돌아서서 사방을 보았다. 웬 낯선 사람 둘이 그림자처럼 슬며시 모습을 감추는 것이 눈에 들어왔다. 미행하는 사람임이 틀림없었다. 연희는 조그맣게 한숨을 쉬면서 다시 아무 곳에나 전화를 걸었다가 곧 끊어 버렸다. 그냥 가면 전화번호가 혹시 전화기 내에 '재발신'용으로 기록돼 있을지도 모른다는 생각에서였다.

어쨌든 백호는 성과가 있었다고 했고 자기는 더 이상 여기 머물기가 어려울 것이라고 말했다. 그렇다면 뭔가 말썽이 있었다는 의미이며, 가능한 한 빨리 비행기로 오라는 말은 조짐이 심상치 않은 것이라고 연희는 생각했다. 그렇다면 어서 가 보는 것이 옳았다. 연희로서는 박 신부나 현암의 무사가 확인되기 전까지 중국을 떠나고 싶은 생각은 없었지만 일단 비행기까지 가 보고 싶은 생각이 그런 마음을 앞질렀다. 성과가 있다는 말, 그 말이 아무래도 희망적으로 들렸기 때문이었다. 연희는 서둘러서 걸음을 옮겼다.

"위대하신 수호자시여! 가르침을 내리소서!"

중국의 어느 호텔 방의 불 꺼진 한쪽 구석에서는 호텔 방의 분위기와는 어울리지 않게 프랑스어로 무엇인가를 기도하는 소리가 새어 나오고 있었다. 기도문이나 주문을 외우는 것이 아니라 다만 가르침을 달라고 중얼거리는 것에 지나지 않았지만, 그 목소리는 절실한 심정을 담고 있어서 듣는 사람이 왠지 소름 끼칠 것만 같은 기묘한 울림이 있었다. 호텔 방의 한쪽 구석에 서 있는 나이트 스탠드 위에는 작은 신상 같은 것이 모셔져 있었고, 묘한 기도성의 주인공은 그 앞에 머리카락을 흩뜨린 채 무릎을 꿇고 앉아 있는 도구르였다.

"가르침을, 가르침을 내리소서! 응답을, 응답을 하소서!"

신상은 온통 검은색으로 물들어 있는 자그마한 두상(頭像)이었는데 동양의 것인지 서양의 것인지 구별하기 어려운 무표정한 얼굴의 나무 조각품이었다. 놀랍게도 도구르가 계속 중얼거리며 기원을 하자 나무 조각상이 조금씩 흔들리더니 진동음 같은 것이 흘러나오기 시작했다. 도구르는 더더욱 열심히 중얼거렸고 나무 조각상에서 울려 나오는 웅웅거리는 진동음은 점점 높아지다가 이윽고 식별하기 힘든 사람의 음성 같은 것으로 바뀌어 갔다. 전혀 감정이 있지 않았고 누구의 것인지, 심지어 남자의 목소리와 흡사한지 여자의 목소리와 흡사한지조차 구분할 수 없는 밋밋한 기계음 같은 울림이었다.

그-들-을-놓-쳤-느-냐?

묘한 울림이 전달돼 오자 도구르는 고개를 푹 숙이고 울먹이는 듯한 목소리로 말했다.

"최선을 다했습니다만 놓치고 말았습니다. 무능한 저에게 벌을 내리소서."

네-잘-못-만-은-아-니-다. 그-들-은-보-통-이-아-니-니.

도구르는 예상외로 추궁을 받지 않자 감격한 듯 몇 번이고 고개를 조아리면서 절을 했다.

"자비로우신 수호자님께 경배드릴 뿐입니다! 자비로우신 수호자님! 자비로우신 수호자님! 자비로우신 수호자님!"

그-러-나-다-시-한-번-그-들-을-놓-쳐-서-는-안-된-다. 결-코!

"그들은 백호라는 자의 도움을 받아 어디론가 날아가 버렸습니다. 그들을 어떻게 찾아야 하는지……."

그-들-은-멀-지-않-은-곳-에-있-다. 결-코-멀-리-가-게-해-서-는-안-되-느-니-라. 신-성-한-땅-에-발-을-들-여-놓-지-못-하-게.

"결코 그렇게 하지는 않을 것입니다! 수호자님께서 주신 목숨, 수호자님에게 돌려 드리겠습니다! 다만 위대한 혜안으로 그들이 어디 있는지만이라도……."

도구르는 스스로의 감정에 도취된 듯, 눈물을 흘리면서 절규하는 목소리로 말했다. 조각상은 한참 조용히 있다가 아주 작게, 지금까지보다는 비교적 빠른 속도로 속삭이는 듯한 울림을 전해 왔다.

날개-달린-새의-뱃-속-크지만-아주-크지는-않은-동쪽에서-온-새-칼의-남자와-검은-옷의-노인-발-닿지-않는-곳에-그곳에-큰-눈의-여인을-따라.

도구르는 조금 무엇인가를 생각해 보는 듯하다가 눈빛을 빛냈다. 메시지는 우회적이었지만 분명히 한곳을 가리키고 있었다. 칼의 남자와 검은 옷의 노인이란 그가 추적하고 있는 자들을 말하는 것이 분명했다. 큰 눈의 여인도 누구인지 알 수 있었다. 그 여자를 따라가면 된다고 지금 수호자님께서 말씀하셨다. 날개 달린 새의 뱃속, 동방에서 온 새, 그리고 발이 닿지 않는 곳……. 내용도 확실했다. 한국에서 온 비행기의 내부를 말하는 것이 분명했다. 발이 닿지 않는다는 의미는 떠 있다거나 아니면 비행기 안은 착륙지나 어느 영공을 통과하고 있건 간에 그 비행기가 속해 있는 나라의 땅으로 간주돼 함부로 출입이 되지 않는다는 점을 말하는 것인지도 몰랐다.

어쨌거나 도구르는 수호자의 뜻을 알아낼 수 있었고, 이번만은 수호자의 뜻에 거스르지 않고 그들을 완전히 처리해야만 한다는 생각에 입술을 깨물었다. 도구르는 수호자를 위해서는 무엇이든지 할 수 있었고 수호자의 의지가 신의 의지와 마찬가지임을 굳게 믿고 있었다.

잠시 후 조각상에서 울려오던 소리는 완전히 사라졌고, 도구르는 몸을 일으키고 서둘러 나갈 준비를 했다.

"아빠! 으아앙!"

아라의 울음소리가 비행기 안을 채웠다. 최 교수는 조금은 멋쩍은 표정이었지만, 한없이 반갑고 감격스러운 얼굴로 달려드는 아라에 의해 거의 뒤로 넘어질 뻔하면서도 손을 뻗어 아라를 꼭 끌어안아 주었다.

"아빠아, 미워어! 아라만 내버려두고오! 씨이!"

"그래그래. 미안하다. 아라야, 고생 많이 했지?"

"몰라아! 이제 가면 안 돼? 으응?"

아라와 최 교수가 감동적인 부녀 상봉을 하는 사이, 나머지 사람들은 그러한 모습을 미소를 띤 채 바라보고 있었다. 연희는 백호와의 통화로 좋은 소식이 있을 것이라는 감은 잡고 있었지만 비행기 안에서 이렇게 박 신부와 현암, 최 교수를 만나게 되리라고는 상상하지 못했다. 가장 먼저 윌리엄스 신부가 반가운 기색으로 박 신부의 손을 덥석 잡았고 이어서 현암에게 손을 내밀었다. 현암은 윌리엄스 신부에게 간단하게 목례했을 뿐 무표정한 눈빛으로 가만히 서 있었다. 연희는 아무 말 못 한 채 서 있기만 했다. 백호가 분위기를 살리려는 듯 웃으며 말했다.

"무슨 말이라도 좀 나누세요. 시간이 별로 없으니까 말입니다."

"시간이 없다니요?"

박 신부나 현암에게는 안부의 말을 꺼내지 못한 연희가 당황스러운 표정으로 백호에게 묻자 박 신부가 말했다.

"우리는 인도로 가야 해요, 연희 양."

"인도요?"

"그래요. 승희와 준후가 처해 있는 상황이 그다지 좋지 않은 것 같아서……."

연희는 승희 등과 연락이 됐는지 물어보려다가 그 말은 뒤로 미루고 다른 말을 꺼냈다.

"그런데 세 분 다 괜찮으세요?"

이번에는 현암이 예의 무뚝뚝한 말투로 대답했다.

"별일은 없습니다. 걱정 마세요."

"그래서 인도로 갈 건가요? 승희와 준후를 구하러?"

"네."

"그런 다음에는 어쩔 생각이지요?"

"유적지에 갈 겁니다. 마스터의 음모가 있는 그……."

그러나 연희는 현암의 말을 중간에서 끊어 버렸다. 현암과 박신부와 모든 사람들이 답답하기 이를 데 없다는 생각이 꽉 치밀어 올랐기 때문이었다.

"그다음에는요? 잘될 거라고 저는 믿어요. 그러면요? 그다음엔 어딜 갈 거죠?"

"……."

대답 대신 돌아온 침묵에 연희는 참을 수가 없었다. 그들은 여전했다. 자신들에 대해서는 조금도 신경 쓰지 않는…… 뭐랄까? 성인군자의 흉내를 내는 것일까? 그럴 필요가 있을까 하는 생각이 들었다. 위험에 빠졌고, 언제 어디서 생명의 위협을 받을지 모르는 처지에서 그 위험보다는 자신들이 할 일밖에는 생각지 않는……. 연희는 지금만큼은 그런 그들의 마음이 싫었다.

"그다음에는 어디로 가실 거냐고요? 어떻게 하실 거죠, 백호씨? 대안이 있나요?"

"일단 저는……."

백호도 목이 막히는 듯 몇 번 헛기침하고 나서 말을 이었다.

"저는 이번 일이 알려지면 면직될 공산이 큽니다. 그건 아무 문제가 아닙니다만, 제가 여러분을 도울 수 있는 길이 줄어든다는 점에서 문제가 있지요. 하지만 나름의 대책은 마련하고……."

백호가 말을 끝내기 전에 박 신부가 손을 내저으면서 말했다.

"아니, 아니. 그럴 것 없어요. 백호 씨."

"예?"

"우리 일은 우리가 알아서 하겠소. 그 정도 앞가림은 할 수 있어요. 무리하실 것 없소."

"아닙니다. 이건……."

"백호 씨의 힘을 동원해서 하는 일이라면 어디선가 표가 나게 될 것이고, 그러면 우리는 더욱 위험해질지도 모릅니다. 그냥, 그냥 계셔 주시오. 우리를 인도까지 데려다주시면 이후의 일은 우리가 알아서 하겠습니다."

"그럴 수는 없습니다!"

백호가 눈을 부릅뜨면서 소리치듯 말했으나 박 신부는 듣지 못한 것처럼 연희와 윌리엄스 신부 쪽을 보고 말했다.

"두 분은 제 부탁을 들어주시지 않았어요. 지금이라도 제 말을 들어주시기 바랍니다. 티베트로 가 주세요. 가서 판첸 라마를 만나고, 에메랄드 태블릿에 실린 내용을 알아봐 주시길 바랍니다."

윌리엄스 신부는 진지하고 정중한 박 신부의 제의에 아무런 말도 하지 못하고 고개를 떨구고 있었다. 연희도 마찬가지였고……
박 신부는 온화한 어조로 연희를 보고 말했다.

"연희 양, 우린 항상 위험 속에 살고 있어요. 우리만이 아니라 지금 세상을 살아가는 사람은 누구라도 마찬가지지요. 조금 지내는 게 어려워진다고 언제까지나 아이들이 투정 부리듯 주저앉거나, 해야 할 일을 팽개치고 있어서는 안 된다고 생각해요. 연희 양."

"그러나 이건 너무 억울하고 위험한…….."

"아니, 억울해할 것 없어요. 나는 연희 양을 올바르게 생각하고 판단하는 사람으로 알고 있어요. 그렇지만 아무리 그런 연희 양이 더라도 우리가 어떤 사람인지 알지 못한 상태에서 우리를 알게 되면 의구심이 들지 않겠어요? 그 사람들을 이해해야 해요. 우리가 할 일은 그런 사람들과 다투는 것이 아니에요. 우리가 상대할 자들은 따로 있어요. 그건 연희 양도 잘 알고 있지 않나요?"

박 신부가 연희를 타이르며 이야기를 나누는 사이 입을 굳게 다물고 서 있던 현암이 백호에게 말했다.

"백호 씨, 지금 인도의 상황은 어떻습니까?"

"글쎄요…….. 정확한 것은 모르겠습니다만 인도에서는 일반적으로 그러한 능력에 대해 다른 나라들처럼 부정적인 시각을 가지고 있지는 않는 것 같습니다. 그다지 커다란 반응을 보이지는 않네요. 일단 수배는 된 것으로 압니다만, 제가 조사할 때까지는 중국에서처럼 큰 반향은 없었어요."

"그건 다행이군요."

"그러나 조심하시긴 해야 합니다. 특히 도구르 같은 자는 매우 위험합니다. 그자와 이야기도 나누어 보았습니다만, 보통내기가 아닙니다."

현암은 자신이 전속력으로 모는 차 앞을 막아서고 총을 쏘던 도구르의 모습을 떠올리며 무의식적으로 고개를 저었다. 백호 말대로 아무래도 정상적인 사람은 아닌 것 같은 느낌이었다.

"알고 있습니다."

"인도에 가시더라도 인도 경찰들보다는 인터폴 친구들을 주의하시기 바랍니다. 이번 일로 가장 소란스러운 곳은 미국과 유럽 등의 서방 국가들입니다. 가능하면 충돌을 피하시기 바랍니다. 그리고 이건 이후의 일에 대한 것인데……."

백호와 현암은 구석에서 조용히 이야기를 나누기 시작했고 박 신부는 울음을 터뜨리기 시작한 연희를 타이르느라 쩔쩔맸으며, 최 교수는 아라를 안고 말없이 아라의 작은 등을 토닥이고 있었다. 윌리엄스 신부는 혼자 떨어져 서서 그런 모습들을 지켜보다가 나지막이 탄식하며 중얼거렸다.

"이들을 긍휼히 여기소서. 아멘……."

도구르는 거칠게 전화 수화기를 내팽개치듯 내려놓았다.

'분명 지금 공항에 놈들의 비행기가 있고 거기에 전부 모여 있는 것이 틀림없는데 들어갈 수 없다니! 이 상황에 외교 면책권이 무슨 소용이 있다는 거지?'

간신히 개인 정보망을 이용해 연희를 감시했고, 연희가 어디론가 전화를 하고 난 다음 남아 있는 아이와 영국인 신부와 함께 공항에 가서 한국 국적의 비행기를 탄 것까지 확인했다. 물론 그 비행기에는 주의를 기울이지 않았으니 그 안에 정말 그들이 숨어 있는지는 알 수 없었지만, 정황을 보아서나 또 자신이 철석같이 믿고 있는 수호자의 신탁 모두가 그 비행기 안을 가리키고 있었다. 그러나 비교적 협조적이고 많은 관심을 보이던 중국 정부에서도 면책 특권이 있는 다른 나라 국적의 비행기 내부를, 그것도 백 퍼센트 확실한 것도 아닌데 들어가서 뒤진다는 것에는 동의하지 않았다.

도구르는 몇 번 더 여기저기 전화를 걸었으나 병력 동원이나 기타 여러 가지 면에서 협조를 얻어 내지 못했다. 아마 우한 공항에서의 실패에도 원인이 있을 것이었다. 도움 대신에 도구르는 그 비행기가 약 여섯 시간 후에 떠날 예정이라는 사실 정도를 알아냈을 뿐이다. 여섯 시간이면 시간이 모자랐다. 도구르는 생각해 보았다. 자신이 자폭할 각오를 하고 들어간다면?

조금 더 고민해 보고는 고개를 저었다. 그들의 능력으로 자신이 그런 일을 하게 내버려둘 리가 없었다. 더구나 자신은 그들처럼 특별한 능력을 지니고 있지도 않았고 그렇다고 공공연히 로켓이나 폭탄으로 비행기를 날려 버릴 수는 없었다. 공항 내에 그런 폭발물을 가지고 들어갈 수 없을 것 같아서였다. 도구르는 중국 정부에서도 그들에 대해 관심이 있다는 것을 알고 있었다. 그들을 죽이기보다는 생포해 힘의 비밀을 밝히려는 목적을 가지고 있다는 것도……. 그 때문에 공항에서도 결정적인 찬스를 여러 번 놓

칠 수밖에 없었고 어쩌면 자신도 감시당하고 있을지 몰랐다. 도청
이나 미행이야 조심하면 된다고 하더라도 폭발물을 구하거나 그
것을 들고 공항에 가서 비행기를 부수는 따위의 일은 위험은 고사
하고 아예 실행 단계에서 실패할 확률이 높았다.

'어떻게 하면 좋을까? 엄청난 초능력을 지닌 놈들에게 맞서기
위해서는……'

순간 도구르의 머릿속을 스치는 생각이 있었다. 저쪽이 비정상
적인 능력의 소유자라고 한다면 이쪽도 그런 사람을 찾으면 되
지 않을까? 여기는 중국이었다. 도구르는 한 사람의 이름을 생각
해 냈다. 물론 퇴마사라고 칭하는 그들 같은 비상한 능력을 갖춘
사람은 아니었지만, 어쩌면 그 사람과 자신이 잘 계획을 세운다면
비행기 안에 들어가서 그들을 잡는 것 정도는 가능할 것 같았다.
여섯 시간 정도밖에 남지 않았지만 잘하면…….

도구르는 수화기를 들었다.

"이륙 시간까지는 다섯 시간 정도 남았습니다. 여기는 면책 특
권이 보장되는 비행기 안이니 안심하고 휴식하시기 바랍니다."

백호는 상냥하게 말하면서 자리에서 일어섰다. 이야기를 대강
끝낸 박 신부와 현암 등도 고개를 끄덕였다. 그러고 보니 제대로
쉬지도 못하고 숨 가쁘게 지낸 시간이 한 십 년은 되는 듯했다. 불
과 며칠간이었지만 그동안의 일들이 꿈만 같았다.

"저는 그러면……."

윌리엄스 신부는 자리에서 일어섰다. 윌리엄스 신부는 논의 끝

에 티베트로 가기로 결정을 내린 것이다. 연희는 계속 자신도 인도에 가겠다고 우겼지만 결국은 박 신부에게 설득당하고 말았다.

"신의 가호가 언제나 함께하시기를……. 아멘."

"조심하세요. 모두……."

연희와 윌리엄스 신부가 일어서서 밖으로 나가고 백호도 비행기 앞쪽의 다른 방으로 가자 실내에는 정적이 맴돌았다.

"신부님, 이제 좀 쉬세요."

정적을 깨고 현암이 말했다.

"자네는?"

박 신부의 말에 현암은 창밖으로 고개를 돌렸다.

"저는 이미 쉬고 있습니다. 눈 좀 붙이시죠."

박 신부는 뭐라고 말하려다가 그냥 고개를 끄덕해 보였다. 상처까지 입은 데다가 너무 많은 힘을 써서 말할 수 없이 피곤했기 때문이다. 최 교수와 아라는 긴장이 풀렸는지 서로 끌어안고 졸고 있었다. 체면 같은 것을 생각할 겨를이 없었다. 각자는 대강 앉아 있던 자리를 툭툭 털고 반쯤 구부정한 상태로 눈을 감았다. 현암도 눈을 감았으나 창밖을 내다보는 자세 그대로 흐트러짐 없이 앉은 채로였다. 현암은 앉아서도 얼마든지 잘 수 있었다. 밖은 어두워져 있었다.

반대쪽의 영국에서도 하루가 다 지나갔다. 짧다면 짧다고도 할 수 있는 시간이었지만 이번 일과 관련된 많은 사람들에게는 마치 수십 년이나 되는 듯한, 많은 일들이 지나간 길고도 긴 하루였다. 세계 도처에서 그들의 자취를 좇아 헤매는 수많은 정보원들과 말단 경찰관들로부터 시작해 당사자인 퇴마사들도, 또 연희나 아라나 윌리엄스 신부 등의 주변 인물들에게도 길고도 긴 하루가 지나갔다. 그리고 그만큼 길어질지 모르는 다른 하루가 시작되고 있었다.

많은 다른 사람 중에서 전날 난데없이 윌리엄스 신부로부터 전화를 받았던 월터 보울도 하루를 가장 길게 보낸 사람 중의 한 명이었다. 그다지 길게 통화하지는 못했지만 불쑥 이상한 메시지를 듣고 행여 현암이나 박 신부가 전화를 하지 않을까 해서 이 작달막한 영국의 심령학자는 한시도 전화 근처를 떠나지 못하고 꼬박 이십여 시간을 전화기 옆에서 끄덕거리는 흔들의자에 몸을 맡기고 있었다. 중간중간 전화벨이 울리기는 했지만, 자신이 기다리는 박 신부나 현암에게서 걸려 온 전화는 아니었다.

꼬박 만 하루가 지나서야 월터 보울은 그 대신 승희의 전화를 받을 수 있었다. 맨 처음에는 하마터면 목소리를 알아듣지 못하고 끊을 뻔했지만, 용케도 월터 보울은 승희의 목소리라는 것을 기억해 냈다.

[미스터 보울? 뭔가 메시지를…….]

승희의 첫 마디는 몹시 다급한 것 같았고 감도 퍽 먼 것이, 언뜻 들어도 멀리 떨어진 곳에서 거는 전화라는 것을 알 수 있었다. 월터 보울은 처음에는 자기의 예상대로 박 신부나 현암의 목소리로 전화가 걸려 온 것이 아니라서 말을 해야 할까 말아야 할까 조금은 망설였지만 바로 메시지를 전했다.

"전달합니다. 011-277…… 준후의 생일. 직접 통화하세요."

도청이 되더라도 알아들을 수 없도록 연희와 백호가 궁리해 정한 것이 이 방법이었다. 준후는 주민 등록 번호가 등재돼 있지 않아서 퇴마사들을 제외하고는 아무도 준후의 생일 날짜를 알지 못했다. 그렇게 숫자를 정한 다음 백호는 그 번호로 휴대 전화 하나를 급히 신청해 연락할 수 있도록 조치를 취한 것이다. 그렇게 하면 이론적으로 일만 개의 회선을 동시에 도청하지 않는 한 이야기를 엿들을 수 없게 되는 셈이다.

월터 보울은 조금 냉정한 짓 같다는 생각이 들었지만 윌리엄스 신부가 일러 준 대로 메시지만 전달하고 전화를 끊어 버렸다. 그러나 일단 메시지를 전달했으니 그만 자리를 비워도 되는지, 아니면 정말 기다리던 사람인 박 신부나 현암에게 전화가 올 때까지 기다려야 하는 것인지, 그것을 종잡을 수 없어서 한동안 다시 고민하다가 결국 인상을 찌푸리며 흔들의자에 다시 앉았다.

몇 시간이 지났을까? 베이징 공항이 어두워진 지도 한참이 지난 후였다. 아직 이륙할 시간이 되지 않은 대한민국 국적의 작은 비행기는 활주로의 한 귀퉁이에 가만히 대기하고 있었다. 비행기 안에는 불이 켜져 있었지만 실내등이라 주변까지 밝혀 줄 만큼 밝지는 않았고, 격납고에서도 꽤 떨어진 곳이라 그 주변에는 조명의 불빛이 닿지 않아 어둑어둑했다.

그 비행기 주위에서 몸을 숨기면서 뭔가를 하는 한 남자가 있었다. 그 사람은 공항 직원의 복장을 하고 있었지만 자세히 살펴보면 옷이 그 사람의 몸에 맞지 않는다는 것을 알 수 있었다. 그 사람은 그만큼이나 깡말라서 마치 해골과 같았고 어울리지 않게 턱에는 백발의 꽤 긴 수염이 드리워져 있었다. 그 사람은 뭔가를 비행기의 주변에 늘어놓고는 힘이 다 빠진 듯, 휘청거리는 걸음걸이로 비행기를 떠나 격납고 쪽으로 가다가 방향을 돌려서 격납고 한편 귀퉁이의 화물이 쌓인 곳으로 갔다. 화물 더미에는 두 사람이 기다리고 있었다. 한 사람은 도구르였고 다른 한 사람은 웨이였다. 방금 비행기 주변에 뭔가를 놓고 돌아온 노인이 거추장스럽다는 듯 작업복을 홀홀 벗어 내팽개치는 것을 보면서 웨이가 도구르에게 무겁게 입을 열었다.

"정말 이 일이 가능할 것이라 믿습니까?"

"가능할 겁니다. 모(毛) 선생의 힘은 대단합니다. 그들과는 비견할 수 없을지 모르지만⋯⋯."

"저 비행기는 전용기는 아니지만 면책권이 보장되는 군용기입니다. 저것을 건드린다는 것은⋯⋯."

"아무도 알지 못할 겁니다. 절대로!"

"나는, 나는 잘 모릅니다. 당신은 왜 이렇게까지⋯⋯."

도구르는 웨이가 약한 소리를 하자 눈을 부릅뜨면서 작지만 강렬한 어조로 말했다.

"저들은 암적인 존재들입니다! 당신, 그렇게 당하고도 그걸 모른단 말입니까? 저들을 잡지 못하면 당신도 끝장입니다!"

"그건 내가 누구보다 잘 알고 있습니다."

웨이가 고개를 떨구었다.

"포위망을 뚫고 백호라는 자가 비행기 안으로 그들을 데려갈 줄은 꿈에도 몰랐습니다. 우리는 헬기를 수색하느라고 신경을 그쪽으로만 썼을 뿐인데……."

백호는 헬기를 타고 멀리 가지 않았다. 헬기는 확실히 도망치는 데에는 최적이라 할 수 있는 물건이었지만 그만큼 추적도 받기도 쉬운 물건이었다. 백호는 겨우 십오 분 정도 타고 간 다음에 헬기를 버렸고, 헬기를 추적하느라 온 신경을 쓰고 있던 중국 공안청에서는 그들이 걸어서 다시 베이징 공항으로 잠입할 줄은 예상도 하지 못했다.

백호가 그들의 탈주를 방조했다는 것은 확실한 일이지만 현장을 잡지 못했으니 증거도 없었다. 오히려 백호는 나중에 자신도 그들의 인질로 잡혔다가 간신히 달아났다고 중국 측에 먼저 알려왔고, 그런 말을 뒤엎을 수 있는 증거가 중국 측에는 없었다. 헬기를 빼앗긴 조종사도 그들의 이상한 능력에 얼이 빠져 확실한 증언을 할 수 없을 것 같았다. 그들의 이상한 능력을 공포할 수 없는 중국 측은 '그런 허무맹랑한 이야기는 사실이 아니다'라는 백호의 논박에 대항할 수가 없었다. 물론 정황으로 보면 누가 보아도 백호가 그들을 탈출시키는 데 도움을 주었다는 것을 알 수 있었지만, 그 과정에서 반드시 들어가게 되는 '이상한 힘들'에 대한 증언이 사실이라는 것을 입증하지 못하면 백호의 이야기를 부정할 수가 없게 된다. 그 '이상한 힘들' 때문에 모든 일이 벌어진 것이긴 했지만 그것을 표면적으로 밝혀 문제화할 만한 자신은 중국 측에 없었고 또 그럴 수도 없었다.

결국 중국 측은 별 도움도 못 되는 항의만 몇 마디 늘어놓는 것 외에 다른 방법이 없었다. 한국 측의 비행기에 그들이 숨어 들어간 것이 분명하다는 것은 도구르보다도 중국 측에서 더 잘 짐작하고 있었으나 외교상 타국의 지역이라 할 수 있는 비행기 기내에는 아무런 손도 쓸 수 없었다. 그 때문에 웨이도 공항에 왔던 것이고 도구르를 만나게 된 것이다. 도구르가 비행기 주위에 그렇게 뭔가를 할 수 있었던 것도 웨이의 비호 덕분이었다. 웨이는 이번에도 실패해 그들을 놓치게 되면 자신의 목이 날아가게 된다는 것을 잘 알고 있었다. 그래서 불법적이기는 하지만 도구르의 말대로 다시 한번 뭔가를 해 볼 마음을 먹게 된 것이었다. 그러나 도구르의 방법이란 것은…….

"정말로 저렇게 해 두면 저 내부에서 벌어지는 소리가 밖에선 들리지 않게끔 차단되는 것입니까?"

웨이는 도구르에게서 눈을 돌려 막 묘한 도복으로 갈아입은 깡마른 모 선생이라는 남자를 보았다. 웨이의 말을 들은 모 선생의 해골같이 바싹 마른 얼굴에서 눈빛이 빛나며 입 주위가 묘하게 일그러지더니 웃음을 지었다.

"틀림없소! 저건 모산파의 비전인 절음진(切音陳)이오. 저 안에서 폭탄이 터지는 한이 있어도 밖에서는 절대 들리지 않소. 소리만이 아니라 무전기도 작동하지 않게 되오."

"만에 하나 총성이 밖에 들리기라도 한다면?"

도구르가 딱 잘라 말했다.

"나는 모 선생을 믿습니다."

모 선생은 히죽 웃어 보이면서 조금 전 웨이가 마시고 둔 빈 병 하나를 집어 들고는 몸을 일으켜 비행기 쪽으로 집어 던졌다. 병은 날아가서 비행기의 아랫부분에 떨어져 산산이 깨어졌으나 소리는 들리지 않았다. 병이 깨졌으면 작은 소리라도 들려와야 정상일 것이지만…….

"방법은 하나뿐입니다. 이제 쳐들어가서 저들을 없애고, 비행기는 자동으로 이륙시킨 다음 폭발시켜 버리는 겁니다. 물론 지금 터뜨리면 일이 간단하지만 그건 외교상의 문제를 일으킬 테니 그럴 수는 없고……."

말하면서 도구르는 웨이를 노려보았다. 웨이를 만나지 않았다면 도구르는 그냥 비행기를 폭파시켜 버릴 생각도 있었다. 곤란해지는 것은 중국 측이지 자신이 아니니까……. 그러나 웨이를 떼어 놓고 비행기를 폭파하려 한다면 웨이와 그의 부하들은 자신을 저지할 것이 분명했다. 도구르는 그들을 해치운 다음 공중에서 비행기를 폭파하는 방법을 택할 수밖에 없었다.

"그렇다면 그들은 비행기 사고로 죽었다고 처리될 겁니다. 중국 측에서 책임질 일은 없습니다."

"그러나……."

웨이는 아직도 내키지 않는 듯 말했다.

"저들을 생포할 수는 없겠군요."

"생존자가 있어서는 안 되지!"

도구르가 단호하게 잘라 말하자 웨이는 더 말하지 않고 입술을 깨물면서 뒤쪽의 요원들에게 손짓했다. 이번에는 많은 수의 요원을 데려오지 않고 소수 정예로 가장 무술에 능통하고 사격 솜씨가 뛰어난 일급 요원들만 열 명을 골라서 데리고 온 것이다. 현암에게 당했던 그들은 모두 속에 방탄조끼와 보호복을 입고 있었다. 그리고 사자후에 대비해 귀에는 귀마개를 했고 복면에 고글까지 착용한 데다가 이상한 칼에 총이 부서질 것에 대비해 경기관총과 자동 권총류로 네 정 이상씩을 몸에 갖추었다. 도구르도 웨이가 내준 무장을 몸에 갖추었다. 웨이는 역시 믿어지지 않는다는 듯 비행기 쪽을 바라보다가 모 선생에게 물었다.

"이제 진의 설치는 끝난 것입니까?"

"끝났소. 내가 주문만 외우면 그만이오."

"그런데 정말 무선 교신도 두절될까요?"

"그렇소. 긴 시간 동안은 안 되지만……."

웨이는 허망한 기분이었다. 전파 방해도 쓰지 않고 무선 교신을 완전히 두절시키다니! 이런 것을 군사적으로 응용한다면…… 한편 웨이는 다른 생각도 해 보았다. 무기 대신 이런 힘을 전쟁에 사용한다면 분명 막강한 위력을 지닐 수 있을 것이다. 그러나 그것은 어디까지나 한쪽만이 그런 힘을 지닐 경우이다. 양측이 그런 가공한 힘을 지닐 경우에 전쟁은 어떻게 될까? 그때는 현재의 모든 무기들의 위력은 무력화되고 부수적인 것이 되지 않을까? 그리고 그때의 전쟁은 핵무기가 날뛰는 지금보다도 훨씬 가공할 만한 것이 되지 않을까?

"생존자가 남게 되면 당신들이 곤란하게 된다는 것을 명심하시오. 그럼 갑시다!"

웨이의 상상은 도구르의 말 때문에 끊어졌다. 모 선생이 중얼거리며 주문을 외우는 것을 시작으로 요원이 먼저 산개하면서 비행기 쪽으로 다가가기 시작했다.

"제길! 왜 연결이 안 되지?"

인도의 어느 허름한 길거리의 낡은 공중전화 앞에서 승희가 신경질을 부리고 있었다. 기껏 준후가 온 힘을 기울여서 월터 보울과 연락을 취해 전화번호를 알아냈는데, 그 전화는 황당하게도 전혀 연결이 되지 않았던 것이다. 처음엔 휴대 전화라 연결이 잘 안 되나 생각하고 성질 급한 승희답지 않게 한 시간 동안 통화 시도를 했는데도 도대체 무엇 때문인지 연결이 되지 않았다. 원래는 조용조용 통화를 하고자 했는데 성질이 나다 보니 신경질을 부리면서 전화를 마구 두들겨 대어서 꽤 많은 사람들이 무슨 일인가 하고 승희를 구경하는 이상한 신세가 돼 버렸다. 대부분은 승희가 전화통을 붙잡고 있어서 다음 차례를 기다리는 사람들이었으나 그 사람들은 승희가 워낙 신경질을 부리는 것이, 한눈으로 보이는 판이라 뭐라고 말도 못하고 언제 저 여자가 통화를 포기할 것인가를 초조하게 바라보고 있었다. 일이 이렇게 되자 승희는 승희대로 더 조바심이 났고 배짱과 오기 비슷한 것이 치솟았다.

"도대체 뭘 하는 거야? 지하 술집에라도 틀어박혔나?"

승희는 화가 나서 수화기를 내던지며 중얼거리다가 고개를 갸웃했다. 그렇게 중요한 전화를 그쪽에서 소홀히 할 리는 없었다. 이 정도의 계획은 백호가 짠 것이 분명하다고 승희는 여겼다. 평상시 백호의 꼼꼼한 성격으로 볼 때 이렇게 장시간 연락처를 비워두는 일은 없을 것 같았다. 그렇다면…….

"무슨 일이 생긴 걸까?"

승희는 눈앞이 캄캄해지는 것 같았다. 바이올렛 몰래 빠져나온 터라 시간도 그다지 많지 않았다. 바바지를 만나기 위해서는 산길을 돌고 돌아 이름도 잘 기억나지 않는 어느 사원을 가야 한다는데, 길로 접어들게 되면 전화를 걸 수 없을지도 몰랐다. 인도는 첨단 기술이 무시 못할 정도로 발달한 나라였지만 실제 보통 사람들의 생활 수준은 형편없이 낮아서 외진 시골로 가면 전화를 구경할수 없는 곳도 많을 것 같았다. 그렇게 되면 연락을 취하기가 더 어려워지는데…….

"제길! 어떻게든 되겠지."

홧김에 승희는 큰 소리를 지르며 수화기를 쾅 소리가 날 정도로 내던지고 그런 자신을 놀란 눈으로 바라보는 몇몇 사람들을 째려보고는 걸음을 옮겼다. 사람들은 혹시 마지막에 승희가 전화기를 내리치는 바람에 고장 났으면 어떡할까 하는 눈길로 승희와 전화기를 번갈아 보면서 수군거렸다. 그러나 승희는 그런 것에는 신경도 쓰지 않고 코웃음을 치면서 걸음을 옮겼다.

해가 진 지 꽤 됐는데도 더운 나라라서 그런지 공기가 후덥지근했다.

"그래, 될 대로 돼라. 바보 같은 현암 군이나 신부님 정도 되면 별일은 없겠지. 나도 그럭저럭 버티는데…… 제기랄! 더운데 어디가서 샤워나 했음 좋겠다."

승희는 연락도 안 되었으니 될 대로 되라는 배짱으로 일부러 콧노래까지 부르면서 사방을 기웃거려 보았다.

'기왕 이렇게 된 것, 될 대로 되라지. 그런데 왜 이리 더워? 소설의 누군가는 더워서 살인까지 했다는데, 아무리 형편이 안 좋아도 좀 씻고 화장도 새로 해야겠다.'

그런 생각을 하면서 사방을 둘러보던 승희의 눈에 저만치 떨어진 곳에 어느 모텔의 간판이 보였다. 지방의 소도시임에도 불구하고 큰 건물인 것으로 보아 관광객을 상대하기 위해 만들어진 곳 같았다.

"저기라면 사우나가 있을지도 모르겠네. 일단 가 보자!"

승희는 쫓기고 있는 자신의 처지도 망각하고 바삐 걸음을 옮겼다. 아무리 형편이 급해도 먼지와 땀에 찌든 몰골로 지내고 싶지는 않았던 것이다. 화장도 고쳐야 했고…….

도구르의 비밀

현암은 창가에 앉은 채 피로에 잠시 눈을 붙이고 졸다가 왼팔에
이상한 감촉이 느껴져서 자신도 모르게 눈을 떴다. 살펴보니 월향
이 조금씩 끙끙거리는 소리를 내면서 왼쪽 팔목에 감은 칼집 안에
서 꿈틀대고 있었다.

"아니, 왜?"

현암은 월향이 왜 그러는 것일까 하고 말을 하려다가 말을 채
입 밖에 내기도 전에 뭔가 느껴지는 것이 있어서 창가로 눈을 돌
렸다. 몇몇 복면을 한 남자들이 기척도 없이 비행기 쪽으로 다가
오고 있었다.

"어?"

현암이 놀라서 옆에서 잠들어 있는 박 신부를 깨우기 위해 몸
을 일으키려는데 갑자기 요란한 총소리가 나면서 현암이 내다보
고 있던 창문이 퍽 소리와 함께 깨졌다. 저격용 총인 것 같았다.
현암은 반사적으로 옆에서 잠들어 있다가 놀라서 눈을 뜬 박 신부
를 몸으로 덮어 쓰러뜨리고는 총소리에 놀라 몸을 일으키려던 아
라와 최 교수를 양손으로 덜미를 잡아 몸을 일으키지 못하도록 찍
어 눌렀다. 그러는 순간 비행기의 문이 휙 하고 열리면서 몇 명의

남자들이 안으로 뛰어들었다. 그들은 뛰어들자마자 인정사정없이 손에 들고 있던 경기관총을 겨누었다. 현암이 미처 몸을 일으키지 못했을 때였다.

그대로 총알이 쏟아지기 직전에 박 신부가 아직 힘을 끌어올리지 못한 채 오라 구체를 몇 개 내쏘았고 방아쇠를 당기려던 남자들은 난데없는 빛의 덩어리를 맞고 비틀거렸다. 그 틈을 놓치지 않고 현암은 몸을 굴리면서 다리를 휘둘렀다. 그러자 발목이 걸린 남자들이 우당탕 소리를 내며 넘어졌다. 그러나 일행 중 조금 뒤쪽에 처져 있어서 박 신부의 오라 구체에 맞지 않은 한 남자가 현암이 휘두르는 다리를 피해 위로 뛰어올랐다가 떨어져 내리면서 현암의 발목을 찍어 밟았다. 발목뼈가 어긋나는 것 같은 통증이 날카롭게 느껴졌다. 몸을 뒤틀면서 일으키려 했지만 앞에서 현암에게 다리가 걸린 자들이 우르르 자신의 몸 위로 넘어지는 바람에 몸을 돌리지 못했고 그 바람에 넘어진 남자들에게 붙잡히고 말았다.

현암의 발목을 밟은 남자는 재빨리 총부리를 박 신부 쪽으로 겨누고 발사하려 했으나 그 순간 조종석에서 문을 열고 뛰쳐나온 백호가 발차기로 남자의 등을 냅다 후려갈기자 그자는 미처 총을 발사하지 못하고 앞으로 꼬꾸라졌다. 그 순간 최 교수가 그자에게서 총을 빼앗아 들고 크게 외쳤다.

"저, 전부 손들어!"

최 교수가 소리를 지르자 비행기 안으로 들어왔던 남자들은 일순 주춤했다. 그러나 그렇게 말은 했어도 비행기 안은 넓지 않았고 복면의 남자들 사이에 백호와 현암도 끼어 있어서 최 교수는 방아쇠를 당길 수 없었다. 최 교수가 주춤거리는 사이에 이번에는 뒷문을 열고 들어온 또 다른 복면의 남자들이 달려들었다. 백호는 그자들이 달려오는 것을 보았지만 앞문으로 들어온 또 다른 복면의 남자 한 명과 싸우며 다른 자들이 안에 들어오지 못하도록 막고 있어서 몸을 돌릴 수가 없었다. 그자가 최 교수에게 날아들면서 돌려차기로 한 방을 먹이자 최 교수는 용기를 낸 보람도 없이 총을 떨어뜨리고 비행기의 유리창에 얼굴을 비비며 쓰러져 버렸다. 그자가 방아쇠를 당기려는 것을 쓰러져 있던 박 신부가 재빨리 가방을 던져서 맞혔고, 그 찰나의 틈을 타서 박 신부는 오라를 본격적으로 펼치기 시작했다.

오라 막이 커다랗게 부풀자 현암과 박 신부, 최 교수 등은 오라에 밀리지 않고 자연스럽게 들어갔지만 다른 자들은 비틀거리며 밀려 났다. 그 순간 현암이 기합 소리와 함께 힘을 모아서 자신을 덮어 누르고 있던 서너 명의 남자들을 튕겨 버렸다. 그자들은 튕겨 나면서 다시 박 신부의 오라 막에 부딪혀 픽 쓰러졌다.

백호는 아직도 문을 봉쇄하면서 어떤 남자 한 명과 막상막하의 실력으로 싸우고 있었다. 현암이 몸을 일으키는 것과 동시에 박 신부도 일어나서 본격적으로 복면의 남자들과 대항할 준비를 갖추었다. 그때 익숙한 영어의 목소리가 비행기 안에 울려 퍼졌다.

"모두 저항하지 마라!"

현암과 박 신부 등은 아차 싶었다. 뒷문으로 들어온 또 다른 한 남자가 아라의 덜미를 움켜쥔 채 총을 겨누고 있었던 것이다.

"조금이라도 움직이면 이 꼬마는 저세상으로 간다!"

그 목소리를 듣고 막 기내로 들어오려던 자를 걷어차 버린 후 몸을 돌린 백호가 소리를 질렀다.

"너는 도구르!"

"벽 쪽으로 붙어 서라!"

도구르의 목소리는 침착했다. 아라는 앙탈을 부리면서 도구르의 손목을 깨물려고 했지만 도구르는 그냥 아라의 덜미만을 꽉 붙잡은 채 신경도 쓰지 않았다.

"무슨 짓을 하는 건가? 이건 불법적인 침입……."

"벽 쪽으로 붙어 서라고 말했다!"

도구르는 백호의 항의를 묵살하면서 이번엔 아라의 머리에 총을 겨누었다. 그사이 복면의 남자들은 일어나 각각 한 사람씩을 맡아서 경기관총을 겨누고 있었다. 할 수 없이 백호와 박 신부, 현암, 최 교수와 막 끌려 나온 조종사와 요원까지 일곱 명은 창가에 등을 돌린 채 붙어 설 수밖에 없었다. 그러는 중에 백호가 강력하게 항의하는 듯한 어조로 말했다.

"미쳤군! 공항 안에서 총소리를 내고도 무사할 것 같은가? 아무리 중국 측에서도 이들을 데려가고 싶어 한다지만 이런 식으로 나가는 것을 과연……."

그러자 도구르는 크게 웃더니 총구를 위로 향하게 한 뒤 몇 방

을 쏘아 댔다. 요란한 총소리가 비행기 안을 가득 메우자 백호는
어안이 벙벙했으나 도구르는 다시 총구를 아라의 머리에 들이대
며 말했다.

"쓸데없는 걱정까지 할 필요는 없다. 밖에선 아무것도 들리지
않을 테니……."

도구르의 말을 듣고 박 신부는 묘한 느낌이 들었다. 심상치 않
은 기운이 비행기 전체를 둘러싸고 있는 것이 느껴졌기 때문이었
다. 필경 저쪽에서도 무슨 수를 써서 예전에 준후가 썼던 것과 비
슷한 수법으로 비행기 안에서 나는 소리를 차단한 것 같았다.

"비행기의 소리를……."

"소리뿐만 아니라 무전도 차단됐다. 이제 너희는 고립됐으니 더
이상 쓸데없는 짓 하지 마라!"

도구르가 여유 있게 말하는 사이에도 도구르의 팔목에 잡혀 있
는 아라는 속절없이 계속 발버둥을 치고 있었다. 아라의 목에 걸
려 있는 목걸이에서 은은한 빛이 뿜어져 나오고 있는 것을 도구르
는 알지 못했다.

"시간이 별로 없으니 어서 끝내도록 하지."

도구르가 말하자 복면의 남자들은 철컥거리면서 총을 장전했
다. 현암은 등골에 식은땀이 흘렀다. 저들은 정말 쏘려고 하는 것
이다. 현암은 총구가 겨냥되자 풀썩 아래로 주저앉으면서 몸을 돌
려 뒤에 있는 복면 남자를 후려치고는 왼팔을 들어 월향검을 내쏘
았다. 거의 반사적으로 한 동작이었다. 월향검이 귀곡성을 지르면

서 날아가자 다른 사람들은 놀라 흠칫했고, 특히 백호와 맞싸우던 자는 월향검의 위력을 아는 듯 몹시 놀라는 것 같았다.

월향검은 도구르에게 똑바로 날아 들어갔고 현암은 공력을 모아 무서운 힘으로 총을 겨눈 자들을 우르르 밀쳐 냈다. 그러나 도구르는 대비라도 해 둔 것처럼 월향검이 무서운 기세로 날아드는데도 개의치 않고 아라를 번쩍 쳐들어서 자신의 앞을 막았다. 그러자 날아들던 월향검은 꺄아아악 소리를 지르며 궤도를 틀었으나 비행기 안에 너무 좁은 탓에 미처 방향을 다 돌리지 못하고 비행기의 천장에 박혀 버렸다.

"같은 수법에 또 당할 줄 아나? 움직이지 맛!"

도구르가 고함을 치자 현암과 다른 사람들도 흠칫할 뿐 더 이상 움직이지 못했다. 순간의 정적이 비행기 안을 감쌌다. 그 순간 누군가가 문 쪽에서 획 하고 집어 던져져 도구르와 퇴마사들의 사이에 철퍽 소리를 내며 쓰러졌다.

"아니!"

도구르가 데리고 왔던 모산파의 주술사, 모 선생의 기절한 몸뚱이였다. 예기치 않은 상황에 도구르가 놀라고 있는데 문 쪽에서 엄청난 거구의 남자가 결코 좁지 않은 비행기 문을 비집고 서서히 들어왔다. 모두가 그의 출현에 눈이 휘둥그레졌다. 도구르와 같이 온 사람들은 그 사람의 덩치에서 느껴지는 위압감에, 또 퇴마사들은 놀라움에…….

그 사람은 병상에 누워 있었어야 할 성난큰곰이었던 것이다.

너희야말로 움직이지 마라.

성난큰곰은 마음속에 소리를 울리게 하는 특유의 표현법으로 모두에게 똑똑히 느껴지도록 말했다. 그러면서 몸에 힘을 주어 몸을 풍선처럼 부풀렸다. 옷의 단추가 떨어지면서 벌어진 옷깃 사이로 무섭게 발달한 팽팽한 근육이 보였고, 부상 때문에 몸에 감았던 붕대와 깁스가 투두둑 소리를 내며 끊어져 나가는 것이 위압감을 주기에 충분했다. 복면의 남자들은 당황한 몸짓으로 난데없이 나타난 거한에게 총을 겨누었으나 성난큰곰은 눈썹 하나 깜짝하지 않았다.

장난감은 함부로 가지고 노는 것이 아니다.

한 복면의 남자가 총을 쏘았으나 총알은 핑 소리와 함께 성난큰곰의 몸에 맞고 튕겨 비행기 안을 핑핑 소리를 내며 돌다가 바닥으로 떨어져 버렸다.

"괴, 괴물……."

복면의 남자들과 도구르가 놀라서 주춤거리는데 그들의 눈앞으로 그림자 하나가 휙 하고 지나갔다. 도구르는 깜짝 놀라 스쳐 지나가는 그림자를 향해 총을 겨누려 했으나, 그 그림자는 겨누려 하면 유령처럼 사라졌다가 나타나고 해서 도저히 겨눌 수가 없었다. 그러다가 돌연 눈앞에 펄럭하고 금빛과 붉은빛이 교차로 번쩍하는 것을 느낀 순간, 도구르는 허공을 날아 뒤로 떨어지고 있었다. 자신의 몸에 불이 붙어 타오르는 것을 도구르는 떨어지고 난 다음에야 발견할 수 있었다. 놀란 도구르가 비명을 지르면서 몸을 굴려 불을 끄는 동안, 그 그림자는 언제 빼앗았는지 아라를 안은 채 모습을 드러내더니 몸을 돌리고 킬킬거렸다.

"천하무적 현암 씨도 당할 때가 있구먼. 킥킥킥."

주기 선생이었다. 주기 선생이 힐기보법과 십이지신술로 도구르를 간단하게 제압해 버린 것이다. 현암과 박 신부 등은 방금 벌어진 일들이 믿어지지 않아서 망연히 서 있을 뿐이었다. 그사이 벌써 성난큰곰은 장난치듯, 전의를 상실한 복면의 남자들을 장난 감처럼 집어 올려 무지무지한 주먹으로 한 대씩 가볍게 쳐서 기절시킨 뒤 한구석에 물건 쌓듯 쌓고 있었다.

"어, 어떻게 여길……."

백호가 놀라며 말하자 주기 선생은 우스운 듯 큰 소리로 웃고 나서 아라를 내려놓으며 말했다. 아라는 쓰러져 있는 최 교수에게 달려갔다.

"이건 분명 내가 시작한 일이오. 내가 끝을 맺어야지."

이번에는 현암이 평정을 되찾으면서 천장에 박혔다가 돌아온 월향검을 왼팔에 꽂으며 말했다.

"그런데 우리가 여기 있는 것은 어떻게 알았지?"

주기 선생은 아라를 가리키며 웃었다.

"잊었나, 저 아이의 목걸이에다 조요경술을 걸었던 게 누구인지를? 그것만 있으면 아무리 먼 곳에 가 있어도 이쪽 일은 훤히 알 수 있지."

주기 선생은 빙글빙글 웃으면서 몸에 붙은 불을 다 끈 도구르를 보더니 깃대를 빼 들었다.

"벌써 불 다 껐나? 그럼 재미없지."

주기 선생이 십이지번을 다시 도구르에게 향하자 한 줄기의 불길이 뻗어나가 도구르에게 덮쳐들었다. 간신히 끈 불이 다시 몸에 붙자 도구르는 비명을 지르면서 몸을 굴렸다.

"또 꺼 보라고. 그럼 또 붙여 줄게."

현암과 박 신부는 눈살을 찌푸렸다. 박 신부가 도구르에게 가려고 했으나 주기 선생이 그 앞을 막아섰다.

"잠깐만요, 안 죽일 테니 염려 마세요. 저놈이 수작을 부리면 오붓하게 이야기할 틈이 없거든요. 그러니 제게 맡기시길……."

박 신부는 곱지 않은 눈으로 주기 선생을 보았으나 앞으로 나가지는 못하고 멈추어 섰다. 그러자 현암이 소리쳤다.

"너무 심한 것 아닌가?"

현암이 말하자 주기 선생은 박 신부에게 하던 것과는 딴판으로 언성을 높여서 소리를 질렀다.

"뭐! 뭐가 잘났다고 내게 충고하는 거야! 내가 안 도와줬으면 벌써 벌집이 됐을 주제에!"

"도와준 것은 고맙다. 그래도 이런 짓은 하지 마!"

현암이 말하자 주기 선생은 또 설교냐는 듯 짜증 난다는 표정을 짓다가 딴소리를 했다.

"그럼, 날 형님이라고 불러."

현암은 어이가 없었다.

"뭐?"

"내가 구해 줬으니 형님이라고 부르란 말이야. 그럼 불도 안 지를게."

"지금 장난하자는 건가?"

현암이 핏대를 올리는 사이 어느새 박 신부는 도구르에게 다가가서 몸에 붙은 불을 껐다.

"괜찮은가?"

"저리, 저리 가!"

도구르는 발악을 했으나 박 신부는 고개만 설레설레 흔들고는 말을 이었다.

"왜 우리를 그토록 쫓는 건가?"

도구르는 박 신부를 밀어 내려고 했으나 예상외로 박 신부가 꿈쩍도 하지 않자 악을 썼다.

"수호자의 뜻이다! 놔!"

"수호자?"

도구르는 급히 입을 다물고는 몸을 부르르 떨더니 광기 서린 눈으로 박 신부를 노려보았다. 그 눈빛에 박 신부는 놀라서 흠칫 뒤로 물러서려는데 도구르는 수류탄을 꺼내 들었다.

"모두…… 같이 가는 거야!"

도구르가 수류탄을 꺼내자 주기 선생이 제일 먼저 기겁했다.

"으악! 또 폭탄이냐? 폭탄은 싫어!"

박 신부도 놀라서 뒤로 더 물러섰다. 도구르가 눈빛을 빛내면서 안전핀에 손을 댔다.

"너희는 있어서는 안 되는 존재들이야! 모두 같이, 같이 가자!"

순간 현암은 온 신경을 집중해 왼팔을 내뻗었고 그러자 월향이 귀곡성도 지르지 않은 채 무섭게 날아들었다. 도구르는 얼른 수류탄의 안전핀을 뽑으려 했지만 안전핀이 뽑히는 순간, 월향은 수류탄의 윗부분을 반으로 잘라 버리고 지나갔다. 수류탄의 폭약이 담긴 아랫부분이 털썩하고 땅에 떨어졌고 그 서슬에 상처를 입은 도구르의 피가 두두둑 바닥에 떨어졌다. 도구르는 그것을 보고는 허망한 듯도 하고 슬픈 듯도 한 이상야릇한 표정을 지으면서 서서히 그 자리에 무너져 내렸다. 그런 도구르를 보면서 현암은 말없이 되돌아온 월향검을 받아 들었고 박 신부는 별로 놀라지도 않았다는 듯 도구르에게 다그쳐 물었다.

"우리가 왜 있어서는 안 되는 존재지?"

박 신부의 목소리를 들으며 백호는 비행기 밖의 상황을 유심히 살폈다. 성난큰곰이 모 선생의 진을 깬 이후에도 이들은 성난큰곰에게 총을 쏘았기 때문에 공항 쪽에서 총소리를 들었을지 몰랐다. 그러나 공항 측에서는 별다른 움직임은 없었다. 백호는 속으로 안도의 한숨을 내쉬었다. 백호는 이 문제를 외교적으로 비화하고자 하는 생각은 없었고, 가능하다면 조용하게 일을 처리하고 싶었다. 그래서 더 이상의 소동이 일어나는 것은 원치 않았던 것이다.

백호는 눈을 돌려 복면 쓴 사람들을 무의식적으로 훑어보았다. 그런데 복면 남자 중 한 사람—자신과 탑승구 부근에서 싸웠던—

의 눈빛이 어딘가 낯익었다. 백호는 그자의 복면을 벗겼다. 웨이였다.

"웨이 씨, 당신까지…… 그렇다면 이번 기습은 중국 측의 공식적인 입장입니까? 전쟁을 하자는 것인가요?"

웨이는 괴로운 듯이 말했다.

"그렇지는 않습니다. 이건 제 개인적인 행동이었습니다."

백호는 눈빛을 빛냈다.

"그러면 같이 온 사람들은 웨이 씨의 친구나 가족들인가요? 아니라면 중국에서는 개인이 잘 훈련된 사병 집단을 데리고 있을 수도 있는 것입니까?"

웨이는 절망의 나락에 빠진 것 같았다. 아무리 중국 정부라고 해도 다른 나라의 외교 전용 비행기를 습격했다는 건 상부에서 받아들여질 성질의 것이 아니었다. 백호가 이 일을 외교적 문제로 비화하면 중국 정부는 웨이와 여기 탄 요원들의 모든 기록을 삭제하고 그들은 '테러리스트'이며 중국 정부와는 전혀 관계가 없다고 나올 것이 뻔했다. 그럴 경우 이들의 생살여탈권이 한국 정부로 넘어가게 될 것이다. 그러면 다시는 고향 땅을 밟을 수 없을 것이고 나아가서는…….

백호는 웨이의 표정을 보고 그의 생각을 반쯤은 짐작할 수 있었다. 그러나 웨이가 모르는 사실이 한 가지 있었다. 웨이는 백호가 한국의 공식적인 입장을 대변하는 사람으로 알았으나 사실 백호는 자의적으로 퇴마사들을 위해 행동하는 중이었다. 그것이 백호의 약점이었고 그 때문에 이번 일을 크게 비화시킬 입장이 되지 못했다. 백호는 이 일을 어떻게 긍정적인 면으로 이용할 수 있을까 궁리해 보았다. 그런데 갑자기 성난큰곰의 목소리가 울려왔다.

저 남자도 의지가 굳은 사람이다. 무리하게 하지는 마라.

백호는 성난큰곰도 남의 마음을 읽고 남에게 마음속으로 이야기를 할 수 있는 능력이 있다는 것을 기억해 냈다. 그리고 쉽지는 않았지만 성난큰곰을 향해 생각을 모아 보았다. 이러다 보면 그럭저럭 백호도 마음속으로 대화하는 데 익숙해질 것 같았다.

이 일로 우리의 입장을 유리하게 만들 수 있을 것 같소만…….

그 정도로 끝내는 것이 좋을 것 같다. 저 남자는 여차하면 자살할지도 모른다.

백호는 도구르를 바라보았다. 도구르는 모든 것을 포기한 것처럼 주저앉아 있었고, 박 신부는 그런 도구르를 계속 들여다보고 있었다. 그리고 다른 사람들은 복면을 한 중국 요원들을 결박하는 중이었다. 저쪽에선 현암과 주기 선생이 말다툼을 계속하고 있었다.

백호는 주위를 둘러보고 나서 판단을 내렸다. 그래, 모든 것은 일단 도구르의 책임으로 돌리자. 그리고…….

"웨이 씨, 당신의 이번 일은 큰 문제가 될 수도 있다는 것을 스스로 잘 알고 계실 겁니다. 그러나 드러내 놓고 이야기하면 나도 당신들을 속인 바 있습니다. 우리 타협하지 않겠습니까?"

"나에게는 그럴 권한이 없습니다."

"권한이 없는 사람이 총을 난사하며 돌입한단 말입니까? 그런 권한을 가지는 것은 타협보다 더 어려운 것으로 보이는데요?"

"그것은 내 자의적인 일이었습니다."

"그러면 당신은 우리가 이 비행기에 저 능력자들을 태우고 있다는 사실을 상부에 보고하지는 않았겠군요?"

"그렇습니다. 아직 하지 않았습니다."

"좋습니다. 앞으로도 하지 마십시오. 지난번에 당신은 이들을 놓쳤고, 그 후로 이들을 보지 못한 겁니다. 그렇게만 해 주신다면 우리도 이번의 일은 없는 것으로 하겠습니다."

"그러나……."

"물론 당신은 상부에 보고할 수도 있습니다. 그러나 그렇게 되면 당신은 어떻게 우리가 이 비행기 안에 있는 것을 확신하게 됐는지, 어떻게 이 비행기 안으로 들어오게 됐는지, 또 왜 탄환의 흔적이 남았는지에 대해 구체적으로 말해야 할 것입니다. 내가 당신이라면 그런 짓은 하지 않겠습니다."

웨이는 입술을 깨물면서 고민하더니 하는 수 없다는 듯 고개를 끄덕였다. 이제 자신에게 있어 게임은 끝난 것이다.

"좋습니다. 당신이 이겼습니다. 그러면 이제 우리를 놓아주시겠습니까?"

"한 가지 더 있습니다. 공항에 연락해 우리를 즉각 출발하게 해 주십시오. 더 기다릴 여유가 없고 솔직히 여기 있다는 것 자체가 불안합니다. 물론 우리를 추적하지도 말아야겠지요."

"알겠습니다."

"마지막으로 한 가지 더, 우리도 나름대로 자위할 수단이 필요합니다. 도구르 씨는 우리와 같이 가야 할 것 같습니다."

백호가 도구르를 같이 데리고 가려는 데에는 세 가지 이유가 있었다. 첫째로 중국 공군이 비행기를 격추한다든가 하는 위험에 대비한 인질을 잡아 놓기 위함이었고, 두 번째는 지나치게 자신들을 추적하는 도구르를 그냥 놓아둘 수가 없기 때문이었으며, 세 번째로는 도구르에게 뭔가 이상한 느낌이 들었기 때문이다. 지금 박 신부가 도구르와 이야기를 나누는 것으로 보아 도구르에게는 인터폴의 임무 말고도 비밀이 있는 것 같다는 냄새가 났고, 그것을 시간적 여유를 갖고 알아내고 싶었다.

"도구르 씨는 프랑스의 경위이자 인터폴의 요원입니다. 인질이 필요하다면 내가 남겠습니다."

"그건 우리의 선택 사항입니다. 웨이 씨의 의사가 어떻든 우리는 그래야겠습니다. 도구르 씨의 행방에 대해서는 웨이 씨가 잘 둘러대도록 하세요. 반복해서 말하는 것 같지만 이 비행기 안에 같이 들어왔다는 걸 말하고 싶지는 않겠지요?"

"……."

"그럼 됐습니다. 어서 공항 관제탑에 연락을 취해서 우리를 떠날 수 있게 해 주시기 바랍니다. 우리가 빨리 가 버리는 편이 당신으로서도 속 편하지 않습니까?"

백호가 다그치듯 말하자 웨이는 괴로운 표정으로 천천히 몸을 일으켰다.

웨이와 그 부하들이 밖으로 나간 후에도 박 신부는 넋을 잃은 듯 앉아 있는 도구르를 유심히 살펴보고 있었다. 도구르는 모든 것이 끝났다고 생각되는지 퍽 초췌한 모습이었고 십 년은 더 늙은 것처럼 보였다. 그러나 박 신부는 그런 모습의 변화 때문에 도구르를 살피는 것은 아니었다. 박 신부는 자세히 살펴보다가 도구르의 손목을 잡았다. 도구르는 몸을 흠칫하면서 박 신부의 손에 잡힌 손목을 빼어 내려고 했지만, 박 신부는 도구르의 손목을 꼭 틀어쥐고 자세히 손바닥과 손목을 들여다보았다. 그러다가 도구르의 얼굴로 눈을 돌려 눈꺼풀을 뒤집어 보려 했다.

"뭐 하는 거야! 당신은……."

도구르는 이상하게도 엄숙하게 보이는 박 신부의 눈빛과 마주치자 꼼짝하지 못했다. 박 신부는 도구르의 눈동자를 살피더니 이번에는 배 부위를 만져 보았다. 도구르는 불안한 듯 눈을 굴렸으나 저항은 하지 못했다. 박 신부는 잠시 생각에 잠겼다가 도구르에게 물었다.

"중증이군요. 아직 정확한 것은 알 수 없지만…… 아멘."

"무, 무슨 말을 하는 거야!"

"나는 과거 의사였습니다. 당신, 어떻게 움직이고 있는 겁니까?"

"무슨 말이야? 어떻게 움직이다니?"

도구르는 소리를 질렀으나 눈빛에는 무엇인가 숨기는 듯한 기색이 역력했다. 그것을 보고 박 신부는 예상했던 일이라는 듯 눈빛을 빛냈다.

"당신, 누가 당신의 몸에 무슨 짓을 했지요?"

"너희들이 내 몸에 불을 붙이지 않았나?"

"그것 말고 말이오! 당신의 병은……."

도구르는 무슨 소리를 지르려다가 간신히 억제하는 듯, 억눌린 듯한 목소리로 말했다.

"대답 않겠다! 죽일 테면 죽여!"

"혹시 당신이 말한 수호자가 당신에게?"

도구르는 입을 꽉 다물고 눈까지 감은 채 박 신부의 말을 들은 척도 하지 않았다. 그러자 성난큰곰이 박 신부에게로 다가와서 박 신부에게 마음을 전달해 왔다.

이 사람, 뭔가 느껴진다. 그러나 그것이 뭔지는 잘 모르겠다.

박 신부도 입을 열지 않고 마음속으로 괴로운 듯이 대답했다.

이 사람은 벌써 죽었어야 할 사람이오. 아멘!

성난큰곰은 박 신부가 전해 온 생각에 몹시 놀랐는지 눈을 부릅떴다.

"헉! 이, 이건……."

승희는 소스라치게 놀라면서 벗었던 웃옷을 땅에 떨어뜨렸다. 사우나탕에 들어와서 목욕하려고 탈의실에서 웃옷을 벗는 순간, 온몸에 전기가 통하는 것 같은 느낌이 들면서 머릿속이 아찔해졌기 때문이다. 현기증이나 어지러움 같은 것은 아니었다.

"보…… 보여! 느껴져!"

놀랍게도 웃옷을 벗자 그동안 캄캄하기만 했던 자신의 투시력이 되살아나는 듯한, 그래서 간절히 마음속으로만 바라고 있었던 수많은 정경들이 눈앞에서 폭발하듯 나타났다. 아직 정신을 집중하지 않은 상태여서 뒤죽박죽이고 두서가 없었지만 연희가 눈물을 흘리는 모습, 박 신부의 굳은 얼굴, 현암의 성난 듯한 모습 등이 뒤섞이면서 모자이크처럼 폭발적으로 떠올랐다가 점멸돼 갔다.

"이, 이게 대체……."

승희는 갑자기 나타나는 영상들에 혼란스럽기도 했고 힘이 폭발할 정도로 늘어난 것 같자 머리가 빠개질 것처럼 아파서 몸을 휘청하며 무릎을 꿇었다. 그래도 마음속으로는 기뻤다. 이루 말로 형용할 수 없을 정도로…….

그때 승희의 귓전에 익숙한 음성이 울려왔다. 승희가 아주 잘 아는, 승희의 몸속에 있는 존재의 음성이었다.

봉인을 조심하라. 그리고 다르마에 충실하라. 때가 거의 이르렀으니…….

애염명왕!

승희는 혼란스러운 속에서도 정신을 집중해 모처럼 나타난 애염명왕에게 이야기를 걸려고 했다. 그러나 애염명왕은 승희가 부르는 소리에는 대답을 하지 않고 뒤이어 한마디만 남겼을 뿐이었다.

때가 돼 간다. 너와 나의 모든 것들이 밝혀지게 될 것이다. 다르마에 충실하라. 그대 스스로의 의지를 굽히지 않기를…….

나의 의지라고?

그러나 애염명왕의 목소리는 승희의 속으로 깊이 들어가 버린 듯, 더 이상 들려오지 않았다. 그러고 나서는 썰물이 밀려가듯, 혼란스러웠던 승희의 머릿속이 점점 맑아졌다. 승희는 그것이 애염명왕이 해 준 일이라 생각했다.

'고마워. 뭔지는 모르겠지만……'

승희는 속으로 중얼거리면서 웃옷을 집어 들었다. 목욕도 중요했지만 지금은 한시라도 빨리 준후에게 달려가 자신의 힘이 돌아왔다는 기쁜 소식을 알리고 싶었다. 그런데 웃자락에 손을 대자마자 찌릿하는 묘한 느낌과 함께 맑아졌던 자신의 머릿속이 다시 흐릿해지는 것이었다.

'어라랏! 이게 뭐야!'

승희는 깜짝 놀라면서 자기도 모르게 들고 있던 옷을 떨어뜨렸다. 그제야 승희는 애염명왕이 조심하라고 말했던 '봉인'에 대한 생각이 들었다.

'그럼…… 그 봉인이란 게 내 옷이었단 말이야? 너무 오래 안 갈아입어서 그런 건가?'

승희는 이상하다는 생각이 들어서 볼펜을 꺼내 그 끝으로 옷을 이리저리 휘저으면서 살펴보았다. 한참을 살피자 옷의 한쪽 구석에 조그맣게 무슨 얼룩 같은 것이 묻어 있는 것이 보였다. 가만히 보니 그것은 자신으로서는 알아볼 수 없는 기이한 문자 같은 형태를 띠고 있었다. 승희는 시험 삼아 그 문자에 살짝 손가락을 갖다 대었다. 그러자 다시금 머릿속이 캄캄해지는 듯한 느낌이 들어 놀라서 얼른 손가락을 떼었다.

'그럼 누군가가 내 옷에 이 문자를 새겨서 투시력을 없앴단 말
인가? 그러면…….'

승희는 매섭게 눈썹을 치켜올렸다. 자신이 입고 있는 옷의 안쪽
에다가 무슨 짓을 할 수 있는 사람은 최근까지 자신과 같이 있었
던 사람임이 틀림없었다. 준후와 바이올렛.

'역시 바이올렛 짓이구나. 어쩐지 수상하다 했더니 그 늙어 빠
진 꿀돼지 같은 여자가…….'

승희는 그동안 투시가 되지 않아 고통스러워했던 것이 억울하기
도 했고, 화가 치미는 것을 참을 수 없어서 입술을 깨물며 바이올렛
의 마음속을 들여다보기 위해 정신을 집중했다. 그러나…….

'캄캄해! 블랙 서클 놈들의 것과 똑같아. 그럼, 그 꿀돼지도 레
그나처럼 블랙 서클의 일당이었단 말이야?'

승희는 더 이상 투시를 계속할 수가 없었다. 바이올렛이 수상하
다는 것은 알고 있었지만 그래도 이건 의외였다. 자신도 바이올렛
의 마음속을 몇 번 보려고 시도했지 않은가? 그때는 어떻게 속여
넘길 수가 있었던 것일까? 승희는 당황하면서도 그 와중에 현암
과 박 신부에 대해 무의식적으로 생각을 모았다.

'휴, 무사하구나. 자세한 투시는 나중에 하고…….'

우선 준후에게 달려가서 상의를 해야 했다. 준후는 강하기는 하
지만 아직 어리고, 더구나 바이올렛이 그렇게 흉물스러운 여자라
는 것은 모르고 있으니 방심하고 있다가 무슨 일을 당할지도 몰

랐다. 승희는 몸을 일으키고 탈의실 안을 둘러보다가 막 들어오는 어느 인도 여자의 옷을 다짜고짜로 빼앗아 걸치고는 밖으로 뛰쳐나가 버렸다. 물론 그 여자가 알아들었는지 못 들었는지는 모르지만 "쏘리!"라고 한마디는 해 주었다.

그러면 이 사람이 좀비처럼 주술력으로 살아 있는 인형이란 말인가?

성난큰곰은 박 신부의 말을 좀처럼 믿지 못하는 것 같았다. 그러나 박 신부는 고개를 젓고 성난큰곰 대신 도구르에게 말했다.

"당신은 인터폴의 명령에 의해서가 아니라 다른 감정으로 우리를 대하고 있습니다! 맞지요?"

도구르는 대답하지 않고 잠깐 고개를 들어 박 신부를 노려보다가 고개를 숙이고 눈을 감아 버렸다. 박 신부는 대답을 기다렸으나 도구르가 말이 없자 말을 이었다.

"수호자의 명령 때문입니까? 그가 우리를 없애라고 했나요?"

도구르는 역시 대답하지 않았다. 그러자 박 신부도 무언가 생각을 하다가 입을 열었다.

"당신의 몸에는 이상이 있습니다. 간 질환일 것입니다. 맞나요?"

"......."

"당신이 움직이고 있는 것조차가 신기한 일입니다. 혹시 당신이 말한 그 수호자가 당신을 고쳐 주었습니까? 그래서 당신이 수호자의 명을 따르는 겁니까?"

"수호자님의 이야기는 꺼내지 마라! 더러운 가짜 성직자!"

"글쎄요. 당신의 말이 맞을지도 모르지요. 나는 정식 성직자는 아니니까요. 하지만 지금은 의사로서 말하는 것이니 대답해 주세요. 당신은 중증의 간 질환에 걸렸는데 수호자가 신기한 힘으로 낫게 해 주었지요? 그래서 당신은 수호자를 따르는 거고요. 맞습니까?"

도구르는 고개를 돌려 박 신부의 눈빛을 피했으나 도구르의 태도는 박 신부의 말을 인정하는 듯했다.

"수호자가 우리를 없애라고 하던가요? 위험한 존재들이라고? 수호자가 당신을 낫게 해 주어서 그에 대한 보답으로?"

"좋을 대로 생각하시오."

"도구르 씨, 현실을 직시하세요. 수호자가 누구인지 아십니까? 그리고 그가 정말 당신을 도왔다고 생각합니까?"

"그분은 너희들과는 달라! 위선으로 뭉쳐진 너희와는…… 그분은 사형 선고를 받은 것이나 다름없는 나를 움직일 수 있게 해 주셨다."

박 신부는 착잡한 기분에 빠졌다. 도구르를 이해할 수 있을 것 같기도 했다. 도구르는 수호자에게 목숨을 구원받았다고 여기고 있었고, 그렇다면 수호자를 믿고 그가 내리는 명령은 무엇이든 하려고 할지도 모른다.

"당신은 지금 당신의 병이 나았다고 생각하십니까?"

"나았으니까 움직이는 것 아닌가? 예전의 나는 병상에서 꼼짝도 하지 못하는 신세였다. 보다시피 지금은 살아서 활동하고 있지 않은가! 그것도 아주 건강하게!"

"근래에 병원에 가 보신 적이 있습니까?"

"그건 당신이 상관할 문제가 아니야!"

"약이라 해도 여러 가지가 있습니다. 병을 치료해 몸에서 몰아내는 약도 있지만 순간적으로 고통만을 없애서 마치 나은 것처럼 착각하게 만드는 약도 있습니다. 대표적인 것이 마약입니다. 당신의 경우에는……."

"닥쳐!"

도구르는 소리를 질렀다.

"공연한 말을 만들어 내지 마! 마약을 먹고 죽을 사람이 살아났다는 소리는 들은 적이 없어! 터무니없는 말로 수호자님을 중상모략하지 마라!"

"당신 말대로 수호자가 당신을 낫게 해 주었다면 어째서 몸에 부기가 있고 간 경화가 무섭게 진행된 것이 그대로 내 손에 느껴지는 걸까요? 도구르 씨."

"그만! 그만두란 말이야!"

도구르는 고개를 미친 듯 저으며 소리쳤다.

"그만둬! 왜 나를 괴롭히는 거야? 나는 아내와 어린 아들이 있어. 그들만을 험한 세상에 내버려두고 나 혼자 저세상에 갈 수는 없어. 그럴 순 없다고. 그래, 네 말대로 수호자가 악마라고 하지. 그런 건 내게 중요하지 않아. 하루라도 더 살 수 있다면 다른 건 아무래도 괜찮단 말이야! 알았어? 응? 영혼의 안식이니 구원이니,

그런 종류의 소리는 듣기도 싫어! 나는 단지……."

박 신부는 눈을 지그시 감고 도구르의 말을 듣고 있었다. 도구르의 말을 들으니 박 신부도 마음이 흔들리는 것을 느꼈다. 그래, 누구나 살고 싶어 한다. 가까운 사람과 헤어지기 싫고 자신이 살던 세상과 이별하고 싶지 않은 법. 도구르의 행동은 잘한 것은 아니지만 충분히 이해는 할 수 있었다. 그러나 박 신부는 그것만으로는 충분치 않다고 여겼다.

"도구르 씨, 이해할 수 있습니다. 그러나 그것으로는 부족합니다."

박 신부는 입을 열고 나자 담담한 어조로 이야기를 이어 갔다.

"당신은 아까 수류탄을 들고 자폭하려고 했습니다. 당신의 말대로라면 그건 납득이 안 되는 행동입니다. 자신의 삶이 중요한 것이라면 어째서 그 보답이라는 이유로 자신, 어쩌면 남의 생명까지도 같이 버리려 할 수 있습니까? 당신은 그런 행동을 해서는 안 됩니다."

도구르는 뜨끔한 모양이었지만 낮은 어조로 슬픈 듯이 말했다.

"날 훈계하겠다는 건가?"

"당신은 살려고 노력해야 합니다. 다른 일에 앞서서 자신의 병을 고치도록 노력해야 합니다."

"아무 병원도 나를 고치지 못했어. 난 사형 선고를 받았다고!"

"암이나 백혈병에 걸렸다가도 특별한 치료 없이 치유되는 경우도 많습니다. 가장 중요한 것은 자신의 의지입니다. 살 수 있다는 희망을 의지로 밀고 나가야 합니다. 죽을 각오가 돼 있는 사람이 어째서 삶에 대해서는 그만한 노력을 하지 않습니까? 어째서 스스로의 삶에 대한 희망은 포기하고 남에게 의탁하고 그 말만 믿으려 합니까?"

"나는 가망이 없다고 했어. 어떤 치료도 효과가……."

"약이나 치료 없이도 의지가 강하면 치유되는 경우가 있지만, 아무리 좋은 약을 써도 살고자 하는 의지가 없으면 절대로 완치되지 않습니다. 당신은 지금 몸을 무리하게 혹사하고 있습니다. 수호자는 당신을 완치시킨 것이 아닙니다! 고통만을 없애고 오히려 몸을 무리하게 움직일 수 있게 만든 것이 분명합니다. 당신을 이용하기 위해서 말입니다. 그는 당신이 살고 죽는 데에는 관심이 없습니다. 만약 그에게 당신을 살리고자 하는 의지가 있었다면 정말로 병을 낫게 할 수도 있었을지 모릅니다. 그러나 그는 오로지 당신의 몸에서 고통만을 느끼지 않게 하고 몸을 혹사시키는 주술을 걸었습니다. 당신은 사형 선고를 받았다고 했지요? 간 질환으로 사람이 금방 쓰러져 죽은 일은 드뭅니다. 당신에게는 아직 시간이 남아 있을 것입니다. 하지만 당신이 나았다고 믿고 정상인처럼 이렇게 몸을 혹사한다면 당신이 살아 있는 시간은 빠르게 줄어들게 되는 것입니다! 하루라도 더 살게 해 주었다고요? 그게 아닙니다!"

"뭐, 뭐라고?"

"지금 당신에게는 절대적인 안정과 치료, 그리고 무엇보다도 스스로 살아 나가겠다는 의지가 필요합니다. 수호자의 말이 필요한 것이 아닙니다."

"그는 나에게 생명을 주겠다고, 영원히 살 수 있는……."

"영원히 살 수 있는 사람은 없습니다. 온갖 사악한 술법과 남의 피로 생명을 연장하는 주술이 있지만, 그것도 영원한 것은 아닙니다. 나는 영생을 얻고자 힘을 악용해 비참한 최후를 맞이한 경우를 많이 보아 왔습니다. 좀비나 구울 같은 괴물이 돼 버리거나 그보다 더한 괴물이 돼 버린 자들을 보았습니다. 당신은 그런 삶을 바라는 것입니까? 썩어 문드러진 존재이거나 육신조차 갖지 못하고 지각마저 마비된 어둠의 존재로 살고 싶은 것입니까? 그러한 자들조차도 결국은 더욱 참담하게 소멸해 갔습니다. 당신이 살고 싶다고 한 것은 단지 숨을 쉰다는 그런 의미뿐인가요? 당신은 당신으로서 살기를 원하는 것이 아닙니까?"

"그만…… 그만해!"

도구르는 소리를 지르며 그 자리에서 엎어지듯 머리를 땅에 박고 귀를 막았다. 박 신부도 흥분했는지 거칠게 숨을 몰아쉬면서 습관적으로 성호를 그었다. 현암이나 주기 선생, 성난큰곰까지도 모두 말없이 바라보았고, 둘이 나눈 대화를 알아듣지 못한 아라만이 최 교수의 품 안에서 눈동자를 굴리고 있었다.

조용한 정적 사이에서 도구르의 흐느끼는 소리가 비행기 안을 채웠고 아무도 입을 열지 않았다. 그러는 동안 비행기는 웨이가 서둘러 알선해 준 공항의 이륙 신호를 받고 활주로로 나아가고 있었다.

서서히 이륙하는 비행기를 보면서 웨이의 옆에 서 있던 모 선생이 억울하다는 듯, 웨이에게 말했다.

"저들은 어떤 부류의 악당들이오? 인터폴인 도구르를 인질로 잡다니……."

"나도 모릅니다. 악당인지 아닌지는…… 그러나 위험한 존재들인 것만은 틀림없습니다."

"나도 뭐가 뭔지 모르겠소. 비검술을 쓰고 강기 같은 것을 퍼뜨리고…… 나도 비전으로 전해져 내려오는 모산파의 술수에 자부심을 가지고 있었지만 저들은 그런 정도를 초월하는군."

"아마 저들을 막을 방법은 없을 겁니다. 핵미사일이라도 쏘기 전에는……."

모 선생은 눈빛을 빛내면서 생각하다가 웨이에게 물었다.

"그냥 저대로 가게 놓아둘 거요?"

"일단은 할 수 없지요. 그러나 그대로 두지는 않을 겁니다. 저들의 항로가 밝혀지는 대로 추적할 계획입니다."

"추적?"

"우리만이 아니라 이 일에 관심을 가진 나라들은 많습니다. 그리고 어떤 나라도 다른 나라가 저들의 힘을 독점하는 것은 원치 않을 거예요. 그렇다면 아무도 갖지 못하게 만드는 수밖에……."

"그러면?"

"곧 인터폴을 중심으로 각국의 요원이 저들을 추적할 것이고, 공동 작전을 펴게 될 겁니다. 그리고 나도 가게 될 겁니다."

"그렇다면 나도 데려가 주시오!"

웨이는 고개를 돌려 모 선생의 얼굴을 찬찬히 바라보았다.

"왜 가고 싶어 하는 거죠?"

"도구르는 내가 큰 신세를 진 사람이오. 더구나 나는 이번에 자존심에 큰 상처를 입었소. 모산파의 명예와도 관련된 문제요. 그러니……."

웨이는 모 선생의 말을 중단시키면서 쓸쓸하게 웃었다.

"그보다는 저들에게서 뭔가 알아낼 것이 있을 것 같아 그러는 것 아닙니까?"

"그건……."

"그만두세요. 당신도 저들처럼 전 세계 정보기관들에게 쫓기는 신세가 되고 싶습니까?"

모 선생은 말문이 막힌 듯 대답을 하지 못했다. 웨이는 다시 웃음기를 지우고 어두운 표정으로 혼잣말처럼 중얼거렸다.

"이해할 수가 없어. 저들이나 다른 사람들이나…… 세상이 전부 미쳐 버린 것은 아닐까?"

바바지의 선물

승희는 숨이 턱에 닿을 만큼 숨 가쁘게 자신들이 묵고 있는 오두막으로 달려갔다. 준후가 걱정스러웠기 때문이다. 승희는 왜 바이올렛이 헛간 같은 곳에서만 자신들을 묵게 했는지 이제야 알 것 같았다. 바이올렛은 보안상의 이유로 사람이 별로 드나들지 않는 곳에 거처를 잡아야 한다고 말했지만 실제 이유는 다른 데 있는 게 분명했다.

바이올렛은 필요한 시간을 벌기 위해 승희의 투시력을 막아야 했고, 그러기 위해서는 누추하고 목욕 시설이 없는 곳이어야 했으니까! 물론 쫓기는 입장이라 사람 눈에 띄는 곳을 피해야 한다는 암묵적인 약속이 없는 것은 아니었지만…… 바이올렛도 승희가 이런 와중에 팔자 좋게 밖으로 나가 목욕할 것이라고는 짐작하지 못했을 것이다.

승희의 숙소로 돌아왔을 때, 불은 꺼져 있었다. 승희는 마음을 졸이면서 숙소의 문을 탕탕 두드렸다. 잠시 후에 천만다행으로 준후가 눈을 비비면서 나왔다.

"어, 언제 나갔어요? 누나?"

"응?"

승희는 준후의 모습을 보자 안심이 돼서 잠시 입을 열지 못했다. 그때 준후가 뜻밖의 말을 했다.

"아까 바이올렛 할머니가 왔어요. 난 누나가 화장실 간 줄 알고 그렇게 말했는데…… 말이 안 통해서 손짓 발짓하느라 혼이 났어요."

"아, 그래? 잘했어!"

"어, 그럼 화장실 갔던 게 아니었나요?"

"아니, 아니. 맞아. 그런데 그 할망구가 뭐라고 하든?"

"내일 아침이면 바바지님이 들리는 사원에 가야 한다고 말하고
는 그냥 나갔어요."

원래 승희의 계획은 준후에게 자초지종을 말하고 준후와 함께
바이올렛을 잡아 족치는 것이었다. 그러나 내일이면 바바지를 만
날 수 있다는 말을 전해 듣고는 마음을 바꿨다.

'수다르사나!'

그랬다. 승희는 수다르사나를 얻어야 했다. 승희는 바이올렛이
수다르사나에 욕심을 내고 있고, 그 때문에 신력을 몸에 봉인한
자신을 일에 끌어들였다는 것을 어렴풋이 깨닫고 있었다. 그러나
당장 바이올렛을 잡아 족친다면 바바지를 만날 길은 막연해진다.
나중에 바바지를 만날 수 있을까? 승희는 아니라고 생각했다. 그
렇게 아무나 만날 수 있는 사람이라면 바이올렛 같은 늙은이가 여
태껏 미루어 왔을 리가 없다. 분명 바이올렛은 뭔가 꾸미는 것이
있다. 자신과 바이올렛이 둘 다 없으면 수다르사나를 얻지 못할
것이 확실하다고 승희는 믿었다.

그렇다면 어떻게 해야 할까? 준후가 옆에 있으니 바이올렛 정
도의 늙은이가 아무리 본 실력을 감추고 있다고 해도 지금 들이닥
치면 충분히 박살 낼 수 있을 것이다. 하지만 그렇게 하면 수다르
사나를 얻을 길은 멀어진다.

'바이올렛 문제는 나중에 생각하자.'

승희는 마음을 다잡았다. 처음부터 함정에 빠질 것을 각오한 상

황이나 그것이 함정임이 밝혀졌다 해도 그보다는 수다르사나를 얻는 것이 더 시급하다고 판단했다.

'아직은 준후에게도 알리지 말자. 내가 준후와 떨어지지만 않으면 된다. 지금 상대할 수 있다면 나중에도 상대할 수 있겠지.'

호랑이를 잡으려면 호랑이 굴로 들어가야 한다고 승희는 생각했다. 그리고 준후에게 내일부터 절대 자기 옆에서 떨어져 있지 말라고 했고, 준후는 무슨 영문인지도 모르는 채 고개를 끄덕였다. 승희는 투시력을 통해 박 신부와 현암의 무사함을 확인해 보았다. 다행히 둘은 무사했다. 이때 승희의 머리에 잠깐 스쳐 지나가는 것이 있었다. 바이올렛이 자신의 옷에 그 이상한 문양을 새긴 것이라면 그 옷을 입지 않은 것을 의심할 게 분명했다. 그런데 급하게 오느라고 원래 자신의 옷을 버려두고 왔으니…… 승희는 옷을 찾으러 갈까 생각했지만 찾을 수 없을 것 같았다. 그렇다고 옷 가방을 챙기지 못해서 갈아입을 옷이 있는 것도 아니고…….

'할 수 없지.'

결국 짜낸 변명이 햇볕이 따가워서 겉옷을 걸쳤다고 둘러대는 것이었다. 바이올렛이 승희의 말을 믿을지 안 믿을지는 모르는 일이지만……. 준후는 여전히 승희가 무슨 생각을 하는지도 모르고 눈을 비비다가 다시 잠들었다. 승희는 자고 있는 준후 옆에 앉아 눈빛을 빛내며 이런저런 생각에 잠긴 채 꼼짝도 하지 않았다.

몇 시간이 지났다. 새벽녘에 중국에서 이륙한 백호의 비행기는 자전 방향과 반대로 서쪽으로 갔기 때문에 비행기가 도착할 때 인도의 시간도 떠날 때와 마찬가지로 여전히 새벽녘이었다. 다른 사람들, 특히 주기 선생과 성난큰곰은 아무래도 상처를 입은 몸으로 무리를 한 탓에 피곤했는지 죽은 듯 잠을 잤고 최 교수나 아라, 현암까지도 의자에 몸을 깊이 묻고 꼼짝하지 않았다.

박 신부는 도구르와 이야기하느라 눈도 붙이지 못했다. 도구르는 입을 열지 않은 채 침울한 얼굴을 하고 있었고 박 신부는 나직한 목소리로 도구르에게 무언가 이야기하고 있었다.

그런 광경을 보면서 백호는 조종실로 돌아갔다. 중국에서 간신히 이륙하기는 했지만 인도의 공항에 내리는 것도 큰일이었다. 중국에서 이륙할 때 행선지를 밝힐 수 없었기 때문에 인도 측과 무선 교신도 하지 못했고 비행기가 뜬 다음에도 마찬가지였다. 공항 측과 교신이 이루어진다면 당장 수사관이나 정보기관 요원들이 들이닥칠 것이 분명했다. 그래서 백호는 공항 상공에 거의 도달했을 때, 교신해 비상 착륙 허가를 받아 낼 심산이었다. 아무리 인터폴이 빨라도 무전 연락 내용이 수사관들에게 전달될 때쯤이면 이미 착륙을 끝낸 후일 것이고, 또 그들이 공항까지 도착하려면 그보다 더 시간이 걸릴 것이 분명했다. 계획대로만 된다면 공항을 빠져나가는 것이 전혀 불가능한 일은 아니라고 보았다.

백호는 여러 가지를 생각하며 조종석 옆 좌석에 앉았다가 문득 월터 보울을 떠올렸다. 월터 보울을 통해 현암과 박 신부 등과 연락을 취하려 했지만, 지금 이렇게 그들과 만나 함께 행동하게 됐으니 월터 보울에게도 연락해 이제 별일이 없다는 것을 알려 주는 편이 나을 것 같았다. 백호는 부랴부랴 손을 놀려 기내 전화를 걸기 시작했다.

승희와 준후, 그리고 바이올렛은 험한 산길을 헐떡거리며 올라가고 있었다. 바바지가 내려온다고 하는 사원으로 가기 위해서였다. 바이올렛은 숨을 몰아쉬면서 산을 오르고 있었고 준후도 별말 없이 그 뒤를 따르고 있었다. 그러나 승희는 무섭게 긴장하고 있는 상태였다. 출발하기 직전에 바이올렛이 했던 말이 자꾸만 생각났기 때문이다.

"호호호. 그 옷은 어디서 났지요?"

"햇볕이 따갑기도 하고…… 이걸로 얼굴을 덮으면 남의 눈에도 덜 뜨일 것 같아서요."

"그렇군요. 오랫동안 옷을 못 갈아입으셨을 텐데……."

그 말에 승희는 바이올렛이 자신의 힘을 막아 둔 바로 당사자라고 심증을 굳혔다. 그렇다면 세크메트의 눈도 십중팔구 바이올렛이 훔쳐 간 것이 분명했다. 승희는 당장이라도 바이올렛에게 달려들고 싶었지만, 터져 나오려는 속마음을 간신히 가라앉혔다.

"아직은 참을 만해요."

승희는 최대한의 연기력을 발휘해 옷을 갈아입었다는 사실을 들키지 않으려고 애썼다. 그리고 무의식중에라도 투시력이 발휘되지 않게 이를 악물었다. 만에 하나라도 바이올렛이 승희가 힘을 되찾은 것을 알게 되면 수다르사나를 포기하고 도망칠지도 몰랐다. 바이올렛이 아무리 잘나고 힘을 숨기고 있다 해도 자신의 옆에는 준후가 있기 때문이었다. 예전에 비해 힘과 능력이 배가된 준후에게 맞서 쉽사리 이길 수 없음을 바이올렛도 잘 알고 있을 것이다. 그렇다면 바이올렛은 승희가 수다르사나를 얻어 낸 뒤, 준후가 승희 곁에 없는 틈을 타서 수다르사나를 빼앗으려 할 공산이 가장 컸다.

셋은 어느 야트막한 고개를 넘어섰다. 저만치 앞장서 가던 바이올렛이 커다란 바위 저편으로 사라지자 승희가 그 뒤를 따라 올라가려고 하는 준후를 잡아끌었다. 준후는 몸을 휘청하며 넘어질 뻔했으나 곧 균형을 잡고 왜 그러냐는 듯 승희의 얼굴을 쳐다보았다. 승희는 심각한 얼굴로 말했다.

"준후야, 잘 들어. 난 다시 힘을 찾았어."

"네? 이야! 그러면……."

준후가 환한 웃음을 지으며 소리를 지르려 했는데 승희가 얼른 입을 틀어막았다.

"쉿! 조용! 소리 내면 안 돼!"

준후는 말도 못 한 채 휘둥그레진 눈만 껌벅였다. 승희는 준후의 입을 막고 있던 손을 풀어 주었다.

"내 힘을 막은 것이 누구인지 알았어. 저 늙은 할망구야."

"네? 아니, 그럼……."

준후가 자신도 모르게 소리를 지를 것 같아서 승희는 다시 준후의 입을 막았다.

"조용히 해! 지금 저 할망구가 알아채면 곤란하니까!"

"……."

"잘 들어. 저 할망구는 수다르사나를 얻으려고 우릴 이용하고 있는 거야. 저 할망구는 처음부터 그럴 속셈이었어. 확실해!"

"그렇지만……."

"틀림없어! 하지만 이대로 물러설 수는 없어. 수다르사나는 꼭 내가 얻어야 해. 절대 저 할망구에게 빼앗길 수는 없다고!"

"누나, 너무 의심이 지나친 것 아니에요?"

"아냐! 흠…… 준후야. 너는 날 믿지?"

"네! 그럼요."

"그럼, 끝까지 믿어 줘. 저 할망구는 네가 나한테 떨어져 있는 틈을 이용해 수다르사나를 빼앗으려 들 거야. 분명해!"

"그렇다면……."

"자, 평소처럼 태연하게 행동해. 그리고 내가 방금 한 말을 명심해. 가급적 내 옆에서 떨어지지 말아 줘. 경계를 늦추지 말고! 만약 나와 같이 있지 않게 되더라도 항상 주의를 기울여 줘. 내 말 알겠니?"

"알았어요. 그런데 잠시만요. 누나가 힘을 되찾았다면 이것만 알려 줘요. 신부님이랑 현암 형은 어떻게 됐나요? 무사한가요?"

준후가 바이올렛이 올라간 위쪽을 살피면서 애타는 듯 묻자 승희는 씩 웃으면서 한쪽 눈을 슬쩍 감아 보였다.

"염려 마. 무사하니까!"

승희의 말에 준후는 힘이 난 듯, 승희에게 고개를 까닥해 보이고는 바이올렛이 먼저 간 위쪽으로 걸음을 뗐다. 그러다가 멈칫하더니 승희에게 작은 소리로 말했다.

"누나도 조심하세요. 근데 수다르사나를 얻으면 뭐에 쓰려고 그러세요? 누나도 무기나 힘이 필요한 건가요?"

승희는 애초에 마음먹은 것처럼 입을 다물고 있기로 했다. 수다르사나를 얻은 다음에 그것이 무엇에 쓰는 것인지 말해도 늦지 않을 것이다. 자신이 내린 판단이 옳은 것인지 아닌지 스스로도 확신하지 못해 입이 간질거리기는 했지만 승희는 꾹 눌러 참으며 말했다.

"나중에 말해 줄게. 중요한 것은 절대 그걸 빼앗겨서는 안 된다는 거야."

승희는 준후를 뒤에서 밀어 올려 주면서 조그맣게 속삭였고 준후는 흡족한 표정을 지어 보였다.

저만치 위에서는 차가운 웃음을 짓고 있던 바이올렛이 준후의 손이 바위 자락 위로 올라오는 것을 보고는 얼른 안색을 바꾸었다.

"뭐라고요? 승희가?"

현암은 놀라 소리쳤다. 백호는 방금 월터 보울과 전화 통화를 통해 승희가 월터 보울에게 전화했다는 사실을 알고는 조종실로 현암을 불러 그 사실을 말한 것이다.

"승희가 어떻게 월터 보울 씨에게 전화를 한 것일까요?"

"그건 저도 모르겠습니다. 하지만 승희 씨에게 무슨 일이 생긴 것은 분명합니다."

물론 그간 승희에 대해 걱정을 안 한 것은 아니었다. 그러나 전화 통화가 됐다면 일단 안도는 됐다. 현암이 백호에게 물었다.

"승희에게는 투시 능력이 있으니 그럴 수도 있지 않을까요?"

"아닙니다. 승희 씨에게 무슨 일이 있는 것이 분명합니다."

"네?"

"생각해 보십시오. 승희 씨는 투시 능력이 있지요. 그런 투시 능력이 있다면 뭐 하러 전화를 걸어서 연락처를 묻는단 말입니까?"

"그렇지만 우린 투시력이 없지 않습니까? 그러니 우리한테 뭔가를 알려 주기 위해 연락을 취했던 것이 아닐까요?"

"그럴 이유가 없습니다. 세크메트의 눈이 있지 않습니까? 무엇 하러 그런 전화를 한단 말입니까?"

"하긴 나도 그것을 이미 며칠 동안 손에 쥐고 다녔지만 단 한 번도 승희의 반응이 느껴진 적은 없었어요. 그래서 이상하다고 생각은 했는데……."

현암은 말을 끊고 무언가 골똘히 생각하다가 입을 열었다.

"승희에게는 투시력이 있으니까 우리의 상황은 세크메트의 눈이 없어도 잘 알 거라고 지레짐작했고, 어쩌면 바이올렛이 마스터의 분신이라는 것도 이미 알아냈을지 모른다고 생각했어요. 그러나 지금 보니 그건 너무 안이한 생각이었는지도 몰라요. 여하튼 그 문제를 떠나서 승희가 전화까지 한 것을 보면 무사한 것은 분명하지 않겠습니까?"

"그게 문제입니다. 승희 씨는 월터 보울 씨한테 무슨 메시지가 있느냐고 물었어요. 승희 씨가 월터 보울 씨에게 어떤 메시지가 남아 있다는 걸 어떻게 알아냈는지는 모르겠습니다만……."

현암이 재빨리 말을 받았다.

"승희의 투시력으로 알아낸 것이 아닐까요?"

"승희 씨에게 투시력이 살아 있다면 월터 보울 씨한테 어떤 메시지가 남아 있냐고 물었을 리가 없잖습니까? 그냥 투시력으로 읽어 내면 그만일 텐데요."

현암은 고개를 가로저었다.

"글쎄요. 승희는 여간한 경우가 아니고서는 우리 마음을 들여다보는 것을 싫어합니다. 그리고 설령 마음을 읽는다 해도 우리가 그 생각을 하고 있을 때가 아니면 읽어 낼 수 없지요. 있지도 않은 것을 알아낼 수는 없으니까요. 그래서 승희가 물어본 것이 아닐까요?"

백호는 한참 동안 고심하더니 느릿하게 고개를 가로저었다.

"월터 보울 씨가 승희 씨의 전화를 받은 것은 꽤 됐습니다. 그러나 두 번 다시 그 전화번호로는 전화가 걸려 오지 않았어요. 상식적으로 판단해 보세요. 만일 승희 씨가 우리가 처해 있던 위기 상황을 수단과 방법을 가리지 않고 알아내어 통화를 한 것이라면 그 즉시로 전화를 해 보는 것이 정상일 것입니다. 월터 보울 씨에겐 전화를 했으니까 전화 옆에 있는 것이 분명할 것이고, 승희 씨 입장에선 번호만 몇 번 더 누르면 되는 것 아니겠습니까?"

그 말을 듣고는 현암은 고개를 끄덕거렸다. 백호의 말은 분명 일리가 있었다. 전화를 한 지 오랜 시간이 지났음에도 여태껏 연락 한 번 되지 않은 건 무언가 자연스럽지 못했다.

"전화가 통화 중이었거나 혹시 연결이 안 됐을 확률은 없나요?"

"그 번호는 위성과 직접 연결돼 있습니다. 한두 번은 교신이 안 될 수도 있지만 서너 번 건다면 어디에서나 반드시 통화할 수 있게 돼 있습니다."

"월터 보올 씨에게 전화가 온 것은 언제쯤이랍니까?"

"시차가 달라서 정확한 건······ 기다려 보십시오. 음······ 잠깐만요. 환산해 보면 약 아홉 시간 전입니다."

"그러면 혹시 도구르와 모 선생이라는 사람이 우리 비행기에 뭔가 술수를 부렸을 때가 아닐까요? 그들이 쳐들어온 것은 네다섯 시간 전이지만 술수를 부리기 위해서는 준비할 시간이 필요했을지도 모르니까요. 모 선생이 술수를 부리면 무전 연락까지도 두절된다고 도구르가 말하지 않았습니까?"

"예, 분명 그렇게 말했죠. 그러나 그때 안 됐다고 해도 지금은 연락을 해야 했던 것 아닙니까?"

"음, 그렇군요."

현암도 은근히 걱정이 되기 시작했다. 무전 연락이 안 된다 해도 세크메트의 눈이 있지 않은가? 아직 세크메트의 눈으로 통신하는 것은 어떤 주술적인 방해를 받아도 안 된 적이 없었다. 물론 세크메트의 눈을 가졌다고 해도 손에 쥐고 있어야 통신이 가능하니 항상 연락이 되는 것은 아니었다. 그러나 이번처럼 전화가 안 될 경우에는 당연히 시도해 보아야 하는 것이 아닌가?

"승희 씨가 세크메트의 눈을 잃어버린 것은 아닐까요?"

난데없는 백호의 말을 듣고 현암은 저도 모르게 몸을 움찔했다. 백호의 말마따나 세크메트의 눈을 잃어버릴 정도라면 문제는 심각했다. 현암과 백호가 심각한 표정으로 말없이 앉아 있는데 조종실로 주기 선생이 들어오면서 둘 사이에 끼어들었다.

"문제가 생긴 것 같아. 내가 방금 아라의 목걸이를 보았는데 나 말고도 몇 번 저 목걸이를 통해 조요경의 수를 쓴 자가 있더군."

"뭐라고?"

"내가 쓴 힘 말고도 희미하게 뭔가가 느껴지더란 말이야. 누가 조요경으로 이쪽 상황을 본 것 같아. 나만큼은 못한 것 같았지만……."

"그게 누군지도 분간이 되나?"

"물론 대강 분간할 수 있지. 내가 알고 있는 사람이라면 말이야. 사람의 기운이란 비슷하면서도 나름대로 특징이 있는 것이니까. 내 생각엔 그걸 쓴 사람이 준후가 아닌가 싶어."

현암은 눈썹을 일그러뜨렸다.

"준후가?"

"그래. 그러니 문제가 묘하다는 거지. 내가 듣기로 승희 씨와 준후가 동행했다는데…… 맞나?"

"그렇네."

"승희 씨는 투시력이 있으니 그건 아닌 것 같고…… 그렇다면 틀림없이 그 수를 쓴 사람은 준후밖에 없는데 왜 준후가 잘 알지도 못하는 조요경 술수를 써서 이쪽 동정을 살폈을까? 전에 내가 병상에 있을 때 그 애가 문병 온 적이 있었는데, 그때 준후는 조요경 술수가 뭔지 잘 모르고 있었어. 그런 그 애가 조요경 술수를 썼다는 건…… 물론 장한 일이긴 하지만 무진장 고생했을 거야. 주술 부리는 게 그다지 쉬운 일은 아니지 않은가?"

"……."

"그러니 이상한 거지. 준후가 그토록 죽을힘을 다해 조요경으로 이쪽 상황을 알려고 했다는 게……. 옆에는 승희 씨가 있었어. 투시력에 관한 한 세계 최고 인물이 말이야. 승희 씨가 간단히 알아낼 수 있는 것을 준후가 죽을힘을 다해 알아내려 했다는 건 둘 중 한 가지뿐이야. 첫째, 두 사람이 헤어져서 서로 간에 안부를 모르고 따로 헤매고 있다는 것. 둘째, 승희 씨가 투시력을 못 쓰고 있다는 것!"

현암은 곰곰이 생각해 보았다. 둘이 따로 헤어져 있다는 것은 그럭저럭 이해할 수 있었다. 그러나 승희가 투시력을 못 쓰게 됐다는 건 쉽게 납득이 가지 않았다.

"투시력을 못 쓰다니?"

"나는 거기까진 생각하지 못해. 그게 내 능력의 한계니까. 원래 머리를 쓰는 건 잘난 현암, 자네 차지잖은가? 하하하. 그러니 잘 판단하시지!"

현암은 이런 판에도 자신을 약 올리는 주기 선생에게 화가 났지만 겨우 참았다. 주기 선생의 말과 백호의 말을 종합해 보면 결국은 이런 결론밖에 나올 수 없었다. 승희와 준후는 세크메트의 눈도 잊어버리고 투시력도 발휘하지 못하고 있으며 어쩌면 헤어져 있을지도 모른다. 그리고 승희는 간신히 알아낸 전화번호마저 마음대로 걸 수 없을 정도의 상황에 빠져 있을지도 모른다.

"자, 서두릅시다!"

현암이 말하자 백호는 무의식적으로 고개를 끄덕거렸지만 곧 탄식하듯 말했다.

"하지만 승희 씨와 준후가 어디 있는지 현재로서는 정확히 알 수 없지 않습니까? 공항에 내린다 해도…….

"공항에 내릴 필요는 없습니다!"

현암은 단호하게 말하고는 사태를 곰곰이 추리해 보았다.

"바이올렛은 시타 교수와 어떤 방법으로든 연락을 취했을 겁니다. 백호 씨, 어서 시타 교수의 연락처를 알아내어 곧장 비행기로 그 부근을 날아 주십시오. 그러다가 그들이 어느 정도의 거리 안에 들어온다면 박 신부님이 알아내실 수 있을 겁니다."

현암의 이야기를 들은 주기 선생이 놀란 얼굴로 물었다.

"박 신부님이? 그분이 레이더를 가지셨나, 아니면 승희 씨에게 배우셨나?"

"좌우간 그 방법이 가장 빠를 겁니다."

현암은 주기 선생의 말을 못 들은 척 한쪽 귀로 흘리면서 백호에게 말했다. 백호는 고개를 끄덕이더니 기내에 설치된 위성 전화의 수화기를 집어 들었다.

"음!"

승희는 자신도 모르게 신음을 내었다. 이제 목적지에 거의 다 도착했다는 바이올렛의 이야기를 듣고, 또 이제까지의 산길과는 달리 반쯤 허물어지기는 했지만 계단이 듬성듬성 박혀 있는 것을 보고 마음속으로 어떤 사원이 나타날 것인가 상상해 보았다. 그러나 계단 위로 올라서서 본 광경은 그야말로 황량하기 이를 데 없었다.

그곳은 나지막한 산봉우리의 중턱쯤에 위치해 있었는데 산을 깎아서 그렇게 만든 것인지 아니면 원래의 지형이 그런 것인지 모르겠지만 작은 학교 운동장 정도 되는 넓이의 평지가 있었다. 그리고 그 한쪽 끝, 벼랑 바로 앞쪽에는 케케묵은 작고 낡은 건물 하나가 있었고, 그 앞에는 꾀죄죄하고 남루한 복장을 한 수백 명의 사람들이 모여 웅성거리고 있었다. 그 모습이 마치 거지 떼들의 회합처럼 보여서, 승희가 연상했던 '고결한 바바지'를 떠받들고 있을 것이라는 애초의 짐작과는 너무 많이 동떨어져 있었다.

"여기가 맞나요? 바바지님과 만날 수 있다는 곳이요?"

승희가 광장을 쳐다보면서 옆에 있는 바이올렛에게 물었다.

"맞아요. 호호호…… 예상 밖인가요?"

바이올렛은 승희를 바라보면서 웃었다. 웃음 속에 여태까지 직접적으로는 느낄 수 없었던 차가운 기운이 배어 있는 것 같아서 섬뜩했다. 바이올렛은 사원과 거기 모여 있는 사람들을 훑어보고 나서 승희에게 말했다.

"모두 바바지님께 소원을 빌기 위해 온 사람들이지요. 만날 자격이 있는 사람은 만나게 될 것이고 그렇지 못한 사람은 만날 수 없을 겁니다."

"자격이라고요?"

"그렇죠. 자격이라고 한다면 자격이랄 수도 있죠. 다시 말해 마음이 맑고 깨끗한 사람은 만나고, 아닌 사람은 못 만나게 되는 겁니다. 호호호."

"그 자격이란 걸 구별할 수 있는 구체적인 방법은요?"

"간단해요. 저 사원 안으로 혼자 들어가서 자신의 소원을 이야기하는 겁니다. 그러면 바바지님이 그 이야기를 듣지요. 마음이 온전치 못한 자는 사원 안으로 들어갈 수조차 없어요. 호호호."

"누가 지키고 있다가 못 들어가게 막나요?"

"그런 것은 없어요. 그냥 못 들어가지요. 저렇게 수백 명이 이곳엘 찾아오지만 저 문을 통과하는 사람은 그중 한 사람 나올까 말까 하지요. 제 생각엔 미스 승희는 큰 문제가 없을 테지만요."

승희는 속으로 이 정도면 듣고 싶은 것을 다 들었다고 생각했다. 그러고는 차갑게 웃으면서 바이올렛에게 한국말로 말했다.

"여긴 미스 바이올렛도 초행일 텐데…… 참 잘도 아시는군요."

승희가 차갑게 말하자 바이올렛의 안색이 삽시간에 딱딱하게 굳어졌다. 바이올렛의 굳어진 표정에도 아랑곳없이 승희는 코웃음을 치고 나서 준후의 팔을 잡아 자신의 옆으로 당겼다.

"이제 보니 한국말도 잘 알아들으시는군요. 호호호. 이제 어서 본색을 드러내시지!"

준후는 그동안 둘이 하는 대화 내용을 잘 알지 못했지만 방금 승희의 그 말 한마디만으로도 거의 모든 것을 알아차릴 수 있었다. 준후는 승희가 잡아당기자 얼른 자세를 잡으면서 벽조선과 부적을 소매 속에서 꺼내 양손에 쥐었다. 그러자 바이올렛은 예상과는 달리 호들갑스럽게 웃었다. 그녀의 입에선 놀랍게도 한국말이 흘러나왔다.

"호호호. 그래, 오히려 이게 편하지. 호호호."

손가락으로 승희를 가리키면서 말하는 바이올렛의 목소리엔 어느새 웃음기가 가셔 있었다.

"잘도 벗어났군그래. 내가 모르고 있을 줄 아나? 어제부터 알고 있었어. 부적은 어떻게 알아내고 떼어 냈지?"

승희는 대답하는 대신 큰 소리로 물었다.

"세크메트의 눈도 네가 가져갔지?"

"그래. 나에게는 전혀 쓸모없는 물건이지만 잠시 맡아 뒀지. 아, 흥분하지는 말아. 내가 멋진 제안을 하나 하지. 이렇게 하면 어떨까? 네가 수다르사나를 가지고 나오면 교환하기로 말이야. 어때?"

"내가 호락호락하게 그걸 가지고 나올 것 같아?"

"네가 안 가지고 나온다고? 호호호. 과연 그럴 수 있을까? 글쎄…… 내 말대로 하는 게 좋을걸? 어서 가지고 나와."

뻔뻔스럽게 지껄여 대는 바이올렛의 말에 승희는 치를 떨었지만 그 말은 승희의 마음속의 정곡을 찌르는 것이었다. 승희는 마음속을 간파당한 것 같아 순간적으로 움찔했고 느물느물한 바이올렛의 표정을 보고는 화가 나 큰 소리로 말했다.

"가지고 나와도 네게는 안 줘!"

바이올렛은 코웃음을 치면서 몇 발짝을 걸어 벼랑가로 갔다. 수백 미터는 될 듯한 깎아지른 벼랑의 저 아래에는 물이 굽이쳐 흐르고 있었다. 바이올렛은 주저하는 기색도 없이 그곳으로 가더니 주머니에서 뭔가를 꺼내 들었다. 세크메트의 눈이었다.

"어, 저거!"

"자! 어서 갔다 와. 안 그러면 이건…… 호호호. 좀 찾기가 힘들지 않을까?"

승희는 그런 모습을 보자 순간적으로 화가 치밀어 앞뒤 가리지 않고 소리쳤다.

"버려! 버려 봐! 이 음흉한 할망구야!"

놀란 준후가 말했다.

"누나! 하지만……."

"어서 버려 봐! 십 년이 걸려도 찾으면 될 거 아냐! 설령 못 찾는다 해도 까짓것 없어도 돼! 기왕이면 내가 밀어 주련? 엉? 이 개만도 못한 늙은이야!"

승희는 정말로 화가 난 듯, 기세등등해 바이올렛에게 성큼성큼

다가가려고 했다.

"오호!"

바이올렛은 당황한 기색 없이 의미심장한 웃음을 지을 뿐이었다.

"뭔가 느껴지는데? 현암인가 하는 멍청이로구먼. 호호호."

"뭐야?!"

승희는 자기 마음속에 떠올린 현암에 대한 생각이 바이올렛에게 고스란히 느껴진다는 말을 듣고는 소리를 꽥 질렀다.

"그 멍청이…… 금방 이리로 올 거야. 호호호. 자, 저길 봐라. 저만치 비행기가 오고 있는 게 안 보이나? 호호호."

"뭐라고?"

승희는 놀라운 반, 반가움 반의 심정으로 하늘을 살펴보았다. 바이올렛의 말대로 하늘 저편에서 조그마한 점 하나가 이쪽으로 다가오고 있었다.

"저기 보이는 나지막한 산봉우리가 틀림없네!"

박 신부가 힘겹게 말했다. 비행기의 기내는 성스러운 빛의 오라로 충만해 있었고 박 신부는 힘이 드는지 땀을 비 오듯 흘렸다.

백호가 시타 교수에게 전화 통화를 해 정확하지는 않지만 대략의 위치를 알아내는 데 성공했다. 그래서 박 신부는 새로 얻게 된 영능력을 있는 힘을 다해 끌어내 간신히 승희와 준후가 있는 곳의 위치를 알아낸 것이다. 백호와 도구르는 그러한 박 신부의 모습을 보면서 경외하는 마음에 말조차 꺼내지 못했다. 백호는 몇 차례 박 신부의 오라를 보았지만 지금만큼 밝고 휘황하며 보는 사람의 마음속까지 깨끗하게 만드는 오라는 보지 못했다.

박 신부는 힘이 들었는지 그 말 한마디만 하고는 기도하는 자세 그대로 스르르 눈을 감았고 오라의 휘황하던 광채도 서서히 사라져 갔다. 박 신부 옆에 앉아서 아래의 상황을 뚫어지게 쳐다보고 있던 현암이 굳은 얼굴로 입술을 깨물고 있다가 느닷없이 입을 열었다.

"백호 씨, 낙하산 있습니까?"

"네. 그런데 그건 왜……."

"승희와 준후가 상당히 위험한 지경에 빠져 있는 것 같습니다. 일분일초가 급합니다. 어서 가야겠습니다."

백호는 현암의 얼굴과 손을 동시에 쳐다보았다. 현암의 손엔 세크메트의 눈이 들려 있었다. 틀림없이 뭔가 알아냈으리라.

현암은 바이올렛, 아니 마스터의 흉계를 세크메트의 눈을 통해 잠깐 알 수 있었던 것이다. 그러나 주위 사람들에게 그 사실을 일일이 설명할 시간이 없었다. 방법은 단 한 가지, 일 초라도 빨리 도우러 가는 것밖에는 없었다.

"현암 씨, 낙하해 본 경험이 있습니까?"

현암은 고개를 저었다. 동시에 현암은 박 신부의 모습을 살폈다. 박 신부도 같이 갔으면 했지만 박 신부는 탈진에 부상까지 겹쳐 차마 그 말이 입 밖에 나오지 않았다. 현암이 백호의 질문에 답했다.

"없습니다. 하지만 한시가 급해요."

"안 됩니다. 낙하 경험도 없이 이렇게 지형이 험한 산에서 낙하산을 잘못 조종하면 기류에 휘말려 큰 낭패를 당할지도 모릅니다! 계곡에 빠져 조난당하거나 벼랑에 부딪혀 잘못하면 목숨을 잃을지도 모릅니다!"

"백호 씨, 그건 다음 문제입니다. 내가 낙하산을 입을 동안, 빨리 조작법을 알려 주세요."

백호는 더 말하지 못하고 어색하게 헛기침하고는 조종사에게 외쳤다.

"산봉우리 위쪽으로 기수를 돌리도록! 풍속을 고려해 낙하 예정지를 산출하라!"

"넷!"

명령을 마치고 난 백호가 현암에게 말했다.

"그러면 저도 가겠습니다. 이 비행기에 실린 낙하산에는 비상용 소형 무전기가 달려 있으니 그걸 켜고 반드시 제 지시대로 따라야 합니다. 알겠습니까, 현암 씨?"

현암이 고개를 끄덕거리자 주기 선생과 성난큰곰도 같이 가겠다고 자원했다.

"내 전인이 위험하다는데 내가 안 갈 수는 없잖소?"

나도 가겠다. 내가 바이올렛에게 속았다니 믿을 수 없다. 내 눈으로 직접 확인해야겠다.

"두 분도 낙하할 줄 아십니까?"

"잘난 현암이 한다면 나도 할 수 있어. 문제없으니 염려 말라고."

난 할 수 있다.

백호가 고개를 설레설레 흔들면서 걱정스럽다는 듯 낙하산을 꺼내 오라고 요원에게 말했다. 그러자 도구르가 자신도 가겠다고 말했다.

"나도 가겠습니다. 알고 싶습니다. 내가 믿었던, 내 목숨을 구해 준 수호자가 과연 선인(善人)인지 아닌지……."

"안 돼. 또 무슨 짓을 하려고!"

백호는 도구르의 제의를 딱 잘라 거절했다. 그리고 낙하산을 챙겨 입고 다른 사람에게도 입는 법을 서둘러 설명했다. 설명을 마치고 난 백호가 요원에게 말했다.

"이봐, 신부님을 돌봐 드리고 이 사람을 잘 감시하도록! 허튼짓 하지 못하게 말이야."

문 앞에 선 백호가 다른 이들을 돌아보며 말했다.

"강풍이 불지도 모르니 고도를 더 높여 상승해야 합니다. 이 낙하산은 사각형이니 잘 조종하면 산봉우리에 바로 내리는 것도 어렵지는 않을 겁니다. 자, 그럼!"

백호의 얼굴에 식은땀이 흘러내리고 있었다.

승희는 바이올렛의 말대로 비행기가 다가오자 놀람과 흥분이 뒤섞인 표정을 지었지만 곧 가라앉히고 코웃음을 치며 바이올렛에게 대들며 말했다.

"후후후. 우리 편까지 오네? 넌 이제 틀렸어. 더 이상 협박은 통하지 않아. 건방지게도 날 협박하려 들다니…… 수틀리면 너랑 세크메트의 눈을 같이 벼랑으로 던져 버릴 거야!"

하지만 바이올렛은 아무 대꾸도 않은 채 그 자세 그대로 서 있을 뿐이었다. 승희는 작은 목소리로 준후에게 말했다.

"준후야, 저 음흉한 할망구, 잘 살펴보고 있어. 감히 날 협박하려 하다니…… 난 얼른 사원 안에 들어갔다 올 테니까."

"근데 정말 벼랑으로 떨어지려고 작정하면 어쩌죠?"

준후는 답답하다는 듯이 말했다. 가만히 생각해 보니 준후를 믿지 못할 것은 아니지만 혼자서는 위험할지도 몰랐다.

'저 할망구가 또 무슨 연극을 해서 준후를 속일지도 몰라.'

승희는 좋은 생각이 떠올랐는지 손가락을 맞부딪치면서 조금 들뜬 목소리로 말했다.

"준후야, 그럼 아예 우보법으로 저 할망구를 꼼짝 못 하게 해 버려. 그렇게 해도 네가 행동하는 덴 지장이 없지? 그러고 나서 세크메트의 눈을 빼앗으면 되잖아."

"한 사람 정도는 땅에 붙여 놓아도 큰 힘이 들진 않아요."

"같은 패거리를 숨겨 놨을지도 모르니까 조심하고…… 특히 바이올렛을 잘 감시하고 주변도 잘 살펴. 알았지?"

"염려 마세요. 근데 정말 현암 형이랑 다들 올까요?"

승희는 점점 다가오고 있는 비행기를 보았다. 비행기는 그 근처를 선회하는지 산봉우리 주위를 한 바퀴 빙 돌고 있었다.

"오면 좋고, 안 와도 괜찮아. 그것보다 저 할망구부터 붙여 놔."

준후가 수인을 맺고 발을 탕 하고 구르자 바이올렛의 몸이 뻣뻣해지기 시작했다. 평소 덜렁대던 승희도 이번만은 조심스럽게 바이올렛에게 다가가 가만히 살펴보았다. 바이올렛의 몸은 완전히 굳어져 있었다.

"바보 같은 할망구. 너 따위에게 당할 줄 알아?"

승희는 바이올렛의 손에서 세크메트의 눈을 빼앗으려 했으나 손가락이 강철처럼 단단하게 조여져 있어서 벌어지지를 않았다. 더구나 바람이 불어오는 벼랑 끝에 손을 내밀고 있어서 자칫 잘못하면 미끄러져 떨어질 수도 있었다. 몇 차례 시도하다가 승희는 포기하기로 했다.

"에이! 나중에 빼앗자. 그럼, 준후야 들어갔다 올게."

승희는 웅성거리는 사람들을 헤치면서 사원 쪽으로 달려갔다. 사람들은 승희나 준후가 무얼 하는지 알지도 못했고 관심조차 없는 듯했다. 그러다 승희가 사원의 문 앞으로 다가가자 그때야 사람들 사이에서 동요하는 듯한 웅성거림이 퍼져 나갔다. 승희는 텅 빈 구멍 같이 생긴 문으로 들어서려 했다. 그렇지만 뭔가 보이지 않는 힘이 가로막고 있어서 들어갈 수가 없었다. 두어 번 더 시도해 보았으나 마찬가지였다.

'자, 마음, 마음을 비우고……'

몇 사람이 승희에게로 다가오는 듯한 느낌이 들었지만 승희는 눈을 감고 심호흡했다. 그런 다음 천천히 문 안으로 들어가려고 했으나 튕겨 나오는 것은 마찬가지였다.

'가만! 나라고 뭐 마음이 그렇게 깨끗한 사람은 아닐지도 모르잖아? 그럼, 어떻게 해야 하나? 역시 명왕의 힘을 빌려야 하나?'

승희는 눈을 감고 마음속의 애염명왕을 불렀다. 처음에는 수다르사나에 대한 집착이 강해서인지 쉽게 애염명왕이 나타나지 않았으나 몇 차례 간절하게 부르자 마음이 차분히 가라앉는 것을 느꼈다. 이윽고 마음 깊은 곳에서 애염명왕의 목소리가 승희의 부름에 화답했다.

들어가게 되면 위험할지도 모른다. 그래도 가겠나?

당연히!

정말인가?

물론이다!

나의 뜻이 아니라 그대의 뜻이었다. 반드시 명심하라!

그래, 내 뜻이다.

그럼 힘을 빌려주겠다.

순간 승희의 몸이 붉은빛으로 변하면서 주변에 소용돌이가 일어났다. 더불어 알 수 없는 기운이 승희의 몸을 중심으로 사방으로 퍼져 나갔다. 사원 앞에서 승희가 허둥대는 것을 보고 웃던 사람들은 저절로 입을 벌리며 놀랐다.

저만치에서는 준후가 승희의 그런 모습을 지켜보고 있었다.

'애염명왕의 힘을 빌렸구나. 그런데 이상하군. 여태껏 한 번도 명왕이 누나의 몸 밖으로 자신의 기운을 드러낸 적은 없었는데 어

째서…….'

잠시 후 붉은 기운은 사라졌다. 승희가 사원 안으로 들어간 모양이었다.

'누나가 들어갔구나. 그런데 왜 이러지? 불안하네……. 바이올렛이 과연 아무 대책도 없이 우릴 상대하려 했을까? 이 정도라면 너무 시시한데?'

준후는 문득 등골이 서늘해지는 것을 느꼈다. 얼른 고개를 돌려보니 아까 자신들이 올라왔던 계단 쪽에서 수상쩍고 어두운 느낌의 기운이 서서히 올라오고 있었다. 정확한 정체는 알 수 없었지만 언젠가 한 번은 만난 듯한, 가까이하기조차 싫은 어둡고 사악한 기운이었다.

'누구지?'

준후는 긴장하면서 손안의 벽조선을 꼭 쥐고 계단 쪽을 뚫어지게 응시했다. 누군가의 머리카락이 보이기 시작했다. 그리고 조금 있다가 얼굴이 드러났다. 그런데…… 한 사람이 아니었다. 먼저 모습을 드러낸 사람은 준후가 알지 못하는 사람이었지만, 그 뒤를 이어 모습을 나타낸 사람은 준후가 알고 있던 사람이었다. 준후는 그들을 보자 양미간을 찌푸리며 소리쳤다.

"아니, 너희들은!"

"자, 준비하십시오!"

조종사가 낙하지점을 잡았다고 신호를 보내자 요원이 사람들에게 낙하 신호를 보냈다. 백호가 제일 먼저 뛰고 현암이 가장 나중에 뛰어내리기로 했다. 아무래도 낙하 경험이 많은 백호가 풍향을 감지하고 방향을 잡아야 했기 때문이었다. 백호의 뒤를 이어 성난 큰곰도 뛰어내렸다. 다음은 주기 선생 차례였다. 현암은 낙하산을 처음 타 보기 때문에 속으로 매우 긴장하고 있었으나 다른 방법이 없었다. 몸에 맨 낙하산의 줄들을 점검하는데 주머니 안에서 딱딱한 감촉이 느껴졌다. 승희가 자신의 생일 선물로 준 지포 라이터였다.

'승희야, 기다려라.'

라이터를 만지고 나니 승희에 대한 안쓰러움과 함께 이상하게도 고공에 대한 무서움이 사라지는 것 같았다. 점검을 마친 현암이 눈을 들어 보자 주기 선생이 막 뛰어내리고 있었다.

"현암! 뛰면서 오줌 싸지는 마! 하하하."

현암은 주기 선생의 말을 한쪽 귀로 흘리면서 심호흡한 다음, 아래를 내려다보았다. 저 아래로 아득하게 펼쳐진 눈 덮인 산맥이 보였다. 목적지인 산봉우리도 콩알처럼 조그맣게 눈에 들어왔고 몹시도 세찬 바람이 사정없이 얼굴을 치고 지나갔다. 머릿속이 텅 빈 듯한 기분이었다.

"뛰어!"

요원이 소리침과 동시에 현암은 허공에 몸을 던졌다. 현암이 몸을 던지자마자 귓전에서 무전기를 통해 백호의 목소리가 들려왔다.

[손을 머리 위로! 엎드린 자세에서 균형을 잃으면 낙하산 줄이

엉킬지도 모릅니다. 고도계를 잘 보세요! 이건 평지에 내리는 게 아니니 고도계의 바늘이 붉은 선보다 눈금 두 개 정도 위로 가면 그때 줄을 당기세요!]

그사이, 사람들이 모두 내리고 나서 비행기의 문을 닫던 요원은 뒤통수를 얻어맞고 쓰러지고 있었다. 그 뒤에서 여분의 낙하산을 집어 등에 매고 있는 것은 도구르였다. 박 신부는 아직 정신을 차리지 못했고, 최 교수도 감히 도구르를 어떻게 할 틈이 없었다.

사원의 안으로 한 발짝 들어선 순간, 승희의 눈이 크게 떠졌다. 분명 겉에서 보기에는 허물어져 가는 조그마한 사원에 불과했는데, 그 안은 그렇지 않았다. 무척 어두웠고 하늘에는 별빛이 반짝였다. 그리고 사방은 벽도 보이지 않고 아무것도 없었다. 무한히 넓은 평평한 들판에 서 있는 것과 흡사하다고 할까? 작은 사원의 내부가 이러한 모습을 띠고 있는 것이 믿어지지 않아서 승희는 눈을 비비고 사방을 둘러보았으나 역시 마찬가지였다.

앞으로 똑바로 나아가라.

승희의 몸속에서 애염명왕의 목소리가 울려왔다. 목소리를 듣고 승희가 앞으로 한 발짝 내딛는 순간, 엄청나게 센 바람이 들이닥쳤다. 승희는 무의식적으로 팔로 얼굴을 가리며 몸을 움츠렸다. 금방이라도 자신을 날려 버릴 것 같은 기세여서, 어지간히 담력이 센 승희도 놀라서 주저앉을 뻔했다.

겁내지 마라. 모든 것은 마음에 달린 것, 앞으로 똑바로 나아가라.

그래도 승희는 발걸음이 떨어지지 않았다. 두렵기도 했고 안에 무엇인가가 숨어 있는 것은 아닐까 하는 의구심이 들었다.

이 거센 바람 속에서 어떻게 앞으로 나아간단 말이야!

바람이 어디에 불지?

승희는 깜짝 놀라 얼굴을 감싸고 있던 팔을 내렸다. 그러고 보니 언제 불었냐는 듯 바람은 말끔히 사라졌고 자신은 중심을 잡지 못한 채 불안한 자세로 서 있었다.

이게 뭐지? 내가 홀린 걸까? 그럼, 모든 게 다 허상이란 말인가?

똑바로 앞으로…….

승희는 몇 발짝 앞으로 내디뎠다. 그러자 갑자기 커다란 칼날 한 개가 승희의 머리를 향해 떨어져 내렸다. 아까와 마찬가지로 깜짝 놀랐지만 순간적으로 판단했다.

'음, 저것도 허상이겠지? 그렇다면 피할 필요가 없겠군.'

다음 순간 승희는 다리를 휘청하면서 쓰러지고 말았다. 무언가 가 다리의 힘을 빼 버린 것처럼 서 있을 수 없었다. 그때 칼날이 승희의 머리를 살짝 스치고 지나가 승희의 발 앞에 떨어졌다. 떨 어져 내린 건 칼날이 아니라 썩은 나무토막이었다.

이게 뭐지?

맞았으면 위험했을 것이다.

내가? 이런 나무토막을 맞고 어째서?

너는 그걸 허상이라 생각했겠지? 그러나 허상이라 생각한 것이 실제로 느 낌을 주었으면 어쩌겠는가? 두 토막이 났을 것이다.

이깟 썩은 나무토막 때문에 내가 두 토막이 난다고?

그게 아니다. 너의 마음 때문에…….

승희는 썩은 나무토막을 찬찬히 들여다보았다. 뭔가 느껴지는 것이 있었다. 승희는 곧바로 몸을 일으켜서 앞으로 한 발짝을 내디뎠다.

그러면 나는 지금 뭐 하고 있는 거야? 누가 내 마음을 시험하고 있다는 거야?

시험을 받는 건 네가 아니라 바로 나다.

승희는 흠칫하고 놀랐다.

뭐?

그리고 수다르사나를 얻어야 하는 것 역시 네가 아니라 나다.

뭐, 뭐라고! 안 돼! 그건…….

이건 정해진 운명이다. 앞으로 나아가라. 그러면 내가 차근차근 설명해 주마.

준후는 긴장하면서 기운을 끌어올렸다. 계단으로 올라오고 있는 사람들은 전에 대적했던 신동 중 한 명인 레그나였고 다른 한 아이는 모르는 아이였다. 그 꼬마는 바로 신동 중 하나인 앙그라였지만 준후는 앙그라가 어떻게 생겼는지 알지 못했다.

"너희들…… 어떻게 여기까지 왔지?"

준후는 소리치며 몇 마디 더 하려다가 그만두었다. 저들이 준후가 하는 말을 알아듣지 못할 것 같아서였다. 그러나 천만뜻밖에도 처음 보는 남자아이가 준후를 쳐다보며 말했다. 아니, 소리는 났지만 그 아이는 입을 움직이지 않았다.

오래간만이구나, 꼬마야.

목소리를 듣고 준후는 온몸에 소름이 쫙 끼쳤다. 입을 열지 않고 복화술 수법으로 말하는 그 목소리는 예전에 목숨을 걸고 자신들과 대적했던 자…… 마스터였기 때문이다. 예전에는 그나마 목소리라도 정중했으나 지금은 사악함이 그대로 드러나 보였다.

"너, 너는 죽었을 텐데……."

너희들 덕분에 그렇게 됐지. 하지만 그렇다고 내 뜻을 포기한 건 아니지.

"수다르사나를 노리는 거냐?"

준후는 그들을 노려보면서 주문을 외움과 동시에 벽조선을 휙 저었다. 그들의 앞에 검은 기운이 휘익 하며 휘몰아쳤다. 그러나 그들은 미동도 하지 않았다. 대신 앙그라, 아니 마스터는 하늘을 바라보며 복화술로 중얼거렸다.

귀찮은 놈들이 오는군요. 레그나 님.

마스터가 말하자 준후도 얼른 하늘을 올려다보았다. 하늘에서는 네 개의 낙하산이 내려오고 있었다. 그것을 본 준후의 얼굴엔 밝은 표정이 어렸으나 마스터의 말이 떨어지자 레그나는 하늘을 바라보며 싸늘하게 씩 웃으면서 감고 있던 눈을 떴다. 순간 레그나의 눈이 새빨갛게 빛나고 싸늘하기 이를 데 없는 요기가 사방을 가득 메웠다. 보통 사람들에게는 잘 느껴지지 않았을 테지만 영안이 트인 준후는 그 기세가 엄청난 데 놀라 뒤로 밀리는 느낌이 들었다.

'아니, 이게 뭐야! 레그나가 어째서 저렇게 엄청난 힘을…… 전엔 저런 기운은 없었는데…….'

준후가 더욱 놀란 것은 하늘을 보고 난 다음이었다. 조금 전까지만 해도 낙하산이 일정한 궤적을 그리며 내려오는 걸로 보아 산봉우리 위에 그다지 센 바람이 부는 것 같지 않았는데 레그나가 눈을 부릅뜨고 나서부터는 낙하산들이 이리저리 흩어지는 것이었다.

'말도 안 돼!'

준후는 자신의 눈을 믿을 수가 없었다. 자신을 포함한 퇴마사들도 대단한 힘을 지니고 있었지만, 수백 미터나 떨어진 허공 위에까지 힘을 발휘할 정도라면 그건 자신들과는 비교도 되지 않는 엄청난 것이었다. 준후가 놀라서 바라보고 있는 사이 한 개의 낙하산이 펄럭이면서 공중에서 잠시 멈추더니 다시 미친 듯 빙빙 돌면서 다른 낙하산들보다 빠른 속도로 떨어졌다.

"그만햇!"

준후가 크게 소리를 지르며 벽조선을 휘젓자 검은 기운이 레그나를 향해 날아갔다. 하지만 레그나가 크지도 않게 "핫!" 하는 소리를 냈고 그 기운은 돌연 방향을 백팔십도 바꿔서 준후 쪽으로 날아왔다.

"으앗! 이게 뭐야!"

준후가 놀라서 다시 벽조선을 휘두르자 똑같은 기운이 뻗어 나갔고 돌아오고 있던 기운과 충돌해 핑음을 내며 산산이 흩어져 버렸다. 준후는 충격을 이기지 못하고 뒤로 한참을 날아가 와당탕 넘어졌다. 고꾸라진 준후에게 몇몇 가닥의 영기가 사라져 가는 것이 느껴졌다.

'하급령을 끌어모아 벽을 치는군! 그렇다면 작은 놈들이 방해하지 못하도록……'

혼자 잘 노는군. 그래, 잘 놀고 있거라. 우리는 우리대로 놀 테니까.

준후는 마스터의 빈정거림에 대꾸하지 않고 몸을 일으키려 했다. 순간 우보법으로 몸을 움직이지 못하게 한 바이올렛이 기억났다. 방금의 충격으로 우보의 방위에서 발을 떼었던 것이다. 그러나 다행히도 바이올렛은 그 자리에 기절한 듯 쓰러져 있었다. 준후는 안심하고 리매술의 주문을 외웠다. 이번에는 허공에 리매의 모습이 천천히 형성됐다. 리매가 구체적인 형상을 띠어 가자 레그나가 허공에서 눈도 떼지 않은 채 작은 손을 가볍게 휘저었다. 그러자 리매들은 무엇인가에 빨려 들어가는 듯, 큰 소리로 부르짖으며 땅속으로 꺼져 갔다. 준후는 자신의 눈을 믿을 수가 없었다.

'이, 이럴 수가! 내가 지금 꿈을 꾸고 있나?'

마스터는 넋이 나간 듯한 준후의 모습을 보면서 크게 웃었고, 그사이에도 하늘에서 내려오던 또 다른 낙하산 한 개가 찌부러지면서 급격히 하강하기 시작했다.

[왼쪽의 줄을! 줄을 당겨!]

무전기를 타고 현암의 귓전으로 백호의 말소리가 울려왔다. 돌연 이상한 바람이 맴돌아 치면서 연달아 주기 선생과 성난큰곰의 낙하산이 찌부러져 빠른 속도로 추락하기 시작하자 백호뿐 아니라 현암도 정신이 없었다. 바람은 거의 느껴지지 않는데 연달아 낙하산이 찌부러진 채로 떨어지니 백호는 흥분과 당혹감에 사로잡혀 계속 소리를 쳤다.

[중심을! 균형을 잃지 마라!]

그러나 다음 말을 하기도 전에 백호의 낙하산도 푹 꺼져 밑으로 가라앉았다.

현암은 수상한 기운을 느꼈다. 이건 예사 바람은 아니었다. 저 아래에서 누군가가 수를 쓰고 있었다. 그러나 가뜩이나 조작이 서툰 현암은 흔들리는 낙하산 끈을 당기느라 그 수상한 기운의 실체가 무엇일까 고민할 경황이 없었다. 현암은 무의식적으로 짧고 단호하게 말을 내뱉었다.

"월향!"

현암이 소리치자 현암의 왼 손목에서 월향검이 날카로운 소리를 지르면서 아래로 꽂히듯 맹렬한 속도로 쏘아져 내려갔다.

"그만해!"

준후는 부적 두 장을 꺼내어 태우고는 눈을 크게 떴다. 레그나가 자신의 술법을 무참히 깼지만 굴복할 수는 없었다. 방금 자신의 벽조선 기운을 받아 낸 상대의 희미한 영기를 본 준후는 명목부로 영안을 극도로 끌어올렸다. 그러자 놀라운 것이 보였다.

셀 수도 없을 만큼 수많은 영들이 레그나의 주위에 빽빽하게 벽을 쌓고 있었다. 예전에 홍녀의 백귀야행진을 본 적도 있었지만 이건 그것과 비교도 되지 않을 만큼 수가 많았다. 더구나 그들은 모두 몸을 극도로 작게 해 그야말로 자루 속의 콩알들만큼이나 빽빽하게 앞을 막고 있었다. 그렇다고 한 놈 한 놈들이 약한 것처럼 느껴지지는 않았다.

"아니, 어떻게 저럴 수가!"

준후의 눈꼬리가 치켜 올라가고 입술이 파르르 떨렸다. 저건 인간의 술수가 아니었다. 아무리 뛰어난 영능력자이고 주술사라 하더라도 한 개인이 부릴 수 있는 영의 수에는 한도가 있다. 한꺼번에 저렇게 수천 마리의 악령을 일사불란하게 부릴 수 있는 주술사라면 인간이라고 할 수 없었다.

저 꼬마가 화난 모양이군요. 선물을 주는 게 어떨까요?

준후는 마스터의 말을 알아듣지 못했지만 긴박한 위기감이 느껴졌다. 아니나 다를까 마스터가 레그나에게 뭐라고 중얼거리자 떨어져 내리던 세 사람의 낙하산이 갈기갈기 찢어지는 것이었다.

"으앗!"

준후가 놀라는 순간, 월향검이 은빛 섬광을 번쩍이며 무서운 기세로 레그나를 향해 달려들었다. 그러나 붉은 눈의 동공마저 사라진 레그나는 당혹해하는 기색이 없이 조금도 움직이지 않고 그 자리에 서 있을 뿐이었다.

사람들은 너를 보고 아바타라라고 말하지만 사실은 조금 다르다. 아바타라는 비슈누 신만이 이룰 수 있으며 앞으로 진정한 아바타라가 나타난다면 그것은 말세의 칼키뿐이다. 나, 라가는 비슈누 신을 받드는 존재로서 사명을 띠고 힘을 빌려 인간의 형상으로 온 것이다. 유배 왔다고 할 수도 있으나, 사실은 그렇지 않다.

사명? 그렇다면 수다르사나를 찾는 것?

그렇다. 수다르사나를 찾고, 홍수를 막는 일이다.

홍수를 막는다니? 그러면 수다르사나가 홍수와 관련된 물건이란 말인가?

수다르사나는 무지갯빛의 보석을 안고 있다.

순간 승희의 앞에 거대한 해일이 몰아쳐 왔다. 비록 허상이며 감각으로만 느껴지는 것이라 믿었지만, 해일을 맞는 순간 승희의 몸은 인정사정없이 그것에 휩쓸려 버렸다. 그러나 승희는 애염명왕의 말에 충격을 받은 나머지 자신의 몸이 휩쓸리고 있다는 것조차 느끼지 못했다.

보석이 어째서?

스스로 깨닫게 될 것이다.

수다르사나가 죽은 자를 살릴 수 있는 힘이 있어, 없어? 응?

앞으로 나아가라.

제길! 명령만 하지 말고 어서 묻는 말에 대답해!

바바지는 모든 것을 알고서 수다르사나를 이미 저 앞에 놓아두었다. 너는 수다르사나를 잃을 테지만 결국에는 모든 것이 정해진 대로 될 것이다.

무슨 소리야? 절대 잃어버리지 않을 거야! 그보다 내 질문에 대답하지 않았잖아? 수다르사나가 정말로 죽은 사람을 살릴 수 있냔 말이야?

그 물음의 답을 찾으려면 여기 온 순례자 중에 로파무드라는 여자를 찾으라. 그녀는 떠나가지 않고 여기 있을 것이니…….

승희는 답답한 나머지 입술을 깨물면서 발을 동동 굴렀다. 물에 휩쓸린 채 이리저리 떠밀려 다니고 있는 느낌이었으나 무심코 발을 구르자 발밑에 땅의 감촉이 느껴졌고 일순간 사방이 휑하니 낡을 대로 낡은 어느 텅 빈 방으로 바뀌었다. 승희가 밖에서 보고 상상했던 사원의 내부와 거의 흡사한 모습이었다. 바람과 물과 기타 많은 장벽을 헤치고 왔다고 생각했으나, 실제 승희가 걸어온 거리는 불과 십 미터도 안 됐다.

승희의 바로 앞에는 돌로 된 제단이 있었고 그 위에 지름이 약 이십 센티미터 정도 돼 보이는 편편한 물건이 놓여 있었다. 그것은 수레바퀴 같기도 하고 쟁반과도 흡사했다. 그것의 가운데에는 큰 밤알만 한 보석이 무지갯빛을 발하고 있었고 그 주위에 살이 있어서 손으로 잡을 수 있게 돼 있었다. 바퀴에 해당하는 맨 가장자리에는 섬세한 문양과 함께 이상한 그림과 고문자가 빽빽하게 새겨져 있었다. 승희는 흥분으로 몸이 가볍게 떨리는 것을 느꼈다.

이, 이게 수다르사나?

함부로 만지지 마라. 인간의 몸으로 그것을 함부로 만지면 돌이킬 수 없는 결과가 올지도 모른다.

승희는 수다르사나를 막 집어 들려다가 애염명왕의 말을 듣고 흠칫 멈추었다. 수다르사나를 집어 들려는 승희의 손이 따뜻해지는 느낌이 들면서 점차 붉은색으로 변해 갔다. 애염명왕의 힘이 승희의 손에 맺힌 것이다.

이제 집어 들어라.

승희는 천천히, 조심스럽게 수다르사나를 향해 손을 뻗었다. 승희의 손가락 끝이 닿는 순간, 승희에게 어떠한 메시지가 마음속에 울리는 바람에 하마터면 수다르사나를 놓칠 뻔했다.

기적을 바라고 이곳을 찾아온 순례자들은 지금 싸우고 있는 그들에 대해서는 조금의 관심도 주지 않았다. 마냥 사원을 향해 엎드린 채 어떤 소란이 일어나도 신경조차 쓰지 않는 모습이었다.

하늘에서는 세 사람이 떨어져 내리고 있었다. 그것도 심술궂게 준후의 바로 머리 위에서 서로 부딪히면서…….

월향검이 날카롭게 레그나를 향해 날아들고 있었다. 순간 준후가 믿을 수 없는 일이 눈앞에서 벌어졌다. 레그나가 날아오는 월향을 정면으로 마주 보며 작은 손을 앞으로 내뻗었고, 월향은 귀곡성을 울리면서 레그나에게 정면으로 달려들었다. 그런데…….

"저, 저런! 어떻게……."

레그나가 월향검을 손으로 움켜쥐어 버린 것이다. 준후는 마치 다리에 힘이 풀린 것처럼 휘청거렸다. 현암의 공력이 들어가 있지 않은 듯했지만 검기가 서린 월향검을 맨손으로 잡다니! 너무도 놀라서 준후는 말조차 나오지 않았다. 그런 준후의 눈에는 레그나의 손에 엄청난 영기가 맺혀 있는 것이 보였다. 그 영기는 수백, 수천을 헤아리는 영들의 집합체였다. 레그나의 손에 수없이 달라붙어 얽히고설킨 영들이 월향의 검기를 막아 낸 것이다. 그것은 자발적인 행동이나 자기희생이 아니었다. 다만 레그나의 명령에 의해서 이루어졌던 것이다.

준후는 두려움과 분노를 동시에 느꼈다. 도대체 저놈의 힘은 어느 정도기에 저렇게 헤아릴 수 없을 만큼 많은 영들을 제 몸 부리듯 할 수 있을까 하는 두려움과 함께 하나의 개체인 영을 그런 식으로 마구 희생시키는 것에 대한 분노가 마음 깊은 곳에서부터 들끓었다. 붉게 충혈된 준후의 두 눈에 눈물이 그렁그렁 맺혔다.

방벽을 쌓고 있던 영들이 월향을 움켜쥔 레그나의 오른손에 몰린 지금이라면 순간적이지만 틈이 없는 건 아니었다. 제아무리 막강한 레그나라고 해도 최고의 뇌전이라고 할 수 있는 바즈라를 연발로 쏘아 붙인다면…… 그러나 상황이 여의치 않았다. 지금 준후의 머리 위로는 막 세 사람이 떨어져 덮쳐들고 있었다. 그들을 내버려둔다면 떨어지는 순간 납작해질 것이 분명했다.

"바람!"

준후는 벽조선을 휘두르면서 수인을 맺은 뒤 연이어 냅다 발을 굴렀다. 소용돌이 바람으로 떨어지는 속도를 줄이고 주술력으로 땅을 파도치게 만들어 사람들이 땅에 떨어지는 순간의 충격을 최소화시키려는 의도였다.

준후가 머리 위쪽으로 돌개바람을 일으켜 올리는데 그 순간을 놓치지 않고 앙그라의 모습을 한 마스터가 소리를 쳤다.

없애 주세요!

마스터의 말이 떨어지자 레그나가 입을 벌리고 기운을 내뿜었다. 준후는 손과 발로 모두 주술력을 행하는 중이라서 레그나에 대항할 수가 없었다. 뭐라고 소리라도 지르고 싶었지만 주문을 외우느라 입조차 열 수가 없었다.

준후가 일으킨 돌개바람은 세 사람의 몸을 말아 올리면서 떨어지는 속도를 눈에 보일 정도로 약화시켰다. 그와 동시에 준후는 아랫배에 시큰한 통증을 느꼈다. 레그나의 기운이 아랫배를 강타한 것이다. 눈앞이 아찔했지만 계속 발을 굴렀다. 결국 세 사람은 준후 옆에 서로 엉키면서 떨어졌다. 그중에 현암이나 박 신부가 있는지는 알 수 없었지만 땅바닥에 떨어지는 충격이 그다지 크지 않은 것만은 분명했다. 준후는 정신을 잃어 갔다.

준후가 풀썩 쓰러지는 순간 마스터의 시선은 내려오고 있는 네 번째 낙하산으로 향했다. 마스터는 그게 누군지 알았다. 하지만 수다르사나를 찾는 게 더 급했다.

레그나 님, 저자와 떨어진 자들을 처리해 주세요. 저는 수다르사나를 찾아오겠습니다.

레그나는 표정 없는 붉은 눈으로 고개를 끄덕거렸다. 그러면서 오른손에 꼭 쥐고 있는 월향검을 유심히 들여다보았다.

"워, 월향!"

현암은 마음 깊은 곳으로부터 뼈를 깎는 고통을 느꼈다. 방금 자신이 쏘아 보낸 월향이 상대의 손에 잡혀 버린 것이다! 전혀 예상치 못한 상황이었다. 언제부터인가 마음이 통하게 되면서 떨어져 있더라도 월향이 느끼는 바를 현암도 느낄 수 있었다. 수없이 많은 존재들에 둘러싸여 꽉 끼어 버린 듯한 느낌과 처절할 정도의 압박, 그리고 저항하기 힘든 어둡고도 음산한 기운이었다. 미친 듯 불어 대는 바람 때문에 마구잡이로 흔들리는 낙하산 위에서도 현암은 아래쪽의 광경을 대강 짐작할 수 있었다.

많은 사람이 모여 예배를 드리고 있는 산봉우리의 뒤쪽에서 일어나는 흉흉한 영기가 느껴졌고 누군가가 공격을 받고 쓰러지는 광경이 보였다. 현암이 낙하산과 연결된 비상줄을 잡아당기자 낙하산과 분리된 현암의 몸은 쏜살같이 아래로 떨어져 내렸다. 그리고 주인 잃은 낙하산이 바람에 날려 멋대로 날아가 버린 그 위쪽에서는 또 다른 낙하산 한 개가 내려오고 있었다.

인연이 있는 자여! 나는 깨달음을 찾기 위해 수행하는 자입니다. 지금 이 물건은 내가 얻고 나서 오랫동안 보관했으나 이제 때가 온 것을 알아 당신에게 전해 드리는 것입니다. 이 모든 것이 카르마에 정해져 있는 바대로 이루어질 것입니다. 그러나 인연이 있는 자여! 세 가지 일을 명심하시오.

목소리―비록 들리는 것은 아니었지만―는 그윽했고 묵직하면서도 맑고 생생하게 울려왔다.

'이것이 바바지의 목소리인가? 영적인 메시지?'

승희는 놀란 눈으로 주위를 살펴보았다. 어디에도 모습은 보이지 않았다.

인간의 힘으로 수다르사나를 다루면 안 됩니다. 그리고 수다르사나는 반드시 파괴돼야 합니다. 그것은 인간의 힘으로만 이룰 수 있습니다.

'아니, 이걸 왜 파괴해…….'

수다르사나의 힘이 쓰여서는 안 됩니다. 그것은 땅의 힘이요, 온 세상을 휩쓸었던 대홍수의 봉인이기 때문입니다.

'대홍수의 봉인이라고?'

승희는 머릿속이 혼란스러웠으나 바바지의 메시지는 계속됐다.

당신은 위기를 맞고 있습니다. 정해진 운명대로 수다르사나를 당신에게 드리는 것이나, 당신의 위기가 어떻든 내가 한 번은 모면하게 해 드리겠습니다. 그것이 당신과 나의 인연에 대한 나의 작은 선물이겠지요. 부디 다르마에 충실하시기를…….

그것으로 바바지의 메시지는 끝이 났다. 승희는 한동안 얼떨떨해서 멍청히 수다르사나를 들고 서 있었다. 그런 정적을 깬 것은 애염명왕이었다.

그 말은 바바지가 너에게 남긴 거다. 운명에 따라 행동하는 나에게 그런 말을 남길 필요는 없으니까…….

승희는 수다르사나를 천천히 들어 올려 자세히 살펴보았다. 얼마나 오래된 물건인지는 알 수 없었지만 수다르사나는 막 만들어진 물건처럼 광채를 발하고 있었다. 무게도 그다지 무겁지 않았고 날도 없었다. 이것이 어떻게 무기로 사용됐다는 것인지 승희는 아리송할 뿐이었다. 더욱이 바바지가 말한 홍수의 봉인이란 무얼 말하는 것인지, 홍수를 막는다는 것은 또 무얼 의미하는 것인지……. 머릿속이 꽉 막히는 기분이었다.

이걸 부숴야 한다고? 그럼, 월향은 어떻게 되는 거야?

나는 더 이상 너와 이야기할 수 없다. 모든 것은 정해진 대로 될 것이다. 너는 최선을 다해 소신껏 행동하라.

가만! 또 들어가려고?

이후에 또 이야기하게 될 것이다. 스스로 선택하길…….

애염명왕은 승희의 몸속으로 들어가 버린 듯, 느낌이 사라져 버렸다. 승희는 도대체 뭐가 뭔지 하나도 갈피를 잡을 수 없었다. 대홍수의 봉인은 무엇이고 기껏 구한 수다르사나가 인간의 힘으로 파괴돼야 한다는 것은 또 무엇인지, 그리고 아바타라가 아니란 말은 무엇이고 로파무드는 또 누구인지…….

"제길! 이게 아니란 말이야! 난……."

승희는 버럭 소리를 질렀다.

"난 그런 건 생각조차 해 본 적이 없는데……. 다만 월향과 현암 군을 위해서 그런 것뿐인데, 그런데 이게 뭐야! 뭐냐고!"

승희는 화가 솟구쳐 올라서 점점 크게 소리를 질렀고 목소리는 사원의 벽에 메아리가 돼 되돌아왔다. 승희는 눈가에 맺힌 눈물을 휙 털어 내고는 사원의 문으로 나갔다. 그런데 사원의 문에 한 아이가 가로막고 서서 묘한 표정을 지은 채 자신을 바라보고 있는 것을 보고는 덜컥 걸음을 멈추었다. 그 아이의 표정은 너무도 냉정하고 음침해 사람의 얼굴 같지 않았다. 승희는 놀라서 반사적으로 두어 걸음 뒤로 물러났다.

"넌, 넌 누구지?"

나를 벌써 잊으셨나?

승희는 하마터면 쓰러질 뻔했다. 오래전에 잊어버렸던 목소리, 입을 열지 않고 말하는 복화술사…… 그건 마스터였다.

요란한 폭음과 함께 땅이 움푹 패고 뒤이어 무엇인가가 떨어졌다. 그 자리엔 마른 흙먼지가 뭉게뭉게 일어났다. 현암이었다. 현암은 공중에서 '탄' 자 결의 수법으로 기를 모아 땅을 향해 내쏘고는 그 반동을 이용해 떨어지는 충격을 최소화한 다음 뒤이어 남은 공력을 오른팔에 집중해 땅을 친 것이다. 덕분에 땅바닥과 충돌해 납작하게 되는 것은 모면했지만 현암이 받은 충격도 만만치 않았다. 반동으로 몸이 붕 튀어 올라서 나가떨어진 충격에 눈앞이 아찔해지고 온몸이 시큰거리며 말을 듣지 않았다.

먼저 떨어져 내린 세 명에게 다가가 주술을 부리려던 레그나는 뒤이어 현암이 굉음을 내며 떨어지자 흠칫하면서 붉은 눈을 현암에게로 돌렸다.

잠시 정신을 잃었던 준후의 의식이 간신히 돌아왔다.

'저들이 어째서 나를 가만두는 거지?'

준후는 의식은 차렸지만 마음대로 몸을 움직이지는 못했다. 준후는 심호흡하며 힘을 모았다가 번개같이 뒤쪽으로 몸을 굴렸다. 그러다가 뭔가에 털썩 부딪혀 몸이 더 이상 구르지 않게 되자 깜짝 놀라면서 상체를 세웠다. 그것은 쓰러진 바이올렛이었고 옆에는 세크메트의 눈이 떨어져 있었다. 준후는 그것을 얼른 집어 소매에 넣고 몸을 반대 방향으로 돌렸다.

앞서 떨어져 내린 세 사람들은 아직 아무도 몸을 일으키지 못했다. 뒤쪽에서는 레그나가 천천히 걸음을 옮기고 있었다. 레그나가 향하고 있는 방향을 보니 현암이 넘어졌다가 몸을 일으키려는 듯 꿈틀대고 있었다. 그것을 본 준후는 깊은 호흡으로 욱신거리는 몸을 추스르며 벽조선을 집어 들었다.

"어서 비켜!"

승희가 큰 소리로 다그쳤음에도 앙그라의 몸속에 든 마스터는 문에서 조금도 비켜서지 않았고 오히려 안쪽으로 천천히 걸음을 옮기고 있었다.

너는 여기서 나갈 수 없어. 그러면 내가 곤란해지거든. 후후후. 어서 그것을 내게 넘겨주실까?

"못 줘! 빌어먹을…… 이 모든 게 네 계획이었구나!"

하하하. 너도 꽤 똑똑하구나. 내가 굳이 설명해 줄 필요는 없겠지? 어서 손에 든 걸 내놔.

마스터는 웃으면서 품에서 부적을 몇 장 꺼내서 손에 들었다. 승희가 언뜻 보니 부적에 그려져 있는 문양이 지난번 자신의 옷에 새겨져서 힘을 봉쇄했던 문양과 거의 흡사했다.

"너…… 그건! 그 문양은…….."

어디선가 본 듯하지? 후후후. 당연하지. 내가 붙였으니까.

"네가? 네가 언제…… 아니, 그럼 네가?"

나도 상당히 고생했지. 팔자에 없는 여자 흉내를 내면서 말이야.

승희는 기가 막혔다. 그렇다면 바이올렛은 마스터의 영혼이 조종하던 꼭두각시였단 말인가?

이리 내.

"안 돼!"

승희는 그것을 움켜쥐었다. 그러자 후끈 열기가 느껴지면서 수다르사나가 손에 꼭 맞게 잡혔다. 마치 수다르사나 스스로가 손안으로 뛰어든 것 같았다. 수다르사나의 중앙에 있는 보석이 빛나면서 이상한 기운이 순식간에 퍼져 나갔다. 그것을 본 마스터는 놀라며 다가오던 걸음을 멈추었다. 그러자 곧 스산하게 웃으면서 승희에게 말했다.

그것을 던지려고? 하하하. 던지려면 던져 봐. 그건 엄청난 위력이 있지. 아마 날 날려 버리겠지. 그리고 나 말고도 저 밖에 있는 수백 명의 순례자들까지 모조리 쓸어버릴 거야. 던질 수 있으면 던져 봐.

"거짓말! 이까짓 게 뭐라고!"

믿어지지 않으면 안 믿어도 좋아. 던져 봐. 여기 있는 수백 명이 모조리 먼지가 돼서 없어질 테니…… 물론 그래도 난 괜찮아. 또 다른 몸으로 옮겨 가면 그만이니까.

중얼거리는 마스터를 승희는 이글이글 타는 눈으로 노려보았다. 승희에게 마스터의 협박 같은 것은 안중에도 없었고 무섭지도 않았다. 지금 자신의 눈앞에 있는 것이 마스터라는 것만이 생각날 뿐이었다. 이 모든 일의 흉계를 꾸민 장본인일 수도 있는…… 잠시 승희의 머릿속에 놈이 바이올렛으로 변해 있을 때 같이 룽페이의 임종을 지켜보았던 일이 생각났다. 그때 룽페이는 저런 놈에게서 어머니의 모습을 느꼈다고 했다. 어떻게 저런 놈에게서…….

"너…… 그때 룽페이에게 무슨 짓을 했지?"

그놈 말인가? 섣불리 입을 놀리려 하기에…… 어차피 죽을 놈이었으니 조금 시간을 앞당겨 주었을 뿐이지. 흐흐흐.

승희는 더 이상 눈앞에 아무것도 보이지 않았다. 그렇다면 자신과 현암은 눈을 벌겋게 뜨고도 코앞에서 룽페이를 죽게 만든 것이나 다름없었다. 도저히 상상할 수도 없는 사악함을 지닌 마스터에 대한 분노가 승희가 가지고 있던 마지막 감정까지 휩쓸어 버렸다.

"너 같은 건, 너 같은 놈……."

승희는 살기를 품고 천천히 수다르사나를 들어 올렸다. 그러자 수다르사나에서 솟아나던 빛이 밝아지면서 사방이 우르릉 울리기 시작했고 낡은 사원이 먼지를 일으키면서 조금씩 허물어져 내렸다. 마스터도 그 기세에 놀라서 조금씩 뒷걸음질을 했다.

수다르사나의 힘을 정말로 끌어내다니! 넌…….

승희는 아무런 말도 하지 않았다. 지금 승희에게는 아무런 생각도 없었다. 아무것도 보이지도 들리지도 않았다. 오로지 맹목적인 분노만이 불처럼 거세게 타오르고 있었다. 승희가 천천히 수다르사나를 들어 올리자 기세만으로 사원이 요란하게 흔들리며 무너져 내리기 시작했다. 마스터가 놀라서 사원 밖으로 뛰어나간 순간 사원의 돌 지붕이 한꺼번에 허물어지면서 수다르사나를 높이 들고 있는 승희의 머리 위를 덮쳤다.

기가 막히게도 이처럼 믿을 수 없는 싸움이 벌어지고 있는 상황
에서도 수백 명의 순례자들은 고개 드는 사람 하나 없이 땅에 엎
드린 채 사원을 향하고 있었다.

현암은 눈을 부릅뜨고 먼지로 엉망진창이 된 채 자신에게 다가
오고 있는 레그나를 노려보았다. 아니, 레그나보다는 레그나의 오
른손에 잡혀 있는 월향검을 보고 있었다. 월향검은 특유의 귀곡성
조차도 내지 못하고 그녀의 작은 손에 잡혀 있었다. 현암은 조금
도 물러서지 않고 그 자리에 서 있기는 했지만, 추락과 충격을 줄
이려고 최고 술수라 할 수 있는 '탄' 자 결을 발휘하느라 공력을
많이 써 버린 상태였다. 화 노인이 전수해 준 천정개혈대법으로
공력 순환을 트지 않았다면 일어서 있는 것조차도 불가능했을지
몰랐다. 온몸의 뼈와 근육들이 아우성을 치고 있었으나 현암은 그
것을 겨우 참고서 레그나에게 손을 내밀었다.

"내놔."

그 순간 다가오던 레그나의 붉은 눈이 번쩍하고 빛났다. 현암은
반사적으로 몸을 날려 뒤로 물러섰다. 그러자 자신이 서 있던 발
밑의 땅이 요란한 소리로 폭발하며 움푹 패는 것이 보였다. 현암
은 속이 철렁했다.

'저게 대체 뭐지? 폭약이라도 묻어 둔 건가?'

레그나의 눈이 다시 현암에게로 향하자, 현암은 연달아 뒤로 재

주넘기를 해 레그나의 시선을 피했다. 이번에는 세 번이나 연속으로 현암이 짚거나 디딘 자리가 아까와 똑같이 굉음과 함께 터져 나가면서 움푹 팼다.

'이럴 수가! 이건 거의 '탄' 자 결만큼의 위력이다!'

그때 몸을 굴리면서 준후가 뛰어왔다.

"현암 형! 무사했군요! 승희 누나는 수다르사나를 얻으려고 사원 안으로 들어갔어요."

"수다르사나?"

"고대의 가공할 무기예요! 크리슈나가 사용했다는……."

"조심해!"

준후의 말이 채 끝나기도 전에 레그나의 시선이 번쩍이는 것을 보고 현암은 얼른 준후를 안아 올리면서 몸을 날렸고, 준후가 있던 곳에서 폭발음이 나며 움푹 패어 버렸다. 또다시 공격이 빗나가자 레그나는 노여운 듯 괴성을 질렀다. 현암은 더 이상 물러서지 않고 몸에 기를 모았다. 준후가 현암에게 빠른 말로 이야기했다.

"바이올렛은 바바지님에게서 수다르사나를 얻으려 여기까지 승희 누나를 유인했던 거예요. 그리고 저들은 미리 이곳에서 잠복하고 있었던 거고요."

"바바지가 누구야?"

"인도의 대요기, 대성인이에요. 수다르사나를 보관하고 있었는데 승희 누나에게 내줄 거예요. 누나는 명왕의 화신이니까요."

미리부터 많은 것을 추리해 두었던 현암은 준후의 그 짧은 말에 모든 것이 해결되는 듯 머리가 맑아졌다.

"그래서 마스터가 승희를 끌어들인 거군!"

현암이 무심코 내뱉은 말에 준후가 놀라는 표정을 지었다.

"마스터요?"

"바이올렛이 마스터였어. 아니, 마스터의 영혼이 빙의한 거였어."

현암이 말하는 순간, 레그나는 붉은 눈을 번쩍였고 현암은 준후를 안은 채 레그나의 공격을 피했다. 준후가 소리쳤다.

"현암 형, 같이 공격해요!"

"그래!"

말이 떨어지자마자 준후는 현암의 품 안에서 박차고 나가면서 멋지게 한 바퀴 돌아 땅에 내렸다. 그러곤 발을 굴러 방위를 밟고 소리쳤다.

"받아랏!"

준후는 멸겁화의 불줄기를 오행의 술수 중 바람의 술수에 담아 레그나에게 길게 내쏘았다. 바람을 탄 멸겁화의 불줄기는 무서운 기세로 레그나를 향해 번져 갔고 이것을 보자 레그나도 비명을 지르며 몸을 돌렸다.

"캬악!"

레그나의 입에서 어린 여자아이의 소리라고는 믿어지지 않는 섬뜩한 소리가 울려 퍼졌다. 동시에 레그나가 입을 벌리면서 숨을 내뿜자 검은 기운으로 변해 준후의 불줄기와 부딪치더니 요란한 소리를 내며 불줄기를 가로막았다. 두 기운은 순식간에 두세 차례 서로 밀고 밀리기를 반복했다. 그러나 힘에 부치는지 방위를 밟고 있던 준후의 발이 뒤로 주르르 미끄러졌다.

"현암 형! 지금!"

준후가 안간힘을 다하면서 소리치자 기를 끌어모은 현암이 한 치의 망설임도 없이 오른팔에 남아 있는 팔성(八成)의 공력을 집중해 레그나의 오른손을 노리고 달려들었다. 그러나 레그나는 오른손으로는 월향검을 쥔 채 그 힘을 막고, 입으로는 기운을 뿜어 준후의 멸겁화의 불줄기에 대적하면서 또다시 왼손을 들어 현암의 무시무시한 주먹에 맞섰다.

살과 살이 부딪혔음에도 불구하고 콰쾅 하는 폭음이 울렸다. 흩날리는 먼지 사이로 현암이 뒤로 날아 떨어졌고, 레그나는 비틀거리면서 균형을 잃었다. 현암의 가공할 만한 공력이 실린 주먹을 정통으로 받고도 레그나는 단지 휘청거리기만 하는 것을 보고 준후의 눈이 휘둥그레졌으나, 그 틈을 놓치지 않고 준후는 더욱 힘을 가해 멸겁화의 기운을 밀어 보냈다.

준후가 내뿜은 불기운의 힘이 강해지면서 레그나의 기운을 뚫고 좌아악 밀려 나가는 듯했다. 그러나 그것도 잠시, 레그나가 균형을 잡으면서 훅 하고 새로 기운을 내뿜자 어이없게도 준후의 멸겁화의 기운은 단번에 흩어져 버렸고, 준후 또한 레그나의 기운에 휩쓸려 데구루루 뒤로 굴렀다. 그때 준후는 자신의 몸을 밀어 내는 차가운 기운에서 뭔가를 느낄 수 있었다.

'저, 저건! 인간이 아냐!'

현암은 입가에 가는 핏줄기를 흘리면서 반사적으로 몸을 일으켰다. 준후와 양면에서 합동 공격을 했는데도 레그나가 끄덕도 없는 것이 믿기지 않았다. 마스터의 생전 모습도 비슷했지만 이건 그보다 더 무심한 반응이었다. 그러나 월향검을 두고 물러설 순 없는 노릇이었다. 현암이 공력을 끌어모으기 위해 안간힘을 다하고 있는데, 땅이 흔들리는 듯한 굉음을 내면서 사원 건물이 내려앉았고, 사원 안에 승희가 있다는 것을 떠올린 준후는 놀라서 비명을 질렀다.

마스터는 먼지를 뒤집어쓴 채 놀란 눈으로 무너져 내리고 있는 사원을 보고 있었다. 낡은 사원은 그야말로 기둥 하나 남기지 않고 폭삭 무너져 납작해졌다. 중앙에는 여전히 승희가 수다르사나를 높이 치켜든 채 서 있었다. 수다르사나에서는 말로 형용할 수 없는 휘황한 빛이 사방으로 뿜어져 나왔다.

그러자 그때까지도 주위에서 무슨 일이 일어났는지 전혀 개의치 않고 땅에 엎드려 있던 순례자들은 일제히 탄성을 터뜨리며 양손을 높이 쳐들었다. 알아들을 수 없는 함성과 주문 소리와 파장이 사방을 휩쓸면서 지나갔다. 다음 순간, 모든 순례자가 합창하듯 긴 주문을 웅얼거리기 시작했고 수백 명이 동시에 외우는 주문 소리는 사방을 가득 메웠다. 그러자 기세등등하던 레그나는 몸을 움찔거리면서 순례자 쪽을 노려보았다.

현암과 준후는 멍한 표정으로 레그나와 순례자들을 번갈아 보다가 레그나의 모습을 보고는 벌린 입을 다물지 못했다. 레그나의 모습이 서서히 변해 갔다. 금발이던 머리가 검은색의 흑발로 마치 물감이 번지듯 물들어 갔고, 입에서는 날카로운 송곳니가 뻗어 나오더니 팔다리가 길게 늘어났다. 오른손은 여전히 월향검을 쥐고 있어서 변해 가는 것을 잘 알 수 없었지만, 그녀의 왼손에서는 손가락마다 손톱이 길게 돋아나 날카롭게 번쩍이기 시작했다.

그러나 다시 한번 순례자들의 주문이 파도처럼 덮쳐 오자 레그나의 모습은 순식간에 원래의 어린아이 모습으로 돌아가 버렸다. 그야말로 눈 깜짝할 사이의 일이었다. 그 광경을 보고 있던 준후와 현암은 눈을 믿을 수가 없었다. 레그나는 믿을 수 없을 정도로 빠르게 인파를 헤치면서 마스터가 서 있는 무너져 버린 사원 쪽으로 달려갔다.

현암과 준후도 뒤를 쫓아 달려갔다. 그러나 둘은 달리는 것을 곧 멈추어야 했다. 순례자들이 갑자기 현암과 준후의 앞을 막아섰기 때문이다. 현암과 준후는 영문도 모른 채 놀란 눈으로 순례자들의 얼굴을 바라보았다. 그들은 얼굴에 미소를 띠고 있었고 악의가 있는 것 같지는 않았다. 현암은 순례자들이 앞을 막아서자 급한 김에 영어로 뭐라고 말했으나 순례자들은 여전히 미소만 짓고 있을 뿐이었다. 이윽고 한 노인이 현암의 앞으로 나서 영어로 말했다.

"안심하시오, 이방인들이여. 모든 것은 정해진 대로 흘러갈 것이오. 수다르사나가 나타날 것이라고 바바지님께서 말씀하셨고,

그대로 이루어졌소. 이제는 우리가 그 주인을 도울 것이니 걱정을
버리시오."

현암이 물었다.

"여러분은 누굽니까?"

"나는 바바지님의 열아홉 번째 제자, 사툼나라고 하오. 여기 이
사람들은 모두 당신들을 돕기 위해 와 있었던 것이오. 우리의 기
도가 울리는 한 주술은 사용될 수 없으니 염려하지 마시오."

그러고 보니 엄청난 힘을 지녔던 레그나가 변신을 하려다가 알
수 없는 힘 때문에 방해를 받고 원래대로 돌아갔던 것이 떠올랐
다. 뭐가 어떻게 돌아가는 것인지 잘 알 수는 없었지만 현암은 그
기억과 사툼나의 눈빛을 보고 그를 믿기로 작정했다.

마스터는 무너진 사원의 폐허 위에 서서 군중들을 향해 뭐라고
고함을 질렀으나 아무도 말을 듣지 않는 것 같았다. 그러나 또 한
번 뭐라고 외치자 순례자들의 중간쯤에서 누군가가 일어나 마스
터에게 말했다. 둘의 대화가 이곳에서 쓰는 말이라 현암은 알아듣
지 못했으나 마스터에게 말하고 있는 사람은 아까 현암에게 가만
히 있어 달라고 부탁했던 사툼나였다. 마스터는 사툼나가 하는 말
을 아무 대꾸 않고 들으며 점차 안색이 변했다.

승희는 사원이 무너지는 것을 보고는 넋이 나가 있다가 마스터
가 떠드는 소리를 들은 뒤 정신을 차렸고, 수다르사나를 치켜든
채 마스터 쪽으로 뚜벅뚜벅 걸어 나갔다. 마스터는 이상하게도 사

툼나와 이야기를 한 이후에 눈에 띌 정도로 불안해하는 모습이었다. 승희가 눈에 힘을 주며 마스터에게 말했다.

"마스터, 이제 각오해라."

음······.

"가만, 그전에 내 한 가지만 더 묻자. 수다르사나에게 죽은 자를 살릴 수 있다는 힘이 있다는 게 정말인가? 그래서 네가 이걸 그토록 얻으려 하는 것인가?"

마스터는 불안해하고 초조해하는 기색이 역력했지만 그래도 기가 꺾이지 않고 승희에게 코웃음을 쳤다.

흥! 그걸 왜 묻지?

"대답해! 그러면 살려 줄 수도 있다. 이걸로 널 치면 네가 아무리 영혼만 남았다 해도 무사하지는 못할 거야."

나는 몸 따위에는 관심 없다. 내가 원하는 것은 내가 살아나는 것 따위의 비루한 일이 아니야. 그걸로 칼 속에 든 여자를 살리려 했느냐? 하하하······ 몸도 없이 죽은 자가 정말 살아나리라 생각했어? 그런 것은 세상에 없다. 이 바보 천치야!

승희는 눈앞이 아찔하면서 다리에 힘이 풀리는 것 같았다. 설마 설마했지만 자신은 마스터에게 놀림을 당한 것밖에는 안 됐다. 승희가 바이올렛을 의심하기 시작하자 마스터는 궁여지책으로 승희가 현암을 생각한다는 것을 이용해 되는 대로 거짓말한 것이 분명했다. 승희의 얼굴이 파르르 떨리며 눈물이 볼을 타고 아래로 흘러내렸다.

'미안해, 현암 군. 일이 마음같이 되질 않네.'

승희는 눈물이 맺힌 눈을 크게 뜨고 마스터를 향해 뚜벅뚜벅 다가가기 시작했다. 비록 승희에게 힘이 없고 그나마 지금은 수다르사나를 쥐어 잡는 데 애염명왕의 힘 전부가 들어가 있어서 신력을 발휘할 수 없는 상태였지만 그 기세만으로도 마스터는 뒤로 조금씩 물러섰다. 그때 마스터의 앞을 가로막고 서는 게 있었다. 레그나였다. 모습은 작은 아이의 형상을 하고 있었지만 그녀의 눈은 붉은빛을 띤 그대로였다. 승희는 코웃음을 치려다가 깜짝 놀라고 말았다. 레그나의 오른손에 월향검이 쥐어져 있었기 때문이었다. 승희가 월향을 보고 깜짝 놀라자 마스터는 승희의 심사를 알아차리기라도 했다는 듯 조그맣게 속삭였다.

더 다가오지 마라! 가까이 오면 이 칼은 곧 박살이 날 것이다. 칼이 박살 나면 안에 있는 영혼도 당연히 같이 으스러지는 것이지.

마스터가 레그나에게 무어라고 속삭이자 레그나는 월향검을 양손으로 거머잡고 힘을 주었다. 그러자 여태까지 어떤 힘으로도 상하게 할 수 없었던 월향검이 조금씩 굽혀졌다. 그것을 보고 승희는 어쩔 줄 몰라서 망연히 수다르사나를 든 채 걸음을 멈추었다. 승희의 생각에 마스터가 수다르사나를 두려워하고 있다는 것은 사실 같았고, 그로 미루어 볼 때 수다르사나로 한 번 내려치면 놈은 박살이 나 버릴 것이 분명했다. 그렇다면 레그나도 예외가 아닐 것이다. 레그나가 월향검을 꺾어 버리기 전에 적중시킨다면 월향검을 도로 찾고 마스터도 벌할 수 있을지 모른다. 그러나 자신은 현암이나 준후처럼 재빠른 사람이 아니었다. 일격에 실패한다면……. 승희는 월향검의 봉인을 풀어 현암을 기쁘게 해 주기 위해 모든 것을 각오하고 여기까지 왔다. 그러나 현암의 눈앞에서 월향검을 꺾어지게 한다면…….

현암은 월향검이 구부러지는 것을 보고는 막무가내로 뛰어들려 했으나, 속사정을 모르는 순례자들이 현암을 잡았다. 주저하는 현암의 눈에 울고 있는 승희가 보였다. 마음 같아서는 당장이라도 뛰어들어 구하고 싶었지만 고민하는 승희의 앞에서 자신이 뛰어드는 것이 내키지 않았다. 결단을 내려야 하는 것은 승희였다.

'그래. 승희가 잘해 주겠지. 이건 승희의 일이다.'

현암은 스스로를 자제하면서, 이제야 앞의 상황을 보고 뛰어나가려는 준후를 붙잡았다.

"준후야, 이건 승희 일이야. 승희에게 맡기자꾸나."

준후는 현암의 말을 듣고는 제자리에 섰다.

한편, 자리에서 일어나 마스터와 이야기를 하던 사툼나는 곧 큰소리로 승희를 향해 영어로 말했다.

"마하라가, 수다르사나를 도로 거두어들이실 이여. 제 말이 들리십니까? 알아들으실 수 있습니까?"

승희는 월향을 보고 앞으로 더 나아가지 못하고 멍한 상태로 서 있어서 처음에는 사툼나의 말을 알아듣지 못했다.

"들리시지 않습니까!"

다시 사툼나가 소리를 지른 후에야 승희는 살짝 고개를 끄덕였다. 사툼나는 안심한 듯 말했다.

"예정된 분이시여. 아무 염려 마시고 그대의 뜻대로 행하소서. 여기 있는 자들은 모두 바바지님의 명을 받들고 기다리고 있었나이다. 우리들의 힘과 수다르사나는 예정된 분에게 내리시는 바바지님의 선물입니다. 우리가 그들의 악의 힘을 모두 봉쇄할 것이니 저자를 징벌하소서. 바바지님은 예언을 남기셨습니다. 수다르사나로 인해 모든 것이 예정대로 될 것이라고…… 이 우둔한 자도 이제는 알고 있습니다. 악행의 때는 끝났습니다! 저자의 악행도 종말을 맞이한 모양입니다. 저자는 한때 『베다(브라만교의 성전)』를 수련하던 바바지님의 제자였지만 이젠 악에 물들어 세상을 더럽히려는 자입니다."

그 말을 어렴풋이 알아듣고 현암은 자신도 모르게 탄성을 질렀다. 현암은 바바지를 잘 알지는 못했으나 제자인 사툼나의 눈에서 느낀 맑은 기운과 순례자들의 주문이 레그나의 엄청난 힘까지 억제할 정도로 강한 것을 보고 바바지의 경지가 엄청나다는 것을 짐작할 수 있었다. 그런 바바지의 제자로서 그토록 힘에 집착했으니 과거 마스터가 그렇게 강했던 것도 이해가 됐다.

이제 순례자들의 기도 소리는 산 전체를 울리듯이 윙윙거리고 있었고 마스터와 레그나조차도 그 안에 버티고 있기 힘든지 땀을 줄줄 흘리고 있었다.

문제는 승희였다. 그녀는 고민하고 있었다. 순례자들의 힘까지 있으니 이 자리에서 마스터와 레그나를 처단하지 못하면 간교한 마스터가 또 무슨 짓을 저지를지 알 수 없었다. 그러나 월향 그리고 현암은……

승희는 눈물을 삼키며 목에 힘을 주어 말했다.

"사툼나?"

"예, 예정된 분이시여."

"당신을 비롯해서 저 사람들은 모두 내가 수다르사나를 가지고 나오기를 기다린 것인가요?"

"그렇습니다. 마하라가."

"바바지님이 그렇게 하라고 했나요?"

"예, 맞습니다. 그리고 수다르사나를 얻는 자의 명을 들으라 하셨습니다."

"당신은 수다르사나의 비밀을 아나요?"

사툼나는 머리를 조아리며 승희가 묻는 말에 차분하고 엄숙하게 대답했다.

"그것은 땅의 힘의 열쇠입니다. 그렇게만 알고 있습니다."

"이걸로 죽은 자를 살릴 수 있나요?"

"그런 힘을 가지고 있지는 않다고 알고 있습니다."

그 말을 듣자 승희는 체념한 듯, 고개를 숙이고는 수다르사나를 치켜든 손을 내려놓았다. 승희의 몸에서 뿜어 나오던 살기가 가시자 수다르사나의 빛이 서서히 사그라졌다. 순례자들 사이에 놀란 웅성거림이 퍼져 나갔고 사툼나조차도 놀라서 눈을 크게 뜨는데 승희가 조그맣게 마스터에게 말했다.

"그럼, 가져가라. 이 더러운 놈아. 대신 월향을 풀어 줘."

그 말은 사툼나나 다른 순례자들은 알아들을 수 없을 것이었지만 현암과 준후에게는 똑똑히 들렸다. 현암은 놀란 나머지 잡고 있던 순례자들의 손을 뿌리치고 앞으로 뛰어나갔다.

"안 돼! 승희야!"

승희가 막 수다르사나를 내놓으려 하는 순간이었다. 승희는 현암의 목소리가 들리면서 자기 앞으로 뛰어나오자 반갑기도 하고 놀랍기도 해서 눈물이 왈칵 솟아올랐다.

"무사했구나……. 바보야."

"승희야! 저놈에게 그것을 주어서는 안 돼! 놈은 틀림없이 그걸로 수많은 사람을 희생시킬 거야!"

"현암 군!"

승희가 큰 소리를 질렀다. 현암은 말을 이으려다가 난데없이 승희가 다그치는 소리에 어안이 벙벙해서 입을 다물었다.

"그럼, 월향을 죽이고 싶어? 공연히 정의파인 척하지 말고 좀 솔직해져 봐. 안 그래도 정의파란 거 아니까."

"승희야."

"난 몰라. 세상의 운명도 모르겠고, 이게 뭔지도…… 힘이 뭔지도 몰라. 다만 월향이 죽으면 넌 슬퍼할 거 아냐? 그리고 너는 죽더라도 월향을 지키고 싶어 하잖아. 너라면 어떻게 할 거 같아? 응?"

승희는 이어서 마스터를 향해 소리쳤다.

"어서 바꾸자!"

마스터는 슬슬 웃으면서 승희에게 말했다.

먼저 수다르사나를 이리 다오.

"월향부터 풀어 줘!"

수다르사나부터 달라니까?

"너를 어떻게 믿고 먼저 주겠어?"

그러면 이렇게 하자. 레그나 님이 그쪽으로 가서 미스터 현암에게 월향검
을 주겠다. 너는 이리로 와서 나에게 수다르사나를 주도록 해라. 그러면 되지
않나?

"그걸 넘겨주면 안 돼! 승희야!"

현암이 소리치자 승희는 눈물 젖은 얼굴로 현암을 돌아보면서
웃음을 띠고 말했다.

"현암 군이 다시 찾아 줘. 그러면 되잖아, 안 그래? 나와 약속해.
저걸 되찾아 준다고. 만약 내가 잡혀 있다면 현암 군은 어떻게 했
겠어, 응?"

그런 승희의 모습에 현암은 가슴이 미어졌다. 평소 승희는 자신
의 마음을 잘 알고 있을 터였다. 그랬다. 승희가 지금 취하는 행동
은 입장이 바뀌었을 경우에 자신이 취할 행동이기도 했다. 그리고
준후나 박 신부라도 똑같이 취했을, 남들이 볼 때엔 그야말로 어
리석기 짝이 없는 행동이었다. 그러나 달리 방법이 없었다. 현암
은 고개를 푹 숙여 눈물을 보이지 않으려고 애썼다. 현암은 승희
에게만 들릴 정도로 조용히 말했다.

"내가 반드시 되찾아 줄게. 그리고 승희야, 정말로…… 고맙다."

그 말을 듣자 승희는 웃으면서 천천히 수다르사나를 든 채 마스터 쪽으로 걸어가기 시작했다. 마스터가 다시 입을 열었다.

한 가지 더! 교환이 이루어진 다음 우리를 여기서 무사히 나가도록 사툼나에게 말해라. 너희도 물론 우리에게 손을 대서는 안 된다.

"더러운 놈! 똑똑하기도 하구나."

칭찬을 해 주니 고맙군.

"좋다. 지금 여기 있는 사람은 누구도 너에게 손을 대지 않을 것이다. 대신 너희도 수상한 수작을 부리면 안 된다. 우리 편이 더 세다는 걸 명심해."

나를 악당이라고 여기겠지만 나도 약속은 지킨다.

"맹세해! 인마!"

맹세한다. 내가 약속을 어길 때는 몸이 가루가 될 것이다. 됐나?

"너는 이미 죽은 놈 아냐?"

좋다. 그럼 다시 맹세한다. 내가 약속을 어길 때는 몸과 영혼이 다 같이 가루가 될 것이다. 됐느냐?

서슴없이 맹세하는 것을 보니 마스터도 어지간히 다급한 모양이었다. 승희는 길게 한숨을 내쉬고는 사툼나에게 외쳤다.

"사툼나!"

"예."

"나는 지금 저자에게 수다르사나를 주고 무언가를 교환하기로 했어요. 그건 매우 중요한 거라 어쩔 수가 없어요. 당신들은 교환이 끝난 뒤 저들이 무사히 물러설 수 있게 해 주세요."

"네?"

"당신은 바바지님께 내 말을 들으라고 명령받았다면서요? 그럼 그대로 하세요."

"마, 마하라가……."

막 정신을 차린 박 신부는 낙하산을 메며 조종사에게 서두르라고 소리치고 있었다. 도구르에게 기습을 당해 정신을 잃었던 요원도 정신을 차린 후였다. 그 요원은 박 신부에게 정말 괜찮으냐고 물었다.

"이래 봬도 장교 출신이네. 실전에도 참가했고 도약도 여러 번 했네. 나이는 들었지만 염려 말게."

박 신부는 늦지 않기를 희망하면서 낙하산 점검을 끝마쳤다. 박 신부에게 아래쪽의 산봉우리에서 미칠 듯 타오르고 있는 악의 기운이 느껴졌다. 그것은 결코 인간의 것도, 이 세상의 것도 아니었다.

'저건 악마야. 악마 그 자체다. 어떻게…….'

박 신부는 심호흡을 하면서 숨을 가다듬었다.

'어떻게 저런 것이 나타날 수 있을까? 내가 가지 않으면 아무도 막지 못해. 저놈은 힘으로 상대해서는 결코 이길 수 없어. 오오! 신이여…… 정말 때가 온 것입니까?'

박 신부는 속으로 기도하면서 요원에게 눈짓했고 요원은 머뭇거리다가 비행기의 문을 열었다. 따가운 바람이 박 신부의 얼굴에 몰아쳐 오자 박 신부는 성호를 그은 뒤 아래로 뛰어내렸다.

사툼나는 몹시 놀란 듯했으나 잠시 후, 순례자들을 향해 뭐라고 말했고 순례자들은 웅성거렸지만 이윽고 한편으로 길을 텄다. 준후가 순례자들 사이를 헤치고 나와서 현암의 옆에 바싹 붙어 섰다. 승희는 조심스럽게 마스터를 향해 걸음을 옮기기 시작했고 마스터가 눈짓을 하자 레그나도 현암 쪽으로 걸어오기 시작했다. 그런데 난데없이 한 사람이 그 사이로 뛰어들면서 소리쳤다. 도구르였다.

"수호자! 당신이…… 당신이 수호자입니까?"

도구르의 등장에 현암은 놀란 표정을 지었고 마스터도 마찬가지였다. 도구르를 본 적이 없었던 승희는 무슨 일인지 몰라 의아해했다.

"당신이…… 당신의 목소리는 수호자의 것입니다. 아무리 억양을 숨겨도 알 수 있습니다. 나는…… 나는 뒤에서 모든 것을 들었습니다."

수호자의 정체를 알고 싶어 비행기에서 뛰어내린 도구르는 순례자들의 뒤에 서서 승희와 사툼나 등이 영어로 이야기하는 것을 들은 것이다. 자세한 내막까지야 알지 못했지만 비행기 안에서 박 신부의 이야기를 듣고 수호자의 정체에 대해 의심을 가지고 있던 도구르는 그것만으로도 자신이 믿고 있던 수호자가 악인이었다는 것을 눈치챌 수 있었다. 그러나 아직도 도구르는 그것을 믿고 싶지 않았다. 그래서 자신의 눈으로 직접 확인하고 싶었던 것이다.

"당신은 나에게 정의를 위해 힘쓰라고 말했습니다. 그리고 나를 살려 주었죠. 나는 그 때문에 저들을 해치려 갖은 수를 썼지만 저들은 나를 해치지 않았습니다."

물러서라.

도구르는 마스터의 말을 듣지 않고 옆에 있는 레그나를 손가락으로 가리키면서 말했다.

"당신은 이야기했습니다! 저들은 사악한 힘으로 사람들을 괴롭히는 악마와 같은 무리들이라고…… 그러나 당신과 같이 있는 이 아이, 이 아이는 사람이란 말입니까? 누가 더 사악한 힘을 사용하는 자입니까?"

자꾸만 도구르가 말을 붙이자 마스터는 화난 목소리로 외쳤다.

어서 물러서라고 했다! 말을 듣지 않는다면…….

마스터가 손가락을 튕기는 순간, 격심한 고통을 느낀 도구르는 휘청거리면서 배를 감쌌다. 뒤에서 준후가 안쓰러운 듯 중얼거렸다.

"주술은 쓸 수 없을 텐데……."

그 말을 듣자 현암도 나직하게 말했다.

"저건 최면술이지, 주술이 아냐."

듣지 않으면 지금 이 자리에서 죽여 버리겠다. 그러니 어서 비켜!

도구르는 아픔을 참으면서 나직하게 중얼거렸다.

"당신은 나를 이용하기 위해 살려 준 것인가? 아니, 그것도 거짓말이었단 말인가?"

마스터는 하필이면 이런 중요한 순간에 도구르가 뛰어들자 화가 치밀었으나 간신히 참으며 차가운 어조로 말했다.

어서 비켜라. 너는 지금 저들에게 속고 있다. 지금은 그런 것을 이야기할 때가 아니다. 내가 나중에 설명하마.

그 말에 도구르는 주춤거리면서 뒤로 몇 걸음 물러섰다. 그러자 마스터는 다시 손가락을 튕겼고 도구르는 통증에서 해방된 듯, 한숨을 내쉬었다.

이제 물러서서 저들을……

그 순간 도구르는 거의 이성을 잃은 듯이 소리를 지르면서 마스터에게 달려들었다. 레그나는 도구르의 앞을 막아섰다. 그러자 도구르는 월향검을 쥐고 있는 레그나의 오른손을 잡고 미친 듯 흔들었다. 레그나의 작은 몸은 허공에 마구 휘둘렸다. 이를 보고 현암과 준후가 뛰어나가려 했으나 어느새 레그나는 허공에 매달린 채 왼손으로 도구르의 얼굴을 할퀴었다. 도구르의 얼굴이 처참하게 찢기면서 선혈이 사방에 튀었다. 도구르가 털썩 쓰러지자 레그나는 날렵하게 땅으로 뛰어내리며 피로 물든 왼손을 혀로 맛있다는 듯 핥았다.

"이…… 이……!"

더 이상 참지 못한 준후가 레그나를 향해 뇌전을 날렸고 레그나는 뒤로 물러서면서 뇌전을 왼손으로 후려쳤다. 놀랍게도 준후의 뇌전은 방향을 꺾으며 땅에 꽂혔다. 레그나가 씩 웃으며 붉은 눈으로 고개를 끄덕이자 멀리 떨어져 있는 준후의 몸이 핑글 돌더니 그 자리에서 곤두박질쳤다. 이를 보고 현암이 앞으로 뛰어나가려 하자 레그나는 월향검을 쥔 오른손을 협박하듯 앞으로 내밀어 보였고 현암은 그 자리에 멈춰 섰다.

"치사한……."

아직 흥정은 끝나지 않았다. 그러니…….

마스터가 조소 섞인 말을 하는 순간, 순례자들의 뒤편에서 눈부신 불줄기가 십여 가닥 솟아오르며 무서운 기세로 레그나에게 달려들었다.

"괴물아! 이거나 먹어라!"

그 불줄기를 보고 준후가 소리를 질렀다.

"상준이 형!"

레그나는 현암을 협박하기 위해 오른손을 내밀고 있던 참에 열두 개의 불줄기가 솟아오르자 왼손을 내밀면서 크게 소리를 질렀다. 그러자 열두 개의 기운은 산산이 허공에 흩어졌지만 그 뒤에 숨었던 네 가닥의 더욱 빛나는 기운은 확 퍼졌다가 용솟음치면서 레그나의 오른팔로 달려들었다. 레그나는 막 기운을 뿜었던 터라 그 기운들을 피하지 못했다.

굉음과 함께 눈부신 빛줄기가 솟아올라 사람들은 잠시 눈을 뜨지 못했다. 그리고 빛이 사라지자 날카로운 소리와 함께 허공으로 은빛의 물체 하나가 번쩍이면서 솟아올랐다.

까아아악!

월향검이 빠져나가자 레그나는 미친 듯 소리를 지르며 입에서 기운을 내뿜었고 월향검은 기운에 휘말려 아래로 떨어져 내렸다. 현암은 있는 힘을 다해 몸을 솟구쳐 월향을 받고 난 뒤 레그나의 기운에 휘말려 폐허 더미에 우당탕 처박혀 버렸다. 이때 마스터가 큰 소리를 지르면서 재빨리 품에서 뭔가를 꺼내어 흩뿌렸다. 순간적인 일로 인해 순례자들이 기도 소리를 멈추자 술수를 부린 것이다. 승희는 아찔하면서 몸이 마비되는 것을 느꼈다. 몸에 여러 장의 부적이 날아와 붙은 것이다. 부적에 뒤이어 마스터가 승희의 손에 들린 수다르사나를 노리며 뛰어들었고 준후도 그것을 막기 위해 같이 몸을 날렸다. 마비된 승희의 손이 수다르사나를 떨어뜨리는 순간 준후가 조금 더 빠르게 수다르사나를 집었다. 그러나…….

"으아악!"

수다르사나를 잡은 준후의 손이 바지직 타들어 갔다. 마치 시뻘겋게 달아오른 쇳덩이를 맨손으로 잡은 것 같았다. 고통을 이기지 못한 준후는 수다르사나를 놓치고 말았고 그 수다르사나를 마스터가 잡았다. 마스터의 손도 타들어 갔으나 마스터는 아무렇지도 않은 것 같았다.

수다르사나에서 미친 듯한 빛이 뿜어져 나오면서 주변은 소용돌이치는 바람과 흙먼지로 가득 찼다. 준후는 몸이 굳어 버린 승희를 끌고 옆으로 굴러서 간신히 마스터의 옆을 피했다. 땅이 흔들리며 수다르사나를 중심으로 해 거대한 소용돌이가 일어나고 있었다. 앙그라의 손은 뼈가 드러날 정도로 수다르사나의 열기에 의해 타들어 갔으나 마스터는 여전히 수다르사나를 놓지 않았다.

우하하!

블랙 엔젤

돌풍의 소용돌이가 일어나 순례자들은 중심을 잡고 그 자리에 서 있을 수조차 없었다. 마스터의 옆에는 레그나가 주기 선생의 제황사신번에 얻어맞아 시커멓게 그을린 오른 손목을 잡고 짐승처럼 울부짖고 있었다.

"크아악!"

그 소리가 울리자마자 저만치에서 주기 선생의 몸이 허공에 솟아올랐다가 땅으로 인정사정없이 패대기쳐졌다. 염동력이나 정신동력 같았는데 현암과 맞설 정도의 술수를 지닌 주기 선생을 일격에 패대기칠 정도라면 그 기세는 놀랍다고 할 수 있었다. 주기 선생이 비명을 지르면서 나가떨어지자 레그나는 짐승처럼 포효했고 몸에서 가공할 만한 검은 기운이 폭발처럼 퍼져 나갔다.

동시에 레그나의 몸이 아까 현암과 준후가 잠시 보았던 것처럼 늘어나기 시작했다. 팔과 다리가 길어지고 머리칼이 흑발로 바뀌면서 잠깐 사이에 십여 년 이상의 나이를 먹어 가는 것처럼 보였다. 검은 기운이 레그나의 몸을 깃털처럼 감쌌고 레그나의 등에는 검은 기운 두 갈래가 날개 모양으로 맺혔다. 간신히 승희를 끌고 뒤편으로 물러났던 준후는 그 모양을 보고는 몸을 떨면서 소리쳤다.

"저…… 저건 인간이 아냐! 악…… 악마!"

레그나가 월향검을 잡고 있기 위해 묶어 두었던 수백, 수천의 악령들이 이제 잡고 있을 것이 없게 되자 사방으로 마구 퍼져 나가는 것이 영안이 트인 준후의 눈에 보였다. 그들은 이제 인간의 모습 같지도 않게 변해 가는 레그나의 외침에 따라 소용돌이를 타고 사방으로 퍼지고 있었다. 초치검 사건 때 겪었던 악몽이 그보다 몇 배 더 크게 재현되는 느낌이었다. 그때는 십여 명의 술사들이 있었어도 막아 내지 못했는데 지금은 그것과 상대도 되지 않을 만큼 적의 수가 많았고 우리 편의 수는 적었다.

준후가 미처 생각을 가다듬기도 전에 악령들이 벌떼처럼 덮쳐 오는 것을 느끼고는 벽조선을 휘둘렀다. 다른 한편에서는 현암이 막 몸을 일으키고 있었는데 월향검을 되찾았다고는 하지만 통증이 심했고 공력도 얼마 남아 있지 않았다. 게다가 현암은 심상치 않은 기운들이 마구 달려든다는 것은 알 수 있었지만 영들을 알아볼 영안이 트여 있지 않았다. 현암은 오른손으로 월향을 쥐고 있는 공력을 월향검에 집중시켰다. 그러자 월향검은 기운을 차린 듯, 귀곡성을 울리면서 검기를 담고 무섭게 회전하면서 현암의 주위를 맴돌며 현암을 보호했다.

승희는 아직도 정신을 차리지 못했고, 순례자들은 달려드는 악령들을 막기 위해 기도를 외우기도 하고 손발을 휘두르고 있었다.

그러나 악령들의 숫자는 봇물 터진 듯 점점 늘어만 갔다. 도대체 레그나가 무엇이기에 그리도 엄청난 숫자나 악령들을 부릴 수 있는 것인지 알 수 없었다.

사튬나는 소리를 치면서 순례자들을 수습하려고 했지만 그 누구도 기도할 수 있는 상황이 아니었다. 주기 선생은 일어서지 못하고 땅에 누운 채 깃발을 휘둘러 악령들을 쫓고 있었다. 마스터는 수다르사나를 쥔 손이 타들어 가는 것도 아랑곳하지 않고 큰소리로 웃어 젖혔다.

하하하! 이제 됐다! 바보 같은 너희 인간들은 모두 끝장이다. 에메랄드 태블릿의 비밀과 수다르사나의 힘을 합치면…… 하하핫!

레그나는 이제 완전히 다른 모습으로 변해 있었다. 처음에 흉측했던 얼굴은 놀라울 정도로 창백하고 요염함을 띤 완전히 성숙한 얼굴로 변해 있었고, 금발의 곱슬머리는 삼단같이 길고 치렁치렁한 흑발로 바뀌어 있었다. 키도 훨씬 커지고 늘씬한 몸에 검은 안개 같은 기운을 옷처럼 걸치고 있었으며, 등에서는 검은 기운이 뭉쳐 마치 검은 날개가 달린 것처럼 펄럭거리며 움직였다. 오싹할 정도로 요염하고 아름다운 모습이었다. 그러나 그 입술에는 긴 송곳니가 살짝 뻗어 있고 손톱이 칼날 같은 곡선을 그리며 매끄럽게 돋아 있는 것이 으스스한 느낌을 주었다. 그런 모습으로 레그나는 서서히 준후가 쓰러져 있는 쪽으로 다가갔다.

준후는 노려보는 레그나의 눈길과 마주치자 온몸이 굳은 것처럼 꼼짝도 하지 못했다. 손에 쥔 벽조선도 움직일 수 없었고 수인을 맺거나 주문을 외울 수도 없었다. 마치 뱀의 눈초리를 맞은 쥐처럼 준후는 아무런 힘도 쓸 수 없었다. 준후에게 레그나가 긴 손톱을 뻗치려는 순간, 저편에서 고함 소리와 함께 다시 빛줄기가 날아왔다.

"없어져라! 요물!"

주기 선생이었다. 주기 선생은 깃발을 있는 대로 꺼내어 부채처럼 펴 들고 레그나를 향해 십이지신의 술수를 모두 발휘해 빛줄기를 쏘았다. 그동안에도 주기 선생은 악령들에게 물어 뜯겨 여기저기 상처가 나고 있었으나 자신의 몸을 방어할 생각은 않고 준후를 구하기 위해 혼신의 힘을 발휘한 것이다. 그러나 주기 선생이 쏘아 보낸 십이지신술의 빛줄기들은 레그나의 눈빛과 마주치자마자 뒤로 돌아 주기 선생에게로 덮쳐들었다. 주기 선생은 힐기보법을 펼쳐 피하려 했으나 그만 두 줄기의 빛에 적중돼서 비명을 지르며 나가떨어졌다. 그때 거대한 그림자가 벌떡 일어나더니 총알같이 레그나에게 달려들었다. 성난큰곰이었다.

레그나의 눈길이 사라지자 준후는 정신을 차렸으나, 이번에는 눈길 대신 레그나의 손톱이 준후를 노리고 날아들었다. 준후는 몸을 피하려다 순간 자신의 뒤에 승희가 있다는 것이 생각났다. 준후의 머릿속에 항상 자신의 옆에 있어 달라고 말했던 승희의 말이 생각났고, 준후는 손톱을 자신의 어깨로 받았다. 손톱이 어깨에 푹 박혀 들어가는 것과 동시에 아찔한 아픔을 느꼈지만 있는 힘을 다해 벽조선을 휘둘렀다. 그러나 벽조선에서는 기운이 나가지 않고 헛되이 바람만 일어날 뿐이었다. 준후는 그것을 보고 소스라치게 놀랐다.

레그나는 준후에 어깨에 박혀 있는 손톱을 빼지 않고 다른 손의 손톱으로 준후의 얼굴을 찌르려고 했다. 그때 귀곡성 소리를 울리면서 쏜살같은 월향검이 그 앞을 스치고 지나갔고 레그나는 언뜻 뒤로 손을 뺐으나 레그나의 손톱 한 조각이 검기에 의해 잘려 나갔다.

그때였다. 거대한 그림자가 레그나의 뒤를 덮치더니 양팔을 뒤로 휙 잡아 뺐다. 그 서슬에 준후의 어깨에 박혔던 손톱이 빠지면서 피가 튀었다. 레그나는 성난큰곰의 무지무지한 힘에 팔이 뒤로 당겨지자 소리를 지르면서 등에 있는 날개와 같은 기운을 퍼덕거렸다. 그러자 강신술로 몸을 굳히고 있는 성난큰곰의 얼굴과 몸에 칼로 벤 듯한 상처가 생기면서 사방으로 피가 튀었고 삽시간에 성난큰곰의 얼굴과 상반신은 깊은 상처들로 만신창이가 됐다. 그러나 성난큰곰은 하늘을 향해 길게 고통의 비명을 지르면서도 손을 놓지 않았다. 그 틈을 놓치지 않고 월향검이 레그나의 몸을 그으면서 지나가려고 했으나 놀랍게도 레그나의 몸에 옷처럼 둘러진 검은 기운은 월향검을 맞받아쳐 냈다. 이때 그쪽으로 몸을 날리려던 현암의 마음속으로 성난큰곰의 목소리가 울려왔다.

저 칼로 이 괴물을 나와 함께 찔러라. 정면으로 찔러야 들어간다! 어서!

그러면 당신도 죽어!

그 수밖에 없다! 나는 그 정도로는 죽지 않는다! 어서!

그건 안 돼!

어서!

현암은 이를 악물고는 레그나의 팔을 노리며 월향검을 조종했다. 아무리 그래도 성난큰곰을 함께 희생시킬 수는 없었기 때문이다. 날카로운 귀곡성을 울리면서 월향검이 레그나에게 덮쳐들었으나 레그나는 성난큰곰의 거대한 몸을 뒤집어 업어 치기로 내던졌다. 그리고 성난큰곰은 레그나의 팔을 잡은 채 땅에 머리를 찧었다. 날아들던 월향검은 서둘러 호선을 그으며 방향을 바꾸려 했으나 성난큰곰의 거대한 등에 깔려 함께 땅바닥으로 내동댕이쳐졌다.

저 칼을! 그걸 어서!

마스터는 레그나가 놀라울 정도의 힘으로 네 사람의 공격을 물리치는 것을 보고는 의기양양해 소리를 질렀다. 그러나 하늘에서 내려와 땅에 늘어지고 있는 낙하산 하나를 발견하고는 곧 조용해졌다. 바람에 부풀었던 낙하산이 서서히 꺼져 들어가자 그 뒤에 맺혀 있던 빛이 보였다. 연녹색의 오라…… 박 신부였다.

저…… 저 신부 놈이! 블랙 엔젤!

마스터는 놀라면서 소리를 질렀다. 그때 수백 명의 순례자들은 악령들과 엉켜 정신없이 헤매고 있었고 현암을 뺀 승희와 준후, 주기 선생과 성난큰곰은 움직일 수조차 없는 상태였다. 레그나는 성난 큰곰을 끝장내려 하고 있었고 현암은 그것을 막기 위해 레그나에게 달려들려던 참이었는데 마스터가 소리를 친 것이다. 레그나, 아니 블랙 엔젤은 마스터가 소리를 지르자 뒤로 한 걸음 물러서면서 낙하산을 떼어 내고 뚜벅뚜벅 걸어오고 있는 박 신부를 쳐다보았다. 순간 블랙 엔젤은 노여움에 겨운 소리를 질러 댔다.

박 신부는 아무런 힘도 발휘하지 않았다. 다만 입으로 기도문을 읊으면서 순례자들의 사이를 빠른 걸음으로 걸어올 뿐이었다. 순례자들에게 눈도 돌리지 않았다. 그럼에도 박 신부가 지나가는 곳에 있던 악령들은 아우성을 치면서 물러섰다. 마치 고무래로 흙을 밀어 내는 것처럼 박 신부 주위의 오라 부근에 있는 악령들은 아우성을 치며 뒤로 물러서서 자기들끼리 엉키고 난장판을 벌이더니 도망쳤다. 영안이 트인 준후는 그 모습을 똑똑히 볼 수 있었다. 악령들은 블랙 엔젤에게로 밀물처럼 달려들어 블랙 엔젤의 몸에 달라붙었다. 그러는 사이에도 박 신부는 계속해서 다가왔다. 수백, 수천의 악령들을 몸에 두르고서도 블랙 엔젤은 검은 날개 모양의 기운으로 자신의 앞을 가리며 주춤주춤 뒤로 물러섰다. 박 신부는 준후의 옆에 도달하자 블랙 엔젤은 안중에도 없다는 듯이 허리를 굽혀 의식을 잃은 성난큰곰을 살펴보면서 준후에게 말했다.

"준후야, 괜찮니?"

준후는 구세주처럼 나타난 박 신부가 반갑고 기뻐서 왈칵 박 신부에게 안겼다.

"신…… 신부님!"

"저놈은 악마야. 블랙 엔젤이라고 하지. 저놈과는 힘으로 싸우면 절대 이길 수 없단다. 그건 자기 자신과 싸우는 것이기 때문이지. 저놈은 자신에게 가해지는 힘을 되돌려 보냄으로써 적을 공격한단다."

그러나 준후는 박 신부의 말을 듣고 있지 않았다. 널찍한 사제복 자락이 그토록 안온한 느낌을 줄 줄은 몰랐다.

블랙 엔젤이 시커먼 기운을 박 신부의 등에 내뿜었으나 박 신부는 뒤도 돌아보지 않았고 블랙 엔젤의 기운은 박 신부를 맞히기 직전에 방향을 틀어 허공으로 흩어져 버렸다. 박 신부는 평온한 표정으로 몸을 돌려 블랙 엔젤에게 말했다.

"사악한 어둠의 피조물아…… 이 세상에 어째서 나왔는가?"

놀랍게도 블랙 엔젤은 간드러진 여자의 음성으로 말했다.

나오고 싶었으니 나왔고, 나올만 하니 나왔지. 그걸 모르겠어?

교태와 원망이 철철 넘쳐흐르는 목소리였다. 그 말은 소리로 들리는 것이었지만 어느 나라의 말도 아니었다. 그러나 그 뜻은 익숙한 자신의 언어처럼 그대로 머릿속으로 들어왔다.

그리고 뭐? 사악한 어둠의 피조물? 너, 참 제멋대로구나? 너무 심해. 너무하네, 호호.

"신의 섭리를 어기는 너희는……."

아 참, 짜증 나.

평범하기 이를 데 없는 말투였지만 그 목소리에는 이상한 교태와 간드러짐이 넘쳐서 마음이 흔들릴 정도였다. 그녀는 말했다.

신의 섭리를 어기니 사악한 어둠의 존재란 거야? 신의 섭리가 뭔데? 뭔지 나 알아? 너희 인간들 멋대로 갖다 붙이는 바보짓 말고. 신이 정말 뭘 원하시는지 너흰 알아? 응?

블랙 엔젤이 덧붙였다.

그런 너희가 맘대로 정한 섭리라 해도, 너희는 안 어겨? 그러면 너희야말로 사악한 어둠의 피조물이겠네? 멸망당하기에 충분할 만큼.

"그때가 임하면 피하지 않을 것이나, 그것을 막아 내어 스스로를 고치는 것이 인간의 길이다. 인간이 행한 잘못이 있다 해도, 그것을 스스로 깨닫고 고쳐 나가는 것이 인간의 길이다."

박 신부가 차분히 말하자 블랙 엔젤은 눈을 찌푸렸다.

너희는 마음대로 선과 악이란 것을 정하고, 멍하니 그대로 따르고 있지. 너희가 말하는 선과 악은 너희들 내에서나 통용되는 것이지, 모두에게 적용되는 것은 아냐. 약자를 보호하는 것이 너희의 선이라지만, 약자는 도태되는 것이 자연의 율법이잖아.

"자연의 율법조차도 신의 섭리는 아니다."

하, 맹랑한 소리네?

"자연의 율법이 완전한 것이라면, 산 것들은 완전한 상태로 머물러야 한다. 그러나 자연은 계속 변하고, 발전하며, 인간도 그러하다."

그럼 너희 인간이 완전하단 거야?

"그렇지 않지만 그러도록 애쓸 뿐이다. 인간은 신의 섭리가 무언지 정확히 깨닫지 못하고 있고 실수도 끝없이 범하지만, 적어도 크게 보아서는 신의 섭리에 합당하게 살고 있다고 믿는다."

너흰……! 쓰레기일 뿐이야! 세상을 좀먹는 쓰레기! 아무 힘도 능력도 없는 바보 같은 쓰레기들이…….

"그러면 너희는 뭐지? 너희도 피조물이다. 너희는 버림받은 피조물일 뿐이지. 쓰레기가 뭐지? 쓸모없어서 버림받은 물건이다. 너희야말로 그 말에 어울리지 않는가?"

그런 식으로 함부로 주절거리면…….

블랙 엔젤이 분노를 드러내는데도 박 신부는 차분히 말했다.

"나는 경전의 지혜를 믿는다. 오래돼 명확하지 않고 비유로 감춰져 있어도 그 내용은 진실을 담고 있지. 너희는 강하고, 많은 면에서 우리보다 우월하다. 그러나 신은 너희를 내치시고, 우리 인간을 만물의 영장으로 삼으셨다. 한때 너희는 천사라 불렸을지도 모르지만, 지금은 흑암의 먼지만도 못한 존재일 뿐이다. 너희는 그것 때문에 우리를 미워하고, 우리에게 고통을 주려고 하지. 그러나 너희들조차 신의 섭리하에 있다. 스스로 신의 섭리에 맞선다고 생각하겠지만, 그조차 섭리를 따라갈 뿐이다. 너는 우리 인간을 쓰레기라 부르지만, 너희는 쓰레기만도 못해. 조롱밖에 할 줄 모르는 가련한 존재들."

블랙 엔젤이 울부짖듯이 소리쳤다.

닥쳐!

박 신부는 그에 대답하지 않고 조용히 눈을 감고 고개를 숙이며 기도문을 외웠다. 그러자 블랙 엔젤은 소리를 지르면서 날개를 퍼덕여 앞을 가렸다. 그 순간 앙그라가 털썩 쓰러지면서 손에 들려 있던 수다르사나가 허공을 날았다. 동시에 블랙 엔젤의 주위에 커다란 돌개바람이 희뿌연 먼지를 일으켜 사방을 분간할 수 없게 만들었다. 그러나 박 신부는 기도문을 외우는 걸 그치지 않았고 잠시 후 바람이 잦아들자 블랙 엔젤이 있던 자리에는 곱슬곱슬한 금발의 작은 여자아이 한 명만이 쓰러져 있었다. 저만치에는 손이 거의 타 버린 앙그라가 쓰러져 있었다. 바람이 잦아들자 박 신부가 길게 한숨을 쉬면서 준후와 달려온 현암에게 말했다.

"아무래도 세상이 뭔가 잘못돼 가는가 보다."

현암은 쓰러져 있는 앙그라와 레그나를 보고 말했다.

"마스터는요?"

"사라졌다. 그 원반 같은 물건에 영을 씌어서 도망친 거겠지. 블랙 엔젤도 마찬가지로 사라졌다."

"저 두 아이는 죽었나요?"

박 신부는 슬픈 듯 고개를 끄덕였다. 현암은 몹시 울적해진 듯 고개를 숙였고 박 신부는 가엾게 이용당하다가 죽은 두 아이에게로 가서 눈을 감겨 주었다. 그리고 쓰러져 있던 도구르의 얼굴 상처를 손보기 시작했다. 도구르가 희미하게 신음을 내자 박 신부는 조용히 말했다.

"움직이지 마시오. 출혈이 심합니다."

박 신부는 가만히 있으라는 손짓을 한 후에 덧붙였다.

"그러나 이 상처보다는 당신의 병이 더 중합니다."

"수, 수호자는?"

"그자는 이미 죽어 영만 남았소. 본명은 우리도 모르고 그냥 마스터라고 부르지요. 그자는 달아났소."

"신, 신부님……."

"말씀하십시오."

"놈이 내 몸에 무슨 술수를 부렸다면…… 그걸 없애 주세요."

"그러면 큰 고통이 올 겁니다. 당분간은……."

"그놈 덕을 입을 생각은 없어요. 제발……."

박 신부는 고민하는 눈치더니 도구르의 배에 손을 얹고 기도했다. 박 신부의 손에서 보일락 말락 한 빛이 맺혔고 도구르는 피에 젖은 얼굴을 찌푸리다가 곧 편안한 표정이 됐다.

"아프지 않습니까?"

"아프지만 마음은 편안해졌습니다."

"살겠다는 의지를 가지고 스스로를 믿으세요. 가족들을 생각하시길…… 아멘."

도구르는 편안한 표정으로 땅에 누웠다. 그사이 승희는 준후가 부적을 제거해 주어 몸을 일으켰고, 눈을 뜬 승희의 앞에는 사툼나가 무릎을 꿇고 앉아 있었다. 승희는 머리가 아픈 듯, 이마를 만지면서 사툼나에게 말했다.

"당신은?"

"마하라가, 당신을 기다렸습니다."

"수다르사나도 빼앗겼으니 나에게 절하지 마세요. 그리고 날 마하라가라고 부르지 말아요. 난 승희라고 해요."

"슙히이?"

"승희!"

"슝히……."

승희는 한숨을 내쉬었다.

"됐어요. 그냥 마하라가라고 불러요."

승희는 웃을 수도 말 수도 없는 얼굴이었지만 사툼나는 그런 것은 개의치 않고 여전히 엄숙한 기색으로 말했다.

"알겠습니다, 마하라가. 수다르사나도 중요한 것이지만 그 주인은 분명 당신입니다. 당신이 사원에서 수다르사나를 가지고 나왔고 사원은 허물어졌습니다. 지금 빼앗겼지만 되찾을 수 있을 것입니다. 다만 제게는 그보다 중요한 일이 있습니다. 저에게는 로파무드라 불리는 딸이 있습니다."

"로파무드?"

승희의 머릿속에 비밀을 알고 싶으면 로파무드를 찾으라고 했던 애염명왕의 말이 떠올랐다. 사툼나는 승희의 얼굴을 보면서 말했다.

"제 딸은 이제야 구원받을 수 있을 것입니다. 전에 바바지님이 말씀하셨습니다. 라가라쟈의 화신을 만나면 로파무드도 복락을 얻을 것이라고…… 이제 예언이 실현될 것입니다."

사툼나가 손뼉을 치자 몇 명의 순례자들이 천으로 얼굴을 가린 여자 한 명을 데리고 왔다. 그 여자는 잘 걷지 못하고 비틀거렸다.

"가련한 제 딸, 로파무드입니다."

사툼나는 조용히 로파무드의 얼굴을 가린 천을 떼어 내었다. 그 순간 승희를 비롯해 준후와 현암, 박 신부마저도 깜짝 놀랐다.

로파무드의 눈은 초점이 전혀 없어서 인형 같아 보였다. 피부는 다소 검은빛을 띠고 있었으며 인도식으로 화장을 하고 코걸이를 하고 있었다. 그러나 얼굴은 승희와 완전히 똑같았다. 쌍둥이라고 해도 좋을 정도였다. 자신과 똑같이 생긴 사람을 보자 승희는 몹시 놀라 얼굴이 창백해졌다.

"로…… 로파무드?"

승희는 떨리는 목소리로 말하자 사툼나가 비통한 목소리로 말했다.

"제 딸은 날 때부터 말을 하지 못합니다. 듣지도, 보지도 못하고 생각하지도 못합니다. 모두가 카르마에 의한 것, 이제 예언이 이루어졌으니 당신에게 기대합니다. 제 딸을…… 제 딸을 구해 주십시오. 마하라가, 서두른 것을 용서하십시오. 그러나 이십육 년을 기다려 온 일입니다. 마하라가……!"

승희와 로파무드

사툼나가 외치자 그의 뒤에 잔뜩 몰려들었던 순례자들도 모두 소리를 모아 마하라가를 외쳤다. 큰 소리는 아니었지만 파도처럼 사방에 울려 봉우리 위를 가득 메웠고 승희는 자신도 모르게 양손을 내저었다.

"난 힘이 없어. 나는……."

승희는 뭐라고 더 말하려 했으나 몸 안에서 무언가 기운이 차오르는 것을 느꼈다.

애염명왕이었다.

내 말을 전해 달라.

승희가 그러겠다고 마음먹자 애염명왕이 말했다.

아직 때가 되지 않았다. 수다르사나가 모습을 감추기 전에는 영혼과 육신이 합쳐지지 못할 것이다. 기다려라. 모든 것이 정해진 대로 될 것이다.

"아직은 때가 되지 않았으니 기다리시오. 수다르사나가 모습을 감추기 전에는 영혼과 육신……."

승희는 애염명왕의 말을 옮기면서 마음속으로 애염명왕과 격렬하게 대화를 나누고 있었다.

저 여자는 누구지? 그리고 왜 나와 똑같이 생긴 거지?

그 여자는 너의 육신이다.

내 육신? 그렇다면 지금의 나는 뭐지?

너의 영혼은 너의 것. 그러나 너의 몸은 아바타라다.

뭐라고? 그럼 내 몸이 내 것이 아니라는 말인가?

잘 들어라. 이제 너의 모든 것이 앞에 있으니 내가 알려 주도록 하겠다. 너는 원래 여기, 인도에서 로파무드로 태어날 운명이었다. 나를 믿고 나의 힘을 행할 자로서…….

내가 인도에서?

그렇다. 그러나 악의 존재들이 세상의 힘을 거두어들이면서 세상의 조화가 허물어졌다. 사람들은 정신과 영혼보다는 물질을 더 믿기 시작했고 선과 악의 차이 때문에 순리와 억지를 혼동하기 시작했다. 결국 선과 악의 조화를 위해서 나는 힘을 대신 행하는 자가 아니라 내가 직접 나가야 한다고 생각했다.

그래서?

예정돼 있던 로파무드는 너의 영혼만을 수용할 수 있었고 그 이외의 어떤 인간도 내가 들어갈 수 없었다. 결국 나는 비슈누의 지혜를 빌려 나 자신의 아바타라를 만들고 너의 영혼을 그리로 부른 것이다.

그, 그럼 로파무드는 지금 영혼이 없는 존재란 말인가?

그렇다. 예정돼 있던 조화를 깬 나는 그에 해당하는 인과를 치러야만 했다. 그것이 바로 지금 내 화신, 즉 내가 너의 몸 밖으로 나가지도 못하고 힘을 발휘할 수도 없는 이유다.

그러면 왜 한국으로?

너는 화신이지만 인간이기에 나는 네 몸 밖으로 나갈 수 없다. 죽고 상처받을 수 있는 약한 존재다. 나는 지금 너의 몸, 그러니까 내 화신의 속에서 매우 제한적으로 존재할 수밖에 없다. 그래서 강한 선의 수호자들이 있는 곳에서 태어날 수밖에 없었던 것이다. 기억해 보라. 너는 쌍둥이로 태어나지 않았던가?

선의 수호자라는 것이 누구를 지칭하는 것인지 승희는 알 수 있었으나 그보다는 그 말에서 받은 충격이 더 강했다. 승희는 주희와 쌍둥이로 태어났다. 그렇다면 자신은 일반적인 쌍둥이가 아니라 주희를 본떠 애염명왕이 만들어 낸 복제 인간 같은 존재란 말인가?

그럼…… 그럼 나는 인간이 아닌가?

염려 마라. 그대는 인간이니. 화신이라 해도 엄연히 인간이다. 비슈누는 열 가지의 확신으로 변했으나 인간일 때는 인간으로, 물고기일 때는 물고기로, 아수라나 야차일 때에는 아수라나 야차로 도리를 다하고 생을 마쳤다. 더구나 너는 너 자신의 영혼을 지니고 있으니 그런 생각은 할 필요가 없다. 너는 너의 영혼으로 움직인다. 나는 나의 힘을 빌려줄 뿐. 정확하게 말한다면 너희가 말하는 화신, 아바타라는 아닌지도 모르지.

승희는 잠시 침묵하다가 애염명왕에게 물었다.

그러면 당신을 지키고자 하는 조화란 무엇인가? 당신은 왜 인과를 치르면서까지 내 몸으로 들어온 거지?

나는 믿는다. 나는 눈앞의 조화를 깨고 천기를 어겨 유배를 온 것이나 다름없지만 그로 인해 더 큰 조화를 지켜 나갈 수 있을 것이라고…….

더 큰 조화?

홍수다. 하늘의 뜻에 틈이 벌어져 다시 한번 인간들 스스로가 죄를 얻게 될지도 모른다. 그것은 막아야 한다. 홍수를 막아라.

호, 홍수라니! 어떻게?

차차 알게 될 것이다. 신의 섭리란 알기 어려운 법이니…….

신의 섭리라니? 당신은 신이 아닌가?

나 또한 신의 피조물이다. 인간이 부르기에 신이라 하는 것뿐. 진정한 신은 초월신뿐이니…….

당신도 피조물이라고?

신의 섭리가 인간을 만들고 수없는 생물을 만들었는데 그 모든 것이 인간의 눈에 보이고 느껴져야 한다는 법이 있는가?

그 말을 듣자 승희의 뇌리에 블랙 엔젤이 마지막으로 소리치던 말이 떠올랐다. 그렇다면…….

아까의 악마나 당신이나 모두 신의 피조물? 그러면 다른 세상에 사는 다른 존재들이란 말인가?

인간이 미개할 때에는 우리가 신이 됐다. 이제 인간은 초월신의 영역을 들여다보게 됐고 우리가 신인 척할 필요가 없다. 그러나 원한다면 우리를 신으로 불러도 상관은 없겠지. 신은 우리 안에도 계시고, 인간들 하나하나의 마음속에도 계시고, 어디에나 존재하시는 것이니까.

승희는 아무 생각도 할 수 없었다. 도통 이해가 되지 않았고 충격을 받은 것 같은 멍한 상태가 지속됐다. 애염명왕이 말했다.

수다르사나가 잠들고, 모든 것이 정리되면 로파무드도 순리대로 될 것이다.

그 말을 끝으로 목소리는 사라졌다. 승희는 떨리는 목소리로 애염명왕의 마지막 말을 반복했다.

"수…… 수다르사나가 잠들고 모든 것이 정리되면…… 로파무드도 순리대로 될 것이다."

승희는 이유 없이 슬프기도 하고 감격스럽기도 했다. 승희는 손을 뻗어 로파무드의 뺨을 만져 보았다. 뺨의 감촉은 부드러웠고 생각 외로 따스했다. 그리고 무표정한 로파무드의 텅 빈 눈동자는 백지장 같아 일견 멍해 보이기도 했으나 그 뒤에 반짝이는, 뭔가 알 수 없는 순수함이 있는 것이 느껴졌다. 그것은 아무것도 알지 못하는 갓 태어난 아기의 눈동자였다. 사툼나와 순례자들은 계시가 내려지자 환호성을 울리면서 계속 기도했고 무슨 일이 있었는지 잘 알지 못하는 현암과 박 신부, 준후는 서로 얼굴을 쳐다보고 있을 따름이었다. 그런 일행에게 승희가 중얼거리듯 말했다.

"이 여자애는 나 자신이기도 해요⋯⋯. 구해야 해요."

박 신부가 승희의 어깨를 토닥거리면서 말했다.

"승희야, 마음속으로 무슨 이야기를 했니?"

승희는 대답하지 않았다. 승희 스스로도 이해가 되지 않았고, 그것보다는 로파무드를 가만히 바라보고 있는 것만으로도 마음속이 꽉 차올라서 다른 말을 할 수 없었다. 박 신부는 승희의 마음을 알았다는 듯, 고개를 끄덕이며 승희의 어깨를 가볍게 툭툭 쳐 주었다. 그러자 승희는 중얼거리듯, 로파무드의 얼굴에서 눈을 떼지 않고 간신히 말했다.

"수다르사나를 잠들게 하라 했어요. 그래야 로파무드도 순리대로 될 것이라고⋯⋯."

박 신부는 승희를 돌아보고 온화한 미소를 지으며 말했다.

"그랬구나."

승희는 로파무드의 얼굴을 홀린 것처럼 들여다보면서 말을 이었다. 평소와는 다른 어눌한 어조에 끝에 가서는 조금 더듬기까지 했다.

"조화를 지키라고⋯⋯ 홍수를, 홍수를 막으라고 했어요. 인간의 힘으로 만들어지는⋯⋯."

현암과 준후는 깜짝 놀랐다. 현암은 얼굴색까지 변하면서 승희에게 물었다.

"홍수라고 했니? 홍수가 난다는 거야? 애염명왕이 말했어?"

승희는 대답하지 않았다. 대답만 하지 않은 것이 아니라, 애염명왕에게 몸을 빌려주었을 때와 마찬가지로 그 자세 그대로 딱딱하게 굳어 버렸다. 현암은 답답했으나 박 신부는 그런 현암을 미소로 다독거렸다.

"홍수가 나더라도 지금 할 일은 해야지. 승희가 한두 번 저렇게 된 것도 아니고…… 일단 여기 벌어진 난리부터 수습하세나."

재합류

박 신부의 출현으로 인해 마스터가 영이 돼 수다르사나에 맺혀 달아나고 블랙 엔젤도 사라진 뒤, 사툼나를 비롯한 인도의 순례자들은 상처를 입은 주기 선생, 성난큰곰, 도구르 등과 퇴마사들을 데리고 산을 내려가 어느 작은 산간 부락에 도착했다.

사툼나는 승희가 수다르사나를 지키지 못하고 마스터에게 넘겨주었음에도 불구하고 승희와 퇴마사들에게 매우 친절했고 순종적이었다. 또한 이 마을의 족장이어서 많은 순례자를 동원해 순식간에 뒷수습을 해 주었다.

주기 선생과 성난큰곰 등은 원래의 상처가 다 낫지도 않은 데다 블랙 엔젤에게 당해 도저히 움직일 만한 형편이 못 됐다. 도구르는 출혈이 심하고 얼굴이 많이 찢어졌지만 목숨에는 지장이 없었다. 다만 산간 부락에서는 수술을 할 수 없어서 사람을 시켜 큰 병원에 입원하게 했다. 주기 선생은 온몸을 다쳐 미라같이 붕대를 감았으나 의식이 있었고, 성난큰곰은 뇌진탕 기운이 있어서 의식을 차리지 못했다.

가련하게도 이용당하다가 숨진 레그나와 앙그라는 산간에 매장됐고, 바이올렛은 죽지는 않았으나 식물인간처럼 숨소리만 내며 누워 있었다.

한편 백호는 떨어져 내릴 때의 충격으로 오른 팔목이 부러져 깁스를 할 수밖에 없었다.

아라와 최 교수는 뒷수습이 대강 끝날 때쯤 백호의 연락을 받고 비행기에 동승했던 요원 한 명과 함께 마을로 찾아왔다. 아라가 맨 먼저 뛰어왔다.

"우와앙, 오빠아!"

아라는 준후를 보고 몹시 반가웠는지 껑충껑충 뛰었다. 그러고는 어린 나이답지 않게 제법 심각하게 준후의 어깨 상처를 걱정했다.

"많이 다쳤어? 으응?"

준후의 얼굴이 빨개지자 옆에 누워 있던 주기 선생은 그것을 보고 크게 웃었다.

"하하하! 누구는 만신창이가 됐는데 저 애한테는 너만 보이나 보다. 이거야 원 섭섭해서……."

"아저씨도 아프지 마세요."

아라가 하도 간드러지게 말해서 사람들은 모두 웃음을 터뜨렸다. 한편 백호는 다른 방에서 아라와 최 교수를 데리고 온 요원에게 그간 돌아가는 사정을 물었다.

"정보기관들의 근황은 어떤가?"

"별일 없습니다. 다만 중국 측에서 항로를 추적하고 따라온 모양입니다. 그러나 비행기에서 낙하산으로 사람들이 뛰어내린 사실까지는 알지 못하니, 그냥 이곳의 공항만을 감시하고 있을 뿐이지요."

"인터폴에서는? 도구르가 납치됐다고 신경질을 곤두세울지도 모르는데?"

"아직은 아무런 일이 없습니다. 중국의 웨이라는 요원이 보고를 하지 않은 모양입니다."

백호는 피식 웃었다. 도구르의 신변도 중요하지만 도구르가 어디로 갔는지를 말하면 웨이 자신이 남의 나라 비행기에 난입했던 것도 알려질 테니……. 도구르보다는 웨이 자신의 안전이 문제가 됐을 것이라고 백호는 짐작했다.

"웨이는 역시 도박을 하지 않는군. 하지만 공항을 감시하는 것도 웨이와 그 부하들이겠지?"

"그런 것 같습니다."

"미행당하지는 않았겠지?"

"물론입니다. 오히려 중국 측 요원들에게 우리 측 요원들이 미행을 달고 있지요."

백호는 고개를 끄덕이면서 혼잣말처럼 중얼거렸다.

"웨이는 우리가 도구르를 해치리라고는 생각하지 않을 거야. 그래서 우리를 따라다니면서 기회를 노리고 있겠지. 도구르도 다시 찾고 틈이 난다면 저 사람들을 잡아 보려고 말이야. 하지만 좀 힘들 거야. 후후후. 이 마을을 찾아내려면 며칠은 걸릴 테니까……."

"그렇지만……."

"그렇지만 뭔가?"

"저는 잘 납득이 가지 않습니다. 상부의 지시는……."

"여긴 전장이나 마찬가지다. 야전군 사령관이 전선에서 재량권을 갖는 것처럼 여기서의 지휘권은 나에게 있다. 궁극적으로는 상부의 지시를 따르는 것이니 염려 말게."

"아…… 여부가 있겠습니까."

"그럼 됐네. 나가 보게."

"예!"

요원이 나간 후 백호는 불붙이지 않은 인도산 담배를 입으로 빙글빙글 돌리며 고민에 빠졌다. 인도산 담배라도 불을 붙이지 않으니 별 차이는 없었다. 하지만 언제까지 요원들을 속이면서 저들을 도울 수 있을 것인지를 생각하면 담배에 불을 붙이고 싶어질 지경이었다. 그러나 독한 인도산 담배에 불을 붙이는 것은 담배를 안 피운 지 오래된 백호로서는 너무 큰 모험이지 싶었다.

'지금 하는 것보다 더 큰 모험이란 말인가?'

백호는 스스로를 생각하면 어이가 없어 껄껄껄 혼자서 웃었다.

티베트

한편 연희와 윌리엄스 신부는 티베트에 도달해 포탈라궁의 아래쪽 둔덕을 낡은 트럭 같은 버스를 타고 올라가고 있었다. 포탈라궁은 널리 알려진 장소는 아니었지만, 가까이에서 보니 불가사의에 가까울 정도로 거대한 건축물이었다. 산 하나에 통째로 굴을 뚫고 구조물을 씌워서 만든 건물이었는데, 놀랍게도 모든 건축물은 나무로 이루어져 있었다.

티베트는 산간 지방이라 굵은 나무가 귀해, 기둥 같은 곳은 얇은 나무를 다발로 묶어서 두꺼운 나무와 같은 효과를 주도록 사용한 것이 특이했다. 포탈라궁의 초입 주변은 그야말로 사원의 분위기라기보다는 어수선한 시장 같았다. 멀리서 볼 때에는 장관이었으나 가까이에서 본 포탈라궁은 전모가 보이지 않아 그냥 여기저기 작은 건물들이 산재한 변두리의 시가지 같은 느낌을 주었다. 장사하는 사람들과 뛰어다니는 아이들로 곳곳이 붐볐다.

"사원의 분위기가 아니군요."

연희가 웃으며 말하자 윌리엄스 신부도 씩 웃어 보였다.

"티베트는 종교와 정치와 시민 생활과 문화가 모두 일치된 나라였지요. 지금은 중국의 한 자치 지역이 돼 있지만 생활 습관은 많이 바뀌지 않았어요. 아직도 신비하기 이를 데 없는 곳이지요."

두 사람이 트럭 같은 버스에서 내리자 호기심 많은 아이들이 멀찍이서 그들을 구경했다. 남루한 옷에 얼굴이나 머리칼 등은 이루

말할 수 없이 지저분했지만 그들의 눈에는 활기가 있었고 행동도 순수해 보였다.

"사람들의 성격이 퍽 맑군요."

"이곳 사람들은 현실 세계에서의 생활을 별로 중시하지 않습니다. 먹는 것부터 시작해 모든 것이 맨 위부터 하층민까지 동등하니 부를 쌓겠다거나, 권력을 잡는 것에 대한 욕심도 없지요. 오로지 내세에 좋은 곳으로 환생해서 복락을 누리고자 하는 염원밖에 없다고 합니다. 나쁜 말로 하면 현실 감각이 없는 것이고, 좋은 말로 하면 미래 속에서 산다고 하겠지요. 물론 요즘은 도시 지역부터 점점 근대화에 물들어 가고 있습니다만."

아이들은 뭐라고 떠들면서 연희와 윌리엄스 신부의 옷자락을 만져 보려다가 말고, 만져 보려다가 말고 했으나 두 사람은 웃으면서 아이들에 개의치 않고 발길을 옮겼다.

"이 아이들, 씻기면 무척 예쁠 것 같은데……."

"이곳 사람들은 씻는다는 개념이 없을걸요. 물이 워낙 귀하기도 하고요. 세수를 일 년에 한 번이나 할까 말까 하죠. 허허허."

연희는 그 말을 듣고는 쩔끔해 아이들과 거리를 두려 했으나 윌리엄스 신부는 가던 걸음을 옮길 뿐이었다. 그러면서 비로소 자신이 티베트로 초청되게 된 경위를 연희에게 소상히 말해 주었다.

"이번에 티베트에서 제 도움을 청하게 된 것은 포탈라궁 지하의 알려지지 않았던 방에서 발견된 에메랄드 태블릿 때문입네다. 그 안에 무언가 신비한 힘이 들어 있는 것 같고 또 비면(碑面)에 글자가 새겨져 있다고 하더군요. 그 뜻을 알고자 하는 것이 티베트 측과 나아가서는 저희의 바람이기도 하지요."

"티베트는 가톨릭에서도 포교를 하지 못했던 유일한 지역이라고 들었습니다만."

"원래 티베트는 정치, 사회, 문화가 모두 종교적인 일치를 이루고 있던 지역이지요. 라마교도 신비한 힘을 지니고 있고요. 그런 티베트에서도 불가해한 것으로 여길 정도라면 보통 일은 아니라고 생각됩니다."

"그런가요?"

"기존에 발견됐던 에메랄드 태블릿에 대해서는 서구 쪽에서 많은 조사가 행해진 것으로 알려져 있었습네다. 그러나 이런 문제는 학자의 연구 관점으로만 보아서는 안 될 문제라고 여겨서 성직자의 도움을 청하게 된 것 같습네다. 티베트와 교황청은 드러내 놓고 연결할 수 없는 입장이라 영국 성공회를 통해 연락을 취했던 모양이에요. 그랬더니 저에게 연락이 오더군요. 제가 유달리 인정받는 신부도 아닌데 저에게 연락이 온 것을 보면 뭔가 감춰진 것이 있는 것 같습네다."

"감춰진 것? 어떤 것이?"

"제가 영국에서 알려진 것은 단 한 가지, 영적인 능력뿐입네다. 물론 곽 신부님과 비교하면 하늘과 땅 차이지만 말입네다. 그러한 능력을 필요로 하는 것이 틀림없습네다. 그래도 한 가지 이해되지 않는 면이 있는데, 그러한 능력이라면 라마교의 사람들도 뒤지지

않는다고 들었습네다. 굳이 저의 작은 능력을 필요로 할 까닭이
없을 텐데 말입네다."

"작은 능력이라니요. 무슨 겸손의 말씀을…….."

"아닙네다. 허허허. 그래서 저는 이렇게 추측해 보았습네다. 에
메랄드 태블릿이 가톨릭적인 요소를 내재하고 있어서 그쪽의 능
력과 영적인 힘을 같이 지니고 있지 않으면 해석하기 어려운 것이
아닐까 하고 말입네다."

"그럴 수도 있겠군요."

둘이 이런저런 이야기를 나누면서 조금 더 올라가자 저만치에
서 노란 승복을 입은 젊은 라마승 두 명이 서 있다가 합장을 하면
서 두 사람을 맞았다.

"윌리엄스 신부님이십니까?"

주변과 어울리지 않게 그 젊은 승려는 유창한 영어로 두 사람
을 맞았다. 연희는 속으로 라마승들이 저렇게 영어를 잘한다면 자
신은 필요 없는 것 아닌가 싶기도 했지만 겉으로 표현하지는 않았
다. 윌리엄스 신부도 그들의 인사에 답하면서 연희를 소개했다.

"이쪽은 한국에서 오신 서연희 양입니다. 각국의 언어에 능통하
신 분이지요."

라마승들은 연희에게도 역시 정중한 합장으로 인사를 했고 연
희도 고개를 끄덕해 보였다.

"판첸 라마께서 나와 계십니다. 이쪽으로 가시지요."

라마승들은 두 사람은 앞을 인도해 포탈라궁의 안으로 들어갔

다. 포탈라궁에는 수많은 문이 있었는데 그중 하나를 통해 안으로 들어서자 여러 명의 승려가 서 있는 것이 보였다. 그 가운데 한 나이 많은 승려가 눈에 도드라져 보였다. 특별히 체구가 크다거나 색다른 느낌을 주는 것은 아니었지만 어딘지 모르게 평안해 보이는 인상이 그를 돋보이게 했다. 윌리엄스 신부와 연희 두 사람이 그들의 앞에 다다르자 그들을 인도했던 라마승이 소개했다.

"판첸 라마십니다."

일반적으로 티베트의 정신적 지도자는 달라이 라마로 알려져 있지만 달라이 라마가 티베트 라마교의 외면적인 지도자라고 한다면 판첸 라마는 라마교의 정신적인 지도자로서 내부적인 지위는 달라이 라마 못지않다. 두 사람이 정중하게 인사를 하자 판첸 라마 역시 정중하게 인사를 했다. 곧 두 사람은 내실로 안내돼 들어가게 됐다.

"먼 길 왕래해 주셔서 감사합니다."

"천만의 말씀을……."

판첸 라마 또한 영어를 잘했다. 거의 평생 동안 포탈라궁 밖으로 나간 적이 없다는데 어떻게 저렇게 능숙한 영어를 배웠을까 연희는 궁금했지만 드러내 놓고 물어볼 수는 없었다. 판첸 라마는 내내 은은한 미소를 머금고 있는 얼굴이 마치 부처님상을 대하는 느낌을 주었다. 윌리엄스 신부는 특유의 쾌활하고도 구김살 없는 말투로 판첸 라마에게 말했다.

"이쪽은 한국에서 오신 서연희 양이십니다. 이번 일에 많은 도움을 주실 수 있을 것으로 믿습니다."

판첸 라마는 그윽한 동작으로 연희에게 합장해 보이고는 미소를 지으며 한마디를 덧붙였다.

"만나 뵙기 어려운 분이시군요."

그 말에 연희는 의례적으로 대답했다.

"별말씀을요. 저는 평범한 여자에 불과합니다."

"아닙니다. 예부터 예언된 분이신데."

"무슨 말씀이신지요?"

"모르고 계셨습니까? 허허허. 공연히 이야기한 듯하군요."

"좀 말씀해 주시지 않겠습니까?"

"연희 씨라고 하셨지요? 연희 씨의 눈빛을 보고 그동안 아무도 무슨 말을 하지 않았던가요?"

"눈 말인가요?"

연희는 기억을 더듬어 보았다. 그러고 보면 그간 연희는 자신의 눈빛 때문에 여러 가지 일을 겪었다. 마스터 등 블랙 서클의 인물들은 자신의 눈을 보고 '심연의 눈'이라고 말했고 리도 이 눈빛 때문에 감정을 가지기 시작했다고 했다. 그러나 연희는 그동안 자신의 눈빛이 무슨 특별한 힘을 가지고 있다고 생각해 본 적은 없었다.

"제 눈이 어떤가요? 왜……."

"연이 닿으면 아시게 될 것입니다. 허허허."

판첸 라마는 그 말뿐, 더 이상 연희에게 말을 해 주지 않았다.

연희도 궁금했지만 지금은 그에 대해 더 물을 만한 상황은 아니어서 그냥 마음에 담아 두고 입을 다물었다. 그러나 자신에게 무언가가 있으며 그 내용을 알고 있는 사람이 있다는 사실에 가슴이 뛰는 것을 억제할 수 없었다.

윌리엄스 신부는 분위기가 어색했던지 에메랄드 태블릿에 대한 이야기를 꺼냈고 그러자 판첸 라마는 곧바로 본론으로 들어갔다.

"에메랄드 태블릿이 발견된 것은 최근의 일입니다. 아시다시피 포탈라궁은 규모가 상당히 크기 때문에 평생을 이 안에서 사는 승려조차도 아는 곳보다 모르는 곳이 더 많을 정도입니다. 아주 우연한 기회에 고대에 만들어졌던 방 하나가 발견됐는데, 그 안 정중앙에서 에메랄드 태블릿이 발견됐습니다. 그러나 그것은 무엇인가 이상한 힘에 의해 수호되고 있어서 누구도 만지는 것을 허락하지 않습니다."

"만지지 못한다니요? 무슨 말씀이신지요?"

"손이 닿지 않습니다. 저희로서도 신기한 일입니다만……."

윌리엄스 신부와 연희는 잘 납득이 가지 않았다. 눈앞에 두고도 손이 닿지 않는다니 무슨 말인지 모를 일이었다.

"정말 손이 닿지 않습니까?"

"허허허. 무리한다면 못할 것도 없겠지만 인연이 있어서 연유를 알아낼 사람이 아니라면 좋지 못할 것 같아서 내버려둔 것입니다. 마침 서방 측에서 이와 비슷한 것을 조사하고 있었다고 들었기에 도움을 청해 본 것이지요. 가능하면 손이 닿지 않는 이상한 현상을 해명할 영능력이 있으신 분으로요."

윌리엄스 신부는 고개를 끄덕이며 생각에 잠기다가 입을 열었다.

"태블릿의 형태를 띠고 있다면 거기에 무슨 글자들이 각인돼 있지 않습니까? 서방에서 발견된 에메랄드 태블릿에는 페니키아어로 글자가 조각돼 있었습니다만."

"글자가 있습니다. 아주 선명하게 말입니다."

"그렇습니까? 그렇다면 어떤……."

"전혀 알 수 없는 문자로 돼 있습니다. 알려진 적이 없는 글자인 것 같습니다."

그 말을 듣자 윌리엄스 신부는 연희를 돌아보았다. 티베트의 라마승도 무지한 사람은 아닐 터이니 그들이 전혀 알 수 없는 글자라고 한다면 필경 새로 해독해야 할 고대어임이 틀림없었다. 그렇다면 연희의 힘이 절대적이라고 보아도 좋았다. 윌리엄스 신부는 과거 잊힌 언어였던 켈트어의 문구를 며칠 만에 풀어 낸 연희의 놀라운 언어 능력을 기억하고 있었다.

"그렇다면 긴말 나눌 것 없이 당장 에메랄드 태블릿을 보러 갈수 있겠습니까?"

윌리엄스 신부의 말에 판첸 라마는 미소를 띠며 말했다.

"조금 쉬었다 가시는 것이 어떻겠습니까? 시간이 오래 걸릴 텐데요."

"예? 포탈라궁 내에 있는 것이 아닙니까?"

"그 방은 포탈라궁의 지하 깊은 곳에 있습니다. 가장 깊은 곳은 아닙니다만, 걸어가시면 지름길로도 하루는 넘게 걸리실 것입니다. 먼 길을 오셨는데 쉬었다가 가시는 편이 나을 것 같습니다."

윌리엄스 신부와 연희는 믿기 어려웠다. 아무리 포탈라궁이 거대하다고 해도 하루 이상을 계속 걸어야 닿을 수 있는 방이 있다니 짐작조차 되질 않았다.

"하루 이상이라고요?"

"일반인은 물론이고, 승려들 대부분도 출입이 통제되는 깊숙한 곳입니다. 포탈라궁은 산 위의 건물로 이루어진 것 같지만, 실제로 궁 안에는 산을 파고 지하로까지 깊숙이 이어져 있는 수많은 방들이 있답니다. 그래서 저도 가 보지 못한 곳이 많습니다."

윌리엄스 신부는 아연한 표정이었지만 연희는 오히려 눈빛을 빛내면서 말했다.

"신부님만 괜찮으시다면 지금 당장 출발하는 것이 어떨까 싶습니다. 저는 문제없으니까요."

"연희 양, 괜찮겠어요?"

"박 신부님과 다른 분들도 위험을 무릅쓰고 일의 실마리를 풀기 위해 고생하시는데, 이 정도를 힘들다고 하다니요."

"좋습니다."

윌리엄스 신부는 연희를 쳐다보고 웃고는 판첸 라마에게 가급적 빨리 출발하고 싶다는 뜻을 전했다. 판첸 라마도 윌리엄스 신부가 그렇게 말하자 긴말하지 않고 즉시 출발하기로 선선히 동의해 주었다.

대홍수의 봉인

승희는 굳어진 몸이 쉬 풀리지 않아 이틀이 지난 후에야 가까스로 몸을 움직일 수 있게 됐다. 현암은 마음이 조급해 미칠 지경이었지만 정작 진짜 이야기를 들은 승희가 꼼짝달싹하지 못하는 지경이 돼 버린 이상 여러 가지 추측밖에는 해 볼 수가 없었다. 이런저런 조치들을 취하고 사람들을 치료하고 수습하는 데 이틀이 지났다.

승희는 침대에 눕혀 놓았지만 돌처럼 몸이 뻣뻣하게 굳어 있는 상태여서, 사툼나의 부인과 로파무드 외의 다른 딸들이 승희를 번갈아 보살펴 주었다. 현암과 준후, 박 신부도 번갈아 승희의 용태를 보러 들락거리곤 했는데 이틀 후, 박 신부가 와 있을 때에 입술을 움직이기 시작했다. 의식이 돌아온 것이다.

"아, 홍수……."

박 신부는 승희의 목소리를 듣고 기뻐서 다가갔다. 승희가 깨어나자마자 마침 옆에 있던 사툼나의 셋째 딸인 쿤티가 기뻐서 소리를 치며 달려 나갔다.

"승희야. 이제 정신이 드니?"

"신부님……."

"그래, 승희야. 다 잘 돼 가고 있다. 염려 말고 푹 쉬려무나."

그러나 승희는 깨어나자마자 눈물부터 한 방울 주르륵 흘렸다.

"신부님…… 저는 누구죠?"

"왜 그런 소리를 하니? 승희야……."

"전…… 애염명왕이 만들어 낸 몸에 로파무드의 영혼을 가지고 태어났대요. 전 누구죠? 네?"

박 신부는 당황하지 않고 온화한 미소로 승희에게 말했다.

"누가 그랬지?"

"애염명왕이……."

승희는 애염명왕에게서 들은 자신의 신상 이야기를 박 신부에게 전해 주었다. 박 신부는 여전히 미소를 잃지 않고 말했다.

"그래, 그랬구나. 준후는 너를 화신이라고 했고, 과거에 철기 옹은 너를 보고 신이 유배 왔다고 했지. 마스터도 전에 그런 말을 한 적이 있고…… 모두가 틀리지는 않은 이야기였구나."

"신부님은 절 어떻게 보시나요?"

"나? 허허허. 너는 승희지?"

"그것뿐인가요?"

"말괄량이고 좀 떠들썩하지만 그래도 나는 너를 아주 좋아한단다. 너는 승희일 뿐, 그 이상도 이하도 아니란다."

"그렇지만……."

"애염명왕이 만든 몸이라 해도 넌 분명 사람이다. 너도 엄연히 어머님의 몸에서 태어났어. 그리고 영혼이 원래 로파무드 것이라고 말했다는데, 그건 그런 뜻만은 아닐 게다. 인간의 말로 이해하려다 보니 그렇게 된 것일 테지. 너는 생각할 때 언어로 하니, 아니면 느낌으로 하니?"

"무슨 말씀이지요?"

"사람들이 언어를 알고 배우는 것은 좋은 일이지만 언어로만 생각하는 것은 좋지 못해. 그러면 정의돼 있지 않은 말의 뜻은 전달도 하지 못할뿐더러 더 심하면 상상할 수도 없게 된단다. 너는 유학도 갔다 왔으니 영어를 잘하지? 우리가 뜨거운 것을 먹으면서 '시원하다'라고 하는 경우가 많은데 그것을 영어로 옮길 수 있니?"

"어…… 그건 좀 적합한 말이……."

"그래. 그런 것과 비슷한 거란다. 언어라는 것은 한계가 있어. 언어는 사물과 현상에 이름을 붙이는 것으로부터 비롯되지. 그리고 공통점을 갖는 데서 시작해. 아무도 모르고 자신만이 경험한 일은 언어로 만들 수는 있을지 몰라도 통용될 수는 없어. 그렇지 않니? 그러다 보면 사람의 생각에 언어가 파고들게 되고 결국 언어로 사고하게 되지. 이미지나 느낌으로 생각하는 것이 아니란 말이야. 그러면 언어로 정의되지 않는 건 생각하기도 힘들게 되지. 결국 인간의 생각을 공유하고 돕기 위해 만든 언어가 인간의 사고를 제한하게 되는 것이지."

승희는 잘 이해가 되지 않았으나 한편으로는 이해가 될 것도 같았다. 어느새 박 신부의 이야기를 듣다 보니 자신의 고민도 잊어버리고 말았다. 그런 승희의 마음을 눈치채기라도 한 것처럼 박 신부는 씩 웃어 보이며 말했다.

"그러니 애염명왕의 말을 그렇게만 해석하면 안 돼. 너는 영혼에 대해 어떤 생각을 가지고 있니? 그것이 원래 로파무드에게 갈 것이라고 했다 쳐도 지금 삼십여 년간 그것을 다듬고 닦은 것은 너야."

"삼십 년이라니요! 전 스물여섯 살이에요!"

"아이쿠. 이런, 실수했구나. 그래, 이십육 년. 그 영혼은 너 자신이란다. 그러니 내가 너를 단순히 승희로만 보는 것은 당연한 일이야. 그렇지 않니?"

승희는 이제 기분이 좋아진 듯 고개를 끄덕였고, 박 신부도 그런 승희에게 따스한 미소로 화답해 주었다. 그러자 승희는 다른 말을 했다.

"애염명왕은 자신도 신의 피조물이라고 했어요. 그런데 신이 신의 피조물이 될 수도 있나요?"

"그런 이야기도 들었니? 그럼 혼자 알고 있지 말고 자세히 해 주려무나."

승희는 애염명왕이 말한 것을 박 신부에게 들려주었다. 박 신부는 눈을 감고 생각에 잠겨 있다가 천천히 입을 열었다.

"이건 오로지 내 생각일 뿐이다만, 물론 애염명왕의 이야기도 아까 말한 언어의 불확실성 때문에 확실히 전달된 것은 아니라고 믿는다. 그러나 그 이야기는 내가 해 왔던 생각과 많은 부분 일치하는구나. 나는 전부터 신이 만드신 세계가 우리 인간 세상뿐이라는 관점은 너무 좁은 게 아닌가 하고 생각해 왔단다. 물론 외계인 운운하는 그런 것은 같은 공간 안의 일이니 빼고 말이다. 가까운 예로 우리가 만나고 때로는 싸우고 다투며 해결해 왔던 영혼의 세계가 있었지."

"그렇지만 그건 인간이잖아요."

"그래, 그건 맞다. 대부분은 인간과 관련 있는 것이었지. 그러나 그렇지 않은 존재들도 가끔 보아 왔어. 그것을 종교에서는 악마라고 부르기도 하고 성령이라고 부르기도 했지. 그런 것들의 세계도 야훼께서 창조하셨는지 모르지. 그리고 과거에 우리가 무지했을 때는 그런 것들을 신으로 섬겼을지도 몰라. 하지만 신의 의지는 모든 것에 계신 것. 지금 우리가 지니고 있는 신에 대한 생각이 맞는 것인지 그것도 알 수 없는 일이지. 교단에는 불경한 소리가 될지도 모르지만. 신이라는 존재는 어쩌면 가까워지면 질수록 한없이 멀어지는 불가지(不可知)적인 존재일지도 모르고 영원히 인간의 인지로는 알 수 없거나, 알아서는 안 되는 존재일지도 몰라. 존재라는 말 자체도 붙일 수 없는지도 모르지."

"인간 스스로가 홍수를 자초한다는 것은 무엇이지요?"

"나도 자세한 것은 알 도리가 없어. 그러나 인간은 확실히 어리석은 데가 있어. 나쁜 점을 들자면 셀 수도 없지. 인간은 동류를 해치고, 욕심 많고, 탐욕스럽고, 이기적이며, 자신만 잘나고 자신만이 모든 것을 안다고 뻐기기까지 하지. 허허허. 그러나, 그러나 말이다. 인간은 절대로 악하기만 한 존재는 아니다. 인간은 사랑할 줄 알고, 동정할 줄도, 측은해할 줄도 알아. 누군가는 신과 악마를 반반 가졌다고 하지만 난 그건 주제넘은 소리라고 생각한다. 어떻게 보면 반반의 가능성을 지닌 존재라고 할까? 좌우간 사랑스럽지 않은 피조물은 아니야. 그렇지 않니? 그래서 나는 신께서 인간을 멸망시키기 위해 음모를 꾸미거나 한다고는 볼 수 없단다. 인간들이 겪는 큰 재난의 대부분은 인간들 스스로가 자초한 것이야. 먼 과거일수록 그런 것이 적었는데 뒤로 오면서 점점 많아졌지. 과거에는 질병이나 지진 같은 자연재해가 무섭다고 했지만 결코 인간이 사라질 정도는 아니었어. 그렇지만 공해나 전쟁이나 핵무기를 생각해 보렴. 스스로를 자멸시킬 것들을 만들어 놓고 우주의 지배자라고 우쭐대고 있잖니? 허허허. 홍수도 결국 순리대로 풀릴 것이라고 나는 믿는단다."

승희는 혼자만의 생각 속으로 빠져들려고 했다. 그러나 그럴 틈도 주지 않고 현암과 준후, 그리고 최 교수가 방으로 들어왔다. 조금 아까 쿤티가 나가서 승희가 깨어났다고 떠들고 다닌 모양이었다.

"승희 누나, 괜찮아요?"

"괜찮니?"

준후와 현암이 진심으로 걱정해 주자 승희는 코끝이 찡해졌지만 쌀쌀맞게 대답했다.

"괜찮으니까 깨어났지 뭐."

그러고 나서 승희는 서둘러 말을 이었다.

"수다르사나를 되찾아야 해. 수다르사나가 잠들지 않으면 로파무드도 구할 수 없어. 더구나 마스터가 그걸로 무슨 짓을 할지도 모르고…… 근데 내가 얼마나 오래 이러고 있었지?

"이틀."

현암이 짧게 대답하자 승희는 놀랐다.

"이틀? 그렇게 오래 기절해 있었단 말이야? 그럼 그사이에 마스터가……."

"그러나 시간을 허투루 보낸 건 아니었어. 다친 사람들이 많았고, 최 교수님이 황달지 교수의 노트를 어느 정도 해독할 수 있었으니까. 파키스탄의 동굴로 가는 길을 알아내려고 좀 고생을 했지."

"파키스탄의 동굴? 그건 뭔데?"

"에메랄드 태블릿이 있는 곳이야. 아니, 녹비라고 하는 편이 더 좋겠군."

"녹비?"

승희는 녹비, 에메랄드 태블릿에 관해서는 잘 알지 못했기 때문에 현암이 그간에 박 신부, 최 교수와 자신이 함께 겪은 일들을 간략히 말해 주고는 덧붙였다.

"마스터는 수다르사나를 얻자 기쁜 나머지 무심코 한국어로 에메랄드 비석과 수다르사나의 힘을 합친다고 말했어. 그러려면 에메랄드 태블릿이 있는 곳으로 가겠지. 태블릿은 들고 다닐 수 있는 물건이 아니니까."

"그럼 그 태블릿이 있는 곳이……."

현암이 대답했다.

"그래, 아까 말했던 파키스탄에 있다는 동굴일 거야. 황달지 교수의 수첩에 자신만 알아볼 수 있게 적혀 있는데, 최 교수님이 이틀 동안 잠도 못 주무시고 해독해 내셨지."

앞뒤를 맞춰 보니 파키스탄에 있다는 동굴이 마스터의 근거지임이 분명했고, 마스터가 그리로 갔을 거라는 의견에 승희도 동감을 표했다.

박 신부도 미소를 지은 채 말했다.

"그리고 애염명왕이 네게 뭔가 단서를 알려 준 것 같아서 그걸 들어 볼 겸, 기다렸지."

그 말에 모두들 승희를 쳐다보았다. 승희는 머뭇거렸다. 잠시 어색한 침묵이 흘렀고 준후가 그 사이에 끼어들었다.

"그런데 수다르사나가 무슨 힘이 있기에 마스터가 그토록 얻으려 하는 걸까요? 저는 짐작이 가질 않아요. 무기로서 가공할 만한 힘이 있다고는 해도 말이에요."

이윽고 승희가 입을 열었다.

"수다르사나는 대홍수의 봉인이라고 했어. 애염명왕이 이 땅에 온 사명도 실은 대홍수를 막기 위한 것이고……."

"홍수?"

"모르겠어. 수다르사나가 대홍수의 열쇠라고 바바지도 메시지를 남겼어. 애염명왕도 홍수를 막으라고 했고……."

준후는 고개를 설레설레 저었다.

"그러면 마스터는 홍수를 일으키려 하는 것인가요? 그럼 태곳적 있었다는 것과 같은 대홍수를? 아무리 마스터라고 해도 어떻게 그런 일을……."

현암이 심각한 어조로 승희에게 물었다.

"또 다른 이야기는?"

"애염명왕은 수다르사나는 무지갯빛의 보석을 안고 있다고 했고…… 바바지는 그건 인간의 힘으로 다루면 안 되며 파괴돼야 한다고 했어. 하지만 인간의 힘으로만 없앨 수 있다고 했지. 맞아. 그건 땅의 힘이며 전 세상을 휩쓸었던 대홍수의 봉인이라고 했어!"

"무지개…… 무지개라……."

박 신부가 중얼거리듯 말했다.

"야훼께서는 다시는 홍수로 산 것을 절멸하지 않으시겠다고 언약을 맺으셨어. 그리고 그 계약의 표로 구름 사이에 무지개를 둔다고 하셨지!"

박 신부는 『창세기』의 무지개 언약 부분을 암송했다.

"너뿐 아니라 너와 함께 지내며 숨 쉬는 모든 짐승과 나 사이에 대대로 세우는 계약의 표는 이것이다. 내가 구름 사이에 무지개를 둘 터이니, 이것이 나와 땅 사이에 세워진 언약의 표가 될 것이다. 내가 구름으로 땅을 덮을 때, 구름 사이에 무지개가 나타나면, 나는 너뿐 아니라 숨 쉬는 모든 짐승과 나 사이에 세워진 내 언약을 기억하고 다시는 물이 홍수가 돼 모든 동물을 쓸어버리지 못하게 하리라. 무지개가 구름 사이로 나타나면, 나는 그것을 보고 하느님과 땅에 살고 있는 모든 동물 사이에 세워진 영원한 언약을 기억할 것이다."

"무지개는 자연 현상입니다. 대홍수 이전에도 무지개는 있었을 겁니다. 그렇다면 성서에 쓰인 무지개는 혹시 수다르사나에 박혀 있던 무지갯빛 보석을 의미하는 것은 아니었을까요?"

현암이 조심스럽게 말했다. 박 신부는 고개를 끄덕였으나 이내 타이르듯 말했다.

"그럴 수도 있겠지. 그러나 말씀은 말씀의 뜻으로 전달돼야 하는 것이야. 이 구절은 신께서는 다시 모든 것을 물로 절멸시키지 않겠다는 뜻을 적으신 것이지. 그러니 이것은 하늘의 뜻에 의한 것은 아니야. 마스터와 악마들에 의한 거겠지. 아무래도 마스터는 대홍수를 준비하는 것이 분명해."

준후은 말도 안 된다는 듯 휘휘 고개를 저었다.

"하지만 세상의 어떤 술법이나 주술로도 그런 일을 할 수는 없어요!"

이번엔 현암이 손을 내저으며 말했다.

"마스터를 얕보아서는 안 돼. 그는 지옥의 악마들까지 불러낸 녀석이야. 그리고 마스터의 술수만이 아니라 수다르사나에 있는 무지갯빛 보석이나 녹비도 무슨 신비를 간직하고 있는 것인지 아직 모르잖아? 더구나 애염명왕이나 바바지 같은 성인도 그에 대해 말했고…… 음, 그런데 그렇다면 녹비는 또 뭐지? 수다르사나만으로는 충분하지 않는 걸까?"

박 신부는 깊은 생각에 잠겼다가 말했다.

"녹비는 에메랄드 태블릿을 의미하는 것이 분명하네. 그렇다면 티베트로 간 연희 양이나 윌리엄스 신부님이 도움될 만한 것을 알아낼 수도 있을 거야. 그쪽도 에메랄드 태블릿이 발견돼서 간 것 아닌가. 연희 양도 지금쯤은 판첸 라마를 만나지 않았을까? 이틀 정도면 포탈라궁까지도 갔을 법한데……."

"그러나 연락할 방법이 지금은 없어요. 포탈라궁에 직통 전화가 있는 것도 아닐 테고. 연희 양은 백호 씨를 통해 연락을 전하기로 했으니 연락이 오면 백호 씨가 전해 줄 겁니다. 이제 승희도 깨어나고 했으니 우리도 슬슬 출발하기로 하죠. 가는 길에 연락받을 수도 있는 거고요. 마스터는 수다르사나와 녹비를 둘 다 손에 넣은 셈이니 놈을 서둘러서 막아야 해요."

"그건 그렇군. 한시라도 빨리 떠나는 것이 좋을 것 같네. 우물쭈물하다가 마스터가 대홍수를 일으키기라도 하면 곤란하니까."

그 말에 준후가 반대했다.

"하지만 수다르사나와 녹비가 무슨 관계가 있는지, 수다르사나를 어떻게 부숴야 하는지도 모르잖아요? 무턱대고 가 봐야 마스터는 영혼이고, 도력이 높아서 잡기 어려울 것 같은데요? 만약 놈이 또 수다르사나에 맺혀서 도망친다면 다음번에는 놈을 잡을 수 없을지도 몰라요."

승희가 자리에서 벌떡 일어나며 말했다.

"혹시 사툼나가 뭔가 더 알고 있지 않을까? 바바지의 제자이기도 하니까 말이야. 수행한 지 오래된 사람이라 아는 것이 더 많을지도 모르잖아?"

모두 승희의 생각이 옳다고 여겼다. 이윽고 승희의 청으로 사툼나가 방으로 들어왔다. 승희는 사툼나에게 수다르사나와 홍수에 대해 아는 것이 더 있느냐고 물었지만 불행히도 별로 아는 것은 없었다.

"마하라가, 대단히 죄송합니다만 저도 달리 아는 것이 없습니다. 수다르사나는 크리슈나가 쓰시던 무기고 거기엔 분노한 땅의 힘이 깃들여 있다는 것밖에는……."

"땅의 힘이 확실한가요? 물의 힘이 아니고요?"

"분명 땅의 힘입니다."

"그럼 그 가운데 있는 무지갯빛 보석은 뭐죠?"

"저도 모릅니다. 일설에 의하면 동방에서 전래된 것이라고도 하는데……."

"동방에서?"

순간 그때까지 아무 말 없이 앉아 있던 최 교수가 벌떡 일어섰다.

"동방? 확실한가요?"

"예."

최 교수가 흥분하는 기색을 보이자 준후가 물었다.

"왜 그리 흥분하세요? 교수님?"

최 교수는 먼 곳을 바라보는 듯한 얼굴로 흥분해서 말했다.

"제 추측이긴 합니다만 동방, 그건 우리에게서 전래된 물건이 분명해요. 자, 생각해 보세요. 여긴 인도입니다. 여기서의 동방은 여러 나라가 있겠지만 고대 문명이 번성한 곳은 중국과 우리나라 정도였을 겁니다. 그런데 이건 홍수와 관련된 봉인이라고 했어요. 그렇지요?"

"예."

"제 조사에 따르면 중국에 오행치수술을 전파해 준 것은 우리나라의 단군 조선이었습니다. 홍수와 관련된 것이라고 한다면 그건 우리나라일 수밖에 없어요! 그 보석은 동방, 즉 우리 쪽에서 인도로 건너오게 된 것입니다!"

"그럴 수도 있겠군요."

사람들이 놀라며 고개를 끄덕이자 준후도 무릎을 쳤다.

"생각해 보면 아귀가 맞네요! 수다르사나는 비슈누 신의 화신인 크리슈나의 무기라고 했지요? 비슈누 신은 인도에 대홍수가 덮쳤을 때 물고기의 아바타라인 맛쓰야로 변해 인간들을 홍수에서 구해 내기도 했어요. 비슈누의 화신이 쓰던 무기라면…… 물론 맛쓰야와 크리슈나는 시간 차이가 있지만 어떤 관련이 있지 않을까요?"

"크리슈나도 비슈누의 화신이니 연관이 있을 것도 같군."

박 신부도 고개를 끄덕였다. 최 교수는 준후의 말이 끝나자 다급하게 말을 이었다.

"만약 그렇다면 수다르사나라는 것도 우리의 고대사와 깊은 연관이 있을 것이 틀림없습니다. 그렇게 따지면 에메랄드 태블릿, 즉 녹비와도 유사한 점이 있을 겁니다. 황달지 교수의 연구에 따르면 파키스탄 지방의 녹비는 수메르와 비슷하게 서쪽으로 이동해 간 우리 민족의 한 갈래가 세운 유적입니다. 그건 홍수를 다루는 치수 기술의 전파를 의미하는 것이기도 하고요! 그렇다면 그 녹비와 수다르사나라는 것은 관련이 깊은 물건인지도 모릅니다!"

최 교수가 말을 마치자 현암이 심각한 어조로 말했다.

"마스터는 신동들을 양성하기 위해 찾은 동굴의 유적에서 우연히 녹비를 발견했다. 거기서 태곳적 대홍수의 비밀을 알아내고 수다르사나에 박혀 있는 보석이 홍수의 봉인인 것을 알아냈다. 그것을 얻으려고 했으나 그건 바바지가 보관했고, 대성인인 바바지를 자신의 힘으로는 어찌할 수 없으니까 신의 화신인 승희를 이끌어 낸다는 복잡한 계획을 세웠다. 대강 이렇게 이야기가 되는군요."

이제는 모두 현암의 추리가 진실에 가깝다는 것을 알 수 있었다. 그들은 새삼 마스터의 용의주도함과 사악한 꾀에 치를 떨었다. 마스터는 그것을 위해 자신이 양성했던 신동들마저도 주저 없이 희생시켰고 악마를 세상에 끌어내기까지 했다. 그리고 이제는 세상을 대홍수로 휩쓸어 버리려고 하는 것이다. 박 신부는 거기까지 듣고 있다가 조그만 목소리로 중얼거렸다.

"마스터는 도대체 왜 그러는 것일까? 대홍수가 난다고 자신이 힘을 얻는 것도 아니고 죽은 몸이 살아나는 것도 아닐 텐데."

그러던 박 신부는 뭔가가 생각이 난 듯 말을 서둘렀다.

"이제 더 이상 낭비할 시간이 없어. 어서 그쪽으로 가야겠어!"

박 신부가 결정을 내리는 것과 때를 같이해 백호가 헐떡거리면서 안으로 뛰어 들어왔다.

"모두 짐을 꾸리세요! 급합니다!"

"무슨 일입니까?"

"도구르가 병원에서 사라져 버렸습니다. 그리고 산 아래쪽에서 몇 대의 차가 올라오고 있다고 합니다. 또 다른 정보원들 같습니다. 어서 떠나야 합니다."

그 말을 듣고 모두가 놀랐다. 특히 준후와 승희는 지금까지 쫓긴 것만도 지긋지긋한데 또 정보원들이 따라온다고 하니 넌덜머리가 났다. 박 신부가 백호에게 물었다.

"도구르가 사라졌다고요? 병원에서 빠져나가 우리가 있는 곳을 정보부에 일렀단 말입니까?"

"그렇게밖에 볼 수 없습니다. 도구르가 사라지고 정보원들이 이곳을 알아냈다면 그렇게 생각할 수가 없지 않습니까?"

박 신부는 실망한 듯, 침착하지만 섭섭하다는 투로 중얼거렸다.

"도구르가 그러리라고는 보지 않았는데 마음을 고쳐먹지 않은 것일까?"

현암이 무표정한 얼굴로 박 신부에게 말했다.

"도구르에게 은혜를 베풀었다고는 해도, 그가 우리를 위험인물로 생각하는 것만은 어쩌지 못했나 보죠. 그도 임무가 있는 사람이니 할 수 없죠. 하지만 더 이상 우리를 마구잡이로 죽이려 들지는 않을 테니 그것만으로도 다행으로 여기죠."

박 신부는 그래도 미심쩍다는 듯 한숨을 쉬었다. 그러나 백호가 헛소리할 사람도 아니니 그 말을 믿는 수밖에는 없었다. 백호는 입에 물었던 맨담배를 탁 뱉어 내고는 말했다.

"여러분들은 어서 떠나세요. 저는 여기 남아서 정보원들의 동정을 살펴보겠습니다. 만약을 대비해서 공항 부근에 호텔 방을 하나

잡아 놓았는데, 사툼나가 열쇠를 가지고 있으니 안내해 줄 겁니다. 그리로 가시면 요원이 마중을 나갈 것입니다."

백호가 안내를 부탁하자 사툼나는 흔쾌히 응낙하고 거기까지 가는 것은 자신에게 맡기라고 씩 웃어 보였다. 모두가 바쁘게 움직이는 동안 현암은 백호에게 물었다.

"혹시 티베트에서 연희 씨가 연락을 보내오지는 않았나요? 이번에는 세크메트의 눈을 주질 못해서……."

"아직 없습니다. 호텔 방에 위성 전화기가 있을 겁니다. 그걸 가지고 가시면 땅속만 아니면 지구상의 어느 곳이라도 연결이 됩니다. 그걸로 제가 연락을 드리도록 하죠. 연희 씨도 그리로 연락하실 테고요."

그 말을 듣자 현암은 씩 웃으며 말했다.

"알겠습니다. 별 신기한 것을 다 만져 보게 되는군요."

결정이 내려지자 다들 신속하게 움직였다. 박 신부는 백호에게 비행기를 준비해 달라고 했고 승희는 사툼나에게 비행장으로 갈 수 있는 교통편을 부탁했다. 그곳은 마스터의 최후 보루이고 악마인 블랙 엔젤과 살아남은 신동들도 그곳에 있을 것이 확실해 상당한 위험을 각오하지 않으면 안 됐다. 그러나 최 교수는 자신이 없으면 동굴을 찾을 수 없을 것이라고 동행을 주장했고, 아라마저도 아빠와 준후의 곁을 떠날 수 없다며 막무가내로 고집을 부렸다. 현암과 준후가 아라를 달래려고 무진 애를 쓰고 또 쓰는데 보다 못한 주기 선생이 준후를 불러 살짝 말했다.

"나도 같이 가고 싶은데 이젠 꼼짝도 못 하게 됐으니 내가 할 일은 뒤치다꺼리밖에 없구나. 이 아이는 내가 잡고 있을 테니 그사이 살짝 떠나거라. 내가 한국으로 데려갈 테니 염려하지 말고."

"네. 고마워요!"

"고맙네."

준후를 보며 미소를 띠고 있던 주기 선생은 현암이 거들자 큰소리로 외쳤다.

"너한테 고맙다는 말을 듣고 싶어서 이러는 게 아냐!"

현암이 어이가 없다는 듯 피식 웃으면서 밖으로 나가자 주기 선생은 언제 그랬냐는 듯 웃는 표정으로 돌아와서 준후에게 말했다.

"너같이 똑똑한 애가 왜 저런 건달하고 같이 다니는지 모르겠다."

"……."

"너는 이제 십이지신술의 전인임을 잊지 마라. 그리고 한 가지해 주고 싶은 말이 있다."

주기 선생은 엄숙한 얼굴로 준후에게 말했다.

"절대 위험을 무릅쓰지 마라. 특히 정의를 위해서는 더더욱 그러지 마라. 살아남는 것이 최고의 정의야. 차라리 아라를 위해서나, 하다못해 전자오락을 마저 하기 위해서라도 살아남아라. 알아들었냐?"

준후는 잘 이해가 되지 않았다. 주기 선생이 다시 말했다.

"가장 용감한 놈이 가장 빨리 죽는 법이다. 현암 놈은 포기했고 신부님은 잘 알아서 하시겠지만, 너는 어려. 진짜 정의가 뭔지 잘 모른다. 내 말은 비겁해지라는 것이 아니야. 잘 알지도 못하고 보이지 않는 것을 위해 싸우지 말라는 거다. 그러면 바보가 돼. 보이는 걸 위해 싸워라. 그게 내 정의다. 난 나쁜 놈이었는지 모르지만 그게 내 일생이었다. 그 말을 해 주고 싶었어."

준후는 자기도 모르게 깊은 생각에 빠져 주기 선생의 눈을 들여다보았다. 주기 선생은 준후를 밀쳐 내며 말했다.

"정의가 꼭 이기는 건 아니라고 나는 생각한다. 이긴 놈이 정의가 되는 거지. 그래서 정의파가 되고 싶지는 않아. 일단은 이기고 보는 거야. 알겠니? 난 말재주가 없어서…… 내 말은 다 했다. 이제 고 깜찍한 계집애는 나한테 맡기고 어서 가려무나."

준후는 주기 선생에게 대답하지 않았다. 그리고 뒤돌아서 방을 나섰다. 문에서 등을 돌리며 자리에 눕고 있는 주기 선생의 눈에서 한 줄기 눈물이 흘러내리고 있었다.

또 하나의 녹비

연희와 윌리엄스 신부는 판첸 라마의 인도를 받아 포탈라궁의 계단을 내려가고 있었다. 체력을 비축해 두라는 경고를 입증하기라도 하듯이 길은 끝없이 멀기만 했다. 중간중간 쉬는 칸이 있는 것도 아니고 때로는 꼬불꼬불하고 때로는 일직선으로 죽 이어져 높이마저 들쭉날쭉한 계단을 끝없이 걷다 보니 환각 작용이 일어나 발을 헛디딜 지경이었다.

처음에는 여러 가지 방들도 많았고 라마승들도 여기저기 돌아다녔지만 몇 곳인가 라마승들이 지키고 출입을 통제하는 지점들을 지나고 난 다음부터는 굳게 닫혀 있는 문들과 끔찍하게 이어져 있는 계단만이 보일 뿐이었다. 인간이 만든 건물이 이렇게까지 깊을 수 있는 것인지 의심마저도 들었다.

계단의 아래쪽은 깜깜하고 매우 넓어서 판첸 라마가 들고 있는 횃불조차도 계단의 전모를 보여 주지 못했다. 계단을 어느 정도 내려가고 나면 또 많은 샛길과 다른 계단들이 연결돼 있어서 지하는 마치 미로와 같았다. 연희도 제법 기억력이 있다고 자부하는 사람이었지만 연희가 아니라 제아무리 머리가 좋은 사람이라도 이렇게 복잡한 길을 지나가면서 그 길을 외울 수는 없을 것 같았다.

약 한 시간 정도 걸음을 옮기고 쉬고를 반복했다. 준비해 온 마른 식량과 물로 허기를 때울 뿐 내려가기만을 계속하자 연희는 눈앞에 헛것이 보이며 다리가 풀려 차라리 굴러서 내려가면 더 편하지 않을까 하는 망상을 할 정도였다. 대여섯 시간이 지난 다음에는 더 이상 걸을 수가 없어서 어느 작고 텅 빈 방에 들어가 한 시간 정도 다리를 쉬고 잠을 자기까지 했다. 그때에도 판첸 라마는 조용히 미소를 머금은 채 연희를 돌보아 주었으며 별다른 말은 하지 않았다.

연희는 악몽에 시달렸다. 계단을 내려가는 것이 이렇게 고통스러운데 되짚어 올라갈 때는 어찌할 것인가! 그건 악몽이 아니라 엄연한 현실이었지만 억지로 생각을 돌리려 애썼다. 결국 내려가는 데에만 하루가 꼬박 걸렸다. 나중엔 아무 생각도 나지 않고 그저 발이 움직이는 대로 휴식 없이 계속 내려가기만 했다. 그렇게 두 시간 이상이나 내려간 후에야 판첸 라마는 어느 좁게 나 있는 복도 앞에서 걸음을 멈추었다.

"이 안쪽이 녹색의 비석이 있는 곳입니다."

연희는 하마터면 울음을 터뜨릴 뻔했으나 간신히 참았다. 윌리엄스 신부도 비틀비틀하는 것이 주저앉을 것 같아 보였지만 판첸 라마는 어찌 된 사람인지 끄떡도 없었다.

판첸 라마의 인도를 받아 안으로 들어간 연희와 윌리엄스 신부는 피곤함도 잊고 숨을 들이마셨다. 방 안은 휘황한 금빛으로 빛나고 있었다. 판첸 라마가 든 횃불이 사방 벽에 가득 칠해진 금박에 반사돼 방 전체가 찬란하게 빛났다. 벽에는 단순하지만 우아한 형태의 오래된 장식들이 가득 새겨져 있었는데 모두가 순금으로 만들어진 것은 아니겠지만 최소한 도금은 된 듯했다.

중앙에는 역시 금빛으로 빛나는 제단이 있었다. 제단 위에는 녹색의 옥으로 만들어진 새 모양의 조각물이 양쪽에 있었고, 그 중앙에 녹색의 보석으로 만들어진 어른 손바닥보다 조금 큰 팔각형의 비석이 서 있었다. 녹비였다. 저렇게 커다란 에메랄드가 존재한다는 사실도 놀라웠거니와 그것이 이런 방 안에 모셔져 있다는 것도 신기했다. 윌리엄스 신부가 중얼거리듯 말했다.

"이것이 에메랄드 태블릿?"

"그렇습니다."

"이 방은 얼마나 오래된 방입니까?"

"저희도 알지 못합니다. 수천 년은 됐겠지요."

윌리엄스 신부가 들리지 않을 정도로 '아멘'을 중얼거리는 사이 연희는 놀라움을 감추곤 녹비를 자세히 살펴보았다. 녹비의 겉면은 일견 매끈하게 보였으나 좀 더 자세히 살펴보자 여덟 면 모두에 보이지 않을 정도의 작은 글자들이 빽빽이 음각돼 있었다. 그 글자체는…… 연희는 잘 보이지 않아 한 걸음 더 녹비 쪽으로 다가서면서 눈을 크게 떴다. 그리고 자신도 모르게 손을 뻗었으나 아무것도 만져지지 않았다.

그제야 피곤함에 지친 연희의 머리에 에메랄드 태블릿이 '손에 잡히지 않는다'고 했던 판첸 라마의 말이 떠올랐다. 연희는 손을 더 내밀었으나 손은 에메랄드 태블릿이 있는 자리를 쑥 통과해 갈 뿐이었다. 믿을 수 없는 일이었다. 입체 영상이라면 모르겠지만 그렇게 볼 수도 없었다. 그것은 너무도 완벽해 보일뿐더러, 판첸 라마가 들고 있는 횃불이 너울너울 움직임에 따라 그림자가 변하고 있으니 입체 영상이라고 할 수는 없었다. 그런데도 전혀 만져지지 않는다니!

연희가 놀라서 신음을 내자 윌리엄스 신부도 연희처럼 에메랄드 태블릿을 손으로 더듬어 —잡히지는 않았지만— 보았고 가벼운 탄성을 질렀다. 윌리엄스 신부가 판첸 라마에게 물었다.

"저 태블릿에 글자가 새겨져 있습니까?"

"있습니다. 그러나 해독한 사람은 아무도 없습니다."

판첸 라마의 말이 떨어지자 연희가 비로소 몸을 일으키면서 말했다.

"당연합니다. 저것은 아직 세상에 알려지지 않은 글자니까요."

"연희 양은 저 글씨를 알아볼 수 있습네까?"

"잘 읽을 수는 없지만 무슨 글자인지는 압니다. 저걸 읽을 수 있는 사람은 오직 한 사람밖에 없을 겁니다."

"그게 누구지요?"

"준후입니다. 저 글자는 조선의 상고 문자인 신지 문자임이 틀림없어요."

윌리엄스 신부는 놀란 눈을 크게 뜨며 말했다.

"조선의 문자라고요?"

연희도 눈을 크게 뜨면서 허리를 폈다. 이제는 피로도 더 이상 느껴지지 않았다. 어째서 티베트, 포탈라궁의 깊숙한 곳에 조선의 옛 글자로 새겨진 태블릿이 있는지에 대해서만 사고가 맴돌았다.

"해독하실 수 있겠습네까, 연희 양?"

윌리엄스 신부의 말에 연희는 고개를 가로저었다. 이럴 줄 알았으면 진작에 준후에게 제대로 배워 놓을 걸 하는 후회가 들었지만 이제 와서는 어쩔 수 없는 일이었다. 연희는 방의 주변을 에워싸고 있는 도안들과 금빛들에 눈길을 돌렸다.

"우선 방 안의 도안들부터 살펴보는 것이 좋겠어요. 대부분 그림으로 돼 있는 것 같으니까요."

윌리엄스 신부와 판첸 라마가 고개를 끄덕이자, 연희는 판첸 라마에게서 횃불을 받아 들고 천천히 금빛으로 번적이는 벽면을 관찰했다.

퇴마사 일행들이 서둘러서 사툼나의 안내를 받아 잘 보이지 않는 샛길로 마을을 떠난 지 두 시간도 채 되지 않아 마을에는 몇 대의 승용차와 트럭이 몰려들었다. 승용차에서는 양복 차림의 사람들이, 트럭에서는 군인들이 내렸다.

그들은 섣불리 집을 수색한다거나 주민들에게 위해를 가하지는 않았으나 삽시간에 사방을 포위하고 요소요소를 장악해 누구 한 사람 마을 밖으로 빠져나가지 못하게 만들었다. 질서정연한 수배를 본 백호는 상당한 부담감을 느끼면서 밖으로 나갔다. 여러 사람이 마을 사람들에게 무언가를 묻고 있었는데, 백호가 집 밖으로 나오자 몇 사람이 백호에게 다가왔다. 예상과는 달리 웨이나 도구르의 모습은 보이지 않았다.

"당신은 누구요? 인도인 같아 보이지는 않는데?"

"난 한국 사람입니다. 백호라고 하죠."

"백호?"

"보아하니 그들을 찾아온 것 같은데 이미 늦었소. 나도 찾으려 했지만 허탕이었으니."

요원들 중 몇몇이 서로 눈빛으로 무언가 신호를 보내더니, 그중 금발에 콧수염을 기른 덩치가 큰 남자가 입을 열었다.

"나는 인터폴의 맥라렌이오. 당신이 한국의 백호라면…… 긴 이야기는 않겠소만, 당신이 중국에서 그들을 빼내어 가지 않았소?"

"빼내어 가다니! 나도 그들에게 잡혀간 거나 다름없소. 그들이 비행기에서 낙하산으로 뛰어내리는 바람에 그들을 놓친 거요. 여기까지 따라왔지만 결국 못 잡고 말았으니 어쩌겠소."

"속이 뻔히 들여다보이는 소리는 마시오. 다시 묻겠소. 당신이 그들을 도망시킨 것 아니오?"

"나도 그들을 추적하는 임무를 띤 사람이오. 공연히 누명 씌우지 마시오. 내가 그들을 도망시켰다는 증거가 있소?"

"우린 도구르 경위의 증언을 받았소. 알지 않소? 도구르 경위에 대해서는……."

백호는 도구르에 대해 이를 갈았지만 겉으로 표현하지는 않았다.

"잘 알지요. 그런데 도구르 경위가 뭐랍디까?"

"도구르 경위가 당신에게 억류돼 갔던 것은 중국에서 보고를 받아 알고 있소."

"내가 아니오. 그들에게 억류됐던 것이지."

"하지만 당신의 비호 없이 어떻게 비행기가 뜨고 낙하산으로 내리고 하겠소?"

"당신, 그들이 어떤 사람인지 모르오? 그 정도 능력이 없이는 이렇게 난리가 나지도 않았을 거란 점, 알지 않소? 내가 무슨 힘으로 그들과 맞서겠소? 안 그렇소?"

백호는 조금도 양보하지 않고 맥라렌에게 당당하게 맞섰다. 그러면서도 어떻게 하면 조금이라도 시간을 더 끌까 생각하고 있었다. 그런데 백호와 맥라렌의 대화는 예상치 못한 일로 중단되고 말았다. 갑자기 어느 작은 집에서 꼬마 아이가 울면서 뛰어나왔기 때문이었다. 아라였다.

"미워, 미워! 나만 혼자 떼어 놓고! 다 밉단 말야!"

그 뒤를 이어 주기 선생이 절뚝거리면서 새로 얼굴에 상처 자국까지 몇 개 낸 채 당황한 얼굴로 나타났다. 예상외로 아라의 발악(?)이 심하다는 것을 느낀, 떫은 표정이었지만 이미 때는 늦었다. 주기 선생은 아라를 잡으러 나왔다가 밖에 요원들과 백호가 서 있는 것을 보고는 놀라서 우뚝 그 자리에 섰다. 철없는 아라는 다시 빽 소리를 질렀다.

"준후 오빠도 없고, 다 없잖아! 왜 난 같이 못 가! 응!"

백호는 가슴이 철렁했다. 한국말로 떠드니 그들이 알아듣지는 못한다 하더라도 준후의 이름을 소리 지르다니. 그렇다고 여기서 아는 척하기도 영 어색한 일이었다. 주기 선생은 눈치를 챈 듯, 무리를 하고 달려와서 아라를 잡아 울건 말건 상관하지 않고 번쩍 들어 어깨에 걸머지고 순식간에 안으로 들어가 버렸다. 아마 이런 일에 힐기보법이 사용될 줄은 주기 선생으로서도 짐작하지 못했으리라.

"저들은 누구요?"

맥라렌의 말에 백호는 딴청을 부렸다.

"나라고 여기 있는 사람을 다 알겠습니까?"

"난 주한 미군으로 복무했던 적이 있소. 한국말도 좀 아오. 저 아이와 이야기를 좀 해 볼 수 있겠소?"

맥라렌의 말에 백호는 눈앞이 캄캄해지는 것을 느꼈다.

한편 사툼나의 안내를 받은 퇴마사들은 백호가 예약해 놓은 호텔에서 준비물들을 챙기고 있었다. 백호가 꼼꼼하게도 동굴 탐사용 장비까지 준비해 두었고, 그것은 최 교수가 짊어졌다. 그 외에도 현암은 위성 전화기의 목도 속에 넣어 둔 청홍검까지 챙겼고, 준후 역시 백호가 준비해 준 주사와 한지로 부적들을 열심히 그려서 소맷자락에 두둑이 챙겼다. 박 신부도 비상식량 같은 가벼운 짐들을 졌다. 박 신부는 자신이 가장 체격이 좋으니 짐을 많이 져야 한다고 주장했지만 최 교수와 현암이 우겨서 거의 짐이 없었다.

최 교수는 탐사 장비 외에도 참고 문헌들과 자잘한 것들을 걸머졌고, 승희도 최 교수와 짐을 나누어 메기로 했다. 두어 시간이 지나자 백호에게 위성 전화가 걸려 왔다. 그러나 그 전화는 백호가 직접 건 것이 아니라 같이 있던 요원이 건 것이었다.

"네? 아…… 네, 저런……."

전화를 받는 박 신부의 목소리가 다소 가라앉자 더불어 준비하던 모두의 마음도 덩달아 가라앉았다. 잠시 후 전화를 끊은 박 신부는 한숨을 내쉬면서 말했다.

"역시 도구르가 제보를 한 것이 맞나 보군. 백호와 거기 남아 있던 사람들 모두가 발이 묶여 버렸다는군. 아마 우리를 추적할 거라고 하는데…….”

“할 수 없이 먼저 떠나야겠군요.”

“그래. 가능한 한 빨리 출발하라고 하는군. 파키스탄으로 서둘러 가려면 비행기를 타는 수밖에 없네. 그러면 필경 항로가 추적될 텐데…….”

“먼저 가서 마스터가 꾸미는 짓부터 막아야 하지 않습니까?”

현암이 말하자 승희가 마음에 안 든다는 듯 내뱉었다.

“맨날 막고, 또 막고. 우린 도대체 뭐죠? 차라리 지금 가서 숨어 버리는 게 어때요? 홍수야 나건 말건, 저 징글맞게 쫓아오는 놈들도 한 번 당해 봐야 따끔한…….”

박 신부는 잠자코 있었지만 현암이 눈을 흘겼다.

“승희야!”

“알았어, 알았어. 그냥 해 본 소리야. 좌우간…… 어이, 아저씨.”

승희는 얼버무리다가 난데없이 옆에 있는 요원에게 물었다. 요원은 뭐가 뭔지 잘 몰라 멍하니 있다가 ―출동 준비를 하는데 부적을 그리고 있는 준후를 보고 특히 더 멍해졌다― 흠칫하며 승희를 쳐다보았다.

“네?”

“총 같은 거 하나 얻을 수 없을까요?”

“총요?”

“네. 권총 같은 거요.”

"다른 건 모르겠지만 권총은 드리기가 좀……."

"나도 내 몸은 지켜야 할 거 아니에요!"

"승희야, 권총은 뭐에 쓰려는 거니? 그런 것 없이도 충분하다. 그건 안 돼."

박 신부가 충고하듯 말하자 승희는 할 수 없다는 듯 양손을 치켜올려 보였지만 눈빛은 여전히 빛나고 있었다. 다른 사람들은 장비를 점검하려고 여념이 없었지만 그사이 승희는 요원을 끌고 저만치 가서 뭐라고 속닥거렸다.

한참 뒤 모두가 출발할 때 승희가 집에 무언가 두루뭉술한 꾸러미를 하나 더 집어넣는 것을 보고 무어냐고 물어보았지만 승희는 '여자에게 꼭 필요한 것'이라는 말뿐 대답하지 않았다. 현암은 의심이 갔으나 총 모양을 띤 것도 아니라서 그냥 넘어가기로 했다.

퇴마사들이 자리를 털고 일어나자 사툼나는 간곡하게 승희를 받들어 모시면서 수없이 절을 했지만, 승희는 피식 웃기만 하고는 말없이 자리를 떴다.

연희는 도안을 관찰하면서 분주히 뭔가를 수첩에 적고는 깊은 사색에 잠겼다. 윌리엄스 신부는 손에 잡히지 않는 에메랄드 태블릿을 바라보면서 다른 생각에 빠졌고, 판첸 라마는 윌리엄스 신부를 도와 횃불을 들고 있었다.

한참 후 윌리엄스 신부가 연희 곁으로 와서 말했다.

"아무래도 일종의 영체 같습네다. 엑토플라즘이라고 하는……."

"영체요?"

"네. 염체와는 조금 다른 것인데, 정신력으로 만들어진 물건입니다. 일종의 혼을 지니고 있다고 하는 물질이기도 하죠. 그러니 형체가 있으면서도 없고, 보이지만 잡히지 않는 것이지요. 그것밖에는 달리 설명할 말이 없습네다, 아멘."

윌리엄스 신부는 긴 한숨을 내뱉다가, 아직도 뭔가를 쓰며 대조해 보는 연희에게 물었다.

"연희 양은?"

"놀라운 거예요. 아주 놀라운……."

"그렇습네까?"

이곳으로 초빙돼 온 사람은 윌리엄스 신부였지 연희가 아니었다. 그렇다고 해도 윌리엄스 신부는 연희의 지금 모습이 조금도 섭섭하게 느껴지지 않았다. 오히려 새로운 사실이 밝혀질 것 같아 반가울 따름이었다.

"자, 보세요. 다 알아내지는 못했지만 설명해 드리지요. 판첸 라마님께서도……."

"예."

"이 주변을 둘러싸고 있는 것들은 일종의 부조(浮彫)로 만들어진 벽화라고 할 수 있어요. 모두 아홉 개의 큰 그림으로 이루어져 있지요. 금박을 입혀 수천 년이 지난 후까지 보존됐지만 군데군데 낡은 부분이 많아 금세 알아보시기 어려울지도 모르지만요. 자……."

연희는 먼저 한쪽 모퉁이의 그림을 가리켰다.

"이건 어떤 걸 그린 그림으로 보이시지요?"

"글쎄요. 사람들이 아주 많군요. 말도 보이고……."

"맞아요. 이건 전쟁의 그림입니다. 한쪽 군대는 말을 타고 있어요. 즉 기마병 위주의 군대지요. 그리고 다른 쪽 군대는 거의 보병이에요. 걷고 있고, 성곽 같은 것에 의지하고 있지요."

"아, 그게 성곽을 나타낸 것이군요."

"네. 그리고 이 중앙부, 이쪽 말 탄 군사들을 지휘하고 있는 크게 새겨진 사람이 보이지요?"

"그래요. 뿔이 돋아 있군요."

"맞아요. 이 사람이 이 말 탄 군사들의 대장입니다. 워낙 간략하게 표현돼 있기는 하지만 크게 그려진 것으로 보아 대장임이 틀림없어요."

"그렇군요."

"그러면 다음 그림을 보세요."

연희는 다음 부분을 손가락으로 가리켰다. 머리에 뿔이 돋은 커다란 남자가 높은 산을 오르는 모습이었다. 그 뒤에는 여러 명의 작은 사람들이 따르고 있었다. 산 위에는 구름이 걸려 있었고 눈 덮인 산을 그린 듯한 표현도 보였다.

"이건 앞서의 그 대장이 틀림없어요. 그 사람이 산을 올라가고 있지요?"

"그렇군요."

연희는 그다음 그림을 가리켰다. 머리에 뿔이 난 사람이 여러 사람을 앞에 놓고 하늘로 두 팔을 벌리고 연설하는 것 같았으며 아래에 있는 작은 사람들은 모두 환호하고 있었다.

하늘에는 네 명의 작은 사람 모양의 형체가 구름 사이에 서 있었는데 셋은 앞에 서 있었고 다소 큰 한 명은 그 뒤에 서 있었다.

"이건 무어라고 생각되시나요?"

"글쎄요. 앞선 전쟁 영웅이 사람들을 모아 놓고 연설하고, 위에 떠 있는 것은 신 같은 존재들을 나타낸 것이 아닐까요?"

"제 생각도 그래요. 그다음, 이것이 중요합니다. 보세요."

다음 그림은 유달리 고풍스럽고 과감한 표현으로 그려져 있어서 무언지 알아보기 어려웠다.

앞서의 뿔이 돋은 대장이 서 있었고 그 밑으로 알 수 없는 선들이 지나가고 있었다.

"이건 뭡니까? 이 많은 의미 없는 선들은? 혼란스러운데요?"

"여러 가지 의미가 될 수 있겠죠. 보신 그대로입니다. 고대인들의 그림 양식은 비유적인 것도 있지만 놀랄 만큼 사실적인 것도 있습니다. 이건 표현 그대로 혼란입니다."

"혼란이라면?"

"이렇게 많은 선들, 소용돌이. 이게 나타날 수 있는 혼란이라면 무엇일까요? 홍수입니다."

"홍수? 그렇다면 이게 대홍수를 표현해 놓은 그림이라는 말인가요?"

"더 보세요."

이어서 연희가 가리킨 그림은 뿔난 대장의 슬퍼하는 모습이었다. 대장이 땅을 파고 죽은 자들을 묻고 있는 것 같은 모습. 그리고 그의 뒤로 이상한 복색을 한 사람들이 찾아오고 있었다.

"나는 통 이해가 가지 않는군요. 여태껏 내가 아는 어떤 영웅이나 신화에도 이런 내용은 없었어요."

"그럴 수 있지요. 그다음입니다."

다음 그림은 분위기가 달랐다. 뿔이 난 대장은 둥근 반원 모양의 가지를 들고 그 가닥을 떼어 사람들에게 나누어 주고 있었다. 여러 사람이 그 가닥을 잡고 사방으로 흩어져 있었다.

"흠, 이건 뭡니까? 저 대장이 들고 있는 것은?"

"아까도 말씀드렸지요? 고대인의 표기법은 직설적일 때가 많다고. 금박이라 색깔이 보이지 않으니 조금 이해가 어려우실지도…… 그러나 저는 알 것 같아요. 저건 무지개입니다."

"무지개! 그렇군요. 홍수 뒤에 무지개! 이건……."

윌리엄스 신부의 얼굴이 흐려졌다. 홍수 뒤에 무지개를 징표로 삼는 것은 『성경』에 기록돼 있었다. 그러나 뿔이 난 사람의 형상이 야훼일 것 같지는 않았다.

그 대목에 이르자 판첸 라마가 조용히 말했다.

"여기 새겨진 부조들은 저희도 대강 그렇게 짐작했습니다. 그래서 굳이 교황청 측에 보여 드리고 해석을 요청한 것입니다. 신앙심은 누구의 것이든 소중한 것이니까요."

윌리엄스 신부는 뭐라고 말을 할 수 없었다. 그러나 연희는 그런 윌리엄스 신부의 얼굴을 보고 밝게 웃으며 말했다.

"염려하지 마세요. 절대 신부님의 신앙에 저어되는 내용은 아닙니다. 뿔이 난 사람은 야훼도 아니고 신도 아니에요. 다음 그림을 보세요."

다음 그림은 뿔이 난 사람의 장례식 같아 보였다. 사람들이 많이 모여 그 사람을 묻고 있는데 뿔이 난 머리가 옆에 놓여 있었다.

"보세요. 이건 그 사람의 죽음을 상징하는 것입니다. 그리고 그 다음."

이번 그림은 판독하기가 매우 어려웠다. 구름 비슷한 것과 비스듬히 그어진 선들, 수직으로 그어진 선들이 교차하고 있었고 그 밑에 많은 사람들이 무엇인가를 만드는 모습이 보였다.

"이건 무엇인가요?"

"알아보시기 어렵겠지요? 당연합니다. 하지만 저는 이해할 수 있어요. 고대사를 조금 아는 한국 사람들만이 이를 제대로 이해할 수 있을 겁니다."

"아까 조선의 옛 글자가 나왔다니 그런 짐작은 하고 있었습니다. 도대체 무엇입니까?"

"구름은 아실 것이고. 비스듬히 그어진 선은 바람입니다. 그리고 수직으로 그어진 선은 비입니다. 즉 저것은 고대 조선의 삼사인 운사, 풍백, 우사의 상징입니다. 그리고 저 밑에 만들어지고 있는 것, 그것은 무엇으로 보이시지요?"

"네모진 것이 무슨 비석 같군요."

"다음 그림을 보세요. 그게 마지막입니다."

그다음 그림은 윌리엄스 신부로서는 더더욱 이해하기가 어려웠다. 커다란 네모가 있었고 작은 네모가 있었고 그 밑에는 기뻐 춤추는 사람들이 있었다. 그 위에는 여러 가지 다른 장식을 한 사람들이 모여 하늘에 떠 있었다.

"이건 무슨 뜻입니까? 저로서는…… 좀 설명해 주십시오."

윌리엄스 신부의 말에 연희는 눈빛을 빛내며 천천히 말했다.

"제 짐작이 틀림없다면 저건 녹비, 즉 에메랄드 태블릿을 말합니다. 이 일련의 그림들은 바로 과거에 일어났던 대홍수의 경위를 설명해 주고 있습니다."

"대홍수!"

윌리엄스 신부는 경악했다. 대홍수의 경위라니…… 연희는 한가지를 더 말하기 시작했다.

윌리엄스 신부는 무슨 말인지 잘 알아듣지 못했지만, 퇴마사들이나 최 교수가 옆에 있었다면 엄청나게 놀랄 만한 내용이었다.

"저 뿔이 난 사람은 조선의 치우천왕입니다. 중국의 황제를 격퇴한 영웅이자 티베트의 건설자 그리고 에메랄드 태블릿, 즉 녹비의 형태를 빌어 치수법을 세계에 전파한 영웅입니다."

치우천왕

윌리엄스 신부와 판첸 라마는 서로 다른 연유로 충격을 받았다. 윌리엄스 신부는 그동안 베일에 싸여 있었던 대홍수의 실마리가 풀린 데 대해, 그리고 그것이 『성경』의 내용과 배치되지 않을까 하는 데에서 종교적인 충격을 입었으나 판첸 라마는 다른 이유에서 충격을 받은 것 같았다. 그러나 가장 아득한 기분을 느끼고 있는 것은 연희였다.

"한(韓)민족은 고대에 기마 민족이었지요. 머리에 나타난 뿔, 그것은 투구를 상징합니다. 근동의 고대사는 무수히 왜곡돼 자취를 찾기 힘들지만, 한민족은 가장 먼저 기마군을 창설하고 투구와 갑옷을 만들어 한(漢)족을 지배했습니다. 특히 치우천왕은 그 투구와 갑옷 때문에 동두철액(銅頭鐵額), 즉 구두 머리와 쇠 이마에 뿔이 돋은 괴물이라고 알려졌습니다만 실제는 다릅니다. 첫 번째의 그림은 치우천왕과 황제가 중원에서 격돌한, 탁록 대전(涿鹿大戰)을 나타낸 것이 틀림없습니다."

"그러면 다음 그림은요?"

연희는 기름 냄새가 나는 걸 느꼈지만, 지금은 그런 것을 따질 계제가 아니었다. 연희는 열을 올리면서 말했다.

"중국 측의 고서에서는 황제가 치우를 크게 이겨 치우를 죽였다고 나옵니다만, 그건 이상한 일입니다. 치우를 죽이고 나서까지 황제는 치우가 무서워서 베개를 돋우지 못했다고 했고, 치우와 싸우고 난 후 급히 왕위를 버리고 산으로 들어가 수도하며 지냈다고 하니까요. 치우에게 패해 왕위에서 밀려난 것을 후대의 역사가들이 그렇게 꾸며서 기록한 것이 틀림없습니다. 그런데 문제는 치우천왕이 황제와 싸운 뒤 어디론가 가 버렸다는 설이 있다는 것입니다. 그러니까 어떤 이유로 인해 치우천왕이 다른 나라를 건설해 그곳의 왕이 됐다는 주장입니다. 그것을 '장당경(藏唐京)설'이라고 하는데, 장당경은 티베트입니다. 일설에 의하면 치우천왕이 직접 장당경에 간 것이 아니라, 치우천왕의 형제가 간 것이라고도 합니다만. 어쨌든 치우씨 왕족이죠."

"그럼 두 번째 그림이 그것을 나타내는 것인가요?"

"그렇지요. 세 번째 그림도 마찬가지입니다. 눈에 덮인 높은 산, 이건 짐작입니다만 치우는 홍수가 닥칠 것을 미리 알고 대비한 것이 분명합니다. 높은 산에 나라를 세운다는 것은 그것 말고는 이유가 없습니다. 그리고 그 머리 위에 떠 있는 사람들은 분명 풍백, 운사, 우사의 삼사입니다. 일설에는 치우천왕은 풍씨, 즉 풍백의 후손이라고 하는데 조상신 정도로 생각되는군요."

"흠……."

"전에도 들으셨겠지만 중국은 치수법을 전수받아 대홍수를 그럭저럭 피할 수 있었습니다. 당시의 조선은 오행치수법을 익혀서 그에 대한 피해가 별로 크지 않았고요. 홍수의 그림과 그 후에 치우천왕이 사람을 묻는 그림은 홍수가 일어난 것과 그에 대한 뒷수습을 하면서 슬퍼하는 치우천왕의 모습을 나타낸 것이라 여겨집니다."

"그럼 그 뒤에 나타나 있는 사람들은?"

"치수법을 청하러 온 사람들이 아닐까 싶습니다. 그다음을 보면 치우천왕은 사람들에게 무지개를 나누어 줍니다. 무지개는 비 온 다음의 상징, 비가 갠 후의 상징이니 홍수를 이길 수 있는 방법이라는 의미도 됩니다. 그것을 사람들에게 나누어 사방으로 흩었습니다. 치우천왕은 죽었고, 사람들은 그의 뜻을 받들기 위해 그 지식을 담은 녹비를 만들고, 작은 녹비, 즉 에메랄드 태블릿을 만들게 해 사방에 전파한 것입니다. 그 녹비는 아마도 치수법 외에도 여러 가지의 가르침을 담고 있을 것으로 보입니다."

"아아, 저런…… 그런 일이……."

윌리엄스 신부는 말을 잇지 못하고 있었다. 판첸 라마가 조용히 연희에게 말했다.

"놀라운 사실이군요. 그러나 그 홍수의 원인이 어디에 있는지는 알아내실 수 있겠습니까?"

"무슨 말씀이신지요?"

"근자에 천기가 불온합니다. 위험이 닥칠 조짐이 보인다는 말이지요. 아까부터 자세히 보았습니다만, 연희 씨께서는 여기 오시기 전부터 홍수에 대한 일을 염두에 두고 계시지는 않았는지요?"

연희는 판첸 라마의 말을 듣고 깜짝 놀랐다. 판첸 라마가 독심술 같은 것을 했단 말인가?

"그, 그걸 어떻게……."

"이곳은 라마교 비전의 장소. 미리 묻지 않고 작은 재주를 부린

점은 양해해 주시기 바랍니다. 인연이 닿지 않은 사람을 들일 수 없어서 그리했던 것뿐이니 용서하십시오. 그러나 연희 씨는 예정된 분입니다. 어떤 형태인지는 모르지만, 대재난을 막을 수 있는 사람들과의 연분이 있는…….”

연희는 퇴마사들을 머리에 떠올렸다. 그리고 『해동감결』의 내용도. 네 명의 큰 손님, 그리고…….

“대재난을 막을 사람들…… 그렇다면 티베트에도 예언서가 전해지고 있나요?”

“예언서는 아닙니다. 그러나 그러한 구전이 비밀리에 전승되고 있었습니다. 아무도 모르게 세상을 구하는 사람들에 대해…….”

판첸 라마는 잠시 끊었다가 다시 이었다.

“아무도 모르게 세상을 구한 사람들은 많고도 많습니다. 큰일을 하는 사람들일수록 외부에 알려지지 않게 일을 하는 법입니다. 그리고 이번에도 그럴 수 있으리라 여깁니다. 제가 이 비전의 장소를 보여 드린 것도 다 인연이 있어서겠지요.”

“잠깐, 판첸 라마님. 그렇다면 저는 무엇입니까? 저에게 부여된 운명은요? 그리고 제가 지닌 힘은? 역할은 도대체 무엇이죠? 네?”

연희는 판첸 라마가 슬쩍 비친 자신의 이야기에 대해 물었다. 판첸 라마는 연희가 집요하게 묻자 간신히 한마디를 해 주었다.

“당신은 다른 사람과 하나도 다르지 않습니다. 힘도 능력도 운명도 없습니다. 단 한 가지, 당신만이 알아볼 수 있습니다. 당신의 타고난 눈만이 진실의 그 사람을 알아볼 수 있습니다.”

"진실의 사람은 누구죠? 저만 알아볼 수 있다는 사람이 누구란 겁니까? 네?"

"미리 알려 하지 마십시오. 때가 되면 다 아시게 될 테니까요."

판첸 라마는 더 이상 연희의 이야기에 답해 주지 않았다. 다만 다음과 같은 엉뚱한 말 한마디만을 따름이었다.

"최후의 날에 일을 해결하는 것은 네 사람이 아닙니다. 사람이 되 사람이 아닌 한 사람이 같이 있어야만 합니다. 그것을 잊지 말아 주시기 바랍니다. 절대로, 절대로……"

그 말을 끝으로 판첸 라마는 돌부처가 된 듯, 눈을 감고 작은 소리로 염불만을 되풀이해 읊기 시작했다. 연희와 윌리엄스 신부는 이상하게 여겨 몇 번이나 말을 걸어 보았지만 판첸 라마는 대답하지 않았다. 그때 갑자기 인기척이 들려 연희는 힐끗 입구 쪽을 돌아보았다. 입구에 횃불을 든 라마승 한 명이 서 있었고, 연희는 깜짝 놀라 소리쳤다.

"누구세요!"

그 라마승은 놀라지 않고 웃어 보였다. 윌리엄스 신부가 재빨리 연희를 뒤로 보내며 소리쳤다.

"저자는 지금 누군가에게 홀려 있어요! 다른 사람의 영이 대신……"

그 순간 연희에게는 두 번 다시 떠올리고 싶지 않은 목소리가 울려왔다. 입으로 내지 않고 울리는 복화술의 목소리.

잘도 여기까지 왔군. 그러나 이젠 끝이다.

"마, 마스터!"

"네놈이 라마승에게 빙의해서 이곳까지!"

그러나 연희가 소리를 지를 겨를도, 윌리엄스 신부가 외치면서 뛰어들 겨를도 없이 라마승은 손에 들고 있던 횃불을 바닥에 던졌다. 곧이어 언제 뿌렸는지 바닥에 흘러 있던 액체에 불이 붙으면서 불길이 순식간에 무섭게 타올랐다. 아까부터 기름 냄새가 나는 것을 무시한 채 방심하고 있었던 걸 연희는 후회했지만 어떻게 할 수가 없었다. 마스터의 요란하게 웃어 젖히는 소리가 멀어지는 것과 함께 방의 좁은 출구가 작렬하는 불길로 가득 차 지옥처럼 무섭게 타오르기 시작했다.

최후의 실마리

백호는 꼼짝달싹도 할 수 없는 상황에 빠졌다. 백호뿐만 아니라 아라를 포함해 주기 선생까지도 맥라렌과 동행해 차에 탈 수밖에 없었다.

더 이상 법적인 문제를 늘어놓을 계제가 아니었다. 백호와 동행했던 다른 요원들도 몇몇 있었지만 맥라렌은 한국 측에도 손을 써 놓았는지 아무런 힘을 쓰지 못하고 백호의 동행을 먼발치에서 지켜보고 있었다. 맥라렌을 만나기 전에 퇴마사들에게 떠나라고 당부한 것이 그나마 위안이 됐다.

맥라렌은 아라를 데리고 이것저것 물어보았지만 아라도 꽤 눈치가 있는 아이여서 자기가 뭔가 잘못했다는 느낌을 받았는지 모른다는 대답만 반복했다. 그러나 맥라렌도 산전수전 다 겪은 사람이라 그런 아라에게 쉽게 넘어가지 않았다. 그는 퇴마사들의 행방을 알아내려고 갖은 애를 썼다.

맥라렌의 말로 미루어 볼 때 다른 요원들이 소재지를 알아낸 것도 도구르가 입을 열었기 때문이 분명했다. 백호와 주기 선생은 도구르에게 머리끝까지 화가 치밀어 올랐다. 차에 타면서 주기 선생은 백호에게 슬쩍 말했다.

"내가 도구르인가 하는 그 자식, 없애 버리고 말 거요. 여태껏 생사람 목숨에 손댄 적은 없지만 이번만은 경우가 다르지. 두고 봐요. 쥐도 새도 모르게 없앨 테니."

"잠깐."

백호는 주기 선생을 제지했다.

"나도 화가 나지 않는 건 아닙니다. 하지만 그 사람 이야기도 좀 들어 볼 필요가 있습니다. 게다가 도구르만 없앤다고 일이 끝나는 건 아니지 않습니까? 여기 있는 사람을 다 죽일 건가요? 요원들은 끝없이 파견될 겁니다. 아니, 우리를 뒤쫓는 사람들 숫자는 점점 많아질 겁니다. 일단은 두고 봅시다."

"아, 거 정말 짜증 나는군."

주기 선생은 탄식 섞인 한숨을 내뱉다가 요원 하나가 빨리 차에 타라고 손짓하자 사나운 눈길로 쳐다보았다. 백호는 주기 선생이 사고를 칠까 봐 뜨끔해서 서둘러 차에 태우고 자신도 차에 오르려고 했다. 그런데 요원 중 하나가 백호는 다른 차에 타라고 손짓했다. 조금 지나자 맥라렌이 아라를 다른 요원에게 인계하고 백호가 타고 있는 차에 동승했다.

"어디로 가는 거요?"

"먼저 도구르 경위를 만나 보아야 하지 않겠소? 그리고 그들이 어디로 갔는지 아는 대로 말씀해 주어야 하오."

"나도 그들이 어디로 갔는지는 알지 못하오."

백호가 잡아떼자 맥라렌은 빙글빙글 웃는 얼굴로 말했다.

"한국에 있는 당신 상관과도 이야기를 끝냈소. 당신, 좀 곤란해질지도 몰라. 알아듣겠소? 당신은 받은 명령과는 다르게 일을 수행한 것 같던데……."

"난 명령을 어긴 적이 없소. 중국 공안국이 그들을 놓쳤고, 나는 그들에게 협박당해 잠시 협조했던 것뿐이오."

"그래. 나도 아오. 증거는 없소. 중국의 웨이와도 통화해 보았는데, 딱 잡아떼더군. 그래서 더 냄새가 난단 말씀이오."

차는 왔을 때처럼 대열을 이루어 마을을 빠져나가기 시작했다. 맥라렌은 창밖과 뒤에 따라오는 부하들을 확인한 후 백호에게 말했다.

"당신, 꽤 경력이 화려하더군. 아주 엘리트요. 나 같은 놈하고는 다르더군. 나 같은 놈들은 그렇게 논리적이지 않소. 머리로는 못 당하니까 다른 방식을 사용하지. 직감이란 거요. 아오?"

백호는 맥레란의 말을 들으며 입을 다물고 있었다. 맥라렌은 여전히 빙글빙글 웃으면서 말을 이었다.

"그들은 도망갈 수 없소. 육로로 가면 단번에 잡힐 테고, 비행기로 떠도 별수 없을 거요. 위성으로 감시하고 있으니 말이오. 에이왁스(AWAX)도 한 대 떴고 말이오. 어차피 잡힐 건데 여러 사람 번거롭게 하지 맙시다. 당신에게도 좋지 않을 테니. 어떻소? 신사적으로 이야기합시다."

그러나 백호는 아무 말도 하지 않았다. 다만 앞으로 어떻게 하는 것이 최선일까만 생각하고 싶었다.

퇴마사 일행은 요원의 안내를 받아 차를 타고 어디론가 이동하는 중이었다. 출발 시에는 여러 명의 요원이 각기 다른 차에 나눠 타고 있었는데 미행을 대비해서인지 얼마 지나지 않아 각지로 흩어졌다. 박 신부는 한숨을 쉬었다. 한참을 달려가자 넓은 분지 같은 지형이 나왔는데 어디인지는 알 수 없었다.

"어디로 가는 겁니까?"

현암이 묻자 요원이 말했다.

"호텔을 떠나게 되면 모든 외부로부터의 연락을 끊고 여러분들을 이곳으로 안내하라는 백호 씨의 지시가 있었습니다."

"왜 이런 곳으로 가는 겁니까? 공항으로 가는 것이 아닌가요?"

요원은 힘없이 웃으며 말했다.

"백호 씨를 믿으시기 바랍니다."

조금 더 달려가자 넓은 광야가 나왔다. 아무것도 없는 텅 빈 광야. 그 복판에서 요원은 차를 세웠다. 그러고는 일행을 전부 내리게 했다. 박 신부와 현암, 준후와 승희, 최 교수 다섯 명을 제외하고는 그 요원 한 사람뿐이었다.

　"그럼 이만, 저는 돌아갑니다."

　"잠깐. 그냥 가면 어떻게 합니까?"

　박 신부가 요원을 불러 세웠으나, 요원은 힘없이 웃으며 말했다.

　"저도 여러분의 행선지를 알아서는 안 됩니다. 백호 씨의 명령이었으니까요. 조금 기다리시면 비행기가 올 것입니다. 우리 측의 비행기는 여러분들로 위장한 요원들을 태우고 한국으로 돌아갑니다."

　"여기에 비행기가 옵니까? 누가 그걸 몰고?"

　요원은 피식 웃으며 말했다. 힘없이 피식 웃는 게 그의 버릇인 모양이었다.

　"밀수 단체죠. 섭외는 끝났습니다. 세계의 어디로든 말만 하면 데려다줄 겁니다. 그 사람에게도 구체적으로는 말하지 마십시오. 이걸 받으십시오. 그럼, 건투를 빕니다."

　요원은 그 말과 함께 박 신부에게 봉투 하나를 내민 뒤 차를 타고 먼지만 남긴 채 사라졌다. 현암은 그제야 고개를 끄덕였다.

　"과연 백호 씨군요. 물 샐 틈 없이 대비를 해 뒀는데요?"

　"그렇군. 아마 파키스탄까지 가는 데는 별문제 없을 거야."

　박 신부는 중얼거리면서 요원이 주고 간 봉투를 열어 보았다. 그 안에는 미국 은행에서 발행한 고액의 수표 두 장과 각자의 가짜 신분증과 여권 등이 편지 한 장과 같이 들어 있었다. 편지에는 다음과 같은 메시지가 찍혀 있었다.

동행하지 못하는 것을 용서해 주시기 바랍니다. 제가 할 수 있는 일은 여기까지인 것 같군요. 동봉한 수표 중 한 장은 비행사에게 주시고 다른 한 장은 필요한 일에 사용하시기 바랍니다. 제가 뒤에 남는 이유는, 만약 다른 정보국의 추적이 계속되더라도 가능한 한 여러분께 시간을 벌어 드리고 싶어서입니다. 세상 사람들이 뭐라고 하든 간에, 저는 여러분을 믿고 의지할 것입니다. 비록 힘든 상황에 처해 계시지만, 그 위험한 음모를 틀림없이 분쇄해 주시리라 믿습니다. 아무도 믿지 않지만 저는 믿습니다. 힘든 상황인데도 이렇게 다시 한번 부탁을 드리는 것에 대해 뭐라 드릴 말씀이 없습니다. 워낙 글재주가 없고 시간이 없어서 길게 쓰지는 못합니다. 꼭 성공하시기 바랍니다.

반드시 살아서 다시 만납시다. 그때를 기다리겠습니다.

백호

박 신부는 편지를 읽고는 현암에게 주었다. 현암은 승희와 최 교수, 준후와 함께 그 편지를 읽었다. 아무 말도 하지 않았다. 숙연하기도 하고 슬프기도 하고, 왠지 마음이 한없이 무거워지는 느낌이었다. 승희는 수다르사나와 애염명왕과 로파무드에 대해, 현암은 마스터의 능력과 그가 꾸밀 계책에 대해 생각했다. 박 신부는 세상에 나타난 블랙 엔젤을 위시한 악마들을 떠올렸고 준후는 홍수와 에메랄드 태블릿, 녹비에 대해 고심했다. 최 교수는 두고 온 아라를 떠올리면서 마음이 무거워졌다. 승희가 중얼거렸다.

"현암 군, 전에 수다르사나를 반드시 되찾아 주겠다고 약속한 거 잊지 않았지?"

현암은 딱딱했던 얼굴에 미소를 띠었다. 그러고는 백호의 편지를 집어 라이터 불로 태웠다. 승희가 생일 선물로 주었던 라이터였다.

"염려 마."

현암은 라이터를 손에 꼭 쥐어 보였다. 그러자 승희도 우울한 얼굴을 펴고 미소를 짓다가 갑자기 킥킥거리며 웃기 시작했다. 그러다가는 깔깔깔 큰 소리로 웃어 젖히면서 현암의 어깨를 세게 밀쳤다. 현암은 꿈쩍도 하지 않았지만 그런 승희의 모습을 보고 준후와 최 교수도 미소를 지었다. 그들을 보고 박 신부는 속으로 기도했다.

'주여, 저들을 도와주소서. 살펴 주소서. 필요하다면 저를 택하시고 저들을 도우소서.'

일행은 어느 정도 마음이 풀렸다. 현암은 자리에 앉아 정성스럽게 월향검을 닦았다. 월향을 닦는 데 몰두하고 있는 현암의 모습을 승희는 미소를 지으며 바라보았다.

'그래, 그게 나아. 그래야 현암 군답지. 라이터나 잘 간직해. 난 그거면 된다고.'

그때 준후가 손가락을 들어 하늘을 가리켰다.

"저기 보세요!"

준후가 손가락으로 가리킨 하늘 저만치에서 조그마한 점 하나가 나타났다. 요원이 말했던 밀수 단체의 비행기였다.

연희는 눈을 떴다. 도대체 언제 정신을 잃은 것일까? 여기는 어디일까? 컴컴한 천장과 횃불이 흐릿하게 보였다. 아, 그렇지 불! 불!

연희는 화다닥 몸을 일으켰다. 그러나 지옥같이 타오르던 불은 더 이상 곁에 없었다. 주변을 둘러보았다. 포탈라궁의 어느 계단 같았다. 곁에 윌리엄스 신부가 온통 불에 그슬린 채 쓰러져 있었다. 연희는 조심스럽게 윌리엄스 신부가 숨을 쉬는지 확인해 보았다. 다행히 숨을 쉬고 있었다. 다음에는 자신을 내려다보았다. 윌리엄스 신부와 마찬가지로 불에 그슬려서 엉망진창이었다. 둘만 여기 내려왔던 게 아니었는데? 판첸 라마는?

연희는 뒤를 돌아보았다. 판첸 라마 역시 불에 그슬린 채로 계단 위에 가부좌를 틀고 앉아 있는 것이 보였다. 그제야 연희는 한숨을 내쉬며 기억을 돌이켜 보았다. 그래, 마스터 놈이 라마승의 몸에 빙의해 여기까지 따라와선 불을 질렀지. 가솔린을 뿌리고 지른 불이라 걷잡을 수가 없었고 금박으로 장식된 방에 비추어진 불길은 더더욱 무시무시했다. 게다가 그 연기…… 연희가 기억나는 것은 거기까지였다. 불이 나고 정신을 잃기까지 일 분도 안 됐을 것이다. 밀폐된 좁은 장소에서 일어난 불이라 어떻게 할 방법이 없었다. 그리고 정신을 잃었는데…….

"판첸 라마께서 저희를 구해 주셨군요. 감사합니다."

윌리엄스 신부와 자신은 정신을 잃었기 때문에 여기까지 올라올 수는 없었을 것이다. 그렇다면 먼저 정신을 차린 판첸 라마가 둘을 구해 내 여기까지 끌고 온 것이 분명했다. 연희는 고마운 생각에 판첸 라마에게 합장했으나 판첸 라마는 아무런 대답도 하지 않았다. 이상한 느낌을 받은 연희는 판첸 라마에게 다가갔다. 판첸 라마는 눈을 감은 채 평안한 미소를 띠고 있었는데 숨을 쉬지 않았다.

연희는 놀라 몇 걸음 뒤로 물러섰다. 큰일이라는 생각이 들었다. 두려움이 온몸을 휘감았다. 혹시라도 마스터가 다시 내려온다면? 연희는 서둘러서 윌리엄스 신부를 흔들어 깨웠다. 그러나 윌리엄스 신부는 깨어나지 않았다.

"신부님! 윌리엄스 신부님!"

그때 연희의 귀에 계단 위쪽에서부터 술렁거리는 인기척이 들려왔다. 많은 사람들이 내려오는 소리였다. 한 사람이라면 마스터일 수도 있겠지만 여러 사람이라면 구조하러 내려오는 사람들이 분명하다. 연희는 안도의 한숨을 내쉬면서 털썩 주저앉았다. 그러고는 차분하게 앉은 자세로 숨을 거둔 판첸 라마를 바라보았다. 판첸 라마의 화상은 자신보다 몇 배는 더 심한 것 같았다. 판첸 라마가 목숨을 던져 자신들을 구해 준 것에 반해 무서움에 떨고만 있었던 자신이 한없이 부끄러웠다. 연희는 판첸 라마 앞에 머리를 숙이고 합장했다. 하염없이 눈물이 흘렀다. 그때 연희와 윌리엄스 신부를 안내해 주었던 젊은 라마승이 연희에게 합장하며 말했다.

"슬퍼하지 마십시오. 사람에게는 다 운명이 있는 것입니다."

연희는 억눌렀던 감정이 폭발한 듯 울음을 터뜨렸다. 자신을 구하기 위해 벌써 얼마나 많은 희생이 있었던가? 준후의 삼 년간의 수명. 목숨을 잃은 리. 그리고 판첸 라마…….

"나는, 나는…….""

"판첸 라마께서 떠나기 전에 말씀하셨습니다. 이번에 가면 돌아오지 못할 것이라고요. 이런 식으로 입적하실 것으로는 예상하지 못했습니다만 판첸 라마께서는 미리 언질을 주셨습니다."

라마승들이 윌리엄스 신부를 떠메고 판첸 라마의 시신을 수습하여 올라가는 중에도 연희는 울음을 그치지 않았다. 오랫동안 참고 있었던 다른 것들까지 생각나서 견딜 수가 없었다. 도대체 언제까지 사람들의 희생이 이어져야만 하는 것일까?

"슬퍼하지 마십시오. 누구나 올 때가 있으면 갈 때도 있는 것이지요. 불을 지른 자는 지금 정신을 잃고 기절해 있습니다. 뭔가 사악한 힘에 홀렸던 것 같더군요. 앞으로 엄중히 감시하겠습니다."

연희의 귀엔 아무 소리도 들리지 않았다. 눈물이 쏟아져 나와 눈앞도 흐렸다. 그 와중에 올라가는 돌계단 하나하나가 이상하게 보였다. 일그러지고 무슨 문양을 담고 있는 것처럼.

문양, 그래. 바로 그 문양…….

"잠깐만요."

연희는 걸음을 멈추었다. 여전히 눈물을 흘리고 있었지만 연희의 눈에는 결연한 빛이 어려 있었다.

"아래의 그 방은 어떻게 됐나요? 불은 꺼졌나요?"

"불은 꺼졌지만 온통 타 버린 상태입니다. 금박도 녹아내렸고 비석도 제단도 다 깨져 버렸어요. 더 이상 아무것도 남아 있지 않습니다. 앞으로 여기 오는 길은 막히게 될 겁니다."

"가야 해요. 아니, 그러니까 더더욱 가야 돼요. 죄송합니다. 저는 여기에 온 사명이 있어요."

그랬다. 연희에게는 사명이 있었다. 홍수에 대한 실마리. 지금 박 신부와 현암과 준후와 승희는 자신의 위험을 돌보지 않고 위험과 맞서고 있다. 연희는 홍수에 대한 실마리를 찾아내는 것이 임무였고, 그게 그녀가 할 수 있는 가장 큰일이었다. 그런데 지금 여기서 그냥 돌아가 버린다는 것은 그들을 배신하는 결과가 된다. 다 타 버린 것을 뒤져 보았자 뭐가 더 나온다는 보장도 없고 학술상으로 증빙할 증거가 남은 것도 아니다.

물론 단서는 잡았다. 그러나 더 이상의 실마리는 찾지 못한 것이 아닌가? 자신을 구했던 모든 사람을 위해서나 자신을 기억하는 모든 사람을 위해 여기서 눈물이나 흘리고 있어서는 안 될 일이다. 연희가 발길을 돌리자 다른 라마들도 말리려 하지 않았다. 그저 묵묵히 서서 연희를 바라볼 뿐이었다. 한 라마승이 물과 식량, 횃불이 담긴 보따리를 건넸고 연희는 그것을 받았다.

"지금 가신다면 며칠 동안 혼자 지내셔야 합니다. 화상이 심하신데……."

연희는 대답하지 않고 올라왔던 길을 내려가는 데에만 신경을 쏟았다. 화상 때문에 온몸의 신경들이 아우성을 쳤지만 그래도 걸었다. 걸을 수밖에 없었다.

백호는 전화를 끊었다. 탕 소리가 나게 내던진 것도 아니었고 힘을 주어 눌러 끊은 것도 아니었다. 그냥 아무 말 없이 끊을 수밖에 없었다. 수화기 건너편에서 울리던 '그분'의 목소리가 아직도 귓가에 생생하게 울려 퍼지고 있었다.

— 이제까지의 일, 알지만 묻지는 않겠네. 그러나 이제부터라도 협조하게. 그 수밖에 없네. 그렇지 않는다면 자네와 우리를 포함해 많은 사람이 끝장일세.

백호는 더 이상 고민하고 있지 않았다. 아니, 고민한다고 해결될 문제가 아니었다. 백호는 마라톤을 완주하고 난 선수처럼 몸에 힘이 없고 정신이 멍했다. 어떻게 해야 한다는 생각조차도 떠오르지 않았다.

주변을 둘러보았다. 호텔 방이었다. 그들이 있다 간 호텔 방. 맥라렌은 퇴마사들의 행적을 찾아 난리를 피우고 있었고 퇴마사들을 보내고 돌아왔거나 미행을 뿌리치기 위해 흩어졌던 자신의 부하들은 그들에게 심문당하고 있을 것이었다. 옆에는 유럽 사람처럼 보이는 금발의 청년 두 명이 백호를 지키고 있었다. 백호는 아무 생각도 없는 표정으로 그들의 눈을 가만히 바라보았다. 좋은 청년들 같았다. 애국심도 있고, 자신의 일에 긍지를 지니고 있겠지. 세상을 구하고, 세상을 평온하게 하는 데 일조를 하고 있다고, 옳은 일을 하고 있다고, 심문을 받는 내 부하들도 그렇게 믿고 있겠지? 백호는 부하들의 자존심과 긍지를 믿었다. 그러나…… 대체 무엇이 옳은 일일까?

백호는 갑자기 정신을 차렸다. 건너편 방에서 누군가가 고래고래 악을 쓰는 소리가 들려서였다. 그리고 울음소리도. 익숙한 목소리들이 있었다. 백호는 문 쪽으로 가며 슬쩍 금발 청년들의 눈치를 살폈다. 그들은 백호를 제지하려고는 하지 않았다. 다만 묵묵히 따라붙을 뿐이었다.

백호는 소리가 나는 방 쪽으로 걸음을 옮겼다. 가까이 다가가자 목소리의 주인공이 주기 선생이라는 것을 알았다. 백호는 방문을 열었다. 예상대로 주기 선생과 울고 있는 아라의 모습이 보였다. 그리고 저만치에는 얼굴에 붕대를 감아 거의 미라처럼 보이는 도구르의 얼굴이 보였다.

"이 망할 자식, 살려 줬더니 은혜도 모르고. 내 소리 소문 없이 없애 주마. 아니지, 두고두고 고통을 준 다음 피가 말라 죽게 해 주마. 망할 자식."

주기 선생은 요원들이 잡고 있어서 차마 행동을 취하지는 못했지만 입으로는 갖은 악담을 퍼붓고 있었다. 그러나 주기 선생의 말은 한국말이어서 아무도 알아듣지 못하는 것 같았다.

백호는 방으로 들어가서 도구르의 눈치를 살폈다. 평온한 얼굴의 도구르는 백호를 보고 눈짓을 보낸 다음 사람들을 나가게 했다. 주기 선생은 밖으로 끌려 나가면서 백호에게 외쳤다.

"언제까지 참아야 해? 지금이라도 밟아 버릴까!"

"조금 기다려 보시오. 내게 맡기고."

주기 선생은 쳇 하는 소리를 내며 고개를 돌렸다. 주기 선생 정도면 여기서 빠져나가는 것은 문제도 아닐 테지만 구태여 그런 능력을 보이고 싶지 않은 모양이었다. 주기 선생은 요원들의 손을 뿌리치곤 영문도 모르고 우는 아라를 품에 안았다.

"울지 마라. 착하지? 울지 마. 아! 짜증 나네! 제발 좀 그쳐!"

주기 선생이 성질을 이기지 못하고 악을 쓰자 아라는 놀랐는지 울음을 뚝 그쳤다. 주기 선생은 방 안을 날카로운 눈초리로 훑어보고는 요원들을 어깨로 밀치며 뚜벅뚜벅 밖으로 걸어 나갔다. 문이 닫히자 아라가 더 큰 소리로 울음을 터뜨렸다.

백호는 아무 말 없이 도구르의 얼굴을 쳐다보았다. 도구르도 조용히 백호를 쳐다보았다. 그의 얼굴에는 예전 같은 악의도, 슬픔에 젖은 기색도 보이지 않았다. 백호는 의아했다. 정말 도구르가 정보원들에게 퇴마사들이 있는 곳을 밀고했던 것일까? 도구르는 손을 들어 백호를 가까이 오라고 손짓했고 백호는 잠깐 생각하다가 의자를 끌어 도구르의 옆에 바싹 앉았다. 도구르가 속삭이듯 말했다.

"나는 이제 며칠 남지 않았습니다. 신부님 말이 맞았지."

백호는 고개를 들어 도구르의 눈을 바라보았다. 도구르는 말을 이었다.

"난 죽는 걸 무서워했습니다. 그래서 악행을 한 겁니다. 내가 그동안 해 온 일이 좋지 못했다는 걸 잘 압니다. 그래서 많이 고민해봤습니다. 아주 많이……."

도구르는 고개를 떨구었다. 백호는 붕대로 칭칭 감은 도구르의 얼굴을 보며 한 가닥 연민을 느꼈다.

"이제 마음은 편합니다. 그래요. 길고 짧은 게 중요한 건 아닙니다. 얼마나 편안하게 사는가가 중요한 거지."

백호는 고개를 끄덕였다. 도구르는 더 작은 소리로 말했다.

"정보기관에는 내가 알렸습니다. 잠깐, 나도 생각이 있어서 그런 겁니다. 들어 주세요."

백호는 고개를 든 도구르의 눈을 쳐다보았다. 무언가 결의에 찬 눈빛이었다.

"내가 그만둔다고 끝나진 않습니다. 다른 누군가가 계속 쫓을 겁니다. 근본적으로 해결해야지. 하지만 그럴 방법이 없습니다. 그들이 모두 죽든지 아니면 잡히든지, 둘 중 하나밖에 방법은 없어요."

도구르는 창 너머의 하늘을 바라보며 긴 한숨을 내쉬었다.

"그래서 많이 궁리했습니다. 난 그들이 무얼 하고 있는지는 모릅니다. 하지만 그들은 자신의 목숨이 위험한데도 그 일에 매달리고 있지요. 물론 내가 근본적인 해결책을 제시할 순 없습니다. 그러면 내가 할 수 있는 일은 무얼까? 난 신부님에게 많은 걸 빚졌습니다. 다른 사람들에게도. 그럼 나는 뭘 해야 할까. 참 많이 고민했습니다."

도구르는 다시 한번 한숨을 내쉬며 백호를 응시했다.

"그들에게 시간을 줘야 합니다. 그들의 일을 해결할 수 있도록. 난 그걸 깨달았습니다. 누구나 시간이 가면 죽습니다. 모두 죽지. 그러니 그들에게 시간을 줘야 해요. 일을 끝내도록. 최소한 그게 내가 해 줄 수 있는 전부예요."

도구르는 품 안에서 사진 한 장을 꺼내 들여다보며 미소를 짓더니 백호에게 보여 주었다. 그 사진에는 평범하게 생긴 중년의 통통한 여인과 앞니가 빠진 주근깨투성이의 꼬마가 활짝 웃고 있었다.

"못생기지 않았습니까? 하하하. 하지만 내게 이보다 소중한 건 없어요. 난 그 때문에 영혼까지 팔려고 했지. 그런데 곰곰이 생각해 보니, 이렇게 하더라도 내가 해 줄 수 있는 것은 없더란 말이지. 단지 시간, 그래. 시간이었어요. 그들에게 뭔가 해 줄 수 있는 시간. 난 그걸 못 내준 거지. 그래서 그걸 얻으려 그리 필사적이었던 것 같습니다. 그렇지만 이대로라면 아무리 오래 살아도 그런 시간을 그들에게 내줄 수 있었을까? 쫓고 쫓기면서 말입니다."

백호는 사진을 들여다보았다. 흔하디흔한 세상의 일부. 그러나…… 백호는 따뜻한 눈길로 사진을 바라보면서 천천히 말했다.

"어디서나 볼 수 있는 것만큼 소중한 건 없습니다. 그들도 그걸 위해 싸우는 겁니다."

"그래, 그래서 난 정말 내 잘못을 깨닫게 된 겁니다. 그냥 안 게 아니라 깨달은 거지. 이해가 됩니까? 그들에게 감사합니다. 날 오래 살게 해 준 것도 아니고 도움을 준 것도 아니지만 감사해요. 그리고 그들에게도 주고 싶습니다. 그걸 할 수 있는 시간을…… 단 몇 시간이라도……. 그런 계획인 겁니다. 믿어 주겠습니까?"

백호는 도구르의 말을 들으면서 비로소 머릿속이 맑아지는 것을 느꼈다.

'그들이 원하는 걸 해 주는 거야. 크건 작건 남에게 베푸는 것은 그들이 원하는 것일 때만 가치가 있는 거지.'

백호는 도구르의 손을 잡았다. 무슨 말인지 알 것 같았다. 도구르의 뜻을 받아들이는 것이 현재 할 수 있는 최선의 길이라고 확신했다. 백호가 손을 잡자 도구르도 눈물을 글썽이며 백호의 손을 꼭 쥐었다. 도구르가 뭔가 잊은 것이 있다는 듯 말했다.

"참, 줄 것이 있습니다."

도구르는 백호의 손을 놓고 옆에 놓인 가방을 뒤져서 뭔가를 꺼냈다. 나무로 만들어진 기괴하게 생긴 검은색 두상이었다.

"이건 수호자, 당신들은 마스터라고 하던 그자에게 내가 명령을 받을 때 사용했던 물건입니다. 이걸 이용하면 그자에 대한 어떤 단서를 잡을 수 있을 것 같아 드리는 겁니다."

"이걸로 명령을 받았습니까?"

"그렇습니다. 이걸 통해 그자는 내게 지시를 내렸어요. 중국에서 당신들이 비행기 속에 숨어 있는 것을 파악할 수 있었던 것도 이것 덕이지요."

"중국에서 사용했습니까?"

순간 백호는 의구심에 사로잡혔다. 현암은 마스터에겐 투시 능력이 없을 거라고 추리했다. 그런데 도구르가 중국에서 이 두상을 통해 사실을 전달받았다면, 마스터는 그 사실을 어떻게 알았던 것일까? 그때는 바이올렛도 앙그라도 같이 있지 않았다. 그런데도 그가 그러한 사실을 알고 도구르에게 말했다면 현암의 추리 내용 말고도 뭔가 의외의 사실이 있는 것은 아닐까? 마스터가 투시력이 없다는 것은 이제까지 현암의 추리 중에서도 골자라고 할 수 있었다. 그런데 도구르가 마스터에게서 지령을 듣고 그들을 추적한 것이라면 도대체 일이 어떻게 되는 것일까? 모든 것을 잘못 짚은 건 아닐까? 백호는 등에서 식은땀이 흐르는 것을 느꼈다.

가솔린 불에 타 버린 방 안은 숯과 돌 부스러기 말고는 아무것도 남은 것이 없었다. 목재로 된 벽면에 금박을 칠했던 듯, 불이 나자 홀랑 타 버렸던 것이다. 염체로 만들어졌던 에메랄드 태블릿 역시 자취를 찾을 수 없었다. 연희는 단서가 될 만한 것을 찾기 위해 숯 더미를 뒤지는 데 열중했다. 그러나 하루 이상을 뒤졌음에도 찾은 것은 하나도 없었다. 그래도 연희는 포기하지 않았다.

사방을 뒤지다가 잠깐 잠이 들었을 때 연희는 꿈을 꾸었다. 그림에 있던 커다란 투구를 쓴 남자가 말을 타고 다가오고 있는 모습이었다. 그가 연희에게 말했다.

그대가 원하는 것을 볼 수 있으리라. 그리고 그것으로 벗들을 도우리라.

한순간의 꿈에 불과했지만 일종의 계시 같았다. 치우천왕이 그의 뜻을 알리기 위해 이 방을 만들고 영체를 이용해 비석의 형을 보존해 두었다면 그런 계시를 하는 것도 우연이 아닐 것 같았다. 이미 그 이상의 희한한 일들도 수없이 경험하지 않았던가!

그러나 아무리 기를 쓰고 찾아도 나타나는 것은 없었다. 치우천왕의 그림은 수첩에 베껴 놓은 상태였기 때문에 다시 살펴볼 수는 있었으나 그것만으로는 부족했다. 에메랄드 태블릿에 적혀 있는 내용을 미리 베껴 놓지 않은 것, 그리고 준후에게서 신지 문자를 배워 두지 않은 것이 천추의 한처럼 느껴졌다.

연희는 수다르사나가 대홍수의 봉인이라는 것이나 마스터가 대홍수를 만들려 한다는 사실은 몰랐지만 애당초 이 일을 시작할 때부터 직감 같은 것을 가지고 있었다. 더구나 에메랄드 태블릿의 조사에서 치우천왕과 얽힌 홍수 신화가 발견됐다는 사실은 연희에게 충격을 주었다. 연희는 지금 퇴마사 일행과 연락할 수는 없었지만 자신도 모르게 본질에 접근해 가고 있었다.

하루 동안 먹지도 마시지도 않았고 몸에 입은 화상도 돌보지 않았다. 다만 뭔가 느껴지는 감을 쫓아 미친 듯이 타고 남은 자리를 뒤졌을 뿐이었다. 그러나 남은 것은 불에 그슬린 일그러진 벽 조각과 새 모양의 옥 조각 잔해뿐이었다. 그것들을 살펴보았으나 거기에는 단지 하나의 수평선과 널찍한 상자 같은 것만 그려져 있었다.

마침내 연희는 뒤지는 것을 포기하고 그 자리에 주저앉았다. 눈가엔 눈물이 그렁그렁 맺혔다.

'모르겠어. 여기까지 와서 홍수 이야기를 만나다니. 분명 뭔가

있는데. 꼭 찾아야만 하는데.'

연희는 더럽혀진 손으로 눈물을 닦고는 마지막으로 건져 낸 벽화 일부를 보다가 그 자리에 떨어뜨렸다. 화상을 입은 다리가 쑤시고 아리기 시작했고 열이 치밀어 오르는 것 같아서 자신도 모르게 신음을 냈다.

"아, 뜨거워. 얼음이라도 있으면……."

연희는 떨어뜨린 벽화의 나무 조각을 집어 들었다. 선 네 개와 수평선 하나. 그 위로 떠 있는 상자 같은 널찍한 것. 널찍한 것이 물 위에 떠 있는 것처럼 보였다. 더위와 화상과 갈증에 지친 연희의 머릿속으로 얼음을 띄운 냉수가 자연스럽게 연상됐다. 그러나 얼음으로 보기에는 그건 너무 평평한 모양을 하고 있었다. 그리고 훨씬 크고 넓었다.

"꼭 빙산같이 생겼네."

연희는 문득 따가워진 눈을 비볐다. 아까 눈물을 닦을 때 눈에 검댕이 들어갔는지 몹시 쓰라렸다. 순간 연희는 동작을 딱 멈췄다.

"빙산?"

그리고 큰 소리로 외쳤다.

"그래, 빙산!"

연희의 머릿속에 어디선가 읽었던 과학 잡지의 기사가 생각났다.

화석 연료 사용에 따른 이산화 탄소 양의 증가로 지구 온난화가 이대로 계속된다면 극지의 빙하가 녹고 그러면 지구상의 칠

십 퍼센트가 물에 잠기게 된다.

극지에서 핵 실험을 계속한다면 그 열로 인해 빙하가 녹아 지구상에는 대홍수가 밀어닥치게 된다.

대홍수가 밀어닥치게 된다.

대홍수가…….

홍수, 홍수…….

"맞아! 바로 이거야!"

연희는 자리에서 벌떡 일어섰다. 그동안 홍수에 대해서는 논란이 많았다. 지구의 대부분이 잠길 수 있는 홍수는 말이 안 된다는 것이 과학계의 주장이었다. 그래서 심지어는 물로 이루어진 거대한 행성이 지나가다가 지구의 인력에 휘말려 물을 빼앗기면서 일어난 것이라는 주장까지 나왔다.

가장 커다란 문제는 그 막대한 양의 물이 어디에서 와서 어디로 갔는가였다. 그 물이 흘러 들어가 바다가 됐다고 하면 그때까지의 기온은 이후와 달라야 한다. 바다는 실제로 지구 기온의 대부분을 결정하고 있기 때문에 지금보다 바다가 작다고 한다면 온도만이 아니라 생명체들의 생존조차 달라질 것이다. 그러한 이유로 지구 대부분이 잠길 정도의 대홍수가 아닌 국지적인 작은 홍수일 것이라고 인식돼 왔다. 그러나…….

"그래, 빙하가 녹았다고 하면 말이 된다. 그러면 틀림없이 대홍수가 닥쳐. 극지는 차가우니까 얼마간 시간이 지나면 다시 빙하로 얼겠지. 그러면 그 물이 어디서 왔다가 어디로 사라졌는지는 분명해."

연희는 생각을 이어 나갔다. 또 한 가지의 의문은 아무리 고대 인들이라도 정말 홍수 때문에 모든 것이 파괴되는 괴멸적 타격을 입었을까 하는 점이었다. 연희는 자신이 알고 있는 과학 지식을 총동원해 그 생각에만 골몰했다.

'그 빙하는 어떻게 녹였을까? 주술? 그건 말도 안 돼. 태양 화염 의 반사? 혜성? 아니, 아니야. 그런 황당한 것들을 빼고서도 가능 한 것은 있어. 화산과 용암. 그래, 바로 그거야. 용암의 분출! 북극 과 남극의 빙하가 모두 녹으면 해수면은 육십 미터 이상 높아진다 지? 남극이나 북극의 빙하가 녹으면 바다가 넘치고 그 물은 전 세 계를 휩쓸게 될 거야. 맞아, 막대한 빙하를 녹일 만한 열원은 지구 의 열원인 용암이 틀림없어! 지각은 용암 위에 떠 있으니 어떤 이 유로든 극지 부분이 갈라져서 용암이 터져 나온다면……'

연희는 북극은 커다란 얼음덩어리로 바다 위에 떠 있고 남극은 대륙으로 존재한다고 알고 있었다. 그렇다면 북극일까, 아니면 남 극일까? 그건 아무래도 좋다. 둘 다일 수도 있으니까. 그런데 얼음 덩어리 위에 용암이 튀어나온다면 어떻게 될까?

'뜨겁게 달아오른 난로 위에 물을 던지면 마구 튀어 오르겠지. 지옥 같을 거야.'

연희는 언젠가 아주 소량이기는 하지만 수중에서 해저 화산의 작용으로 용암이 솟아오르는 것을 찍은 다큐멘터리를 본 적이 있 었다. 물속에 시뻘겋게 달아오른 용암이 있는 것은 놀라운 광경이었다. 용암 주위의 물들은 그대로 증발하면서 위로 솟구쳐 올랐다. 수증기, 막대한 수증기…….

얼음 위로 용암이 터져 나오면 어떻게 될까? 용암이 빙하가 있는 극지에서 대량으로 솟는다면 일부는 증발해 거대한 구름을 이룰 것이고 더 많은 양이 사방으로 끓어오르면서 대량의 얼음을 녹이고 퍼져 나갈 것이다. 그리고 증발한 막대한 양의 수증기는 상승해 엄청난 구름을 이루면서 위로 올라갈수록 식어서 마침내는 비를 뿌리게 된다. 공기 중의 증기는 포화 상태지만 용암으로 인한 열원이 계속 증기를 만들어 내므로 비는 그치지 않는다. 전 세계에 걸친 사십 일간의 강우.

하지만…… 그것뿐일까? 해저 화산이 터지면 파도가 마구 일어날 것이다. 해일! 전 세계에 대홍수를 일으킬 정도였다면 분출되는 용암의 양도 아주 많았겠지. 굉장한 양일 거야. 그때 남극 대륙이 솟아오른다면 어떨까? 아니, 남극 대륙은 아주 오래됐다던데. 아니지, 일부 솟았다가 나중에 다시 솟았을 수도 있군. 그만한 땅이 아래에서 솟구쳐 올라온다면 그 파도는?

'홍수는 비로만 내린 것이 아닐지도 몰라. 그래, 그건 선입견이야. 해일, 해일이 일어난 거야.'

연희는 지식을 총동원해 사고를 진행시켰다. 그렇다면 왜 비라고만 묘사됐을까? 맞아. 극점에서부터 일어난 엄청난 파도가 곳곳에 도달하기까지는 시간이 걸린다. 그러나 비는 그렇지 않을지도 모르지. 아니면 일단 분출해 수증기를 많이 뿜어 올린 후에 나중에 본격적으로 땅이 솟구쳐 올라와서 해일이 일었던 걸지도. 그때까지 내렸던 비만으로도 세계의 곳곳은 물바다가 됐을 것이 틀림없다. 그렇게 된다면 사람들은 높은 곳으로 올라가 피하기 때문에 멸망까지 가지는 않는다. 그러나 거기에 더해져서 바다에서부터 해일이 밀어닥친다면…….

'남극 바다의 깊이가 얼마나 될까? 백 미터? 이백 미터?'

그 깊이보다 훨씬 큰 파도가 일 것 같았다. 그러면 얼마나 큰 크기의 해일이 일까? 백 미터? 이백? 오백? 지구 역사상 가장 큰 해일이 사방을 휩쓸어 버렸을 것이다.

고대로 거슬러 올라갈수록 사람들은 주로 물 주변에 있는 평평한 곳에 살았다. 낮은 곳이라는 이야기다. 최 교수의 이야기에 따르면 대홍수는 기원전 2300년에서 기원전 2000년경에 일어났다. 그리고 탁록 대전을 치른 치우천왕이 있었던 시기는 기원전 2700년경……. 몇백 년의 터울은 있지만 문자도 없던 고대에서 그 정도의 오차면 실제 그 일이 일어나지 않았다는 증거가 되지는 않을 것이다. 비만 내렸다면 사람들이 그렇게 괴멸적인 타격을 입지는 않았을 것이다.

둑이나 강물이 넘쳤다고 해도 한도가 있다. 물이 차오르면 높은 곳을 따라 올라가면 그만이다. 수백, 수천 미터 높이의 산들은 얼마든지 있으니까. 그리고 비로 물이 늘어났더라도 그 높이까지 이동할 시간이 충분히 있다. 그런데도 왜 모든 인간이 멸망했다고 전할 만큼 엄청난 피해를 보았을까?

연희는 한 가지밖에 생각할 수 없었다. 해일이었다. 내륙까지 쓸어버릴 수 있는 수백 미터의 파도를 지닌 해일. 비를 피해 어느 정도 높은 곳으로 올라간 사람들은 안심하고 물이 빠지기를 기다렸을 것이다. 그 순간 그들에게 피할 여지도 주지 않고 해일이 몰아닥친 것이다. 아래는 물로 덮여 있으니 도망갈 방법도 없다. 갈 곳은 위쪽뿐. 그러나 길도 없고 비는 억수같이 내린다. 안간힘을 써 보았자 밀려드는 파도를 본 이후에 험한 산을 기어 올라가서까지 살아남을 수 있을 사람들은 별로 없다. 파도가 자신들을 덮쳐드는 순간 아우성을 치며 조금이라도 위로 기어 올라가려는 뭇사람들의 지옥 같은 절규가 연희의 귀에 들리는 듯했다.

시간이 얼마나 지났는지 연희는 알지 못했다. 실제로 들려온 듯한 절규 소리가 귓가에서 사라질 때쯤 들려오는 소리가 있었다. 연희는 소스라치게 놀랐지만 당황하지는 않았다.

그대에게 진실을 주노라.

연희는 고개를 쳐들었다. 아무것도 보이지 않았다. 연희는 잘못 들은 것이라고 생각했다. 그런데 라마승이 남겨 두었던 식량 보따리 뒤쪽에서 뭔가 횃불에 반사돼 반짝하고 빛났다. 연희는 엉금엉금 기어서 그쪽으로 몸을 옮겼다. 화상을 입은 다리가 떨어져 나갈 듯이 아팠지만 이를 악물고 기었다. 분명 보따리를 내려놓을 때는 아무것도 없었는데…… 그러나 확신할 수는 없었다. 떨리는 손으로 보따리를 치우자 고운 녹색 빛을 반사하고 있는 것이 보였다. 에메랄드 태블릿이었다.

연희는 자신이 그 위에도 보따리를 올려놓아서 그걸 보지 못했던 것인지, 아니면 방금 자신에게 속삭인 치우천왕, 아니 누군지 모르는 그 존재가 거기에 슬쩍 놓아둔 것인지 구별할 수 없었다. 하지만 그런 것은 중요하지 않았다. 연희는 에메랄드 태블릿 쪽으로 서서히 손을 뻗었다. 아까처럼 손에 잡히지 않는 것이면 어쩌나 두려웠다. 그러나 딱딱하고 약간은 차가운 느낌이 손에 전해져 왔다.

'치우천왕이?'

연희는 에메랄드 태블릿을 들여다보았다. 비면에는 신지 문자로 된 비문이 빽빽이 박혀 있었다. 연희는 이것을 그대로 가지고 올라갈까 하다가 문득 조심스럽게 행동해야 한다는 판단이 들었다. 우선 수첩을 꺼내어 들고 면에 새겨져 있는 신지 문자들을 조심스럽게 베꼈다.

'그것으로 벗들을 도우리라고 꿈에서 말했지? 그래, 도와야지. 반드시 내가 도울 일이 있을 거야. 반드시.'

비문을 베껴 그리면서도 연희는 조금씩 다리 운동을 했다. 꼬박 하루 동안 저 계단을 거슬러 올라가야 한다. 화상을 입은 다리로는 무리일 테지만 연희는 각오하고 있었다.

"이, 이렇게 낮게 나나요?"

준후가 비행기 멀미를 하면서 간신히 말했다. 그들은 지금 커다란 덩치의 털보 노인이 모는 자그마한 구식 복엽기의 뒤 칸에 빽빽하게 몰려 앉아 있었다. 털보 노인은 술에 취한 듯 보였는데 그들 일행을 보고 퍽 기분 나쁜 태도를 취했다.

복엽기는 이 비행기에 탄 사람 중 그 누구보다도 나이가 많을 정도로 고물이었다. 동체는 거의 나무였고 더군다나 여러 곳이 개조돼 있었다. 1차 대전 때 쓰던 것 같은 복엽기였는데, 뒤의 기총수 자리를 개조한 자리는 비록 다섯 명이지만 서로 겹쳐 앉으니 들어갈 정도는 됐다. 아마도 짐칸으로 쓰였던 것 같았다. 프로펠러가 몹시 컸으며 엔진은 새로 개조한 것인지 거의 소리가 나지 않았고 천으로 이어 붙인 날개는 상당히 길어서 기형적으로 보였다. 그런 비행기가 산악 지대의 지면에 붙을 정도로 낮게 날고 있는 것이다.

"레이더망을 피하려고 일 거야. 저공에 나무와 헝겊 동체면 레이더에 잡히지 않지. 스텔스보다 나을걸?"

군의관 시절의 경험을 떠올리며 박 신부가 설명했다. 꼭 해야 할 이야기는 아니었지만 박 신부도 상당 시간 동안 침묵이 흐르자 꽤 갑갑했던 모양이다. 비행기에 오른 다음 최 교수가 그동안 계산해 온 좌표를 보여 주자 털보 노인은 수표를 받아 챙기고는 아무 말 없이 비행기를 몰았고 여태 한마디 말도 없었던 것이다.

"얼마나 남았습니까?"

박 신부가 영어로 묻자 노인은 불쾌한 표정을 지으며 서툰 영어로 쏘아붙이듯 대꾸했다.

"메이비 포 아워스…… 앤드…… 샷 업!"

네 시간쯤 남았으니 그만 입 닥치라는 내용이었다. 승희가 조종사인 털보 노인의 곱지 않은 말투에 눈꼬리를 치켜올렸지만, 박 신부는 씁쓸히 웃으면서 제지했다. 그렇다고 가만있을 승희가 아니었다.

"저 영감, 우리도 자기 같은 밀수단인 줄 아나 봐요. 신부까지 밀수단에 끼어 있다고 속으로 우릴 욕하고 있어요."

"됐다, 승희야. 차라리 오해하는 게 낫지. 정말 우리가 어쩌려는지 알면 그것도 문제 아니겠니?"

승희가 잠잠해지자 박 신부는 잠시 계산을 해 보았다. 인도에서 파키스탄은 그리 먼 거리가 아닌데 네 시간이나 걸린다니, 정말 비행기치고는 느린 비행기였다. 박 신부가 최 교수에게 말했다.

"그곳으로 갈 때 좌표를 조금 바꾸는 것은 잊지 않으셨겠지요?"

"예. 위치를 정확히 가르쳐 주면 안 될 것 같아서, 약 십 킬로미터 정도 남쪽 좌표로 말했습니다. 그 정도면 걸을 수 있을 테니까요."

"잘하셨습니다."

네 시간에다가 십 킬로미터쯤 걷는 걸 감안한다면 대략 앞으로 남은 시간은 여섯 시간 정도. 그사이 윌리엄스 신부나 연희에게서 무슨 연락이 올 수도 있었다. 승희에게 투시를 부탁하면 불가능하지는 않겠지만 공연히 승희의 힘을 빼고 싶지 않았다. 굳이 연락할 것이 있으면 먼저 연락이 올 것이고, 없다면 투시해 봐야 헛일이 아니겠는가 싶어서였다.

퇴마사들과 최 교수 일행이 밀수단의 비행기를 타고 파키스탄으로 향하고 있을 즈음, 맥라렌을 비롯한 요원들은 도구르의 정보를 믿고 인도 남동부의 스리랑카로 향했다. 물론 백호와 주기 선생도 동행하고 있었고 아라도 함께였다. 그들은 요원들에게 둘러싸인 채 동승을 강요당했다.

그들이 탄 비행기는 조금 큰 수송기였는데 보기에는 평범했지만 안에는 복잡한 장비들이 어지럽게 설치돼 있었다. 장비들은 조종석이 아니라 조종석 뒤, 객실의 가장 앞부분에 설치돼 있었는데 첩보 등의 목적으로 쓰이는 게 분명했다.

백호는 비행기에 올라탄 후 굳게 입을 다물었다. 주기 선생도 백호에게 이야기를 들은 뒤부터는 함부로 행동하는 것을 삼가고 날카로운 눈빛으로 주위를 둘러보기만 했다.

주기 선생은 부상이 심한 편이었지만 참을성이 많은 건지 오기 때문인지 지금까지 신음 한 번 내지 않았다. 완전히 기가 죽어 쪼그리고 앉아 있는 아라는 보기에도 처량할 지경이었으나, 요원들은 측은하다는 눈빛을 보내면서도 명령 때문인지 어린아이라고 봐주는 법이 없었다.

그러나 그들의 틈에 도구르는 없었다. 도구르는 맥라렌에게 퇴마사들이 간 방향을 알아냈다고 거짓 정보를 흘린 직후에 간의 상태가 나빠져서 병원으로 옮겨졌다가 급히 본국으로 후송됐다. 그의 상태는 살아나기 어려울 만큼 나빠 보였다. 그러나 도구르와 나누었던 말들은 아직도 백호의 뇌리에 맴돌았다.

'최대한 시간을 벌어야 한다. 할 수 있는 한 최대로.'

백호는 무표정한 표정을 짓고 있었으나 앞쪽에 앉아 있는 맥라렌이 자꾸 자신을 돌아보는 것이 마음에 걸렸다. 맥라렌은 도구르의 말을 액면 그대로 믿지 않는 듯했다. 그리고 무슨 이유에서인지 묘하게 생긴 장비를 계속해서 들여다보며 조작하는 사람에게 이것저것을 지시했다.

'도대체 저게 뭔데 계속 들여다보고 있는 걸까?'

백호는 잠깐 호기심의 눈빛을 보였다가 하필이면 그때 뒤를 돌아본 맥라렌과 정통으로 마주쳤다. 백호는 천천히 시선을 피했지만 맥라렌은 아까와 달리 능글맞게 웃으며 다가왔다.

"헤이, 코리언. 저게 무언지 궁금한가? 알려 줄까?"

맥라렌은 잔인해 보이는 미소를 지으면서 말을 이었다.

"저건 에이왁스와 연결된 송신기야. 에이왁스가 뭔진 알지?"

'고성능 초계기인 걸 모르는 줄 아냐, 이 양키야?'라고 백호는 내뱉고 싶었지만 입을 다물고 가만히 앉아 있었다.

"네가 위성 전화를 구해서 그들에게 준 걸 알고 있어. 그렇게 귀한 물건은 추적하기가 쉬운 편이지. 아, 물론 준 게 아니라 빼앗겼다고 하겠지. 그자들이 그 전화를 쓰는 순간! 위치를 알아내는 건 시간문제란 말씀이야. 하하하."

백호는 가슴이 철렁 내려앉는 것 같았다. 자신이 퇴마사들에게 위성 전화기를 준 것은 만약의 사태를 대비하기 위해서였다. 그런데 그것을 벌써 맥라렌이 알아내다니! 백호의 놀란 얼굴을 보고 맥라렌은 소리 내어 웃었다.

"네 상관도 네 편이더군. 네가 지원을 요청했던 물품 목록을 요청하니까 영 딴소리를 하던데? 하지만 그 사람만 있는 건 아니지. 바로 밑 사람은 술술 잘도 불더라고."

백호는 한숨을 내쉬었다. 그분이 자신을 버리지 않았다는 안도감보다는 자신이 베푼 호의가 오히려 화를 불러일으켰다는 생각이 더 강하게 들었기 때문이다.

'무사히 도착할 때까지 전화를 쓰면 안 되는데……'

백호가 알고 있기로 퇴마사들의 최종 목적지는 동굴이었다. 깊숙한 동굴로 들어가면 제아무리 위성 전화라도 전파가 닿지 않는다. 그때까지 만이라도 전화를 걸지 않으면…… 가만, 맥라렌이 위성 전화에 대해 낱낱이 파악하고 있다면 그도 전화번호를 알 것이 아닌가!

백호의 생각이 거기까지 미쳤을 때 맥라렌은 여전히 빙글거리면서 통신기에 연결된 수화기를 들었다. 백호는 질끈 눈을 감았다. 그러나 맥라렌이 버튼을 누르려는 순간 비행기 천장 뒤쪽에서 무엇인가가 픽 하고 터졌다. 큰 폭발은 아니었지만 모두들 민첩하게 몸을 엎드렸다. 몸을 일으킨 맥라렌은 주변을 살피며 수화기를 끌어당겼으나 수화기의 줄은 이미 끊어져 있었다.

"어, 이건!"

눈을 뜬 백호는 맥라렌의 당황한 얼굴을 보고 쾌재를 올렸다. 저만치에 느긋하게 팔짱을 끼고 앉아 있는 주기 선생이 뭔가 술수를 부려서 수화기의 선을 절단 낸 듯했다. 다른 사람과 다르게 주기 선생의 표정이 태연하자 맥라렌은 그쪽을 바라보며 거칠게 욕을 했다.

"젠장! 네가……."

"이 자식이 내가 뭘 어쨌다고 째려봐!"

주기 선생도 맥라렌이 눈을 부라리자 맞받아칠 것처럼 자리에서 벌떡 일어서려다가 상처가 아픈지 얼굴을 일그러뜨리며 도로 주저앉았다. 백호가 그 앞을 막아섰다.

"왜 그런 겁니까?"

"저 자식이 뭔가 수작 부렸지? 응?"

"당신도 바로 옆에 있어서 빤히 보고 있었는데 저 사람이 무슨 수작을 부렸다고 하는 겁니까?"

맥라렌은 할 말이 없는지 수화기를 집어 던지면서 거칠게 외쳤다.

"제길! 뒤쪽으로 끌고 가서 잘 감시해!"

어찌 보면 이것은 좋은 기회가 될 수도 있었다. 뒤쪽으로 간다면 맥라렌이 없을 테니 눈치를 보지 않고 이야기할 수 있을 것 같았다. 그러나 주기 선생과 아라와 함께 뒤쪽으로 가던 백호는 수신기가 망가지지 않았다는 기술자의 목소리를 듣고는 안타까움에 정신이 아득했다. 주기 선생이 수화기 줄이 아니라 아예 저 통신기를 부숴 버렸다면 걱정할 필요가 없을 텐데…… 이젠 어쩔 수 없는 일이었다. 앞으로의 대책을 논의하는 것이 더 급했으니까. 퇴마사들이 전화기를 쓰지 않기를 바랄 수밖에 없다.

등에 짊어졌던 위성 전화기에 신호음이 울렸다. 현암은 위성 전화기를 내려놓고 박 신부의 얼굴을 쳐다보았다.

"누굴까요?"

"글쎄. 일단 받아 보도록 하지."

수화기를 들자 지직거리는 심한 잡음과 함께 영어를 쓰는 모르는 사람의 목소리가 들려왔다.

[오, 헬로? 헬로?]

"누구죠?"

[윌리엄스 신부의 메시지입니다! 저는 부탁을 받은 포탈라궁의 라마승입니다.]

"무슨 일입니까?"

[아. 이런, 전화가…….]

전화가 지지직거리자 라마승이 당황한 모양이었다. 현암은 아예 수화기를 박 신부에게 넘겨주었다. 영어를 잘하는 박 신부가 통화하는 것이 나을 것 같아서였다.

"윌리엄스 신부님의 메시지라고요? 말씀하세요."

라마승은 잡음 때문에 애태우면서 간단하게 그간의 경과를 알렸다. 라마승은 윌리엄스 신부가 적어 준 쪽지를 그대로 읽어 내려가는 것이라 내용도 떠듬떠듬했고 질문도 할 수 없었다. 그러나 연희와 윌리엄스 신부가 신지 문자로 된 에메랄드 태블릿을 발견한 일, 벽화에서 홍수의 근원 전설을 발견한 일, 마스터가 불을 질러 모든 것이 파괴되고 연희가 단서를 잡겠다고 아래로 내려간

일, 정신을 차리자마자 자신에게 전화를 부탁한 윌리엄스 신부도 연희를 찾아 다시 지하로 내려간 지 꽤 됐다는 것, 또한 자신은 전화가 있는 곳까지 내려오느라 시간이 걸렸다는 것 등등의 내용이 대강 전달됐다. 박 신부는 놀랐다.

"마스터가 에메랄드 태블릿의 내용을 감추려 했다고요?"

[저는 사정이 어찌 된 것인지 잘 모릅니다. 알릴 말씀이 있으면 알려 주세요. 전달할 방법이 있습니다.]

박 신부는 포탈라궁의 지하가 얼마나 깊은지에 대해서는 알지 못했으므로 할 수 없이 다음과 같이 말했다.

"가능하다면 연희 씨가 즉시 올라와 그 내용을 전달해 주었으면 한다고 전해 주세요. 신지 문자를 읽을 수 있는 것은 준후뿐이니까. 연희 씨가 어떻게든 전달해 줄 수 있겠지요."

[알겠습니다.]

"우리도 몇 시간 후면 목적지에 도달합니다. 서둘러 주기 바란다고 전해 주세요."

[네.]

라마승이 전화를 끊는 소리가 들리자 박 신부도 천천히 수화기를 내려놓았다. 머릿속이 복잡한 생각들로 가득 차 있었다.

이제 한 시간 정도만 더 가면 목적지에 도달할 것이다.

"잡았다!"

맥라렌은 수신기 이어폰을 내려놓으며 환호성을 올렸다. 주기 선생의 기지로 송신기가 망가져서 다른 요원을 통해 위성 전화를 걸게 하려고 애쓰는 중이었는데 고맙게도 다른 자가 전화를 걸어 준 것이다. 맥라렌은 다른 소형 무전기를 통해 요원들에게 지시를 내렸다.

"지금 그자들은 파키스탄 북방을 향해 날고 있다. 표적지가 이동하는 것으로 보아 느린 비행기를 타고 있는 것 같다. 동원할 수 있는 전 요원을 즉시 파키스탄 쪽으로 집결시켜라. 그리고 에이왁스의 탐지 기능을 극대로 돌려 최종 수신점을 확인하라! 우리도 곧 간다! 오버!"

맥라렌은 무전기를 내려놓으며 회심의 미소를 지었다. 이제 저들은 독 안에 든 쥐다. 제법 머리를 써서 도망치려 했지만 소용없는 수작이다. 도구르는 속였는지 모르지만 나는 속일 수는 없다는 자부심이 뿌듯하게 차올랐다.

비행기 뒤 칸에서는 맥라렌의 목소리를 간신히 엿들은 백호의 얼굴이 납빛같이 창백해졌다.

연희는 끝없이 긴 계단을 비틀거리며 올라가고 있었다. 다리가 아프고 기운이 없었지만 그래도 걸어야 했다. 연희의 한 손에는 횃불이 들려 있었고 다른 한 손에는 수첩이 꼭 쥐어져 있었다. 수첩에는 신지 문자로 쓰인 에메랄드 태블릿의 원본 내용이 모두 적혀 있었다. 잠시 쉬면서 연희는 아까 일어났던 이상한 일을 생각했다. 비문을 남김없이 적고 나자 에메랄드 태블릿은 손안에서 거짓말처럼 사라졌다. 연희는 그 내용을 후대에 전하기를 바라는 치우천왕이나 다른 선조의 힘이었을 것이라 믿으며 애써 놀라움을 가라앉혔다. 그러곤 아무것도 남지 않은 방을 뒤로하고 계단을 오르기 시작했다. 연희는 이 비문의 내용 안에 홍수의 단서와 이번 사건의 결정적인 실마리가 들어 있다고 확신했다. 그렇지 않다면 마스터가 이곳까지 나타나 증거를 없애려 할 이유가 없었으니까.

그 밑에서 몇 시간을 보냈는지, 그리고 몇 시간 동안 올라온 것인지, 화재 때문에 시계까지 망가져 시간을 알 수 있는 방법이 없었다. 게다가 지칠 대로 지쳤고, 다리의 화상도 심했다. 끝없이 이어지는 계단 하나하나가 흔들려 보였지만 계속 걸었다. 무섭지는 않았다. 짐작했던 것과는 달리 길을 잃을 염려도 없었다. 아래로 내려갈 때는 무수히 많은 샛길이 있었지만 위로 올라갈 때는 줄곧 합쳐졌기 때문이다. 조금이라도 빨리 여기서 얻은 메시지를 전해야 한다는 강박 관념이 있었다. 마스터가 숨기려고 한 것을 가능한 한 빨리 알려 주어야만 했다. 하지만 결국 그런 생각마저도 사라지고 머릿속이 몽롱해지더니 몇 걸음 옮기지도 못한 채 쓰러져 버렸다. 몸을 일으킬 수가 없었다. 다시 몇 개의 계단을 힘겹게 기어올랐지만 이내 축 늘어지고 말았다.

얼마나 시간이 지났을까? 연희는 차가운 것이 얼굴에 와 닿는 것을 느끼고 천천히 의식을 되찾았다. 주변에서 수런거리는 소리가 들려왔다. 그리고 깜박이는 불빛도 보였다. 연희의 눈에 윌리엄스 신부의 얼굴이 조금씩 형상을 갖추기 시작했다.

"오, 이제 정신이 드십네까, 연희 양?"

윌리엄스 신부가 환한 미소를 지으며 연희의 입술에 물을 축여 주자 굳어 버린 입술이 조금씩 움직였다. 연희가 입술을 달싹거리는 것을 본 윌리엄스 신부는 귀를 가까이 대었다.

"어서, 어서 이걸. 얼른……."

"무엇을 말입네까? 누구에게요?"

"이걸, 이 내용을…… 준후에게 전해야……."

연희는 힘겹게 수첩을 들어 올렸다. 윌리엄스 신부는 드디어 연희가 뭔가를 알아냈구나 싶어 수첩을 펴 보았다. 그러나 그 수첩에는 윌리엄스 신부로서는 도저히 알지 못할 부호들만 가득 쓰여 있었다.

"이게, 이게 뭡네까?"

"태블릿, 에메랄드 태블릿의……."

"오, 이런! 저는 이걸 어떻게 읽는지도 모릅네다. 이걸 어떻게 전하지요? 내용만 말해 주세요!"

"저도 몰라요. 준후, 준후만이 읽을 수 있는……."

"이럴 수가!"

윌리엄스 신부로서는 어쩔 도리가 없었다. 또 하루의 시간이 걸리겠지만 함께 내려온 라마승들에게 들것이라도 만들어 달라고 해서 같이 옮기는 수밖에 없었다. 그때 한 명의 라마승이 스르르 눈을 감더니 윌리엄스 신부에게 말했다.

"부탁하신 대로 전화를 해서 메시지를 전달했답니다."

윌리엄스 신부는 깜짝 놀랐다. 다른 라마승에게 부탁했는데 이 라마승이 대답하다니. 그렇다면 이들 간에 텔레파시가 이루어지고 있다는 말인가? 그러고 보면 판첸 라마가 자신의 죽음이 닥칠 것을 알고 라마승들을 오게 한 것도 이해할 수 있었다. 그럼 마스터는 아까처럼 라마승 중의 하나에 빙의됐을 때 투시력을 얻게 된 것이 아닐까?

"그쪽에서는 이렇게 말했습니다. 욘희 씨, 맞습니까? 욘희 씨가 가급적 빨리 와서 통화하기를 바란다고요. 몇 시간 후면 통화가 안 될 것 같답니다."

"네? 몇 시간?"

윌리엄스 신부는 놀라지 않을 수 없었다. 몇 시간이라니? 몇 시간 사이에 어떻게 연희를 위로 옮긴단 말인가? 저쪽에서는 이곳이 얼마나 지하 깊숙한 곳인지 모르는 것이다. 하지만 그들에게 기다리라고 할 수도 없는 상황이었다. 윌리엄스 신부는 길게 한숨을 내쉬었다. 아직 희망이 없는 것은 아니었으니까. 물론 하기 싫은 일이었지만 이럴 때만은 어쩔 수가 없었다.

"연희 양을 제 등에 올려 주십시오."

"네? 괜찮으시겠습니까?"

"여러분은 한참 지난 다음에 올라와 주세요. 저 혼자 먼저 올라가겠습니다. 그러나 아무도 보아서는 안 됩니다."

"예? 예……. 절대 보지 않겠습니다. 그런데 괜찮으시겠습니까? 저희가 도와드리는 편이……."

"아닙니다. 저에게 맡겨 주세요. 다만 절대 보지 마세요!"

라마승들은 영문을 몰랐지만 윌리엄스 신부가 바라는 대로 연희를 윌리엄스 신부의 등에 올려 주었다. 자신보다도 훨씬 키가 큰 연희를 업은 윌리엄스 신부는 휘청거리면서 계단을 올라 한 굽이를 돌았다. 윌리엄스 신부는 기도했다.

'주여, 용서하소서. 또다시 죄를 짓습니다.'

기도를 마친 윌리엄스 신부의 눈이 붉어지면서 몸 주변에 차가운 기운이 감돌았다. 몸 안에 있는 흡혈귀의 힘을 이끌어 낸 것이다. 흡혈귀의 힘을 사용한다면 사람이 하루 걸리는 계단이라도 훨씬 빨리 올라갈 수 있다. 머리카락이 곤두서고, 이빨이 비죽이 나온 험상궂은 얼굴로 변한 윌리엄스 신부는 연희를 소중히 업은 채 번개같이 올라가기 시작했다.

자신들의 위치가 파악당했다는 걸 모르는 퇴마사들은 파키스탄 북부의 강가에 비행기를 내리고 있었다. 내리면서 보니 비행기 밑부분은 방수 처리가 돼 있었고 날개 끝에는 부유물이 붙어 있어서 벌판만이 아니라 물 위에서도 타고 내릴 수 있었다. 비행기를 조종했던 밀수 단체의 노인은 군말 없이 그들을 내려 주고 잔잔한 수면 위를 멋진 솜씨로 이륙해서 순식간에 사라져 버렸다.

비행기에 실려 있던 고무보트를 이용해서 건너편 강가에 도착한 퇴마사 일행은 최 교수가 방향을 탐색하는 동안 이야기를 나누었다. 준후는 신지 문자로 된 에메랄드 태블릿의 비문에 대한 이런저런 생각을 하다가 한 가지를 제안했다.

"지금 연희 누나에게는 세크메트의 눈이 없어요. 승희 누나가 연희 누나의 마음속을 짚어 주는 것은 어떨까요? 승희 누나가 세크메트의 눈 한쪽, 제가 다른 한쪽을 들고 연희 누나가 보았던 비문을 읽을 수 있을 것 같은데요."

"그것도 좋지. 그런데 내가 연희 언니의 마음을 읽으려면 시간이 좀 걸려. 그럼 시간을 지체하게 되는데, 괜찮을까?"

현암이 끼어들었다.

"우리가 쫓기는 몸이라는 걸 잊지 말라고. 우선 전화가 오기를 기다리고, 동굴을 찾을 때까지 연락이 오지 않으면 그때 가서 투시해 봐도 늦지는 않을 거야. 여기서 우물쭈물하다가 누구한테라도 발각되면 곤란하지 않겠어?"

준후는 왠지 모르게 마음이 급했지만 현암의 말에도 일리가 있다고 생각했다. 현암은 승희를 바라보면서 말했다.

"그보다는 이 근방에 수상쩍은 요원들이나 마스터의 부하들이 있는지가 더 중요해. 그런 것이 있나 살펴 줄 수 있겠니?"

승희는 일부러 인상을 찡그리며 혀를 날름 내밀었다.

"현암 군이 말하는데 해야지. 안 하면 맞으려고?"

현암이 기가 막혀 뭐라 한마디 하려는데 마침 최 교수가 방향을 탐지하고 소리를 질렀다. 이제 몇 시간만 지나면 마스터의 근거지에 도달한다고 생각하니 마음이 떨렸다.

승희는 주변을 탐지하면서, 그리고 다른 사람들도 주위를 경계하면서 숲을 헤치고 걷기 시작했다. 현암이 박 신부에게 말을 건 넸다.

"이 일을 마치고 난 다음에 어떻게 하죠?"

"우선 이 일이나 제대로 마치기를 비세나."

"우리는 그렇다 해도 최 교수는요? 그 안까지 같이 가면 위험할 텐데요?"

그러자 박 신부가 겸연쩍게 웃었다.

"내게 방법이 있네."

"어떻게 됐나?"

맥라렌은 초조한 듯 부하에게 소리쳤다. 위성 전화를 추적해 작은 비행기의 자취를 발견했는데 어쩐 일인지 비행기가 왔던 길을 되돌아가고 있었다. 맥라렌은 그들이 탐지당하고 있다는 것을 모른다고 단정 지었다. 그렇다면 그들은 거기서 내렸을 것이다. 그러나 그 앞은 산과 숲이 우거진 지대라 항공 정찰이나 에이왁스는 더 이상 소용이 없었다. 숲 어디에 있는지 지금으로서는 알아낼 방법이 없는 것이다.

"제길, 차라리 요격해서 떨어뜨려 버릴걸!"

아무리 일급 요원이라도 남의 나라 국경 안으로 전투기를 보내는 것은 쉬운 일이 아니었다. 그러나 지금 맥라렌은 그렇게라도 하는 게 나았다는 생각까지 들었다.

"알겠나? 전원 집결해. 그리고 파키스탄 정부의 지원도 요청하고. 숲 전체를 완전히 포위해 버려. 숲이라고 해도 도망치지는 못한다! 가만! 너무 근접하지는 마! 그중 한 명은 그런 것을 알아내는 능력도 있으니 외곽에서부터 서서히 조여들어. 그리고 내 지시를 기다려라! 이상!"

한편 뒤 칸에선 주기 선생이 슬며시 몸을 일으켜 백호의 뒷덜미를 툭 쳤다. 백호의 얼굴은 창백하게 질려 있었지만 주기 선생은 태연한 얼굴이었다.

"너무 걱정 말라고. 방법이 있으니까."

"무슨 소리입니까?"

"잊고 있는 모양인데, 승희 씨는 무시무시한 투시력을 가지고 있어. 우리가 지금의 상황을 마음속에 떠올리기만 한다면 승희 씨가 분명 읽어 낼 거야. 그러면 그들도 나름의 방법을 강구하겠지. 그렇게 질려서 떨고 있지 말라고."

그 말을 듣자 백호도 희망이 생겼다. 승희 씨가 자신이나 주기 선생의 마음을 읽어 주기만 한다면! 백호와 주기 선생은 더 이상 이야기하지 않았다. 그때부터 둘은 약속이나 한 듯 지금의 상황을 되뇌면서 승희를 부르기 시작했다. 지금 할 수 있는 일은 그것이 최선이었다. 어른 둘이 무엇을 하는지 알지 못하는 아라는 눈물을 글썽이면서 두 사람을 바라보고 있었다. 아빠가 보고 싶었다. 그리고 준후 오빠나 다른 사람들도. 이 지긋지긋한 비행기 안에서 나가고 싶었다. 아라는 주기 선생에게서 받은 목걸이를 자그마한 손으로 꼭 쥐고 쓰다듬기 시작했다.

"거의 다 왔나요?"

"조금만 더 가면 될 겁니다."

잔뜩 긴장하고서 걸은 지 한 시간이 넘었다. 그때까지 승희는 마음속으로 주변을 살폈지만 이상할 정도로 고요하기만 했다. 승희로서도 먼 외곽으로부터 군부대를 포함한 많은 사람이 숲을 완전히 포위하고 있다는 사실까지는 알 수 없었다. 주변을 살피는데 온 신경을 쏟고 있어서 백호나 다른 사람의 마음을 살필 겨를도 없었다. 현암은 마스터가 또다시 어떤 흉계를 꾸밀지 몰라 불안했고 박 신부는 아무것도 나타나지 않는 것을 이상하게 여겼다. 신동들도 대부분이 죽었지만 아직 레드와 구구루는 남아 있지 않은가? 그런데도 이렇게 조용하다니.

"저기일 겁니다. 이제 다 왔어요."

최 교수가 밝게 소리쳤다. 최 교수가 가리키는 쪽에는 바위로 이루어진 험한 산비탈이 있었고, 그 한구석에는 금방이라도 허물어질 듯한 작은 동굴이 입을 벌리고 있었다. 현암이 깊이 한숨을 내쉬었다.

"다 왔군요."

그때 정적을 깨뜨리고 현암이 등에 지고 있던 위성 전화기가 울렸다. 별로 큰 소리는 아니었지만 자연음과 다른 그 소리에 숲속의 새들이 놀라 한꺼번에 하늘로 날아올랐다. 현암은 수화기를 들었다.

"잡혔다! 좌표 223-49-74! 포위망은 그대로 두고 그쪽으로 정예 요원들을 집결시켜!"

회색만면한 맥라렌의 말소리를 듣고 백호와 주기 선생의 얼굴이 하얗게 질렸다.

연희는 헐떡이면서 준후를 바꿔 달라고 말했다. 연희의 옆에는 빈혈 상태로 탈진한 윌리엄스 신부가 쓰러져 있었고 그들의 주변에는 눈을 휘둥그렇게 뜬 티베트인들이 몰려 있었다. 이십여 시간 걸리는 계단을 단 두어 시간 만에 올라온 윌리엄스 신부는 그것으로 그치지 않고 최후의 힘을 짜내 티베트에서는 드문 도구인 전화가 있는 곳까지 연희를 업고 달려온 것이다. 윌리엄스 신부는 전화가 있는 곳으로 도착한 순간 탈진해 쓰러졌지만 다행히 연희는 윌리엄스 신부의 등에 업힌 동안 어느 정도 정신을 가다듬을 수 있었다.

[연희 누나!]

준후의 목소리가 수화기 너머에서 들리자 연희는 떨리는 목소리로 말했다.

"준후야, 비문의 내용이야, 들어 봐. 네가 전에 내게 읽는 법을 가르쳐 주었지? 그대로, 그대로 읽을 테니……."

연희는 힘을 다해 고어의 발음으로 수첩에 쓴 신지 문자의 내용을 준후에게 읽어 주었다. 그러나 내용이 워낙 많고 잡음이 심했다. 금방이라도 전화가 끊어질 것 같았다. 준후는 연희를 중단시키고 승희를 불렀다.

"승희 누나! 세크메트의 눈! 연희 누나의 마음을 읽어 줘요!"

"알았어!"

승희는 즉각 세크메트의 눈을 준후에게 주고 그 자리에서 정신을 집중해 연희의 마음을 읽기 시작했다. 연희도 수첩을 들여다보면서 비문들을 떠올리려 애썼다. 그사이 전화는 이미 끊어졌지만 연희는 그 사실을 의식하지 못했다. 비문을 마지막까지 떠올린 다음 연희는 모두에게 안부를 전했다. 그러고는 긴장이 풀렸는지 윌리엄스 신부 옆에 쓰러지고 말았다. 포탈라궁에서 그들을 따라 달려온 라마승들이 그제야 도달해 연희와 윌리엄스 신부를 들것에 실어 옮겼다.

연희가 의식을 잃자 승희는 투시를 멈추고 흘러내리는 땀을 닦으며 준후를 바라보았다. 최 교수와 현암, 박 신부도 긴장한 얼굴로 준후를 바라보고 있었다. 준후는 눈을 감고 세크메트의 눈을 손에 든 채 눈물을 주르르 흘리고 있었다.

"다 알았어요. 이제야 다……. 연희 누나가 정말 잘해 줬어요."

준후가 입을 열었다. 그러나 아무도 준후에게 캐묻지 않았다. 다만 준후가 말해 주기를 기다리고 있었다.

"대홍수, 그건 땅의 힘으로 생기는 거예요. 애염명왕의 말도, 바바지님의 말도 맞았어요. 남극과 북극에 있는 용암의 지맥을 잡아 놓은 것이 바로 무지갯빛 보석, 수다르사나예요."

"남극과 북극! 그렇다면 빙하가 녹아서 대홍수가 생긴 거란 말이니?"

"연희 누나는 과거의 홍수도 그것 때문에 생긴 것이라 믿었어요. 그러나 그건 몰라요. 누구도 알지 못해요."

"내려."

백호는 고개를 들었다. 수송기가 어딘지 알 수 없는 비행장에 급히 착륙한 뒤였다. 맥라렌과 요원들이 총을 겨눈 채 백호와 주기 선생, 그리고 아라에게 손짓했다.

"헬기로 현장까지 가야 한다. 어서 내려."

"왜 우리를 데리고 가려는 거지?"

백호가 증오를 담은 목소리로 말하자 맥라렌은 웃었다.

"너희가 죽음을 확인해야 해. 헤이, 너무 인상 쓰지 마. 허튼짓만 안 하면 너희를 어쩔 생각은 없어. 깨끗하게 끝내자고. 증거 없이."

"난 가지 않겠어!"

주기 선생이 벌떡 일어났지만 맥라렌의 부하들이 총구를 겨누자 별수 없이 조용해졌다. 맥라렌이 말했다.

"아이까지 데려갈 생각은 없어. 아이는 한국으로 우리가 돌려보내 주지. 단 너희는 가야 해."

총을 들이대는 앞에서는 별 방법이 없었다. 아라는 마구 울어 댔지만 한 요원의 허리춤에 끼인 채 다른 비행기로 향하게 됐고, 백호와 주기 선생은 맥라렌과 함께 헬기에 동승했다. 이번에도 백호와 주기 선생은 다른 요원들의 감시하에 뒷자리에 처박혔다. 헬기가 뜰 때 창문으로 언뜻 보니 적어도 다섯 대 이상의 헬기가 동시에 뜨고 있었다. 터무니없게도 완전 무장을 한 공격용 헬기까지 한 대 있었다. 이 정도라면 아무리 엄청난 공력이나 주술이라도 이길 수 없었다.

"이젠 끝인가 보군."

백호가 중얼거리자 주기 선생이 힐끗 차가운 눈길을 보냈다.

"그러게 내가 뭐랬어. 진작에 저 양돼지를 없애 버렸으면 이렇게까지는 안 됐을 텐데."

쏘아붙이듯 말하고 주기 선생은 중얼거렸다.

"백호 당신, 그들에게 최소한의 시간이라도 주자고 했지? 난 잊지 않았어. 그래, 도구르 그 자식의 말이지만 옳아. 어떻게든 해 보자고."

주기 선생의 눈이 빛나는 것을 백호는 서글픈 마음으로 지켜볼 수밖에 없었다.

준후는 한참 동안 연희의 마음을 읽어 낸 것과 비문에 적혀 있던 내용을 종합해 상황을 설명했다. 연희의 짐작과는 다르게 고대의 대홍수가 무엇 때문에 일어났는지는 치우천왕도 알지 못했다. 다만 넘쳐 나는 물을 막을 수 있는 치수법과 땅의 지맥을 변동하는 고대의 힘을 사용해 대홍수를 막을 수 있었던 것뿐이었다.

아울러 치우천왕은 그러한 홍수가 일어날 것을 예감해 높은 땅

티베트에 나라를 정했다. 그리고 지금은 잊힌 고대의 힘을 사용해 미래에 대홍수를 일으킬 요인이 될 수 있는 것을 알아낸 것이다. 남극과 북극 지하에 흐르고 있는 용암의 지맥이었다.

"치우천왕은 여든한 개의 나라에 사람을 보내어 미래의 후손들이 맞을지 모르는 이 참담한 홍수를 미연에 방지하고자 술사들을 모았대요. 그들의 힘을 한데 모아 극지의 땅에 봉인을 한 겁니다. 극지에 흐르는 용암의 맥이 뚫고 올라오지 못하도록 한 거죠. 그런데 그 기운을 한데 모아 가두는 데에는 성공했지만 치우천왕은 그것도 불안하다고 여겼어요."

"그게 바로 수다르사나?"

"수다르사나에 박힌 무지갯빛 보석일 거예요. 비문에는 무지개로만 적혀 있으니까요. 그건 장차 닥칠 무서운 대홍수를 방지한 봉인이지만 지맥을 변동시키는 힘을 지닌 무서운 물건이기도 해요."

최 교수가 말했다.

"지맥을 변동시키는 힘이 있다고?"

"네."

"지맥이라……."

준후의 이야기를 들으면서 최 교수는 중국의 치수 전설에 나오는 보물인 식양(息壤)을 떠올렸다. 치우천왕이 치수할 때 사용하던 하늘의 보물이 식양이라는 흙인데, 한 줌을 던지면 산이 생기고 물이 메워지는 것이 그 보물의 힘이라고 전설은 전하고 있었다.

믿기 힘든 이야기였지만 그것이 단순한 흙이 아니고 지맥을 변동시키는 힘의 열쇠라고 한다면 사정이 달랐다. 홍수가 닥칠 때 지맥을 불러 산이 솟아나게 한다면 당연히 홍수의 힘은 약화될 것이다. 최후에 식양을 얻음으로써 치우천왕은 치수에 성공했다고 돼 있는데 그 식양이 이러한 주술에 근거한 것이라고 본다면 앞뒤가 맞는다는 생각을 한 것이다.

"그러면 마스터가 노린 것은 바로……."

"맞아요. 지맥을 변동시켜서 극지에 용암을 분출시키는 것. 그러면 대홍수는 피할 수 없어요! 단순한 주술력이나 물리적인 힘으로 대홍수를 일으킬 수는 없지요. 이제 알겠어요! 마스터는 녹비에서 그러한 내용을 알아내고 계획을 세운 거예요."

현암이 준후의 말을 받았다.

"그랬구나! 마스터는 바바지의 제자였고, 수다르사나의 보관자가 바바지였으니 수다르사나의 가운데 붙은 보석을 보았을지도 모르지. 녹비를 본 후 그것을 빼앗으려고 이 모든 계획을…… 아아."

모든 것이 분명해졌다. 주술력이나 무슨 짓으로도 천재지변을 일으킬 수는 없었다. 그러나 기왕에 가두어 두었던 힘을 분출시키거나 막는 정도는 주술력으로 가능한 일이다. 마스터는 그것을 알아낸 것이다.

"그러면 그것을 막는 법은? 그것도 나와 있니? 응?"

박 신부도 흥분을 감추지 않았다. 준후는 고개를 저었다.

"암호처럼 풀어져 있는 글자들이 너무 많아요. 그것 중에는 수다르사나에 있는 보석의 힘을 쓰는 것도 있을 테고 또 다른 고대의 주술에 대한 것도 있을 거예요. 하지만 저도 지금 당장 알 수는 없어요. 단 하나 알 수 있는 것은 그 보석을 쓰지 못하게 만드는 방법뿐이에요."

"그 방법이 뭐지?"

"아주 간단해요. 그 보석은 어떤 힘으로도 파괴할 수 없대요. 단 한 가지, 땅에서 왔으니 땅으로 돌려줘야 한대요. 아무도 찾지 못하게. 그것도 사람의 손으로는 안 되고요."

"사람의 손이 아니라면?"

"영혼의 힘. 맞을 거예요. 영혼의 힘으로 땅에 돌려줘야 한대요. 그것도 세 사람……."

모두 말이 없었다. 영혼의 힘으로 땅에 돌려줘야 한다는 것. 아무도 입 밖으로 말을 꺼내지는 않았지만 그것이 죽음을 의미한다는 것은 알고 있었다. 죽음의 희생으로써 보석을 땅에 봉인할 수 있다는 의미. 그렇다면 어떻게 해야 하나? 누가 희생돼야 한다는 말인가? 그것도 세 사람? 다들 고민에 잠겨 있을 때 준후가 울먹이며 말했다.

"연희 누나가 안부 전해 달랬어요. 그리고 꼭 살아 돌아오라고…… 흐흐흑."

준후가 울음을 터뜨리자 승희가 준후를 안아 다독였다. 다들 어두운 표정으로 침묵을 지키고 있었다. 그러나 다음 순간, 준후가 깜짝 놀라 고개를 들면서 외쳤다.

"아라! 조요경에서 뭔가가!"

"무슨 말이지, 준후야?"

"몰라요. 방금 아라의 조요경에서 뭔가가 느껴졌어요!"

그 말을 듣고 승희는 정신을 집중해 아라의 마음을 살폈다. 그리고 백호와 주기 선생까지도. 잠시 후 승희는 지치고 피곤한 얼굴로 눈을 떴다.

"이쪽으로 요원들이 새카맣게 몰려오는 모양이에요."

"뭐라고? 어떻게?"

현암이 놀라자 승희는 힘없게 웃으며 현암의 등에 지워진 위성 전화를 가리켜 보았다.

"저걸로 알아낸 것 같아. 백호 씨와 주기 선생이 마음속으로 아예 노래를 부르고 있어. 어서 달아나라고 말이야. 이번엔 절대 빠져나갈 수 없을 거래."

"달아나라고? 지금?"

기가 막혔다. 마스터의 음모를 알게 된 시점에서 이러한 일에 휘말리다니.

박 신부는 눈을 감았고 현암은 입을 꾹 다물었다. 하지만 눈빛은 오히려 빛나고 있었다. 현암은 박 신부의 귓가에 속삭였다.

"신부님. 다른 말씀은 드리지 않겠습니다. 최소한 승희와 준후만은 살려 보지요."

박 신부는 조용히 현암의 눈을 바라보았다. 현암의 눈은 맑았지만 얼굴에는 간절한 심정이 배어 있었다. 박 신부는 능력을 발휘해 현암에게 마음으로 물었다.

내 마음을 알고 있었군. 하긴 나 혼자서는 힘들 것 같아. 같이 가 주겠나?

저 혼자도 어려울 것 같습니다. 마스터가 무슨 짓을 할지도 모르고, 신동 가운데 레드와 구구루는 남아 있어요. 우리 둘이 어떻게든 해 보지요.

세 사람이 필요하다고 하는데?

월향이 있습니다. 월향은 저와 함께하기로 한 처지입니다.

박 신부는 생각하다가 대답했다. 이제는 어차피…….

동감일세. 미래는 준후에게 맡기세. 준후에겐 죄를 짓는 거네만…….

준후를 믿습니다.

현암은 힘겹게 씩 웃어 보였다. 그러자 박 신부도 고개를 끄덕하고는 최 교수에게 말했다.

"교수님, 잠시만……."

최 교수가 고개를 돌리는 순간 박 신부는 뭐라 할 사이도 없이 최 교수에게 한 방을 먹였다. 맥없이 쓰러진 최 교수를 보며 박 신부는 성호를 긋고 말했다.

"죄송합니다. 하지만 너무 위험해서요."

일행은 아무 말 없이 최 교수를 남겨 둔 채 걸음을 옮겼다. 오 분 정도 걸어 동굴의 입구에 닿았다. 현암은 월향검을 들고 경계의 태세를 갖추고 있었지만 아직 아무 일도 벌어지지 않았다. 박 신부는 준후를 보고 말했다.

"준후야. 이제 우리는 추적받는 입장이 됐다. 그러나 우리에겐 시간이 필요해! 시간을 끌어 줄 수 있겠니?"

"네? 저도 같이 갈 거예요!"

준후는 크게 외쳤지만 박 신부는 고개를 설레설레 저으며 말했다.

"같이 안 간다는 게 아니야. 시간을 벌자는 거지. 나하고 현암 군은 먼저 들어가겠다. 너는 승희와 남아서 동굴 입구에 진을 친 다음에 들어오라는 거야. 우리는 시간을 벌어야 해. 우리가 마스터와 다투는 중에 요원들이 들이닥치면 훨씬 위험하니까. 안 그러니?"

준후는 고개를 끄덕였지만 불안한 느낌을 떨칠 수 없었다. 그때 승희가 박 신부의 옆에 찰싹 붙으며 말했다.

"신부님, 저는 같이 갈래요. 준후 혼자서도 진은 얼마든지 칠 수 있을 거예요."

그러면서 박 신부의 귀에 빠르게 속삭였다.

"전 다 알아요. 절 떼어 놓을 생각하지 마세요."

박 신부는 순간 눈시울이 뜨거워졌다. 승희는 현암과 자신이 마음속으로 나눈 대화를 투시력으로 엿듣고 있던 게 틀림없었다. 박 신부는 승희에게 마음속으로 말했다.

알고 있었니?

그럼요! 제가 누군데 몰라요? 신부님, 어차피 요원들이 덮치면 저도 가망이 없어요. 하지만 준후는 재주가 많으니 괜찮을 거예요. 저는 같이 갈래요. 네?

하지만…….

세 사람이 필요하다잖아요. 그렇다고 월향하고 현암 군하고 같이 보내는 건 싫어요. 제가 갈래요. 네?

승희야…….

박 신부는 더 이상 말을 잇지 못했다. 승희는 지금 무슨 생각을 하고 있단 말인가. 승희는 밝게 웃고 있었다. 승희는 준후 쪽으로 얼굴을 돌렸다.

"준후야, 부탁한다. 그리고 빨리 와, 응?"

승희는 준후의 어깨를 툭 치고는 다짜고짜로 동굴 쪽으로 걸음을 옮겼다. 박 신부는 그 뒤를 따라갔다. 현암은 등에 졌던 위성 전화기를 주먹으로 갈겨서 박살 내 버린 후 그들 뒤를 황급히 따랐다. 준후는 조금 망설였지만 어쩔 수 없었다. 서둘러서 진을 치고 동굴 안으로 들어가야겠다고 다짐하면서 부적을 꺼내 사방에 배치하기 시작했다.

정의는 이기는가

동굴의 입구는 한 사람이 겨우 들어갈 정도로 비좁았다. 체구가 큰 박 신부는 안으로 들어가는 데 상당히 애를 먹었지만, 일단 들어가자 그 안은 상상보다 넓었다. 그리고 안쪽으로 들어갈수록 계속 넓어졌다. 박 신부는 준비해 온 랜턴을 켜고 주변을 둘러보았다. 종유석이 맺혀 있고 간간이 물이 떨어지는 소리 외에 동굴 내부에서는 아무런 소리도 들려오지 않았다. 종유석의 크기로 보아 꽤 오래된 동굴인 것 같았다. 현암은 박 신부에게 말했다.

"동굴 입구를 무너뜨려 버리는 것이 어떻겠습니까? 준후가 들어오지 못하게요."

그러나 박 신부가 채 대답하기도 전에 승희가 고개를 번쩍 들면서 작은 소리로 외쳤다.

"앞에 누군가가 있어요! 두 사람, 아니 여섯 사람."

"여섯 사람?"

"모르겠어요. 두 사람은 확실한데 나머지 네 사람은 좀 이상해요."

"좀비나 악령 아닐까?"

현암이 묻자 승희는 고개를 저었다.

"잘 몰라! 하지만 그런 것 같지는 않아. 이제껏 본 적이 없는 것들이야."

승희의 말이 끝나기도 전에 저쪽에서 뭔가가 휙휙 소리를 내며 날아들었다. 박 신부가 재빠르게 오라 막을 펼치자 날아온 것들은 오라 막을 뚫지 못하고 그 자리에 떨어졌다. 그것들은 새의 깃털이었다. 아무것도 아닌 물건이었지만 날아오는 속도로 볼 때 그대로 맞았으면 큰 상처를 입을 수 있었다. 더구나 똑바로 날아오는 것이 아니라 주술력에 의해 조종되는지 굽은 동굴 안을 휘어지며 날아들었다.

한 번의 깃털을 막아 내자 연이어 수없이 많은 깃털들이 날아왔다. 현암은 주저하지 않고 일갈성과 함께 태극기공의 '폭' 자 결로 동굴의 벽을 후려갈겼다. 그러자 그들이 들어온 좁은 틈바구니가 조금씩 무너져 내리기 시작했다. 현암은 월향검을 날렸다. 월향의 귀곡성이 동굴을 울리는 것과 동시에 박 신부의 오라 막이 동굴 안을 환하게 비추었다.

　동굴의 입구 주변에 진을 설치하면서 준후는 아까 읽었던 비문
의 내용을 되씹어 보았다. 홍수와 치우천왕의 이야기는 연희가 조
각을 보고 판단했던 그대로였고 그 이후의 주문들은 준후로서도
알 수 없었지만 맨 앞부분의 개괄적인 가르침에 대한 것은 분명
『천부경(天符經)』과 비슷했다. 서방으로 전달됐던 에메랄드 태블
릿은 스키타이어로 쓰여 여러 번 변했고 『천부경』도 원래 신지 문
자의 맥이 끊어져 신라 때 최치원이 한문으로 번역한 것만이 남아
있다. 그런 점을 감안한다면 그 안에 쓰여 있는 가르침은 거의 같
은 것이라 할 수밖에 없었다. 태곳적부터 내려오던 한민족의 가르
침…….
　그때 준후는 멀리서 이상한 소리가 빠르게 다가오는 것을 들었다.
　"어! 저건!"
　헬리콥터였다. 거기에는 필경 승희가 말했던 요원들이 타고 있
을 것이다. 준후는 동굴의 입구 주변에 널찍하게 화염진을 설치해
사람들의 출입을 막고 동굴의 입구 자체를 은형술로 가릴 요량이
었다. 그런데 헬리콥터 소리로 판단하건대 시간은 채 일 분도 남
지 않은 것 같았다. 진을 펼칠 시간이 절대적으로 부족했다.
　'할 수 없다! 진은 포기하고 신부님을 따라가자!'
　준후는 급히 동굴의 입구 쪽으로 달려갔다. 그때 우르르하는 소
리가 들렸다. 놀라서 다가가 보니 동굴의 입구가 무너지고 있었다.

"어! 이게 왜!"

준후는 왜 동굴의 입구가 무너지는지 알 수 없었다. 하지만 깨닫는 데 시간이 걸리지 않았다. 세 사람! 준후는 자신의 입으로 세 사람의 영혼이 필요할 것이라 말했다. 그래서 자신만을 남겨 두고……

"너무해!"

준후는 소리를 질렀다. 동굴 입구는 몸집이 작은 준후도 뚫고 들어갈 수 없을 만큼 막혀 버렸다. 지체할 시간이 없었다. 그러나 동굴 안으로 뛰어들려는 순간, 불에 덴 듯한 아픔이 어깨를 스치고 지나갔다. 동시에 준후의 앞에 있던 바위가 파이면서 돌가루가 얼굴을 쳤다. 얼굴을 돌리자 거기에는 한 대의 헬기가 떠 있었다.

"아뿔싸! 벌써 발각됐구나!"

"발견했다! 두 시 방향. 저격 중이다. 다시 한번 쏘겠다!"

백호는 자기도 모르게 벌떡 몸을 일으켰다. 결국 발견되다니. 도망가거나 최소한 동굴 안으로는 들어갈 수 있게 하려고 했는데 벌써 발견돼 저격받다니. 총소리에 놀란 주기 선생도 그 자리에서 벌떡 일어나 백호를 바라보았다.

"무슨 소리요?"

"그들이 발견됐나 봐요. 저격을……"

"개자식들!"

주기 선생은 소리를 질렀다. 그 소리에 요원은 주기 선생을 다시 총으로 위협해 앉히려 했지만 주기 선생은 더 이상 참지 않았다. 힐기보법을 써서 순식간에 요원의 눈앞에서 사라진 주기 선생은 눈 깜짝할 사이에 한 요원의 발을 걸어 넘어뜨리며 다른 한 명의 뒤통수를 잡고 기둥에 처박았다. 그리고 백호가 만류할 사이도 없이 헬기의 앞으로 달려갔다. 그곳에서 주기 선생의 눈에 뜨인 것은 저격용 총에 총알을 장전하고 있던 저격수와 놀란 얼굴의 맥라렌, 그리고 저만치 산비탈에서 혼자 뒹굴고 있는 하얀 점이었다. 하얀 점. 준후였다. 자신이 전인으로 생각하고 처음으로 마음을 주었던 아이.

"준후야!"

주기 선생은 소리를 지르면서 총을 쏘려는 저격수를 덮쳤다. 맥라렌은 재빨리 권총을 뽑아 주기 선생을 쏘려고 했지만 주기 선생 쪽의 동작이 더 빨랐다.

"이 개자식! 어린아이에게 총을 쏴?"

달려드는 주기 선생의 힘을 이기지 못하고 저격수는 총을 떨어뜨리면서 균형을 잃었다. 주기 선생과 저격수는 한 덩어리가 돼서 헬리콥터에서 떨어져 내렸다.

순간적으로 땅에 몸을 굴리던 준후는 다음 총알이 날아올 것으로 생각하고 눈을 감았다가 총알이 날아오지 않자 눈을 떴다. 그 순간 두 사람이 헬기에서 땅으로 털썩 떨어지는 모습이 들어왔다. 준후는 몸을 피할 절호의 기회라 생각하고 은신술을 펼쳤다.

"아이가 갑자기 사라졌습니다!"

이를 갈고 있던 맥라렌에게 다른 헬기의 저격수들이 외치는 소리가 들려왔다. 맥라렌은 밖을 내다보았다. 그 몇 초 사이에 아이는 흔적 하나 남기지 않은 채 사라져 버리고 없었다.

"이게 어떻게 된 거야! 괴물 같은 놈!"

백호는 안간힘을 다하며 맥라렌에게 덤벼들려고 했지만 정신을 차린 두 명의 요원이 백호를 꼼짝달싹하지 못하게 붙들고 수갑을 채웠다. 백호는 발악했으나 당해 낼 수가 없었다. 맥라렌은 백호를 쎄려보면서 무전기에 대고 외쳤다.

"전부 착륙! 유령 같은 놈이다! 포위망을 구성하고 움직이는 건 무조건 갈겨 버려!"

몰아치듯 닥쳐오는 깃털 무더기를 있는 힘을 다해 막아 낸 월향은 길게 귀곡성을 내지르면서 현암의 손으로 날아들었다. 박 신부도 숨을 고르면서 오라를 약하게 했고, 승희는 기가 질려 소리조차 내지 못했다. 그들의 앞에 여섯 개의 그림자가 서 있었다. 그들은 전혀 상상 밖의 인물들이었다. 전혀 상상할 수 없었던⋯⋯.

두 명은 레드와 새의 깃털 옷을 입은 구구루. 그리고 그들의 뒤에 서 있는 다른 네 사람은 바로 박 신부와 현암, 준후와 승희였다.

주기 선생은 안간힘을 다해 몸을 일으켰다. 천만다행으로 떨어지는 순간 저격수를 밑에 깔고 있어서 목숨은 건졌지만 상처를 입었던 몸에 다시 큰 충격이 가해져 숨조차 쉴 수 없을 지경이었다.

그러나 주기 선생은 몸을 일으켰다. 준후가 어디로 갔을까 하는 염려밖에 없었으나 이미 준후는 사라지고 없었다.

'은신술!'

그래. 조그마한 것이 영특하게도 은신술을 써서 숨었구나. 주기 선생은 주변을 둘러보다가 저만치 돌 뒤에서 인기척을 느꼈다. 볼 것도 없이 힐기보법을 사용해 그리로 달려갔다.

"너, 너희들은 뭐야! 누구야!"

승희가 간신히 정신을 차리고 소리를 질렀으나 그들은 대답하지 않았다. 무엇인지 유리와 같은, 잘 보이지 않는 것을 들고 있는 레드도, 아프리카풍의 깃털이 가득 박힌 화려한 옷을 입고 있는 구구루도, 그리고 그쪽에 서 있는 박 신부와 현암, 준후와 승희도 마찬가지로 대답하지 않았다.

승희는 눈을 씻고 그들의 모습을 살펴보았다. 정말 똑같았다. 다만 저쪽의 현암에게는 월향검이 없었다. 그리고 박 신부에게서도 오라가 나타나지 않았다. 그들의 얼굴은 바윗덩어리처럼 표정의 변화가 하나도 없었다.

"적들은 영체로 만들어진 것들이야."

"영체요?"

"엑토플라즘. 반은 물질이고 반은 정신력인 물질이지. 마스터가 만들어 낸 것이 분명해."

박 신부가 몸에서 오라를 밝게 빛내자 현암이 소리를 지르면서 그들 쪽으로 달려갔다. 그러자 저쪽에서 구구루가 날개를 펄럭이듯 손을 흔들어 깃털을 우수수 내쏘았고 레드는 잘 보이지 않는 뭔가를 휙 내던졌다. 저쪽에서도 현암이 마주 달려 나왔다. 현암은 이를 악물 수밖에 없었다. 아무리 마스터가 만들어 낸 영체 인형이라고는 하지만 자신과 똑같이 생긴 자와 싸운다는 것은 등골이 서늘한 일이었다. 갑자기 박 신부가 오라 구체를 내쏘아 구구루의 깃털들에 맞서며 소리를 질렀다.

"현암 군! 서!"

현암은 놀라 걸음을 덜컥 멈추었다. 문득 어깨 언저리와 발목에 섬뜩한 아픔이 전해졌다. 놀란 현암이 뒤로 조금 물러서면서 주위를 살폈지만 아무것도 보이지 않았다. 그러나 현암의 어깨와 발목은 예리하게 베여 피가 배어 나왔다.

"대체 이건……."

그 순간 저쪽의 현암이 이쪽의 진짜 현암에게 달려들었다. 현암은 아슬아슬하게 가짜 현암의 주먹을 피하면서 아랫배에 일격을 가했다. 그러자 쩡하는 쇳소리와 함께 손목이 시큰해졌다. 마치 그 소리가 신호였던 것처럼 뒤에 서 있던 가짜 박 신부와 가짜 준후, 가짜 승희까지도 움직이기 시작했다.

구구루는 계속 깃털을 내쏘아 박 신부를 붙들고 늘어졌으며 네 명의 가짜 영체 인형들은 현암만을 향해 우르르 달려들었다. 가짜 박 신부의 뒤에서는 검은 기운이 솟아올랐으며 가짜 준후에게서는 섬뜩한 붉은 기운과 함께 마치 과거의 리에게서처럼 여러 가닥의 염체들이 솟아올라 삽시간에 현암의 주위를 뒤덮어 버렸다. 현암은 이리저리 피했지만 순식간에 여러 대의 타격을 받고는 서너 발짝 뒤로 물러설 수밖에 없었다.

예전의 현암이었다면 쓰러졌을지도 모르지만 천정개혈대법을 받은 지금은 사정이 달랐다. 게다가 승희가 현암에게 있는 힘껏 힘을 보내 주었기 때문에 현암은 큰 부상을 피할 수 있었다. 그때 문득 현암의 뇌리를 스치고 지나가는 것이 있었다.

'저 수법들은 전에 어디선가 본 적이 있다! 틀림없어!'

현암의 넷의 집중 공격을 당해 위기에 몰린 순간, 가짜 박 신부가 주춤 뒤로 한 걸음 물러섰다. 가짜 박 신부의 가슴께에는 무엇인가 짧은 막대가 박혀 있었다. 현암이 뒤를 돌아보니, 하얗게 질린 얼굴을 한 승희가 석궁을 들고 있었다. 아까 요원과 숙덕거리다가 얻어 가지고 온 것이 석궁이었던 것이다.

그렇지만 가짜 신부는 별 타격을 받지 않은 듯, 가슴에 박힌 석궁 화살을 단숨에 잡아 뽑더니 그대로 꺾어 버렸다. 염체로 만들어진 몸이라 피도 흐르지 않았다. 승희는 계속 석궁 화살을 날렸으나 큰 위력을 발휘하진 못했고, 이내 화살이 떨어져 버렸다. 그 사이 현암은 정신을 가다듬을 수 있었다.

가짜 준후는 멀리서 염체로만 공격을 해 왔고 가짜 승희도 뒤로 물러서 무언가 중얼거리고만 있었기 때문이다. 현암은 월향을 날려 염체들을 상대하도록 하고 가짜 현암과 싸우는 데에만 전념했다. 가짜 박 신부는 몸에 박힌 석궁 화살을 뽑아내고는 이번엔 박 신부에게로 향했다. 승희는 바닥에 주저앉아 힘을 보내는 데에만 집중했다.

박 신부는 베케트의 십자가까지 꺼내어 들고 있는 힘을 다해 구구루가 쏘아 대는 깃털보다도 더 많은 오라 구체를 쏘아 보냈다. 구구루는 깃털을 쏘다가 더 많은 박 신부의 구체 세례를 받고 땅에 쓰러져 굴렀지만 여전히 얼굴 표정 하나 변하지 않았고 눈에도 초점이 없었다. 연달아 눈에 잘 보이지 않는 무언가를 들어 던지는 레드의 눈도 마찬가지였다. 그들의 몸은 영체로 된 것 같지 않았으나 살아 있는 느낌이 전혀 오지 않았다. 박 신부는 이를 악물었다. 구구루와 레드는 이미 죽어 좀비가 돼 버린 것이 분명했다. 그 아이들을 그렇게 만든 자는 바로 마스터였다.

"사악한 놈!"

"준후야."

주기 선생은 마침내 동굴의 앞까지 달려갔다. 준후가 보이지는 않았지만 붉은 핏자국이 점점 번져 가는 모습은 보였다. 주기 선생이 다가가 손을 대자 은신술이 사라진 듯, 준후가 모습을 드러내었다.

"아, 상준이 형."

준후가 눈을 뜨며 말하자 주기 선생이 미친 듯 고개를 끄덕였다.

"괜찮니? 응? 총을 맞은 것 같은데……."

"아, 스쳤어요. 놀라서 그만. 괜찮아요."

준후의 총상은 다행히 크지 않았다. 그러나 총을 맞았다는 충격 때문에 준후는 은신술을 쓴 뒤 잠시 정신을 잃은 것이 분명했다. 주기 선생이 준후를 몸으로 가리면서 일으켜 세우자 준후가 벌떡 일어났다.

"다른 사람들은?"

"나만 두고 저 안에 들어갔어요!"

"왜 너는 여기 버려둔 거야?"

"세 사람의 영혼…… 아무튼 설명하기 힘들어요. 날 위해서 그런 거 같아요. 근데 동굴이……."

주기 선생은 황급히 동굴 쪽을 돌아보았다. 준후가 무슨 말을 하는 건지 납득이 가지 않았으나 우선 당장은 이 위기를 모면해야 했다. 이대로라면 준후도 요원들의 총알에 죽고 말 것이다. 주기 선생 자신도 온몸이 엉망진창이었지만 준후에 대한 걱정 때문에 자신의 몸 걱정은 뒷전이었다. 주기 선생은 무너진 동굴 입구에 조그마한 틈을 발견했다. 준후는 그곳으로 가기를 간절히 바랐지만 주기 선생은 은신술을 써서 준후를 도망치게 하고 싶었다. 먼 발치에서는 헬기들이 착륙하고 있었다.

"너, 내가 여기서 시간을 끌 테니 도망쳐. 알았니?"

"안 돼요! 나도 동굴로 가야 해요!"

주기 선생은 준후의 얼굴을 바라보았다. 저 동굴로 보내면 이 아이가 살아날 수 있을까? 아니, 도망을 시킨다고 빠져나갈 수 있을까? 어차피 둘 다 승산이 없다. 그럴 바에는…….

도구르가 했던 말이 주기 선생의 머릿속에 되살아났다. 남에게 무엇을 해 주려면 그 사람이 진정으로 원하는 것을 해 주어야 한다고.

"준후, 너. 그들과 같이 가고 싶으냐?"

"네! 할 일이 있어요!"

"일이라…… 중요한 일이겠지?"

"네!"

"그럼 가라!"

주기 선생은 준후를 자신의 몸으로 가리면서 십이지신의 깃발을 뽑아 들었다. 그리고 열두 개의 깃발 모두를 동굴의 작은 틈 사이에 끼우고 크게 기합성을 넣었다. 폭발과 함께 바위가 부서지며 산산조각이 나서 사방으로 튀었다. 그러나 주기 선생과 준후에게는 돌 조각이 튀지 않았다. 먼지가 일어나는 사이로 동굴의 벌어진 틈이 눈에 들어왔다. 준후가 그 안으로 뛰어들려고 할 때, 주기 선생이 준후의 옷깃을 잡았다.

"난 전에 너에게 정의에 대해 말했지. 지금 다시 묻겠다. 너는 정의가 정말로 이긴다고 생각하니?"

엉뚱한 말이었지만 준후는 눈빛을 빛내며 단호하게 말했다.

"네!"

"정의가 정말로 이긴다는 거지? 정말로?"

주기 선생은 마치 자신에게 되뇌는 것처럼 말했다. 그러다가 준후를 왈칵 떠밀었다.

"가! 십이지신술을 잊지 마라! 절대!"

준후는 대답하려고 했으나 주기 선생의 손이 너무도 우악스럽게 준후를 밀어붙이는 바람에 돌벽 틈을 굴러서 안으로 미끄러져 떨어졌다. 주기 선생은 온몸을 부르르 떨었다. 저격수가 총을 쏜 것이다. 주기 선생은 그것을 직감적으로 느끼고 준후를 몸으로 보호했지만 총알은 벌써 세 방이나 주기 선생의 몸을 파고들었다. 흉물스럽고 번질번질한 죽음의 피조물이 몸 안에 들어 있는 느낌. 그러나 주기 선생은 쓰러지기는커녕 최후의 오기를 발휘해 크게 소리를 치면서 몸을 일으켰다.

"이야아!"

저쪽에서는 맥라렌과 요원들, 저격수들이 자신의 눈을 믿을 수 없다는 듯 눈을 부릅뜨고 있었다. 여러 방의 총을 맞았는데 쓰러지기는커녕 다시 몸을 일으키다니! 맥라렌의 곁에서 한 요원이 중얼거렸다.

"괴물, 괴물이 저기도 있었어!"

주기 선생은 길게 고함을 지르면서 나머지 네 개의 깃발을 꺼내 들었다. 제황사신번의 네 깃발이었다. 네 개의 깃발을 동시에 휘두르자 현란한 광채가 사방을 덮어 맥라렌과 요원들은 눈을 뜰 수 없었다. 거기서 솟아 나온 네 가닥의 불기둥이 산자락을 쳤고 바윗돌들이 무더기로 굴러 내려 동굴의 입구를 막아 첩첩이 쌓여 갔다. 바위들은 주기 선생의 앞에도 마치 방벽처럼 쌓여서 주기 선생을 보호하려는 듯했다.

"아무도 가까이 오지 못한다!"

주기 선생은 최후의 힘을 끌어내 길게 고함을 쳤다. 그러고 나서 쏘고 남은 네 개의 깃발. 이제는 주술력이 빠져나가 타 버린 막대기에 불과한 네 개의 깃대를 지팡이 삼아 동굴 앞을 막은 채 장승처럼 우뚝 버티고 섰다.

'정의가 이긴다고 했지? 그래, 꼭 보여 줘, 저 자식들에게. 그때까지는 쓰러지지 않는다. 절대……'

자그마한 산사태가 끝나자 맥라렌과 요원들은 다시 주기 선생을 저격하려고 했지만 바윗덩이들이 사방에 깔려 주기 선생에게 총을 쏠 수 없었다.

"죽었을까?"

맥라렌은 중얼거리면서 손짓했고 두 명의 요원이 조심스럽게 앞으로 나아갔다. 그러자 바위 뒤에서 노란색의 작은 깃발이 솟아오르더니 요원들에게 날아들었다. 요원들은 그게 무엇인지 몰라 멈칫거렸다. 다음 순간 깃발들은 요원들의 어깨와 손발에 각각 박혀 버렸다. 요원들은 총을 떨어뜨리고는 발버둥을 치면서 몸에 경련을 일으켰다.

"저게 무슨 마법이야?"

맥라렌은 다음 사람들을 내보내려고 했지만 앞서 두 요원들이 몸을 비틀며 바위 뒤쪽으로 기어가자 잠시 상황을 지켜보기로 했다. 두 요원은 자신의 의지와 상관없이 몸이 저절로 움직이자 겁에 질려 소리를 질러 댔다. 이윽고 두 명의 요원들은 바위 뒤로 돌아가 주기 선생에게 붙잡혔다. 바위 뒤에서 주기 선생의 카랑카랑한 목소리가 들려왔다.

"아무도 못 온다! 섣불리 다가오면 이 자식들은 죽어!"

"저놈, 총을 세 발이나 맞고……."

맥라렌은 이를 갈며 무전기를 잡으려 했다. 공격 헬기를 불러 모조리 날려 버리려는 생각이었다. 그런 맥라렌의 생각을 눈치챈 듯, 한 요원이 만류했다.

"저놈 아무리 저래도 오래가지는 못할 겁니다. 부하들의 안전도 생각해야죠."

"저놈이 무슨 독 같은 걸 쓴 건 아닐까?"

"우리가 저들을 쫓는 이유는 무엇입니까? 저들이 가진 괴이하고 위험한 능력 때문이 아닙니까? 조금 기다려 보는 것이 좋을 것 같습니다. 저놈이 무슨 수작을 부린 것인지 알아봐야죠."

그 말에 맥라렌은 아랫입술을 깨물다가 외쳤다.

"백호라는 코리안을 데려와!"

현암은 옆구리가 시큰해지는 것을 깨닫고는 걸음을 멈추었다. 이건 보통 수법이 아니었다. 레드가 손에 들고 있다가 계속 뿌려 대는 투명한 것. 마치 보이지 않는 칼날을 허공에 걸어 두고 있는 것 같았다.

'팬텀 블레이드인가? 보이지 않는 칼이라니.'

그 칼을 염두에 두지 않고 그냥 행동하다가는 팔다리나 심지어 목까지도 스르륵 잘릴지 모른다. 마음 놓고 싸울 수 없는 현암은 못 박힌 듯 선 채 계속 공격을 당하고 있었다. 레드는 끝없이 팬텀 블레이드를 던졌고 가짜 현암은 이상한 붉은 기운이 실린 주먹을, 가짜 준후는 염체 줄기를 솟구쳐서 공격해 왔다. 현암이 날린 월향은 염체 줄기들을 터뜨리며 싸웠고, 현암은 가짜 현암과 치고받으며 힘겹게 싸우고 있었다. 제대로 움직이지 못하고 행동을 제약받는 상태에서 주먹질하다 보니 현암이 입는 타격이 훨씬 큰 것은 어찌할 수 없었다.

박 신부는 구구루와 가짜 박 신부를 상대로 싸우고 있었는데 가짜 승희는 진짜 승희가 뒤에서 힘을 보내 주는 일에 전념하는 흉내라도 내는 것인지 조금 뒤에 떨어진 채 중얼거리고 있을 뿐 직접적으로 싸움에 끼어들지는 않았다. 구구루의 깃털 옷은 얼마나 깃털이 많이 달려 있던지 끊임없이 박 신부에게 깃털을 내쏘았고 가짜 박 신부는 검은 기운을 휘몰아 박 신부의 앞뒤를 각각 공격했다. 박 신부는 오라 막을 퍼뜨려 검은 기운을 밀어 내는 한편 오라 구체로 깃털들을 막았다. 현재까지는 그런대로 대등하게 맞서고 있는 셈이었지만 상대에 비해 수가 적다는 것이 싸움을 힘들게 만들었다.

날아드는 가짜 현암의, 붉은 기운이 실린 주먹을 피하며 현암은 생각했다.

'이놈들의 수법은 어디서 본 것 같은데…… 맞아!'

현암은 월향을 조종해 뒤에서 달려들던 염체 두 줄기를 터뜨리면서 몸을 흠칫했다.

'이놈들, 레드와 구구루만 빼면 과거 블랙 서클의 인물들이 쓰던 수법들을 그대로 쓰고 있다!'

되짚어 보니 과거 블랙 서클 인물들의 수법이 가짜 영체 인형들에게 하나씩 깃들어 있었다. 가짜 준후의 염체술은 케인이 쓰던 것과 마찬가지였다. 염체술은 리도 썼지만 리가 쓰던 염체술과는 느낌이 달랐다. 가짜 현암이 쓰는 붉은 기운은 과거에 이집트 술사가 불러냈던 미라가 사용했던 수법과 흡사했다. 가짜 박 신부가 뿜어내는 검은 기운은 코제트가 쓰던 검은 안개와 흡사했지만 그와는 또 느낌이 달랐다. 그 기운들은 어딘지 모르게 과거 발몽검을 휘두르고 늑대 인간을 만들던 카프너의 기운을 느끼게 했다.

'그렇다면 마스터가 블랙 서클로 흡수한 다른 자들의 힘을 영체 인형들에게 부여했단 말인가?'

돌이켜 보면, 마스터는 블랙 서클의 승정 한 사람 한 사람을 퇴마사들과 대적하게 했고 그래서 패배했다. 물론 패배는 마스터의 계획에 의한 것이었지만 당시 블랙 서클 한 사람 한 사람은 상당한 힘을 지니고 있었다. 그러니 이번에는 한꺼번에 모두를 내보내 일거에 이겨 보려고 하는 것일까?

갑자기 뒤에서 승희가 소리치는 것이 들렸다.

"현암 군! 왜 그리 머뭇거려!"

그 소리를 듣고 현암은 주춤했다. 머뭇거린다고? 현암은 눈을 돌려 가짜 준후를 향해 쏘아져 나가는 월향을 보았다. 그러나 월향은 가짜 준후를 향해 정통으로 달려들지 못했다. 아무리 가짜인 것을 알더라도 차마 준후를 공격한다는 생각은 하지 못하는 것이 분명했다. 그리고 자신의 모습과 똑같은 가짜 현암에게 치명타를 입힐 공격은 가하려 하지도 않았다는 것을 깨달았다. 심리적인 함정이 분명했다.

'제길! 치사한 방법이군!'

현암은 마음을 다잡고 월향에게 마음속으로 외쳤다. 염체는 무시하고 이 빌어먹을 칼날들을 모조리 부숴 버리라고. 마음이 통했는지 월향은 가볍게 솟구쳐 오르면서 소용돌이치듯 현암의 주변을 맴돌았다. 그와 동시에 보이지는 않았지만 팍팍 무엇인가가 푸른 불꽃과 함께 허공에서 쉬지 않고 폭발해 갔다.

그사이 현암은 등 뒤로 달려든 염체 두 방을 맞았다. 타격 때문에 현암의 몸이 앞으로 휘청하는 순간, 앞에서 가짜 현암이 붉은 기운이 감도는 주먹을 휘두르며 덮쳐들었다. 현암이 노린 것은 그것이었다. 현암은 오른손에 태극기공의 '폭' 자 결의 공력을 돌려 가짜 현암의 주먹보다 한발 앞서 가짜 현암의 아랫배에 주먹을 명중시켰다. 영체로 만들어진 몸이 아니라 실제 인간의 몸이었다면 박살이 났을지도 몰랐으나 가짜 현암은 뒤로 퉁기듯 날아가서 동굴 벽에 호되게 부딪혔다.

그러나 다음 순간, 현암의 등에 염체들이 우르르 박혔다. 타격도 타격이었지만 그 염체들은 현암에게 살아 있는 것처럼 달라붙어 행동을 구속했다. 팬텀 블레이드를 부수던 월향은 그런 현암을 보고 길게 귀곡성을 질렀다.

박 신부는 오라 구체를 내쏘고는 있었지만 이대로 간다면 끝이 없을 것이라고 여겼다. 박 신부는 구구루가 좀비가 됐다는 것을 눈치채고 있었다. 좀비라면 끝없이 싸우려 들 것이다. 상황을 뒤집어야 한다고 본 박 신부는 오라 구체를 내쏘던 것을 중지하고 몸을 뒤로 돌렸다. 오라 구체가 없어지자 몇 개의 깃털이 오라 막의 틈을 비집고 들어와 박 신부의 등에 박혔다. 그러나 박 신부는 눈 하나 깜짝하지 않고 가짜 박 신부에게 뚜벅뚜벅 걸어갔다. 가짜 박 신부는 놀랐는지, 뒤로 물러서면서 검은 안개를 내쏘아 박 신부를 적중시켰지만 박 신부는 물러서지 않았다.

"사악한 피조물……"

박 신부는 아픔도 느끼지 못하는 것처럼 중얼거리면서 베케트의 십자가를 움켜쥐었다. 다시 한번 가짜 박 신부의 검은 안개가 박 신부를 후려치자 박 신부도 몸을 부르르 떨었다. 그래도 박 신부는 물러서지 않고 크게 노성을 지르면서 훌쩍 달려들어 가짜 박 신부의 멱살을 잡고 베케트의 십자가를 가짜 박 신부의 이마에 들이대었다.

가짜 박 신부는 발악했지만 이미 베케트의 십자가는 가짜 박 신부의 이마를 파고든 상태였다. 영체로 이루어진 몸을 아이스크림처럼 녹이며 베케트의 십자가가 파고들자 가짜 박 신부의 얼굴이 흉악하게 일그러지면서 입에서 시커먼 구체가 기분 나쁜 컥 소리와 함께 튀어나왔다. 박 신부가 흠칫 놀라는 순간, 박 신부의 등 뒤에서 깃털을 내쏘던 구구루가 옷자락을 젖히더니 뼈로 만들어 진 창날을 단 기다란 창을 꺼내 들었다.

승희는 그때 누군가가 와르르 소리를 내며 미끄러져 떨어지는 소리를 들었다. 힘을 보내느라 정신이 없는 상황이었지만 본능적 으로 뒤를 돌아보았다. 준후의 모습이 보였다. 그러나 승희는 방 금까지 가짜 준후를 보았던 터라 또 하나의 가짜 준후가 나타난 것이 아닐까 의심부터 들었다.

"준후야!"

사실 승희보다 더 놀란 것은 준후였다. 자신의 눈앞에서 현암과 현암, 박 신부와 박 신부가 싸우고 있었기 때문이었다. 게다가 저 편에서도 승희가 있었고, 자신의 모습도 보였다. 갑자기 뛰어 들 어온 준후로서는 도대체 어느 쪽이 진짜인지 구별할 수가 없었다.

"어느 쪽이 진짜죠?"

"바보야! 그럼 너부터 공격해! 가짜 준후 말이야!"

승희의 말에 준후는 번쩍 정신을 차렸다. 여기 서 있는 자신이 진 짜이니 저쪽에 있는 준후는 가짜일 것이다. 영적 직감이 퇴마사들 중에서 가장 뛰어난 준후는 가짜들이 영체로 이루어져 있다는 것을 한눈에 알아차릴 수 있었다. 준후는 더 이상 사람의 생김새에 구애 받지 않고 가짜 준후 쪽으로 몸을 돌리며 벽조선을 꺼내어 폈다.

현암은 온몸에 엉킨 염체를 떼어 내려고 발버둥 쳤지만 잘되지 않았다. 현암이 움직이지 못하는 것을 보고 레드는 계속 팬텀 블레이드를 던졌지만 월향이 끼어들어 간신히 무서운 칼날을 부수었다. 그러나 가짜 준후는 다시 염체를 쏘았고, 가짜 현암도 큰 타격을 입은 듯 절름거리면서 다가들었다. 그때 염체를 쏘아 내던 가짜 준후에게 불덩이를 품은 검은 기운이 확 달려들었다. 현암을 공격하느라고 정신이 없던 가짜 준후는 쾅 하는 소리와 함께 불이 붙어 뒤로 밀려 나다가 데굴데굴 굴렀고, 현암은 몸을 에워싸고 있는 염체의 힘이 느슨해지는 것을 느꼈다. 현암이 뒤를 돌아보니 준후가 서 있었다. 사정을 물을 틈이 없었다. 가짜 현암이 현암에게로 닥쳐들었다.

준후는 가짜 준후에게 벽조선과 멸겁화의 기운을 합친 일격을 가하고 구구루 쪽을 보며 소매에 손을 넣었다. 구구루가 박 신부의 등을 향해 창을 던지는 순간 준후는 부적을 고를 틈도 없이 무더기로 집어 던지며 소리를 쳤다.

"막아서라!"

준후가 외치자 뿌려진 부적들은 활짝 펼쳐졌다가 마치 도미노로 줄을 세우듯 창 앞에 주르르 섰다. 구구루가 던진 창은 부적들을 툭툭 꿰뚫어 나갔지만 그때마다 기운이 눈에 띄게 약해졌고, 결국 부적만 잔뜩 꽂은 채 허공에서 툭 떨어지고 말았다. 준후가 수인을 맺으면서 기합을 넣자 부적들이 확 타올랐고 구구루의 창까지도 화염에 휘말려 화르륵 타 버리고 말았다. 그것을 보고 구구루는 비틀거리며 물러섰다.

한편 현암은 가짜 현암이 달려들자 월향을 불렀지만 월향은 가짜 현암의 어깨를 스치듯 날아가면서도 정통으로 일격을 가하지 못하고 레드에게 날아들었다. 아무리 가짜라도 현암의 형상이라서 차마 꿰뚫지 못하는 월향의 마음을 읽고 현암은 쓴웃음을 지었다.

'이거야 원, 뭐라고 할 수도 없고⋯⋯.'

일격을 당한 현암은 정신이 아찔했다. 하지만 오히려 현암은 그 시간을 이용해 공력을 집중시키고 있었다. 영체로 만들어진 놈에게 보통 공격은 통할 것 같지 않았다. '탄' 자 결의 공력을 모으면서 현암은 또 일격을 받았지만 공력을 흐트러뜨리지는 않았다.

레드는 안간힘을 쓰면서 보이지 않는 칼날을 던졌다. 월향은 빙글빙글 돌아 칼날을 부수면서 조금도 물러서지 않고 레드에게로 날아들었다. 마침내 월향이 레드의 오른팔을 휙 스치고 지나가자 레드의 오른팔은 날카롭게 잘려 허공에 떴다가 땅에 툭 떨어졌다. 피는 나지 않았다.

박 신부는 레드가 좀비라는 사실을 알고 있었지만 그것을 몰랐던 준후는 소스라치게 놀랐다. 그 틈을 타 구구루의 깃털들이 준후에게로 쏟아져 나가는 것을 박 신부가 서둘러 오라 막을 펼치며 가로막았다. 그러면서 박 신부는 가짜 박 신부의 몸에서 빠져나온 검은 구체가 허공에 떠오르는 것을 놓치지 않고 눈으로 쫓고 있었다.

'블랙 서클이구나. 블랙 서클 사람들의 영혼을 가둔 그것일까?'

박 신부도 현암의 생각을 어렴풋이 짐작하고 있었다. 그러나 뒤에 물러서 있던 가짜 승희가 뭐라고 소리를 치자 레드가 무표정한 얼굴로 자신의 잘린 오른팔을 집어 덜컥 붙이는 것을 보고 놀라지 않을 수 없었다. 준후도 눈이 휘둥그레졌다. 승희는 현암에게 공력을 보내 주기 위해 눈을 감고 있어서 그 장면을 보지는 못했다.

"신부님! 저건……."

준후가 외치자 박 신부가 이를 악문 채 대답했다.

"레드와 구구루는 이미 좀비가 됐어."

그 순간 밝은 광채가 사방에 비치며 커다란 폭음이 울렸다. 현암이 '탄' 자 결을 발동해 내쏜 것이다. 박 신부와 준후가 그쪽을 돌아보았을 때 현암은 저만치 밀려서 쓰러져 있었고 가짜 현암은 가슴에서 배까지 구멍이 뻥 뚫린 채 부들부들 떨며 서 있었다. 아무리 영체로 만들어진 인형일지라도 그런 참혹한 몰골이 돼 서 있는 것은 저절로 눈살을 찌푸리게 했다. 가짜 현암의 몸속에서도 검은 구체 하나가 빠져나와 허공에 둥둥 떠올랐다. 박 신부는 쓰러져 있는 현암에게 소리쳤다.

"현암 군! 괜찮은가?"

"문제없습니다!"

힘겹게 몸을 일으키는 현암이었지만 목소리만은 활기찼다. 박신부가 구구루의 깃털을 막는 사이에 준후가 벽조선을 휘두르면서 앞으로 나섰다. 반대편에는 가짜 준후가 몸을 일으키면서 등 뒤로 길게 염체 가닥을 솟구쳐 올리고 있었다. 준후의 오른손에 들려 있는 벽조선에서는 검은 기운이 일렁거렸고 왼손에서는 지직거리는 뇌전의 기운이 둥글게 뭉쳤다. 준후가 과거에 마스터에게 사용하려다가 실패했던 최강의 뇌전 바즈라였다.

그 위력을 눈치챈 듯, 가짜 준후는 염체를 뾰족한 기둥 모양으로 솟구치게 해 한꺼번에 일곱 가닥으로 쏘았지만 준후는 눈 하나 깜짝하지 않고 벽조선을 휘두르며 왼손을 내밀었다. 벽조선이 뿜어내는 검은 기운이 사방을 가득 메울 듯 퍼져 나갔고 무서운 기세로 닥쳐들던 염체 기둥들은 기운에 휘말려 힘없이 부서졌다. 그때 준후의 왼손을 떠난 바즈라의 뇌전이 그 사이를 뚫고 날아들었다. 가짜 준후가 뒤로 물러서려는 듯 주춤거렸다. 준후는 그마저도 놓아주지 않고 발을 굴러 우보법의 술수를 부렸다. 순식간에 가짜 준후는 벽조선의 기운에 온몸을 휘감긴 채 그 자리에 못 박힌 듯 굳어 버렸다. 이어서 바즈라의 기운이 가짜 준후의 몸에 정통으로 적중됐다. 휘황한 광채가 번쩍 빛나면서 가짜 준후의 가슴은 만신창이가 됐고 그 안에서 블랙 서클이 빠져나왔다.

박 신부와 현암까지도 준후의 술수에 놀라지 않을 수 없었다. 이제껏 저렇게 과격하게 술수를 부린 적이 없었는데 지금의 행동은 현란함이 지나쳐 지독해 보였다. 그러나 끝난 것이 아니었다. 레드와 구구루, 가짜 승희는 아직 멀쩡했다. 그리고 가짜 박 신부, 현암, 준후에게서 나온 세 개의 블랙 서클은 천천히 한데 모여 가짜 승희의 몸으로 쑤욱 들어가고 있었다.

"저놈들이……."

박 신부가 중얼거리자 현암이 월향검을 받아 들며 외쳤다.

"저건 우리가 싸웠던 자들의 영혼을 담은 블랙 서클입니다."

박 신부도 아스타로트와 대면 후 알게 됐지만, 블랙 서클은 원래 마계와의 통로나 마찬가지다. 따로 존재하는 물체는 아니다. 그런데 영혼의 기운은 그대로 느껴졌다.

"저건 진짜 블랙 서클이 아닐세. 마스터가 비슷하게 재현한 것일 뿐. 영혼을 그냥 담아 둔 것 같군."

박 신부는 의아했다. 과거 저 영혼들은 아스타로트에게 바쳐졌는데, 그것을 마스터에게 돌려주었단 말인가? 어째서? 그러다가 박 신부는 생각했다.

'아스타로트는 그럴 수 있다. 영혼이건 뭐건, 악마에게는 아무것도 중요하지 않아. 우리를 괴롭힐 수 있다면 뭐든 한다. 그러니 우리에게 대적하는 마스터에게 힘을 실어 주기 위해 과거 잡아 두었던 영혼을 돌려주었을지도 모른다. 지금의 마스터는 너무 약하니까. 그렇다면…….'

현암이 소리쳤다.

"힘을 모으나 봐요!"

박 신부가 마침내 외쳤다.

"저 가짜 승희는 과거 좀비를 부렸던 호웅간이 분명해! 레드와 구구를 다루는 것도 저놈이야! 진짜 블랙 서클은 아니지만, 저걸 파괴하면 영혼이 해방될지도 몰라! 마스터는 힘을 잃을 테고!"

"그럼 날려 버립시다!"

현암은 박 신부 쪽으로 몸을 날렸다. 이미 '탄' 자 결의 공력을 소모해 많이 지쳐 있었지만 천정개혈대법의 시술 탓인지 전보다는 힘의 소모가 덜했다. 그러나 박 신부와 현암이 한데 모인 순간에 준후는 소리 없이 눈물을 흘리고 있었다.

"너무해요. 다들……."

준후의 목소리에 박 신부와 현암은 몸을 움찔했다.

"준후야……."

박 신부가 뭐라고 말하려 했지만 준후는 원망스러운 어조로 말했다.

"나 혼자 두고 가면 내가 고맙다고 할 줄 알았어요?"

박 신부는 한숨을 내쉬었고 현암도 할 말을 잃었다. 그 틈을 타가짜 승희가 외마디 고함을 질렀고 레드와 구구르는 미친 듯이 퇴마사들을 향해 달려오기 시작했다. 준후가 말했다.

"앞으로는 절대 그러지 마세요. 약속해요. 네?"

말을 마치면서 준후는 씩 웃었고, 박 신부와 현암은 누가 먼저랄 것도 없이 고개를 끄덕였다.

레드와 구구루가 덮쳐들려던 순간, 준후는 박 신부의 손목을 잡았고, 박 신부는 현암의 등에 한 손을 얹었다. 마스터가 남아 있으니 힘을 아껴야 한다는 생각은 아무에게도 들지 않았다. 순간순간에 최선을 다한다는 기분으로 승희마저도 최대한의 힘을 끌어 보냈다. 그때 현암의 손에 쥐어 있던 월향검에서 강렬한 파동이 일어났다.

처음 퇴마행에 나섰을 때 세 명이 힘을 합치면 검기가 여섯 자까지 뻗치곤 했다. 그리고 많은 세월이 지나고 퇴마사들의 힘이 증가되면서 세 명이 합한 힘은 그보다 훨씬 늘었다. 더구나 지금은 퇴마사들 전원이 목숨을 돌보지 않고 있는 힘을 다하는 상황이었다. 이제는 길이로 말할 정도의 검기가 아니라 파도 같은 느낌의 기운이 월향검 끝에서부터 뻗어 나와서 그 앞의 공간을 가득 메웠다. 월향을 켠 채 파사신검의 절초를 시전하던 현암은 달려드는 레드와 구구루를 정면으로 맞받아치듯 앞으로 나아갔고, 좀비가 된 그들의 몸은 월향검의 끝에서 뿜어져 나오는 검기와 부딪치는 순간 산산조각이 나 허공에 흩어졌다. 하지만 현암은 잠시의 멈춤도 없이 그대로 가짜 승희를 향해 달려들었다. 가짜 승희와 부딪친 현암의 몸에서 부동심결의 광채가 솟구쳤다.

큰 소리나 폭발도 일어나지 않았지만, 가짜 승희의 온몸은 굳은 듯 그 자리에 넘어져 버렸다. 아무런 상처도 없었다. 다만 가짜 승희의 몸에서 솟아오른 네 개의 검은 구체들이 황금색 휘황한 광채에 휘말려 서서히 녹아들 듯 사라지고 있었다.

쓰러져 있던 현암이 고개를 들었고, 뒤를 돌아보았다. 박 신부와 준후도 그 자리에 주저앉아 있었고 승희 역시 쓰러져 있었지만 크게 다친 사람은 없어 보였다.

"다들 괜찮습니까?"

"괜찮네."

박 신부가 준후와 승희를 훑어보고는 말했다. 준후가 말했다.

"네 명의 영혼은 이제 블랙 서클의 속박에서 풀렸을 거예요. 잘된 것인지 안된 것인지는 모르지만……."

"한 가지 의문이 있습니다."

현암이 비틀거리며 박 신부 곁으로 왔다.

"그들은 호웅간과 이집트 술사, 카프너와 케인이었어요. 그러면 리와 코제트, 히루바바는 어떻게 된 것일까요? 사실 더 중요한 것은 그들인데요."

"글쎄, 그들은 죽기 직전에 회개를 했어. 지금 싸운 자들과는 달리 이미 선한 존재가 됐다고 나는 믿네. 그래서 마스터도 가두어 두기는 했지만 통제하지 못한 것이 아닐까?"

박 신부의 생각으로, 그들은 아스타로트가 이미 놓아주었을 가능성도 있었다. 그들도 선해졌으니까. 그렇다면 악마들로서는 그들이 다시 태어나게 해서 고통스럽게 만드는 것이 더 좋을 테니까.

"이상한 게 또 있어요. 블랙 엔젤은 어디로 간 거죠? 블랙 엔젤이 같이 있었다면 우리가 이긴다는 장담은 할 수 없었을 텐데."

박 신부는 속으로 생각했다.

'아스타로트처럼 블랙 엔젤이 원하는 것도 우리의 길고 긴 고통일 거야. 그러니 우리를 그냥 쓰러뜨리지 않으려는 거겠지. 미안하구나, 모두. 그래도 계속할 수밖에 없으니…… 너무도 안쓰럽구나.'

박 신부는 마음이 무거워져서 그 말은 입 밖에 내지 않았다. 준후와 현암도 짐작이 가지 않았다. 막 안간힘을 쓰며 몸을 일으키던 승희가 고개를 들다가 겁에 질린 듯 중얼거렸다.

"그, 그런데 저것들은……."

승희의 말에 모두가 그쪽을 바라보았고, 경악하지 않을 수 없었다. 그쪽에는 다시 네 명의 박 신부와 현암, 준후와 승희가 서 있었다. 그것도 상처 입고 망가지지 않은 원래의 모습대로.

"영체 인형! 마스터를 없애지 않는 한 저것들은 사라지지 않나 봐요!"

준후가 안타까운 듯 소리를 질렀다. 그 말에 모두 가슴이 철렁 내려앉았다. 눈앞의 싸움에 온 힘을 다 소모해 버렸는데…… 그러나 네 명의 영체 인형은 그 자리에 선 채 다가오지 않았다. 가짜 박 신부의 영체 인형이 마스터 특유의, 복화술로 말하기 시작했다.

강해졌군. 모두들 아주 강해졌어. 하하하.

"너……."

현암이 노기를 띠며 몸을 일으키자 가짜 박 신부는 다시 지껄여 댔다.

나하고 대적해 보고 싶겠지? 나도 그것을 바라고 있어. 간절하게. 따라오게. 어서.

그 말만 남기고 네 명의 영체 인형은 뒤로 돌아 동굴 속을 걸어 갔다. 하지만 아까와는 달리 약간 부자연스러운 움직임이었다. 그 모양을 보고 현암은 의혹에 가득 찬 목소리로 박 신부에게 물었다.

"어떻게 하죠? 저것들이 또 덤비면……."

박 신부는 잠시 생각에 잠겼다. 영체 인형이 아까와 같이 잘 움직이고 싸울 수 있었던 것은 마스터가 블랙 서클에 봉인됐던 자들의 힘을 그 안에 넣었기 때문일 것이다. 그러므로 블랙 서클에 들어 있던 네 명의 영혼이 깨어져 사라진 지금, 영체 인형은 별것 아닐 것이란 생각이 강하게 들었다. 그렇지 않고서야 왜 마스터가 영체 인형을 넷만 만들었겠는가? 더구나 지금 뒤돌아가는 영체 인형의 동작을 볼 때 결코 그들은 인형 이상의 존재가 아니었다. 마스터가 죽지 않는 한 영체 인형이 계속 생겨난다 해도 그것은 어디까지나 인형에 불과한 것이다. 어차피 위험할 바에야 조금이라도 빨리 마스터를 직접 만나서 상대하는 편이 낫다. 그런 생각을 독촉이라도 하듯, 영체 인형이 다시 외쳤다.

자꾸 지체하면 수다르사나의 힘을 써 버리겠어! 나는 너희에게 기회를 주는 거야!

그 말에는 현암과 준후, 승희도 놀라 벌떡 일어날 수밖에 없었다. 박 신부가 우울한 어조로 말했다.

"할 수 없군. 가세."

녹비

백호는 맥라렌에게 무수히 닦달을 당했지만 한마디도 하지 않았다. 맥라렌이 주로 다그친 것은 초능력을 지닌 자가 얼마나 있는지, 그들의 힘이 어떠한 것인지였다. 백호는 입을 다물고 있었다. 그리고 맥라렌은 조회를 해 본 결과 초능력을 지닌 사람은 주기 선생까지라고 믿게 됐다. 실제로 한국에서 정부를 위해 일했던 사람은 주기 선생과 퇴마사들 정도뿐이었으니까. 또한 승희의 능력 이외에는 아무리 괴이한 힘을 지녔다고 해도 그다지 크게 문제가 될 만한 것은 없었다.

백호가 엿듣기에는 한국 정부에서도 나름대로 노력하고 있는 모양이었다. 퇴마사 네 명과 지금 새로 일을 벌인 주기 선생만 제거되면 더 이상의 조치는 하지 않을 분위기였다. 그러나 그들이 모두 죽는다면 상황이 종료돼서 무엇하겠는가?

주기 선생은 아직도 악착같이 버티고 있었고 맥라렌은 할 수 없이 특수 부대를 요청해 숫자로 밀어붙일 생각이었다. 백호는 주기 선생이 걱정스러웠지만 지금으로서는 아무 도움도 돼 줄 수 없었다. 그러다가 다시 뒤로 끌려간 백호는 요원들에게 발견돼 잡혀 온 최 교수를 만나게 됐다. 최 교수는 눈물을 흘리고 있었다.

"아니, 최 교수님!"

"날 버리고 갔어요. 그곳을 꼭 이 눈으로 보았어야 하는데……."

최 교수는 목숨을 걸고 따라온 자신을 퇴마사들이 버려두고 간 것이 몹시 슬픈 모양이었다. 백호는 이런저런 말로 최 교수를 위로하고 타일렀다. 그러면서 백호는 최 교수에게서 마스터의 흉악한 계획과 그것을 막으러 모두가 목숨을 걸고 동굴로 들어갔다는 이야기를 상세히 들을 수 있었다. 이야기를 다 듣고 나자 백호는 더 이상 아무 생각도 할 수 없었다. 이자들에게 이야기를 해 봤자 헛소리로밖에는 들리지 않을 것이다. 단 한 가지 백호가 할 수 있는 일이라면 퇴마사들이 이기는 것, 그래서 홍수가 밀어닥치지 않기를 비는 것, 한 가지뿐이었다.

뒤뚱거리는 네 영체 인형의 뒤를 따르던 퇴마사 일행은 동굴 깊숙이 들어갔다. 안으로 들어가면서 동굴은 점점 넓어지다가 한 굽이지고 좁은 길이 나왔다. 그 안으로 들어서서 통로를 지나니 광장처럼 넓은 공간이 나왔다. 고대에 사람이 살았던 것 같은 집터도 보였고 그 후에 누군가가 지은 천막들도 있었다. 그리고 광장의 복판에는 희미한 녹색을 띤 커다란 비석이 서 있었다.

"녹비예요!"

준후가 소리치자 현암이 고개를 끄덕였다.

"황달지 교수가 발견한 유적이 바로 여기였군."

승희가 덧붙였다.

"마스터의 본거지기도 하고요."

퇴마사들이 주위를 둘러보는 사이 그들의 앞을 안내하던 네 영체 인형이 그 자리에 쓰러졌다. 그러고는 순식간에 흰 연기를 뿜어내면서 타들어 갔다. 아무리 영체 인형이었지만 자신들과 똑같은 형상이 타는 것을 보니 역겨운 기분이 들었다. 그러나 그런 생각을 할 틈도 없이, 그들이 들어왔던 좁은 길이 무서운 소리를 내며 무너지기 시작했다. 현암이 놀라 달려가 보았지만 이미 길은 바윗덩어리로 완전히 막혀 있었다.

'이젠 완전히 독 안에 든 쥐군. 살아서 가기는 틀렸어.'

현암은 조금 울적해졌지만 애써 그런 기분을 떨쳐 내고 퇴마사들에게로 돌아왔다. 박 신부가 눈짓을 보내자 현암은 체념한 듯 고개를 저었다. 박 신부는 알았다는 듯한 표시로, 눈을 감고 고개를 끄덕였다. 그사이 네 명의 영체 인형은 검게 탄 사람 모양의 자국만 남긴 채 사라지고 말았다. 그 자국들은 네 사람에게 섬뜩한 느낌을 안겨 주었다.

그게 너희의 모습이 될 거야. 미리 감상하는 기분, 어때?

마스터의 복화술이 동굴 안을 울렸다. 그러자 박 신부가 외쳤다.

"쓸데없는 짓하지 말고 모습을 보여라!"

이리 가까이 와라. 녹비 앞으로…… 하하하.

마스터의 말에 따라 네 사람은 이를 악물고 기운을 모으려고 애쓰면서 녹비의 앞으로 갔다. 준후는 고개를 들어 녹비에 새겨진 글자들을 보았다. 아까 연희를 통해 보았던 녹비의 내용과 거의 비슷했으나 주술적인 말들이 조금 더 많은 것 같았다. 당장 내용을 파악해 주술을 알아낼 수는 없었지만 녹비의 첫 부분이 『천부경』과 일치하는 부분이 많은 것을 보고 준후는 흡족한 기분이 들었다.

'그래, 우리 선조는 위대했어. 온 세상을 점령한 것보다 더 위대했어. 세상을 위해 이렇게 애쓰셨으니까…… 세상에 그런 분들은 많고 많으시지만, 우리 선조님도 그만 못하진 않았어.'

그때 녹비의 앞에 무엇인가 둥근 물체가 획 날아들었다. 수다르사나였다.

"아!"

승희가 놀라 외치는 사이, 허공에 떠 있던 수다르사나의 밑에서 서서히 하나의 형체가 생겨났다. 아까 퇴마사들의 경우와 같이 영체 인형이었는데, 이번에는 마스터 생전의 모습을 하고 있었다. 마스터의 모습이 나타나자 모두 놀라 긴장했지만 준후는 문득 궁금해졌다.

'마스터는 도대체 무슨 배짱으로 우리를 여기에 부른 거지?'

우뚝 서 있는 녹비 그리고 거기 새겨진 주술, 수다르사나…….

'혹시 마스터가 저 녹비에 새겨진 주술을 익힌 것이 아닐까? 태곳적부터 내려오던 강한 힘을…….'

준후의 생각이 거기까지 미치자 마스터의 웃음 섞인 목소리가 크게 울려왔다.

이 녹비…… 해독하는 데 힘들었지. 비록 다는 아니지만 너희를 없앨 정도의 힘은 익혔어! 하하하! 그리고 수다르사나도 자유롭게 만질 수 있게 만들었고…….

준후는 몸을 부르르 떨었다. 녹비에 적힌 고대의 힘은 지맥을 바꿔 대홍수를 일으킬 수 있을 정도의 것이었다. 그것을 마스터가 사용한다면 어떻게 될까? 탈진할 만큼 지쳐 버린 일행들이 버티어 낼 수 있을까?

"건방 떨지 마라!"

현암은 인상을 쓰면서 월향검을 빼 들려고 했지만 마스터는 빙글빙글 웃으면서 수다르사나로 현암을 가리켰다.

장난감은 함부로 휘두르지 마. 그게 쓸 만하다고는 하지만 수다르사나와 부딪혀도 버터 낼 수 있을까?

현암은 이를 갈며 월향검을 떨쳐 내려던 손을 멈추었다. 현암은 속으로 마음을 다잡았다.

'월향, 항상 나를 지켜 주었지? 이번에는 내가 지켜 주마.'

현암은 승희의 긴장된 얼굴을 돌아보았다.

'승희야. 약속은 지키마. 수다르사나는 내가 반드시 되찾아 줄게.'

마스터는 아주 기분 좋은 듯 떠들어 댔다.

이젠 기운도 없겠지? 나는 사실 너희가 아까 다 죽을 줄 알았어. 그러면 어쩌나 해서 오히려 너희를 걱정하고 응원했다고. 하하하. 항상 너희는 내 계획을 뭉개고 나를 비참하게 만들었지. 이젠 안 돼. 하하하.

박 신부가 엄숙하게 말했다.

"너는 우리를 이길 수 없다."

하하핫! 헛소리 그만해라! 너희는 어차피 죽어. 알아? 길은 다 막혔고, 공기도 없을 거야. 내가 질 이유는 없지. 잊었나? 나는 영혼이야. 힘들 것 같으면 그냥 빠져나가면 돼. 물론 그럴 필요까지야 없겠지만. 너희는 절대 날 이길 수 없을 테니까.

마스터는 빈정거리는 투로 말을 이어 갔다.

난 말이지, 너희를 꼭 내 손으로 없애고 싶었어. 당연하지! 나도 그렇게 당했으니까! 그러나 그냥은 안 돼. 너희를 비참하게 만들어 주고 싶어. 홍수를 막으러 왔지? 천둥벌거숭이들…… 너희 눈앞에서 홍수를 보여 주지. 너희를 천천히 박살 내면서 말이야.

"그게 네 말대로 될 것 같으냐? 절대 네놈에게 지진 않을 거야!"

승희가 고함을 질렀지만 마스터는 여전히 웃었다.

지치고 힘 빠진 너희가, 궁극의 주술을 익히고 궁극의 무기를 지닌 날 이긴다고? 더구나 질 것 같으면 너희는 여기 묻어 두고 나만 나가면 그만이야! 그리고 난 절대 지지 않는다!

마스터는 수다르사나를 높이 치켜들고 크게 웃으며 소리쳤다.

너희들은 나와 대적할 수 없다. 나는 이 녹비에서 궁극의 힘의 원리를 발견했다! 그리고 절대적인 무기 수다르사나를 지니고 있단 말이다! 하하하.

녹비를 훑어보던 준후가 앙칼지게 소리를 질렀다.

"궁극의 힘의 원리? 뭐가 궁극의 힘이란 말이냐? 이 녹비에 적힌 것이 궁극의 힘이란 거냐?"

바보 같은 녀석. 눈이 있어도 알아보지 못하는구나! 나는 육 년만에 저걸 해독해 냈단 말이다!

준후는 피식 웃으면서 마스터를 똘망똘망한 눈망울로 쳐다보며 외쳤다.

"이 녹비에 적힌 것이 네가 그토록 찾았다는 궁극의 힘이냐? 이 멍청이! 저건 우리나라 사람이면 누구나 알고 있는 『천부경』의 원문이다!"

"저게 『천부경』……."

현암과 박 신부는 놀라며 뭐라 말하려 했으나 준후는 쉴 틈도 주지 않고 몰아붙였다.

"전부터 에메랄드 태블릿이란 것의 내용이 『천부경』과 유사점을 지니고 있다고 생각해 왔다. 나는 단지 그것을 눈으로 확인하고 싶었을 뿐이야. 몇 년이나 걸려서 해독한 모양인데 바보짓밖에 할 줄 모르는구나."

마스터는 준후의 말을 믿을 수 없다는 표정이었으나 그것을 억지로 눌러 참는 듯했다.

쓸데없는 수작을 부리는구나! 녹비의 내용이 누구나 알고 있는 것이라고?

"자기가 세상에서 가장 잘난 줄 알고 자기 꾀에 자기가 빠졌구나! 들어 볼 테냐? 『천부경』은 이렇게 되는 경문이니 잘 들어 봐라! 너도 우리말을 잘하니 못 알아듣지는 않겠지? 녹비의 앞부분과 비교해 봐라! 일시무시일 석삼극 무진본 천일일 지일이 인일삼 일적십거 무궤화삼(一始無始一析三極無盡本 天一一地一二人一三 一積十鉅 無匱化三)······."

준후는 큰 목소리로 『천부경』의 여든한 자를 단숨에 외워 소리쳤다. 그 말을 들으면서 마스터는 믿을 수 없다는 듯 곁눈질로 녹비를 보면서 점점 얼굴을 일그러뜨렸다. 마스터의 표정이 일그러지는 것을 보고 준후는 마지막으로 크게 코웃음을 치면서 말했다.

"어디, 그러면 궁극의 힘이란 것을 써 보실까? 육 년이나 했다면서? 난 두 살 때부터 그걸 수련해 왔으니 한번 해 보자. 어서!"

준후는 버럭 소리를 지르며 긴장된 자세를 풀고 꼿꼿이 서서 한 손바닥만을 들어 보였다. 그것은 준후가 평소에 하던 수인을 맺는 자세도 아니었고 방위를 밟은 자세도 아니었다. 『천부경』의 주술은 일종의 깨달음에 가까웠다.

그것은 경전이 지니는 힘과 비슷했다. 평범한 불경도 계속 힘을 쏟으면 불력이 높아지고, 『성경』도 믿음을 가지고 끝없이 탐구하면 기도력이 생기는 이치와 같다. 그런 깨달음의 힘은 마호메트가 '산을 옮길 수 있다'고 한 것처럼 가능성으로만 보면 무한하지만, 실제로는 마호메트가 산을 향해 걸어갔던 것처럼 실제의 힘을 뽑아내기는 쉽지 않았다. 아니, 애당초 깨달음과 관련이 있기에 그런 경지에 오르면 스스로 힘을 사용할 근거를 가지지 못하게 됐다. 남을 해치는 용도로 사용되는 힘이라면 그 자체의 깨달음과 상충되므로 힘으로서 발휘되지 못하는 신통함이 있는 것이다. 그런 것을 아는 준후는 그 때문에 아무 방어도 취하지 않고 안심할 수 있었다. 현암과 박 신부는 준후의 말이 사실인가 싶어 놀랐지만, 그들은 녹비에 쓰여 있는 녹도문을 알아볼 재주가 없었으니 뭐라고 말할 수 없었다.

마스터는 눈에 띄게 몸을 떨기 시작했다. 무슨 소리를 지르려 했지만 목소리조차 나오지 않는 듯싶었고 얼굴이 새빨갛게 변해 갔다. 게다가 몸이 풍선처럼 불어났다. 그러나 준후는 눈 하나 까딱하지 않고 한 손바닥을 마스터에게 내보인 자세 그대로 서 있었다. 아무런 영력이나 힘도 느껴지지 않았다.

현암과 박 신부는 준후의 뒤에서 반신반의하면서도 마스터의 공격에 대비하려고 했고 승희도 힘을 보낼 준비를 했다. 마스터는 동굴 안이 우르르 흔들릴 정도로 짐승 같은 괴성을 지르며 엄청난 녹색의 기운을 내뿜어서 녹비를 후려쳤다. 거대한 녹비는 아랫부분만 남기고 박살이 나 흩어져 버렸다.

마스터의 상상을 초월한 힘에 현암과 박 신부마저도 움찔했지만 준후는 여전히 눈썹 하나 까딱하지 않았다. 당연한 귀결이었다. 마스터는 하늘과 같은 경지를 느낄 수는 있었겠지만, 비틀린 생각을 가진 이상 그것을 실제로 구현하면 그 자체가 정당성을 잃으므로 힘을 발휘할 수 없었다. 그는 바보짓을 한 것이다. 마스터의 절규가 울려 퍼졌다.

빌어먹을! 모두가 거짓말이었어. 모두가! 이따위 것을 육 년에 걸쳐서…… 이따위 것을!

마스터는 미친 듯이 날뛰면서 부서져 버린 녹비를 후려갈겨 산산이 가루로 만들었다. 그러고는 몸을 돌려 무서운 기세로 퇴마사들을 향해 소리쳤다.

다 죽여 버릴 테다. 녹비의 힘은 아무것도 아닐지라도 나에겐 수다르사나가 있다. 모두 죽여 버리겠다!

말소리가 끝남과 동시에 마스터는 크게 팔을 휘두르면서 수다르사나를 뒤로 젖혔다. 그러자 수다르사나에서 밝은 광채가 솟아나와 어두운 동굴 속을 훤하게 밝혔다.

박 신부가 다급하게 소리쳤다.

"그냥은 막아 낼 수 없을 거야! 힘을 합하세!"

"진을 폅시다."

"퇴마진인 셈인가요?"

그러자 세 사람이 미처 진형을 형성하기도 전에 수다르사나가 마스터의 손을 떠났다. 동시에 현암이 한 발짝 앞으로 다가섰다. 박 신부와 준후는 현암이 왜 그러는지 몰라 앗 하고 짧은 헛소리를 냈지만 현암의 태도는 분명했다.

현암은 제아무리 저것이 흉악한 물건이라도 도혜 스님의 칠십
년 공력을 당해 내진 못할 것이라고 보았다. 그리고 신력이 얼마
나 엄청난지 몰라도 인간의 힘이 그만 못지않다고 믿었다. 무엇보
다 가장 중요한 것은 승희와의 약속, 반드시 자기 손으로 수다르
사나를 되찾아 준다던 약속이었다. 그 이상의 것은 현암의 머릿속
에 떠오르지 않았다.

"안 돼!"

  승희가 얼굴까지 하얗게 질려서 고함을 쳤지만 이미 때는 늦었
다. 수다르사나는 미친 듯 회전하면서 현암에게로 날아들었고 현
암은 크게 기합성을 지르며 공력을 있는 대로 불어 넣어 오른손을
굳게 내밀었다. 엄청난 공력이 몰린 현암의 팔 주위에 아지랑이
같은 것이 모락모락 일어나는 모습이 박 신부와 승희의 눈에까지
들어왔다. 수다르사나는 현암의 오른손으로 날아들었다.

  다음 순간 박 신부와 준후, 승희, 마스터까지도 그 자리에서 움
직이지 못했다. 현암조차도 그 자리에서 굳은 채 수다르사나를 쥐
고 서 있었다. 아무런 일도 일어나지 않았다. 불이나 광채도, 폭발
도 없었고 영력도 소용돌이 같은 기운도 일어나지 않았다. 수다르
사나는 현암의 손에 무사히 잡혔다. 아무도 말을 꺼내지 못하고
있는 사이, 현암의 얼굴이 조금씩 일그러지더니 의문에 가득 찬
표정이 됐다. 현암은 서서히 팔을 접어 자신의 손에 들어온 수다
르사나를 살펴보았다. 그 광경을 보고 있는 마스터의 영체 육신은
하얗게 질려 버렸다.

저, 저건…… 수다르사나가…….

"괜찮은가? 현암 군?"

"형!"

마스터의 맥없는 중얼거림에 이어 박 신부와 준후가 동시에 외쳤고 승희는 아예 양손으로 얼굴을 가리고 있었다. 현암은 여전히 무표정한 얼굴로 조금 장난스럽게 수다르사나를 던졌다가 받았다. 준후는 속으로 안도의 한숨을 쉬었다.

준후는 그런 절대적 기물은 자체의 깨달음과 관련됐을 거라 여겼고, 아무렇게나 터지는 폭탄과는 다를 것이라 짐작했다. 허나 그건 짐작이었을 뿐이라, 현암이 정말 그것을 받아 낼 때는 자기도 모르게 놀라고 긴장했다. 자기가 마스터의 일격을 받을 때는 망설임이 없었지만, 소중한 현암 형이 그러는 것은 가슴이 졸여졌다. 자신의 생각이 틀리지 않았다는 걸 확인한 준후는 슬며시 미소를 지었다. 옳은 것은 언제까지나 옳았던 것이다. 그러나 마스터는 기가 막힌 듯 입을 딱 벌린 채 스르르 주저앉아 버렸다.

"승희야, 받아라."

현암은 승희가 머뭇거리며 눈을 뜨는 것을 보자 승희에게 수다르사나를 던져 주었다. 승희는 얼결에 그것을 받고는 으악! 소리를 지르며 놓칠 뻔하다가 가까스로 손아귀에 쥐었다.

"정말 아무렇지도 않아?"

현암은 대답하지 않고 마스터 쪽으로 눈을 돌리며 여유 있게 씩 웃었다. 마스터는 자지러질 지경이 돼 있다가 그제야 벌떡 일어섰다. 승희는 현암을 보고 뒤에서 외쳤다.

"현암 군! 고마워! 그리고 이놈……."

승희는 마음속의 애염명왕에게 힘을 빌려 달라고 외치면서 더이상 기다릴 것도 없이 마스터를 향해 수다르사나를 휘둘렀다. 마스터는 수다르사나를 이용하지 못했지만 자신이라면 될 것이라고 여긴 것이다. 다른 사람들은 아무리 마스터라도 없애 버리기를 주저할 것이 틀림없었지만, 승희는 이번에야말로 자신이 지옥에 떨어지더라도 마스터를 완전히 박살 내 버릴 작정이었다. 수다르사나는 승희의 손에서 후끈 달아오르면서 무지갯빛 색깔을 뿜었다. 승희는 소리를 질렀다.

"현암 군! 비켜서!"

현암은 승희의 고함에 놀라 뒤를 돌아보고는 당황한 목소리로 소리쳤다. 현암의 생각으로는 수다르사나가 전설과 같이 표면적인 물리력이 있는 건 아니었다.

"승희야, 잠깐! 그건……."

박 신부가 승희를 만류하려 했으나 다리가 불편해 급히 갈 수가 없었다. 준후가 옷자락을 잡았지만 승희는 본 척도 않고 무지갯빛 광채를 현란하게 뿌리면서 크게 수다르사나를 던졌다.

"이 자식! 죽어라!"

으, 으악!

마스터는 비명을 올렸지만 몸이 굳었는지 움직이지 못했고 현란한 빛을 뿜은 수다르사나는 마스터에게로 날아들어 마스터의 영체 육신의 허리께에 정통으로 명중했다. 그러곤 다시 튀어 올라 챙그랑 소리를 내면서 바닥에 떨어졌다.

승희의 얼굴이 일그러졌다. 다른 퇴마사들도 마찬가지였다. 마스터는 비명을 질렀다. 그러나 무서움이나 공포에 의한 비명이 아니라 장난기 섞인 조롱의 비명이었다.

으아악! 하하핫!

마스터는 유유히 웃으며 허리를 굽혀 수다르사나를 집어 올렸다. 그러고는 수다르사나를 훑어보았다.

고맙다, 가르쳐 줘서. 이제야 이 물건의 사용법을 알겠군. 너희 같은 바보 천치들은 알지 못하지. 후후훗.

승희는 온몸이 굳어 버린 것 같아 움직이지를 못했다. 박 신부와 준후도 마찬가지였다. 현암이 가장 먼저 정신을 차리고 자세를 가다듬었다.

"그건 어차피 전설의 물건이었을 뿐이야. 아무 힘도 없어."

아니, 있지. 하하하. 알았어, 알았다. 하하하.

마스터는 웃다가 정색하면서 말했다.

이건 홍수의 봉인이야. 홍수의 봉인, 땅의 힘의 상징! 그리고 저 비석에 적힌 것은 그것을 푸는 주문.

"그게 무슨 소리지?"

나도 바보였지만 너희도 바보야. 이걸 내게 다시 주다니. 우하하.

"말해 봐! 비석에 적힌 게 봉인을 푸는 주문이라니?"

그래, 어차피 죽을 놈들이니 말해 주지. 이건 땅의 봉인이다. 땅의 봉인으로 어떻게 홍수를 막았는지 난 몰랐다. 그러나 지금은 알았어. 이건 지맥의 열쇠다. 그러니 이제 천천히 죽여 주마.

마스터가 수다르사나를 문지르며 주문을 외우자 주변이 흔들리기 시작했다. 현암은 마스터가 수를 쓰기 전에 달려들어 일격에 요절을 내고 수다르사나를 되찾을 생각이었다. 그러나 난데없이 땅이 흔들리자 그만 중심을 잡지 못하고 비틀하는 사이에 기회를 놓쳤다. 주변을 살피던 준후가 기겁하며 소리를 질렀다.

"벽이 뜨거워져요!"

벽만이 아니었다. 동굴의 벽은 물론이고 천장과 바닥마저도 뜨거워지면서 급격히 달아올랐다.

"네가 이곳의 지맥을!"

침착하던 박 신부도 소리를 질렀고 마스터는 큰 소리로 깔깔깔 웃어 젖혔다.

우선 여기에 용암이 뻗치게 해 주지. 너희들, 잘 구워질 거야.

프로텍터와 헬멧까지 걸친 요원들이 대열을 이루어 주기 선생에게로 돌진하려던 찰나였다. 그것을 본 백호와 최 교수는 요원들을 어깨로 밀치고 그쪽으로 달려가려 했지만 곧 다른 요원들에게 제압당했다. 백호는 주기 선생에게 소리를 질러 조심하라고 했지만 주기 선생은 반응이 없었다. 맥라렌은 그런 백호를 비웃는 눈길로 쳐다보며 굳이 제지할 생각도 하지 않고 아예 무시해 버렸다. 그때 땅이 우르르 흔들리기 시작했다.

"지진입니다!"

동굴 밖을 포위하고 있던 요원들은 지진이 일어나자 몸을 낮추었고, 돌진할 채비를 하던 요원들도 지진의 기세에 눌려 그 자리에 멈춰 섰다. 주기 선생은 총상에도 불구하고 여전히 동굴 앞을 막고 서 있었다. 백호는 발버둥을 치면서 주기 선생에게 소리를 질렀다.

"죽지 마! 절대 죽으면 안 돼!"

그러나 지진이 일어나자 최 교수는 탄식을 하면서 백호에게 말했다.

"아아, 이제 끝입니다. 지진은 지맥의 봉인이 풀리는 걸 의미합니다. 지맥의 봉인이 풀리면 지진이 일어나고 극지의 얼음이 녹아 홍수가……."

"아닙니다!"

백호는 단호하게 외쳤다.

"아직 극지의 얼음이 녹은 건 아닙니다! 그렇다면 극지에 지진이 나야지, 왜 여기에 지진이 납니까?"

백호의 말에 최 교수도 얼굴에 화색이 돌았다. 백호는 눈물을 흘리면서 씹어뱉듯 말했다.

"그들이 싸우는 겁니다! 그들이! 그들을 잡아 죽이려는 우리를 위해서!"

현암은 이를 갈면서 달려들었지만 마스터는 영체 육신을 버리고 수다르사나에 붙어서 빙글 날아올랐다. 박 신부와 준후가 수없이 공격을 가해도 마스터는 조금도 개의치 않고 이리저리 공격을 피하기만 했다. 현암은 월향검을 날리고 싶었지만 월향검은 기운이 빠져 날아갈 수 없는 상태였다. 동굴을 가득 채운 찜통 속 같은 열기에 모두 기진맥진했다. 마스터와 싸우는 것이 문제가 아니라 열기와 싸우는 것이 문제였다. 더구나 그들이 들어온 통로는 마스터의 영체 육신과 싸우는 중에 무너져 버렸고 그 벽마저도 벌겋게 달아올라 있었다.

하하하. 이건 땅의 열쇠. 그러니까 지맥의 열쇠야. 이건 땅을 조종하는 데에 힘이 있는 것이지, 직접 던지는 것이 아니다. 저 비석에 쓰여 있던 내용도 그거였어!

마스터는 수다르사나에 붙어 날며 큰 소리를 지르다가 퇴마사들이 탈진해 가는 것을 보고는 자신의 영체 육신을 나타나게 해 그 속으로 돌아왔다.

"모두 힘을!"

박 신부와 현암, 준후는 최후의 힘을 모았다가 일제히 마스터를 공격했다. 그러나 마스터는 검은 안개의 술수로 자신의 몸을 가리면서 영체 육신으로 맞받아 냈다. 박 신부와 현암, 준후 세 사람은 모두 뒤로 튕겨 나뒹굴었다. 이렇게 퇴마사들이 맥없이 허물어져 버린 가장 큰 이유는 마스터가 강한 것도 있지만 승희에게서 신력이 조금도 나오지 않게 됐기 때문이기도 했다. 고갈된 힘을 보충받을 수 없는 데다가 화덕 속 같은 열기 때문에 더 이상 힘을 쓸 수가 없었다. 세 사람은 서로의 눈빛을 교환하고는 마지막 힘을 끌어모으기 위해 심호흡했다.

하하하. 이젠 기운이 없군그래. 그렇지?

악에 받힌 듯 승희가 소리를 질렀다.

"이 나쁜 놈!"

마스터는 조금 찔끔한 듯 심각한 표정으로 눈을 흘겼다.

울지는 마라, 난 여자가 우는 게 싫어.

"무슨 헛소리냐! 울 거다! 네가 싫어하는 거라면 무슨 짓이든 할 테다!"

승희가 악을 쓰자 마스터는 비웃듯 말했다.

흥. 싫다고 했지 무섭다고는 하지 않았다. 마음대로 울어라. 아예 고통으로 눈물을 쥐어짜 주지. 아주 천천히 너희가 구워지는 걸 지켜보겠다. 그럼 만족하나?

현암은 당장이라도 현기증이 일어 쓰러질 것 같았지만 애써 기혈을 진정시키며 말을 했다. 조금이라도 시간이 필요했다.

"도대체 너는 무엇을 바라고 이런 일을 꾸미는 거지?"

하하하. 시간을 벌려고? 벌어서 무엇 하려고? 어차피 너희는 타 죽는다. 너희가 날고 기는 재주가 있어도 당해 낼 수 없어!

마스터는 승리의 쾌감을 만끽하는 목소리였다.

간단해. 나는 힘의 원리를 생각했다. 그리고 우주와 하나가 되는 존재가 되고자 했다. 그러나 실패했지. 너희들 때문이다. 바로 너희들 때문에 나의 수도는 중도에서 깨어졌고 모아 두었던 힘도 흩어져 버렸다. 내게 무엇이 남았겠는가? 너희를 죽이고 싶다는 마음뿐이야! 너희를 아스타로트에게 넘겨 주면 나는 다시 살아난다!

악마 아스타로트의 이름이 언급되자 네 사람은 모두 몸을 움찔했다.

"우리를 아스타로트에게 넘긴다고?"

아스타로트는 너희를 상당히 미워하더군. 특히 저기 검정 옷 입은 노인네는 더.

"그런다고 살아날 수 있을 것 같은가? 가엾은 자. 그렇게 오래 수도를 했다면서 그렇게 뻔한 것을 모르는가? 너 자신은 수없는 사람들을 속이고 해쳤으면서 자기가 속는다는 것은 왜 모르지?"

내가 속고 있다고?

"약속과 믿음을 깨고 아무나 이용해 먹는 너를 보고 우리는 악마라 부른다. 그러나 너는 악마와 거래를 하지. 악마가 너보다도 더 약속을 잘 지킨다고 믿나?"

하하하.

마스터는 허탈하게 웃어 젖혔다.

그래. 그럴지도 몰라. 그러나 상관없어. 나는 이미 죽었다. 무서울 것이 없어.

"영혼도 영원한 존재는 아니다. 소멸해 무로 돌아가고 싶나?"

상관없다. 할 수 있다면…… 다만 너희의 알량한 모습만 사라져 준다면 내가 없어져도 좋다.

승희가 사납게 쏘아붙였다.

"너는 우리와 맹세하고서도 그렇게 뻔뻔스럽게 나설 수 있는가? 너는 지난번에 산정(山頂)에서 우리와 약속했지. 그러나 도구르가 나타나자 블랙 엔젤을 시켜서 우리를 습격했어! 맹세를 어겼어! 너는 약속을 어기면 몸과 영혼이 다 같이 가루가 된다고 했는데?"

마스터가 배를 움켜잡고 웃었다.

우하하. 너는 내가 맹세를 지킬 것으로 믿었나? 나는 이제 바바지의 제자가 아니다. 인간도 아니야! 그래서 너희는 나를 이길 수 없는 거야! 진리는 단순한 데 있는 것이지!

그 말이 나오는 순간, 마스터가 몸을 움츠렸다. 마스터의 뒤에서 소리도 없이 블랙 엔젤의 영상이 나타나면서 마스터의 허리를 향해 한 손을 가볍게 뻗었기 때문이다.

"그래, 진리는 단순한 데 있지. 나는 악마지만 맹세는 지킨다. 뭐, 안 그러는 악마들도 많지만, 난 그러긴 싫거든. 그러니 너도 맹세를 지켜."

블랙 엔젤이 직접 만지지도 않았는데 가볍게 손을 쥐어 보이자 순식간에 마스터의 허리가 우두둑 꺾여 반으로 줄어들었다. 무시무시한 힘이었다. 마스터의 영체 육신은 실재하는 몸은 아니었고, 오히려 실제 사람의 몸보다 훨씬 강했는데도 블랙 엔젤은 마스터를 고무 인형처럼 다루었다. 그러면서 블랙 엔젤은 지루하고 짜증난다는 표정으로 중얼거렸다.

"아, 정말. 혼자만 뭘 안다, 뭘 안다 하는데 너무 멍청하고 지긋지긋해서……. 잘난 척만 안 했어도, 입만 함부로 안 놀렸어도 더 갖고 놀았을 텐데 말이지······."

마스터는 몸만이 아니라 영혼까지도 타격을 입은 것 같았다. 준후와 박 신부의 귀에는 형언할 수 없는 고통에 아우성치는 영혼의 울부짖음이 들려왔다. 준후는 얼굴을 승희의 품에 묻었다. 박 신부는 블랙 엔젤이 마스터의 머리를 뭉개어 꾸겨 넣는 순간 더 이상 참지 못하고 몸에서 오라를 빛내며 앞으로 걸어 나갔지만 검은 막에 부딪혀 더 이상 나아가지 못했다. 현암도 입을 굳게 다문 채 박 신부를 도와 앞으로 나아가려고 했으나 갈 수가 없었다. 그 사이 두 토막이 나 버린 마스터의 영체 육신은 이번에는 위아래로 짓이겨져 찌부러져 있었지만 블랙 엔젤은 유유히 매혹적인 목소리로 중얼거렸다.

"한 번 아스타로트에게 당하고도 뭘 그렇게 몰라? 똑똑한 척은 다 하면서 학습할 줄 모르니? 세상이 네 것도 아닌데 누구 마음대로 망하게 하니 마니, 왜 자꾸 착각해? 바보."

실제의 피와 살이 있는 육체는 아니었지만 무시무시한 힘으로 몸이 찌부러져 들어가는 모습은 공포스럽기 이를 데 없었다. 박 신부와 현암이 다가가지도 못하는 사이 블랙 엔젤은 마스터의 영체 육신을 주먹만 하게 뭉쳐 버렸다. 경악스러운 광경이었다. 블랙 엔젤이 그 뭉치를 순식간에 먹어 치웠다. 그러자 이상하게 생긴, 검은색의 작은 구체 하나만이 블랙 엔젤의 손에 남았다. 블랙 엔젤은 검은 날개 같은 안개를 슬쩍 퍼덕거리며 요염하게 웃었다.

"맹세는 지켜졌나? 이제 저놈은 몸과 영혼이 전부 가루가 됐다.

내 일부로서 말이야. 후후훗. 너희는 잘못 알고 있다. 악마는 맹세를 잘 지켜. 거짓말은 잘하지만 맹세는 잘 지킨다. 알겠니?"

"너, 너는 어째서……."

퇴마사 네 사람은 더 이상 말을 이을 수가 없었다. 블랙 엔젤이 마스터를 없애다니!

"저놈은 너희만을 원했지. 후후훗. 그놈이 대홍수를 원한 것은, 그런 정도의 일이 아니면 너희를 여기까지 끌어들일 수 없었기 때문이야. 나는 놈을 도왔고. 후후후. 그런 놈의 종살이를 하려니 곤욕이 이만저만이 아니더군."

"그럼 너는 왜?"

"후후훗. 나? 나는 고통이 필요하다. 인간들의 고통과 번뇌, 번민. 그것이 필요하다. 그것을 통해서만이 나는 상승할 수 있다. 신의 경지에 한 걸음 다가갈 수 있는 거야."

"무슨 소리냐?"

블랙 엔젤은 웃음을 거두고 싸늘한 눈길로 퇴마사들을 쳐다보면서 말했다.

"창조될 때부터 가능성 없이 모든 것이 정지된 상태로 영겁을 떠도는 자들의 운명이 어떠한 것인지 생각해 보았나? 그런 우리가 무엇을 해야 한다고 정했을지 짐작할 수 있어?"

박 신부는 숨을 죽였다. 동굴에 들어오기 전에 무언가 심각한 선택이 있을 거란 예감을 받았던 일을 박 신부는 기억해 냈다. 어쩌면 마스터와 싸우는 것이 이번에 닥칠 가장 큰일이 아닌지도 몰랐다. 악마와 직접 대화하다니!

"무엇을 해야 한다고 정했지?"

"나는 신을 저주해. 뭐, 모든 악마가 같지는 않지만 나는 그래. 신은 우리에게 은총을 내리는 척하면서 우리를 저주한 거야. 그래서 나는 신에게 복수를 원해. 너희 따위는 쓰레기들이야. 나는 신과 싸울 것이다. 신을 이길 거야."

"미친 소리! 인간이 쓰레기라고? 인간이 쓰레기라고 한다면 너희는 어째서 인간을 필요로 하는 거지? 응? 말해 봐!"

"……"

"대신 말해 주지. 인간은 너희만 못할지 모른다. 그리고 재능을 잘못 쓰고 있는지도 몰라. 조화보다는 파괴를 꾀하고, 미래보다는 순간에 집착하는 약한 피조물이다. 하지만 우리 인간은 너희를 능가하는 가능성을 지닌다! 네 입으로 아까 말했지? 너희는 창조 때부터 정지된 존재라고! 그래. 너희보다는 인간이 신의 세계에 한 발짝 근접해 있다. 인간이 깨달음을 얻으면 신의 세계에 접근할 수 있지만 너희는 그러지 못해! 그래서 너희는 그것을 훔치기 위해, 인간의 곁에 머무는 것이 아니냐!"

박 신부는 전부터 이러한 논쟁이 있을 것을 알았다는 듯, 단호하게 외치고 있었다. 현암과 준후, 승희는 한마디도 할 수 없었다. 현암은 논쟁을 들으면서 박 신부가 생사의 경계를 체험하며 보고 단정한 것이 어떤 것이었는지, 왜 그동안 그리 많은 것을 생각하고 우울해하며 말수가 적어졌는지 알 수 있을 것 같았다. 현암 자신으로서는 도저히 생각하지 못할 것들을 박 신부는 이미 생각하고 준비했던 것이다. 어쩌면 박 신부는 앞으로의 일도 계시를 통해 알고 있을지도 모른다! 그렇다면 그동안 자신들에게 왜 그것을 알리지 않았던가?

"하지만 너희는 쓰레기들이야! 서로를 죽이고 그것을 합리화시키지. 너희는 우리 악마들만도 못 해! 너희를 희생시키는 데 대해 우리는 조금도 주저하지 않아!"

"인간은 약한 면도 있다. 그러나 그보다 많이, 훨씬 더 많이 서로를 믿고 사랑하고 아낄 줄도 안다!

"인간은 파멸할걸?"

"그렇지 않다!"

"우후후. 하하하……."

블랙 엔젤은 크게 웃었다.

"너희를 파멸한다면 그건 누구 의도겠어? 너희가 그토록 받드는 신 아닐까? 신의 섭리로, 신의 이름으로, 신의 충견인 너희는 멸절될 테지. 후후후. 그런데도 온갖 명분을 드는군. 죽는 게 좋아? 모두가 죽는 게 좋고 그렇게도 고맙나? 후후후."

그 말을 듣자 박 신부를 제외한 나머지 세 사람은 움찔했다. 신이 인간을 멸한다고? 그러나 그것은 엄연한 사실 같았다. 인간의 죄로 인해 신이 인간을 벌한다는 경고. 비유나 금언으로 해석되기는 하지만 모든 인간의 마음속에 앙금처럼 남아 있는 불안감을 블랙 엔젤은 정확히 꼬집고 있었다.

"신의 섭리는 그렇지 않다. 나는 믿는다. 그러니 교묘한 사탕발림을 하지 마라."

박 신부가 당당하게 말했다. 조금의 번민도 보이지 않고 주저 없이 박 신부가 답하자 블랙 엔젤도 놀라는 것 같았다.

"사탕발림? 확실히 우리 중 몇몇은 거짓말을 잘하지. 그러나 자신에게 물어보시지? 종말의 때가 얼마나 남았는지! 너는 알지 않던가?"

"종말은 신이 내리시는 것이 아니다. 인간 자멸의 기회, 수없이 많았던 자멸의 기회 중 또 한 번이 다가오는 것일 뿐이다. 신은 누구나 믿는 것만큼 자비로우시지 않지만 너희가 말하는 것처럼 무자비하지도 않으시다. 최소한 누구에게나, 어떤 것에게나 살 권리는, 살아갈 기회는 주신다."

"어찌 됐든 너희는 망해. 후후훗. 아, 아쉬워라."

"무슨 소리냐."

"들어 보겠어? 나는 너희와 적대적인 관계에 있지. 그리고 너희를 이용하고 너희에게 고통을 준다고 여겨. 허나 중요한 것이 있지. 다른 악마는 몰라도 적어도 나는, 결코 너희가 멸망하는 것을 원치 않아. 알겠어? 후후훗."

"그래서 어쨌다는 거냐?"

"나에게 와. 나에게 협력해. 나는 힘을 가진 자들이 좋아. 너희가 필요해. 대신 인간들, 전 인류를 멸망에서 구원할 방법을 찾아 줄게. 어때?"

현암과 승희, 준후는 지금 들리는 대화의 내용을 믿을 수가 없었다. 종말의 때가 왔다니! 악마가 인간을 구원하다니! 그러나 박 신부는 담담했다. 박 신부가 침묵하고 있자 블랙 엔젤은 다시 제안했다.

　"마스터 같은 바보 놈은 필요 없어! 그놈은 내 뜻이 무엇인지조차 모르고 있지. 너희가 훨씬 나아. 나를 위해서나, 너희와 인간을 위해서나! 어때?"

　"……."

　박 신부는 여전히 말이 없었다. 블랙 엔젤이 다그쳤다.

　"너희는 인간을 위해서 싸웠잖아? 너희가 최고의 가치로 삼는 것은 무엇이지? 생명! 인간들의 생명과 영혼이잖아? 너희는 그래서 믿음도 버리고……."

　"버린 것은 아니다. 방법의 차이일 뿐이다."

　"들어 보라니까. 믿음도 버리고 스스로의 생활도, 생명도 염두에 두지 않는 너희들! 너희는 인간들을 위하지. 그런 마음으로 가득 차 있지! 인간들을 구해 줄게! 멸망도 막아 주지! 그 길을 알려 줄 테니 나에게 와라! 나에게! 나에게!"

　"유혹하지 마라!"

　"고민되지? 후훗. 고민하고 있네. 그래. 선입관을 버려. 나는 인간에게 고통을 주겠지만 대신 그들이 영원히 존속하게 해 줄 거야. 나에게 와. 나에게……."

　그러나 박 신부는 담담하지만 딱 잘라 말했다.

"사라져라."

블랙 엔젤이 갑자기 화를 냈다.

"도대체 왜?"

"……."

"인간이 가축이 되는 것이 싫어서? 생명과 영혼의 광채를 잃고 존재하는 게 싫으셔서? 웃기고 있군."

"나는 섭리를 믿는다. 그리고 조화롭게 될 것을 믿는다."

"바보! 너희는 정말 망해! 모두 죽어 없어진다고! 하지만 난 그 걸 바라지 않아! 아직도 믿지 못하겠어?"

"그건 사실일지도 모르지."

"그런데 왜!"

"악마여. 너는 항상 '나'라고만 했지. 너희 전체를 말하지 않았다. 너는 말에 함정을 팠지만, 허튼짓이야. 네가 아무리 바라도 다른 악마가 미친 짓을 하면 너도 별수 없다. 너는 다만 우리를 갖고 놀고, 우리를 주구로 삼아 사람들을 괴롭히며 즐기고 싶을 뿐이다. 너 따위에게는 세상을 망하게 할 능력이 없어."

"닥쳐! 이…… 더러운 신부! 허나 언젠가 너희가 멸망하는 건 정말이라고! 이봐, 신은 생명이 창조될 때부터 멸망도 함께 정해 놓는 법이야. 그리고 너희의 멸망은 당장 내일이 될지도 몰라!"

"인간은 멸망하지 않을 것이다. 멸망한다면 그건 신의 탓이 아니라 스스로의 책임이다."

"어째서 신은 모든 것을 예정하지 않지? 너희는 인간을 구하지 않을 거야?"

"우리가 인간을 구하는 것은 인간 스스로의 책임이 아닌 경우뿐이다. 나머지는 우리의 손 밖에 있다. 우리는 우리만이 세상을 구할 수 있다는 자만에 빠지지 않을 것이다. 끝까지 인간으로 존재하고 살아남을 것이다. 내가 죽으면 그다음 누군가 또 누군가…… 영원히 사는 존재인 너희는 이해할 수 없을 것이다."

박 신부는 팔을 뻗어 준후의 어깨를 감쌌다.

"그리고 나는 믿는다. 우리를 불완전한 존재라 하지만 너희는 완전한가? 완전하다면 어째서 불완전한 우리에게 기대는가? 나는 인간을 믿는다. 신을 믿는 것만큼이나. 내 생각보다는 내 느낌을 믿는다. 인간이 불완전해 멸망한다면 그러한 예지도 생각도 불완전하다는 것이니까. 나는 나의 예지가, 그리고 모두의 그러한 예지가 틀리리라는 것도 믿는다. 그러나 그 방법을 찾을 것이다."

그 순간 현암은 느낄 수 있었다. 박 신부가 자신에게 내린 계시 때문에 얼마나 고심했는지, 왜 그러한 사실들을 자신들에게 말하지 않았는지. 현암은 박 신부를 믿기로 했다. 승희와 준후를 돌아보았다. 그들의 눈빛에도 주저함이 없었다.

"우리는 너를 어쩔 수 없다. 끝없이 몰아내고 또 몰아낼 뿐, 없앨 수 없다는 것을 알고 있다. 그렇더라도 우리는 끝없이 너희를 몰아낼 것이다. 이 세상은 인간의 것이기 때문이다. 너희는 너희 세상에서 살아라. 너무 오래 지체한 것 같다. 가라, 너희의 세상으로."

"고집쟁이! 우리보다 더 악마 같은 자는 바로 너야! 두고 봐…….

두고 봐……. 너의 고집이 수십억 동족을 죽게 만들 거야! 너는 자신이 하는 말이 얼마나 위험한지 깨닫지도 못해! 그때 가서 고통에 차 울부짖으며 나를 불러도 늦어! 지금이라도 마음을 돌려!"

"우리를 불완전하다고 했나? 불완전해도 나는 우리의 생각에 만족한다. 그래서 완전할 수 있다. 너희보다도 더욱더."

"그릇된 결정을 내리고 자만해 떠들지 마! 자기도취도 정도가 있어!"

박 신부는 현암과 준후, 승희를 바라보았다. 현암이 박 신부의 손을 꼭 쥐었다. 준후와 승희도 고개를 끄덕해 보였다. 박 신부는 힘을 얻은 듯, 위엄 있는 목소리로 말했다.

"가라."

블랙 엔젤은 순간 박 신부에게 사나운 형세를 취하면서 달려들려고 했다. 박 신부는 오라를 거둔 상태였고 현암과 준후 역시 반격할 기운이나 생각도 없었다. 박 신부는 천천히 어깨를 폈다. 조금도 흔들림이 없었다. 그러자 블랙 엔젤은 멈칫하며 요염하게 웃었다.

"홋. 결국은 너희가 나를 찾을 날이 있을 거야. 내가 두고 보라고 했지? 이봐, 멍청한 신부. 네가 방금 무슨 짓을 했는지 알아?"

"가라!"

"나는 적어도 인간의 멸망은 막아 주고 싶었다고. 더 갖고 놀고 싶어서 말이야. 방금, 네가 그 기회를 차 버렸어. 기대해도 좋아. 너희들, 멸망시켜 주겠어. 내가 그럴 능력이 없다고 했나? 정말 그럴까? 이 코딱지만 한 세상을 내가 어떻게 못할 것 같아?"

"사라져라!"

"호호호. 좋다. 이거나 받아. 그럼 사라져 주지. 기대해, 신부. 네가 방금 세상을 멸망으로 내몰았어. 잘난 척하는 얼굴이 나중에 어떻게 될지 보자고. 그럼 안녕."

블랙 엔젤은 그때까지 손에 들고 있던 작은 구체를 박 신부의 발 앞에 내던졌다. 그러고는 허탈한 웃음을 남긴 채 서서히 희미해지기 시작했다. 뒤에서 바라보고 있던 현암과 준후, 승희는 비로소 몸을 움직일 수 있었다.

준후가 구체를 바라보며 말했다.

"저건 그동안 많은 사람의 영혼을 흡수했던 그 블랙 서클이군요. 그걸 마스터가 모두 가지고 있던 모양이에요."

박 신부는 침울하게 말이 없었다. 현암은 웃으며 말했다.

"혹시 방금 저 괴물이 말한 걸 마음에 두고 계시는 건 아닐 테죠?"

"글쎄, 현암 군⋯⋯."

"입만 살아서는 떠드는데 무슨. 그냥 신부님한테 당하니까 칭얼거린 거예요."

"정말⋯⋯ 그럴까."

"신부님답지 않게 무슨. 아, 그렇지 이거 말입니다. 이걸 부수면 안의 영혼들도 해방되는 게 아닐까요?"

현암은 비틀거리며 다가가서 구체에 청홍검을 내리쳐 보았지만 끄떡도 하지 않았다. 예전에 '탄' 자 결을 써서 블랙 서클을 파괴한 적이 있는 현암이었지만 지금은 기진맥진한 상태라 그 이상은 아무런 조치도 할 수 없었다.

"저게 열리면 연희 누나도……."

준후가 안타깝다는 듯 중얼거리며 힘겨운 손놀림으로 소매 속에서 뭔가를 꺼내려고 했다.

박 신부는 그런 준후와 현암을 말렸다.

"우리 손으로는 부술 수 없을 걸세. 다 순리대로 없어지겠지. 악마가 그들을 놓아준 것이니까. 그냥 놓아두세."

마스터가 죽어서 지진을 멈출 수는 있었지만 안의 열기는 인간이 버틸 수 있을 만한 것이 아니었다. 더구나 입구는 완전히 무너져 내렸고 땅은 여기저기가 갈라져서 까마득한 바닥 밑으로 은은한 붉은빛의 용암이 보였다. 이제는 더 이상 흘릴 땀도 없었고 당장 쓰러지지 않는 것이 이상할 정도였다. 승희가 말라붙은 입술로 킥킥 웃으면서 바닥에 떨어져 있던 수다르사나를 집어 들었다. 그러나 힘이 없는 듯, 중심을 잃고 휘청하는 것을 현암이 부축해 주었다.

"우린 이겼지? 그치, 현암 군?"

"그래."

"그럼 마무리해야지. 이걸 버려야 해. 이건 땅의 물건이니 땅에 돌려줘야 한다고 했지. 여기 버리면 누구도 못 찾아. 여기에 버리는 게 맞아."

승희는 비척거리면서 수다르사나를 힘겹게 집어 들고 땅의 갈라진 틈 가장자리에 섰다. 그러고는 활짝 웃으며 말했다.

"로파무드는 살아날 수 있겠지?"

"그래."

"그러니 이젠 내 영혼을 줘야겠지? 후후후. 내 영혼의 힘으로 이걸 묻고 싶어."

현암은 가슴이 철렁 내려앉는 것을 느꼈다. 승희는 지금 무슨 생각을 하고 있는 것일까? 로파무드는 영혼이 없는 육신의 껍데기에 불과하다. 그 몸을 채우려면 영혼이 있어야 한다고 믿고 있다. 그러기 위해 이제 스스로 불 속으로 뛰어들려고 하는 것이다. 영혼의 힘으로 수다르사나를 묻어야 한다는 것도 자신의 힘으로 하려고 결심한 것이 분명했다.

"가만, 승희야!"

"승희야!"

"그럴 것 없어요. 어차피 갈 건데, 뭐. 기왕이면 내 손으로 선사하고 싶어."

승희는 활짝 웃고 있었지만 속으론 감당할 수 없는 슬픔에 휩싸여 있었다. 그러나 더 이상 흘릴 눈물도 남아 있지 않은 듯 눈물조차 흐르지 않았다.

박 신부가 성큼 앞으로 나서면서 말했다.

"승희야, 누구나 마지막은 있다. 그러나 최후의 순간까지는 포기해선 안 돼."

박 신부는 손을 내밀었다. 승희는 주저했다. 박 신부가 슬며시 웃었다.

"우린 항상 같이 있지 않았니? 영혼의 힘이 필요하다면 같이하 자꾸나. 나도 빼지 말아 주렴."

박 신부의 말에 승희의 무릎이 휘청했다. 승희만이 아니라 현암 도 묵묵히 열기를 버티고 있었고 준후도 색색 가쁜 숨을 내쉬었다.

"하긴 이제는 끝까지 온 것 같구나. 하지만 말이다. 아직 우리에 겐 몇 초라도 남아 있지 않니? 허허허. 그동안만이라도 같이 있지 않겠니?"

현암은 무뚝뚝한 얼굴을 풀고 오랜만에 맑게 웃으며 말했다.

"그러죠!"

준후가 답했다.

"현암 형, 그렇게 웃으니 바보 같아. 하하하."

준후도 밝게 웃었다. 그러자 승희도 훌쩍거리면서 힘겹게 소리 내어 웃었다. 그러고는 비틀거리며 다가와서 모두의 손을 잡았다. 박 신부는 조금도 두렵지 않았다.

"시간이 얼마 없는 것 같구나. 지금까지 다들 애썼다. 너무나 고 생했어. 이젠 같이 쉴까? 허허허."

그 말과 동시에 준후가 와락 박 신부의 품에 안겼다. 주변의 돌 부스러기들은 용암의 열기를 이기지 못해 허물어지고 있었다. 마 스터의 부했던 좀비의 시체들은 연기를 내며 오그라들었고 퇴마 사들의 옷자락에서도 연기가 피어올랐다. 준후가 박 신부에게 안 기자 승희는 다짜고짜 현암에게 안겼고 현암은 힘겹게 왼팔을 들어 월향을 바라보면서 승희를 가볍게 감싸 주었다. 승희도 손을 뻗어 현암의 왼 손목에 있던 월향을 손으로 감싸 잡았다. 월향검도 나지막한 울음소리를 냈다. 박 신부가 현암을 널찍한 어깨로 감쌌고 그들은 한 덩어리가 됐다. 승희는 자신도 모르게 들고 있던 수다르사나를 툭 떨어뜨리면서 의식을 잃었다.

수다르사나는 바닥에 뗑그렁 소리를 내며 떨어졌다. 그러자 아까 블랙 엔젤이 버리고 갔던 검은 구체가 환하게 변했다. 퇴마사들은 의식을 잃어 가는 중이라 그 광경을 볼 수가 없었지만 검은 구체는 소용돌이치면서 커져 갔고 예전에 블랙 서클 사람들의 영혼을 흡수한 블랙 서클 모양이 됐다. 그러다가 블랙 서클은 몸서리를 치듯 수다르사나와 충돌했고 그 안에서 세 갈래의 빛나는 기류가 순간적으로 수다르사나에 맺혔다. 수다르사나는 둥실 떠올라 끓어오르는 용암 속에 잠겨 버렸고 그와 동시에 용암이 위로 무섭게 솟구치기 시작했다.

그 순간에 벌어진 일들

그 순간 그곳에서 아주 멀리 떨어진 인도의 마을에서는 로파무드가 누구의 부축이나 인도도 받지 않고 서서히 몸을 일으키고 있었다. 옆에서 졸고 있던 사툼나를 막 태어난 갓난아기와 같은 눈으로 신기하다는 듯 내려다보았다. 이제야 영혼을 얻은 정신은 갓난아기나 다를 바가 없었다.

히말라야산맥의 어느 산자락에서 바바지라 불리는 한 성자가 말없이 하늘을 바라보며 모든 것이 조화대로 됐다는 듯, 평안한 미소를 지었다.

비슈누는 맛쓰야 아바타라로 변해 세상의 대홍수를 막았다. 그리고 지금은 라가라쟈를 아바타라로 변하게 해 또 한 번 홍수를 막았다. 또 다른 위기와 구원에서 이루어진 순환의 한고비가 막 지났다는 것을, 또 다른 조화와 질서가 바로잡혀 간다는 것을 바바지는 느낌으로 알았다.

그러고 나자 그 성자는 눈을 감으며 미소를 거두고 한 줄기 눈물을 흘렸다. 세상 사람들의 연상과 달리 그 성자는 여인이었다.

그녀는 이제 사라져 버린 마스터를 위해 묵념을 하며 눈물을 흘렸다. 악의 유혹에 빠져 타락한 마스터일지라도, 그는 끝까지 여인의 눈물을 꺼렸는데, 자신이 배신한 스승 바바지의 눈물이 연상되기 때문이다. 그것은 타락한 마스터에게 남아 있던 마지막 한 줄기의 양심일지도 몰랐다. 성자는 자신조차 구원하지 못한 마스터의 영혼이 이 양심 한 줄기로 인해 구원받기를 진심으로 바랐다.

증세가 악화해 급히 본국으로 수송되던 도구르는 공항까지 마중 나온 부인과 아들의 손을 꼭 쥐고 눈을 감았다. 그 옆에서 담당 의사는 극도로 악화한 간 질환이라고 병명이 기록된 도구르의 차트에 사망 시각을 적어 넣었다. 가족들은 눈물을 흘리고 있었지만 도구르의 얼굴에는 예전에 볼 수 없었던 평안함이 넘치고 있었다.

중국에서는 황달지 교수가 기적적으로 소생했다. 뇌파가 비로소 본래의 궤도를 잡자 의사들은 황달지 교수의 놀라운 회복에 기쁨을 감추지 못했다.

베이징의 한 길모퉁이에 있는 화씨 약재상에서는 화중명 노인이 한 장의 약방문을 써서 봉투에 넣어 봉하고 있었다. 화중명 노인은 자신의 결정이 정말로 옳은 것인지는 잘 알 수 없었지만 그 의로운 청년의 얼굴을 떠올리며 자신이 옳을 것이라고 마음을 다잡았다.

티베트의 포탈라궁에서 쉬고 있던 연희는 아롱거리는 염체들이 자신의 주변을 둘러싸고 춤을 추는 꿈을 꾸고 있었다. 그 모습들은 자신의 기억 속에 영원히 남아 있을 어떤 남자를 연상하게 했다. 그리고 그가 마지막 순간에 그려 주었던 빛의 파노라마가 눈앞에 그려졌다. 연희는 오랜만에 행복한 기분에 잠길 수 있었다.

아프리카 도곤족 부락. 그들의 성지이자 역대 추장들의 묘지인 산 중턱 깊은 동굴에서 한 추장 앞에 놓여 있던 꺼진 등불이 빛을 내면서 타오르기 시작했다.

드라큘라 공의 성이 먼발치로 보이는 트란실바니아 왈라키아의 한 마을에 돌연 안개가 끼었다. 그러나 어느 작은 은빛 물체가 안개 속을 뚫고 땅에서 솟구쳐 오르는 것을 본 사람은 아무도 없었다. 다만 백치 상태로 있는 한 소녀가 어떤 여자의 모습을 꿈에서 보고 있었다. 그녀는 비록 얼굴의 반쪽이 흉하게 일그러져 있었지만 이상하게도 아주 예쁜 모습이라고 소녀는 생각했다. 그녀는 어디론가 날아가고 있었다. 아주 먼 곳으로…….

인도의 한 병원에서는 어느 정도 몸이 회복된 성난큰곰이 묵묵히 침대에서 몸을 일으켜 먼 하늘을 바라보고 있었다. 그는 조용히 창밖 하늘을 바라보고는 지나가는 간호사에게 같이 입원해 있는 바이올렛의 안위를 물었다. 간호사는 증세가 좋아지고 있다고만 대답했다.

주기 선생은 의식이 점차 흐려져 가는 것을 느꼈다. 총을 몇 방이나 맞고 여태껏 버틴 것이 한계였다.

'현암 놈은 수없이 맞아도 잘만 살아 있던데.'

주기 선생은 서서히 몸을 허물어뜨리며 이상한 안도의 기분을 느꼈다. 자신이 태어나서 유일하게 자신의 마음을 내비쳐 주었던, 단 한 사람인 준후가 보고 싶었다.

'분명 잘 됐을 거야, 암. 틀림없어. 이렇게 기분이 좋은데, 이렇게 좋은데…… 너희들 살아 있지? 응? 그렇지?'

주기 선생은 웃으면서 서서히 눈을 감았다. 준후의 얼굴에 이어 박 신부, 승희 그리고 이유도 모른 채 그렇게도 싫어했던 현암의 얼굴까지 떠올랐다. 나는 현암 그 친구를 왜 그리 싫어했을까? 변변치 못한 나 자신이 거울에 비쳤던 것처럼 보였기 때문일까? 내가 하고자 하면서도 하지 못했던, 아니 생각조차 하지 못했던 것들을 그 녀석은 할 수 있어서였을까? 질투였던 것일까? 나는 정말 그 녀석을 싫어했던 것일까?

주기 선생은 몸에 감각이 사라져 가는 것을 느꼈다. 고통은 없었다. 편안했다. 아주 편하고 안락한 느낌. 오랫동안 고된 일을 하다가 집에 돌아와 쉬는 듯한 기분이었다.

주기 선생이 움직임을 멈추자 멈칫거리던 요원들이 주기 선생에게로 다가갔다. 그때까지도 요원들에게 제압당해 있던 백호는 피가 흐르는 것도 모르는 채 맨주먹으로 땅을 수없이 찧으며 하염없는 눈물을 흘리고 있었다.

에필로그

지진이 끝나고 주기 선생의 유해가 치워진 후 새카맣게 타 버린 동굴 안을 수색하기 위해 맥라렌과 정보원들은 백호를 앞장세웠다. 백호는 죽어도 가기 싫다고 버텼지만 그들은 질질 끌고 안으로 들어갔다. 땅 사이의 갈라진 틈은 용암으로 다물어져 있었고 그 안에는 새카맣게 타 버려서 재도 아니고 자국만 남아 있는 네 개의 사람 모양이 보였다.

"음, 이건 시체도 아니고 재까지 다 타 버렸군."

맥라렌은 잔혹하게 타 버린 자국들을 재기 시작했다.

"체구가 상당히 큰 사람의 자취로군. 이건 키가 백팔십오?"

백호는 박 신부의 얼굴을 떠올리면서 입술을 으드득 소리가 날 정도로 깨물었다. 손만 풀려 있으면 총을 빼앗아 이 잔혹한 작자들을 모조리 죽여 버리고 싶었다.

"보통 체격이군. 남자일까?"

현암…… 백호는 더 이상 생각하지 않으려 애썼다.

"조금 작은 키, 백육십 정도 되는 것 같고 호리호리한 체격이었던 것 같은데……."

백호는 승희를 생각하지 않으려고 했지만 아무리 애를 써도 그럴 수가 없었다.

"이건 뭐야? 저만치 떨어져 있는 거. 그래, 아주 작군그래. 아이였나?"

준후…….

"그만!"

백호는 길게 소리를 질렀다. 그 기세에 맥라렌과 다른 요원들은 동작을 멈추었다. 유들유들한 맥라렌은 웃으며 백호에게 말했다.

"그들과 일치하는 인상착의군. 이봐, 코리안. 그들은 이제 모두 갔군. 원, 세상에 용암에 타 죽다니. 천벌을 받은 거야."

천벌? 천벌이 무엇인지 알아? 대홍수에 떼죽음을 당할 뻔한 게 누구인지 알아? 그걸 막은 게 누구인지 알아?

백호는 마구 소리 지르고 발광이라도 하고 싶었으나 그럴 수 없었다. 온몸에 힘이 풀리고 맥이 빠졌다. 까마득히 정신을 잃어 가는 백호의 귓가로 마지막에 들려온 것은 맥라렌의 목소리였다.

"상황 종료! 저 코리안 친구를 이제 풀어 줘. 공연히 원수질 건 없으니. 따지고 보면 저 친구나 나나 동업자 아니야?"

백호는 병원의 침상에 앉아 식사 때 감춰 놓은 칼을 몇 번이나 쓰다듬으면서 조용히 생각을 정리했다. 도대체 세상은 무엇일까? 주기 선생이 최후에 준후에게 물었던 것을 백호는 자기 자신에게 되묻고 싶었다. 정의가 정말 이기는 거냐고, 정말로 승리하는 것이냐고.

'세상 사람들이 구원받았으니 정의가 이긴 것인가? 모든 것은 다 이런 식인가?'

백호는 더 이상 세상을 살아갈 힘이 없었다. 아무것도 모르는 채 도착할 연희와 윌리엄스 신부를 만나면 무슨 말을 해야 하나? 나는 무얼 했다고 대답해야 하나? 세상을 구하고, 아무런 미움도 증오도 남기지 않고 그들이 떠났으니 더 이상 후회할 것 없다고? 백호는 칼을 보았다. 힘들 것은 없었다. 아주 가볍게, 많은 힘이 필요한 것도 아니다. 각도는 중요하다. 날이 무디어도 상관없다. 조용히 찔러 넣으면 그만이다. 백호는 어린아이로 돌아가 장난치는 기분이 들었다.

그때 문소리가 들렸다. 백호는 칼을 감추었다. 들어오는 사람을 보고 백호는 어 하는 소리를 냈다. 승희인 줄 알았기 때문이다. 그러나 그 뒤에 서 있는 사툼나를 보고 백호는 한숨을 내쉬었다. 그건 승희가 아니라 로파무드였다. 사툼나는 주저주저하면서 말했으나 얼굴에 희색이 만연했다.

"감사드리려고 왔습니다."

그래. 저 사람은 기쁘겠지. 이해는 할 수 있지만 같이 기뻐해 줄 마음까지는 일어나지 않았다. 백호는 눈을 감고 고개를 돌리며 말했다.

"제게 감사할 것은 없습니다."

"실은 제 딸아이가 이제 정신을 차렸습니다. 아직 갓난아기와 같아서 말은 하지 못하지만 자꾸 뭔가를 찾고 있어요. 이쪽으로 온다고 말하니 얌전해져서 뭔가 신의 뜻이 있을까 해서 데리고 온 겁니다."

백호는 듣기조차 싫었다. 퉁명스럽게 고개를 돌리려다가 불현듯 승희가 죽어서 영혼이 로파무드에게로 들어간 것은 아닐까 하는 생각이 들었다. 그렇다면…….

"둘만 있게 해 주시겠습니까?"

사툼나는 쾌히 응해 로파무드를 백호의 앞에 앉혀 놓고 문을 닫고 나갔다. 그러자 백호는 참았던 눈물을 주르륵 흘리면서 로파무드를 살펴보았다. 아니, 로파무드의 얼굴에서 그와 꼭 닮은 승희의 자취라도 살펴보고 싶었다.

그때 로파무드의 얼굴이 붉은빛을 띠기 시작하더니, 몸도 점점 붉게 물들어 갔다.

"저, 저건 애염명왕의⋯⋯."

백호는 이런 광경을 이전에도 본 적이 있었다. 승희의 몸을 애염명왕이 지배했을 때 이런 모습이 되지 않았던가?

쉿, 목소리를 낮추라.

마음속으로 애염명왕의 목소리가 전해졌다. 하지만 이제 요원들이 철수했으니 목소리를 낮출 것도 없었다. 백호는 어떻게 생각하면 욕을 하고 싶기도 하고, 어떻게 생각하면 반갑기도 했다. 묻고 싶은 것이 많아서 오히려 혼란스러웠다.

"승희 씨의 영혼이 로파무드에게 들어간 것 아닙니까?"

아니다. 이미 영혼의 법칙을 어긴 로파무드의 몸에는 그와 같이 정해진 영혼의 법칙을 어긴 자만이 배당되는 법. 정상적인 자는 그대로의 길을 걷는다. 이제 나의 일은 끝났다. 너희가 마스터라 부르던 자의 영혼이 로파무드에게로 보내졌다.

"마, 마스터가!"

그는 악인이 아니다. 죄인도 아니다. 깨끗이 정화된 어린아이의 영혼만이 안에 남았을 뿐이다. 이제 그도 인연의 업보를 씻었다.

"그럼 승희 씨의 영혼은?"

내 일은 이제 끝났다. 나는 내 세계로 간다. 이 여자는 정상적인 인간으로 살아갈 것이다.

"승희 씨의 영혼은요? 그리고 그들은?"

그대가 할 일이 있다. 그대가 마무리하지 않으면 안 될 일이…….

"마무리? 난 이제 아무것도 필요치 않습니다."

하게 될 텐데?

백호는 아무 생각이 없었지만 애염명왕은 훈훈하게 느껴지는 마음을 전해 왔다.

동굴이 있던 산의 마루에 그들이 있다. 지치고 힘겨워 정신을 잃고 있으니 서둘러야 한다. 어서 가서 그들을 구하라. 사랑의 신인 나는 그들의 사랑을 그냥 두고 볼 수는 없다. 더구나 그들은 아직 할 일이 남아 있다. 큰일, 아주 큰일이다. 금기를 깨고 알려 주는 것이다. 그러니 어서…….

백호는 목이 메어서 말은커녕 생각조차 할 수가 없었다. 그들? 그렇다면 기적이 일어났단 말인가? 그들은 용암에 타 죽었다고 했는데……. 심장이 두근거리며 피가 솟구쳐서 금방이라도 쓰러질 것만 같이 어지러웠다. 그러한 백호의 느낌을 알았는지 애염명왕은 간단하게 말했다.

기적은 아니다. 인간들의 일이었다. 과거에 코제트란 자가 지녔던 물건 중에 몸을 이동시키는 반지가 있었다. 비록 두 조각으로 깨어졌지만, 그 반지는 깨어진 후 마지막으로 한 번 더 힘을 발휘했다. 깊은 땅속에 묻혀 있던 반지가 그들을 다른 곳으로 옮겼다. 원래의 주인에 의해…… 그리고 나는 이 일을 지금 그대에게 알려 주는 것뿐이다.

백호는 코제트가 지니고 있었다는 텔레포트의 반지를 잠깐 떠올렸다. 두 조각으로 깨어져 버렸다는 반지의 이야기를 들은 기억도 났다. 그리고 최후의 순간에 웃으면서 죽어 간 코제트의 이야기도…… 그러면 코제트의 영혼이 최후의 순간에 그들을 구했단 말인가? 코제트의 영혼이 텔레포트의 능력을 지닌 반지의 힘을 끌어내어 마지막 순간에 그들을 구해 냈단 말인가? 그렇다면 그 안에 있던 사람의 자취는 퇴마사들이 아니었던가? 마스터의 다른 부하들이거나 좀비들이었던가?

생각이 넘쳐흘렀지만 백호는 모두 비우고 가장 중요한 것을 물어보았다.

"그들 모두?"

로파무드, 아니 애염명왕의 현신은 항상 하고 있던 화난 듯한 얼굴을 지우고 사람으로는 형언조차 할 수 없을 정도로 눈부신 미소를 지었다.

그들 모두!

그 말을 끝으로 로파무드의 몸은 원래의 피부색으로 돌아왔다. 백호는 그러한 로파무드를 돌아보지도 않은 채 서둘러 환자복을 벗어 던지고 옷을 꺼내어 입기 시작했다. 재킷에 거꾸로 팔을 끼웠다가 등 언저리가 조금 찢어졌지만 개의치 않았다. 그 서슬에 감추어 둔 칼이 쨍강 소리를 내며 땅에 떨어지는 것을 보고 백호는 발로 차서 저만치 밀어 버렸다.

방 안이 소란스러워지자 사툼나가 의아하다는 얼굴을 하고 안으로 들어왔다. 로파무드는 여전히 갓난아기 같은 눈초리로 얌전히 앉아 있었고 방금까지 다 죽어 가던 백호가 실성한 사람처럼 옷을 마구 꿰어 입고 있었다. 사툼나는 고개를 갸웃했지만 백호는 그를 밀치다시피 하면서 병실 문을 나섰다.

그러다가 사툼나에게 소리를 질렀다. 한국말이어서 사툼나는 알아듣지 못했지만.

"정의는 이겨! 알아요?"

백호는 기쁨에 못 이겨 소리를 질렀다.

"야호!"

미친 듯이 병원을 빠져나왔다. 음울하던 세상이 한순간 환하게 밝아지면서 모든 것이 좋게 보였다. 사람들이 미친 사람 쳐다보듯 했지만 백호는 신경도 쓰지 않고 힘껏 숨을 들이마셨다.

"하아!"

백호는 하늘을 바라보며 주기 선생을 생각했다.

'내 말 들리오? 당신은 헛된 일을 한 게 아니었소.'

잠시 울적한 기분이 들었지만 숨을 들이마시자 마음이 평안해 졌다. 주기 선생의 웃는 얼굴이 생각났고 신기하게도 그에 대해서 는 더 이상 마음이 쓰이지 않았다. 바람도 구름도 하늘도 땅도, 왜 그렇게 달라져 보이는지 백호는 생각해 볼 겨를도 없었다. 찌는 날씨에도 불구하고 몸으로 다가드는 공기가 한없이 맑고 시원하 게 느껴질 뿐이었다. 백호는 홀가분한 기분으로 거리를 달리기 시 작했다. 산마루를 단숨에 달려 올라갈 수 있는 튼튼한 차가 필요 했다. 그리고 그다음엔…… 그다음에는…….

해와 달과 별

늦은 시간이었다. 인적 없는 깊은 산중은 밤이 되면 도회지보다 수십 배나 더 어둡다. 특히나 달도 없는 이런 밤에는 하늘에 점점이 빛나는 별빛만을 길잡이로 걸음을 옮길 수밖에 없다.

달도 없는 한밤중의 산길을 한 사람이 거침없이 걷고 있었다. 한 치 앞도 보이지 않는 어둠 속에서도 앞이 훤하게 보이는 듯 힘차고 급한 발걸음이었다. 보통 사람의 걸음보다도 몇 배나 빨랐지만 가끔 풀잎을 스치는 소리와 나뭇가지가 부러지는 소리만이 작게 들릴 뿐, 발걸음 소리는 들리지 않았다. 그는 방향을 확인하듯 두어 번 사방을 둘러보다가 험한 비탈 사이로 난 산길을 걸어 올라갔다.

한참을 올라가니 산 저만치에서 아주 희미한 불빛이 보였다. 그는 안도의 한숨을 내쉬며 잠깐 걸음을 멈추었다. 그러고는 피곤한 기색 하나 없이 바쁜 걸음을 옮겼다. 그 희미한 불빛이 새어 나오는 곳은 허름하고 조그마한 암자였는데, 과연 저런 곳에 건물을 지을 수 있을까 싶을 정도로 깊숙한 산속에 있었다. 좀 더 가까이 다가가서 보니 지은 지 매우 오래된 듯 여러 곳이 허물어진 낡은 암자였다. 하지만 아직도 고색창연한 데다 엄숙한 분위기가 주변을 맴돌고 있었다. 암자 밖에는 대여섯 사람의 모습이 흐릿하게 보였다.

그는 불빛을 향해 거의 뛸 듯이 비탈길을 올랐다. 암자에 가까이 다가가니 나지막한 염불 소리가 들려왔다. 그는 속도를 늦추고 천천히 암자 쪽으로 다가갔다. 암자의 앞에는 체구가 큰 승려 네 사람과 체구가 작은 승려 한 사람이 합장한 채 서 있었다. 이들은 바위처럼 묵묵히 합장을 하고 있다가 고개를 돌려서 다가온 사람을 바라보았다.

"오랜만입니다, 현암 시주."

덩치 큰 사람이 합장을 하자 현암도 마주 합장했다. 낯이 익은 사람들이었다. 몇 년 전 초치검 사건 때 힘을 합한 바 있었던 백제암의 사천왕과 승현 사미였다. 승현은 몇 년 사이에 많이 자라서 앳되고 해맑은 모습 속에 조금씩 어른 티가 묻어났다. 오랜만에 보는 반가운 얼굴들이었지만 오늘은 길게 인사를 나눌 만큼 여유가 없었다.

"예, 오랜만입니다. 그런데 큰스님과 거사님께서는?"

"현암 시주를 여러 번 찾으시더군요. 나무아미타불."

현암의 눈에 눈물이 핑 돌았다. 실로 몇 년 만에 도혜 스님의 연락을 들을 수 있었던가! 그런데 하필이면 이 오랜만의 재회가…….

현암은 속으로 눈물을 삼키면서 그들을 따라 방 안으로 들어서려 했다. 그러자 마치 안에서 보고 있었던 듯 미닫이문이 스르르 열리면서 젊은 승려 하나가 현암을 맞이했다.

"어서 오십시오. 노스님께서 기다리고 계셨습니다."

처음에 현암은 이 승려가 누구인지 몰랐다. 찬찬히 보니 도혜 스님이 자신에게 공력을 전해 줄 당시 따라다니던 동자승인 것 같왔다. 이제는 젊은 승려가 된 동자승은 비단 지금 상황 때문만이 아니라 원래부터 깊은 수심이 드리운 얼굴을 하고 있었다.

"지액아, 손이 오셨느냐?"

현암은 안에서 들려온 작은 목소리에서 과거 도혜 스님의 목소리를 떠올려 보았다. 자신도 모르게 눈시울이 뜨거워졌다.

"예, 오셨습니다, 큰스님."

"어서 안으로 모셔라."

지액이라는 젊은 승려는 현암에게 문을 열어 주고 옆으로 비켜 섰다가, 현암이 방 안으로 들어서자 밖으로 나가 문을 닫았다.

방 안에는 작은 호롱불 하나가 켜져 있었고 저만치에는 수염을 길게 기른 자그마한 체구의 노승이 가부좌를 하고 조는 듯 앉아 있었다. 현암이 꿈에도 잊지 못하던 도혜 스님의 모습이었다. 그리고 맞은편에는 거구의 한빈 거사가 앉아 있었다.

"오랜만이로구나. 그동안 고생이 많았다는 이야기는 내 전해 들었다만……."

현암은 한빈 거사와 도혜 스님에게 큰절을 올렸다. 한빈 거사는 여러 번 뵌 적이 있었지만, 도혜 스님은 예전에 공력을 얻었을 때를 제외하고는 이번이 처음이었다.

도혜 스님은 많이 늙고 수척해 보였다. 어깨가 축 처진 채 앉아 있는 모습을 보노라니 눈물이 났다. 자신에게 전수해 준 칠십 년 공력이 그대로 남아 있었다면 저만큼은 아니었을 것이다. 현암은 자신도 모르게 눈물이 났다.

도혜 스님이 낮고 힘없는 목소리로 말했다.

"늙으면 오그라드는 것이 당연한 일, 울지 마시게나."

현암은 아무 말도 하지 못한 채 계속 눈물만 흘렸다.

"속세에 미련을 두는 것은 승(僧)이 할 일은 아니지만 당부할 것이 있어 보고자 했네."

도혜 스님은 가냘프지만 해탈한 듯한 작고 깨끗한 목소리로 또렷이 말했다.

"명이란 정해진 것이지만 개척하는 것도 가능한 일, 자네가 옳게 살 것을 믿어 의심하지 않네. 순리대로……."

현암은 머리를 조아려 방바닥에 대었다. 그다음 무슨 말을 하실 것인가? 방바닥에 머리를 조아린 지 한참 지나서 갑자기 청천벽력 같은 한빈 거사의 목소리가 우렁차게 들려왔다.

"입적(入寂)하시었네. 제자들은 들라!"

현암은 너무나 놀라서 아무런 행동도 할 수 없었다. 눈물 그득한 눈을 들어 앞을 보았을 때, 도혜 스님은 평온한 미소를 지은 채 그 자리에서 가부좌를 틀고 앉아 있었다. 그러나 그나마 가늘게 이어지던 숨소리는 끊어져 있었다. 좌탈(坐脫)하신 것이다. 제자들은 슬픔을 참으며 방 안으로 들어와 입적한 도혜 스님에게 하나둘 절을 올리기 시작했다.

"스, 스님……."

현암은 자신도 모르게 도혜 스님의 시신을 향해 손을 뻗으려 했으나 한빈 거사의 목소리가 엄하게 들려왔다.

"생사는 천명에 달린 것이니 상심된다고 망동하지 말라!"

현암은 한빈 거사의 말을 듣고 내뻗던 손을 거두어들였다. 그다음에는 무슨 일이 어떻게 돌아가는지 알 수가 없었다. 눈앞에서 사람들이 왔다 갔다 하고, 독경 소리가 사방을 가득 메웠다.

"나와 같이 가지 않겠느냐?"

현암은 한빈 거사의 목소리를 들었으나 몸을 움직이지 못했다. 세상과 동떨어진 산속의 작은 암자에서 복잡한 절차는 없을 것이라 생각하기는 했지만, 너무나도 짧은 순간 동안 도혜 스님의 육신은 장작불 위에서 재로 변했다. 그 주위를 둘러싼 사천왕과 지액 등은 모두 합장한 채 엄숙하게 독경을 할 뿐 무표정한 모습이었다. 현암은 멍한 시선으로 그러한 광경을 꿈을 꾸는 것처럼 지켜보고 있었다.

벌써 끝났단 말인가? 단지 그 말 몇 마디만을 남기고 십여 년 만에 만난 은인은 가 버리셨단 말인가? 이제 막 사위어 가는 저 장작불 속의 한 줌 재로…….

"잠시 이야기나 하세."

한빈 거사가 말하자 현암은 힘없이 일어났다. 난데없이 한빈 거사가 현암을 냅다 걷어찼다. 현암은 힘없이 땅바닥을 데굴데굴 굴렀다. 그러나 현암의 뇌리에는 아무런 생각도 떠오르지 않았다.

"이놈! 아프냐?"

"……."

"아프면 산 것이지만 아니면 죽은 놈이구나! 넌 죽은 놈이냐?"

한빈 거사는 벌컥 소리를 지르면서 다시 걸어찼다. 처음 발길질과는 달리 이번의 발길질은 너무나 아파서 현암은 자신도 모르게 헉하는 숨소리를 냈다. 그러나 그것은 현암의 의식과는 전혀 상관없었다. 현암은 꿈속을 헤매는 것처럼 얻어맞는 대로 그냥 데굴데굴 구를 뿐이었다.

"이 멍청한 놈 같으니! 네놈은 영원히 살 듯싶으냐? 네가 뭔데 슬퍼하느냐?"

한빈 거사가 거듭 현암을 걸어차자 끝내 현암은 울컥하고 피를 토해 내고 말았다. 그런데도 한빈 거사의 발길질은 멈추지 않았다. 현암은 피투성이가 됐다. 하지만 한빈 거사의 기세가 하도 살벌해서 사천왕과 지액까지도 감히 말리려 나서질 못했다.

현암은 몽롱해지는 의식을 바로잡으려 애썼다.

'그렇군. 거사님의 말씀이 맞아. 도혜 스님은 가셨지만 나는 살아 있다. 또 스님께서는 나를 보길 원하셨다. 마지막 말씀까지 남겨 주셨고 미소도 지으셨다.'

"일어서라! 선사(禪師)께서 너에게 남기신 것이 있다."

한빈 거사는 크게 소리치면서 품속에서 무엇인가를 꺼냈다. 현암은 자신도 모르게 자세를 추스르고는 그 자리에 무릎을 꿇고 앉았다. 한빈 거사는 종이 한 장을 현암에게 내밀었다. 종이를 받아든 현암의 눈에서 다시 눈물이 터져 나오려는 순간 한빈 거사의 인정사정없는 발이 다시 현암의 따귀를 갈겼다.

"누가 슬퍼하라 했느냐!"

현암은 정신을 가다듬고 편지를 읽으려 애썼다. 처음에 편지의 글은 희미하게 아롱거릴 뿐, 눈에 들어오지 않았다. 한참 정신을 집중하자 비로소 한 자 한 자 눈에 들어오기 시작했다.

곧 어두워질 것이야. 달도 별도 없는, 아무런 길잡이도 없이 밤 길을 걸어야 할 때가 올 것이네. 그러나 달빛도 별빛도 사라지는 것은 해가 뜬다는 조짐. 순리에 따라 천명(天命)을 다해 주게나.

현암은 눈을 크게 뜨며 놀란 표정을 지었다. 한빈 거사는 갑자기 현암의 손에서 그 편지를 빼앗더니 꺼져 가고 있는 장작더미 속으로 던져 버렸다.

현암은 자기 손에서 편지가 사라지는 것도 깨닫지 못한 것 같았다. 그러다가 천천히 눈의 초점을 잡으며 엄숙한 표정으로 변했다. 피범벅이 돼 버린 얼굴에서 빛이 쏟아져 나오는 듯했다. 한빈 거사는 그제야 입가에 미소를 짓고서 말했다.

"나를 따라오너라. 바보 같은 네놈을 위해 내 도혜의 뜻을 일러 주겠다."

깊은 산속의 밤하늘은 상쾌했다. 몇 가닥 구름 사이로 드러난 별들이 희미하게나마 사방을 비추고 있었다. 그런 하늘을 바라보고 있는 한빈 거사 뒤에 현암이 무릎을 꿇고 공손히 앉아 있었다. 현암은 싸늘한 밤공기 때문인지 정신이 맑아진 듯, 눈빛이 빛

났다. 한빈 거사는 한참 동안이나 하늘을 쳐다보다가 이윽고 입을
열었다.

"하늘을 보거라. 저 별이 보이느냐?"

"예."

"비록 작고 희미한 빛을 비출 뿐이지만 길 잃은 나그네에게는 큰
도움이 되느니라. 허나 달이 뜨면 그 언저리의 별빛은 잠잠해진다.
달은 꽉 차면 그 빛으로 온 세상을 다 비출 수 있다. 허나 새벽이
가까이 오면 별빛도 달빛도 하늘 저편으로 서서히 사라져 간다. 그
것은 어둠을 위해서가 아니라 더 밝은 빛이 세상을 채울 것이기 때
문이다. 해가 뜨면 밤하늘을 밝히던 별빛도 달빛도 더 이상은 보이
지 않게 되지만 세상은 바야흐로 밝아지고 생기에 넘친 하루가 시
작되는 것이다. 자라고 병들고 늙고 죽어서 또 다시 태어나는 것이
어찌 사람만이겠는가. 우주의 주기인 하늘이 그러할진대 세상 만
물이 다 그러한 과정을 거치는 법. 인간 세상도 예외는 아니야."

"그러면 길 잃은 나그네라 하심은……."

세상 사람들을 일컫는 것이 아닐까 하고 생각했지만 현암은 입
밖에 꺼내지 않았다. 한빈 거사는 미소만을 지은 채 흔들림 없이
눈을 반쯤 감고 있을 뿐, 현암의 물음엔 대답하지 않았다.

현암의 마음은 착잡했다. 한빈 거사의 말씀을 듣는 동안에도 도
혜 스님의 마지막 모습이 떠올라 눈물이 터져 나오려는 것을 억지
로 참았다. 도혜 스님의 편지는 열반을 앞에 두고 남기신 일종의
계(誡)가 분명했다. 도혜 스님의 생각을 하자 다시 슬픔이 일렁거

렸지만 현암은 그런 기색을 보이지 않으려고 이를 악물었다. 도혜 스님께서도 자신이 슬퍼하는 모습을 보고 싶어 하지 않을 것 같았기 때문이다.

허공을 응시하며 한동안 아무 말이 없던 한빈 거사가 입을 열었다.

"아주 늦은 밤이로군. 그러나 조만간에 날이 밝을 것이다. 별도 달도 사라져 모두 보이지 않게 되겠지만 그것을 아쉬워할 필요는 없겠지."

현암은 자신도 모르게 고개를 번쩍 들고서 외치듯이 말했다.

"별처럼 달처럼 사라져 버려야 한다는 말씀이십니까? 그렇게 사라지고 나면 동트듯이 정말 날이 밝게 되는 것입니까? 만일 날이 밝는 것이 아니라 구름에 가려지는 것이면 어찌합니까?"

"달이 구름에 가린다고 해가 뜨지 않는 것을 보았느냐?"

"……."

"물론, 달빛도 별빛도 보이지 않으면 밤길을 가는 사람은 답답하겠지. 그래서 길 가던 것을 그만두려 할 수도 있고, 주저앉을 수도 있다. 또 헛발질해 넘어질 수도 있지. 그렇다고 아침이 오지 않는 것은 아니다. 때가 되면 반드시 동은 트는 법이다."

"그러면 해는 누구입니까? 무엇입니까?"

한빈 거사는 현암의 물음에는 대답하지 않고 눈을 감은 채 허공을 향하더니, 곧 작은 목소리로 탄식하듯 말했다.

"앞날이 험난하기만 하구나. 세상사는 운명에 따르는 법이지만 그 운명 중에 사람이 해야만 하는 부분도 있는 게야. 나나 도혜나 그 일에는 힘이 돼 주지 못하는구나. 그러나 그것도 정해진 천명. 너와 네 옆의 분들의 책임이 크다."

"천명이라니 무엇을 말씀하시는 것입니까?"

"너를 본 지 어언 십여 년이 지났구나. 이제는 꽤 많은 깨달음을 얻었겠지. 처음 보았을 때에는 고삐 풀린 망아지 같았는데. 허허허."

"목숨을 구해 주시고 가르침을 주신 점, 다시 한번 감사드립니다."

"고마워할 것 없다. 도혜, 그 친구가 내게 먼저 말했지. 천명이 주어진 사람 중의 하나를 발견했는데 그 사람이 지닌 살기가 너무 많다고 말이야. 그게 너였지. 그 친구는 너를 몰랐지만, 다만 산(算)을 풀어 보고 그리될 줄 알았던 모양이야. 그래, 나도 한번 잘 수련시켜 볼까 했는데 네가 너무 말을 듣지 않아서 거의 포기했지. 너에겐 너무 살기가 많았다. 하하하."

현암은 고개를 숙였다.

"나는 그 후로 관여하지 않고 그대로 두려고 했다. 하지만 그런 이야기를 듣고 도혜는 너를 만나 볼 생각을 한 모양이야. 만나 볼 생각만 한 모양인데 목숨이 경각에 달린 사람을 앞에 두고 자비를 근본으로 삼는 불제자가 그냥 지나쳤을 리 만무하지."

한빈 거사가 잠시 숨을 고른 후 말을 이었다.

"나는 사실 걱정했다. 안 그래도 살기가 짙은 놈에게 공력을 물려주다니…… 그런데 확실히 놀라운 것은 네가 품었던 살기가 어느 틈에 사라져 버린 거야. 그때는 나도 도혜가 제법이라고 생각했다. 허허허. 그러나 네가 이렇게까지 어엿하게 될 줄은 몰랐다. 검의 경지는 나보다도 나으면 나았지 뒤떨어지지 않겠구나. 그간 고생이 많았겠지?"

"그런 것은 아니었습니다."

"허허허. 아니기는 무엇이 아니냐. 그래, 솔직하게 말해 보아라. 칠십 년 공력을 얻고 나니 기쁘고 좋더냐? 복수심이나 살기 같은 것이 전혀 없는 것으로 보아, 지난번 헤어질 때 도혜가 한 당부를 잊지 않고 부적을 잘 사용한 모양인데…… 어떻더냐? 그 이후의 일은……."

현암이 어찌 그 일을 잊을 수 있겠는가? 지난날의 일들이 주마 등같이 머릿속을 휩쓸고 지나갔다.

동생의 복수에 눈이 멀어서 모든 것을 버리고 『태극기공』을 훔 쳐서 산으로 도망쳐 처박혔던 일. 또 그것을 익히다 잘못돼 탈이 났을 때 한빈 거사의 구원을 받은 일. 다시 한빈 거사를 떠나 무리 하게 공력을 운행하다가 또 한 번 죽음의 위기를 맞았던 일. 그리 고 도혜 스님에게 씻을 수 없는 은덕을 입었던 일. 그 후 절치부심 해 검기를 만들어 내는 데 성공했으나 그 상대가 불쌍한 존재임을 알고는 복수 대신 남을 위해 일생을 바치기로 했던 일. 수없는 사 투. 구했던 사람들과 미처 구할 수 없었던 사람들. 힘에 대한, 그리 고 고통에 대한 갈등…….

"처음에는 좋아했습니다. 그러나 남보다 강한 힘을 지니는 것이 결코 좋은 일은 아니었습니다."

"그래, 도혜가 너를 고생문에 빠뜨린 게지."

"아닙니다. 지금은 그것에 대해 어떤 편견을 갖고 있지는 않습니다. 좋은 곳에 쓸 수 있다면 그것으로 족합니다."

"너 자신을 버려야 하는데도 말이냐? 너는 살생을 삼가고 힘을 부리기를 삼가며 근신해 잘 행동해 온 것으로 알고 있다. 그러나 한 인간으로서의 너 자신은 네가 힘을 갖게 된 순간부터 죽은 것이나 진배없다. 또한 큰 힘을 얻은 만큼 짐을 더 져야만 했지 않느냐? 너는 그 힘을 제대로 사용했느냐? 쓰지 못할 곳에 쓴 적은 없었느냐? 꼭 써야만 하는 곳에 쓰지 않은 적은 없었느냐?"

"있었습니다. 그러나……."

"그에 대한 후회는 없느냐?"

현암은 고개를 조아렸다. 그리고 한참 생각하다가 고개를 들었다.

"없습니다."

"그렇다면 너 자신은 어찌하겠느냐? 만일 네가 죽어 세상을 구할 수 있는 상황이라면 어찌하겠느냐?"

현암은 심각한 얼굴이 돼 한동안 말이 없었다. 한빈 거사는 입을 꾹 다문 채 더 이상의 질문은 하지 않았다. 싸늘한 밤공기가 이름 모를 풀벌레의 울음소리를 싣고 현암의 얼굴을 스쳐 지나갔다. 현암은 긴 한숨을 내쉬면서 한빈 거사의 얼굴을 쳐다보고는 밤하늘의 허공을 뚫어지게 응시한 채로 무겁게 입을 열었다.

"가능하다면…… 저도 죽지 않고 세상도 구하겠습니다."

현암이 확신에 찬 어조로 말을 끝내자 둘 사이엔 적막감이 흘렸다. 한빈 거사는 허공을 바라보던 눈길을 현암에게로 향하며 큰 기침을 하고서 나직한 목소리로 물었다.

"만일 그것이 불가능하다면?"

"불가능하다는 것을 알게 됐을 때, 그때부터 생각하겠습니다."

"허허허."

한빈 거사가 밝게 웃었다.

"그래, 자신의 생명을 존중하지 않는 자가 남의 생명을 진정으로 존중할 수는 없지. 명분에 의해 망설임 없이 스스로를 희생할 수 있는 자는 명분에 의해 남도 망설임 없이 희생시킬 수 있는 자다. 옳게 생각하고 있으니 내 너를 믿을 수 있겠구나."

한빈 거사는 인자한 얼굴로 현암을 바라보았다.

"진리니 무상이니 깨달음이니 하는 것이 어이 그다지도 많은지 알 수 없고, 또 생명보다 존귀한 것이 많기도 많은 세상이다. 그러나 제일 중요한 것은 생명이다. 그것만은 잊지 말고 있거라!"

"항상 명심하겠습니다."

"그러면 모든 것이 순리대로 될 것이다만, 한 가지만 더 묻자. 생명이 왜 귀중하다고 생각하느냐?"

현암은 얼른 대답하지 못했다. 사실 이 문제에 대해서는 박 신부나 준후와도 몇 번이고 이야기할 기회가 있었다. 박 신부는 다소 논리적이며 이성적인 편이었고, 준후는 따뜻한 감성의 측면에서 그 가치를 평했다. 현암은 둘 다 맞는 말이라고 수긍했지만, 자신의 의견을 말하기는 쉽지 않았다.

그런 현암을 보고 한빈 거사가 미소를 띠며 물었다.

"생명이 무엇인가를 할 수 있는 가능성이 많기 때문이냐?"

"아닙니다."

"어째서 아니냐?"

현암은 마음속으로 돌파구를 찾았다. 다른 사람에게 들은 이야기라고 하더라도 자신이 납득하고 공감하면 되는 것 아닌가. 진정으로 깨닫기가 어렵기 때문에 스스로 깨달음을 얻어야 한다는 것이지, 누구의 생각도 길잡이를 삼지 않고 모든 것을 혼자 깨달으라는 법은 없지 않은가?

마침내 현암은 자신의 생각을 말할 수 있었다.

"그렇다면 오래된 생명은 가치가 없어질 것인데 그렇지 않습니다. 무언가를 할 수 있는 가능성 때문에 생명을 귀히 여겨야 하는 게 중요한 이유이기는 합니다만, 그것은 으뜸가는 이유는 아닙니다."

"그러면 다른 생명에게 그 생명이 무언가를 해 주고 베풀어 줄 수 있기 때문이냐?"

"반드시 그렇다고 보지는 않습니다."

"그건 또 왜인가?"

"남에게 무언가를 베풀지 않는다고 생명의 가치가 없는 건 아니기 때문입니다. 남에게 해만 끼치는 악인의 생명도 소중하기는 마찬가지입니다."

"그럼, 생명 자체가 원래 존귀한 것이기 때문이냐?"

"세상에 원래부터 존귀한 것은 없습니다. 다만 그런 데에는 이유가 분명히 있다고 생각합니다."

"그러면? 생명을 지닌 동안 깨달음을 얻어 더 높은 경지에 올라갈 수 있기 때문이냐?"

"그건 다르다고 생각합니다."

"어째서?"

"그것은 현재 살고 있는 몸을 지닌 사람의 경우만 이야기하는 것입니다. 그러나 생명이란 살아 있는 인간이나 동물에게만 있는 것이 아닙니다. 죽은 영혼들도 인간으로서의 생명은 끝났지만 나름대로 존재하고 소멸하는 것을 보았습니다. 그러한 영혼들도 살아 있는 것 아닙니까?"

"그렇다면 왜 중요하냐?"

"살아 있기 때문에 소중한 것입니다."

"살아 있으니 생명이 있다고 하는 것이 아니냐?"

"그렇다고만 할 수 없습니다. 살아 있다는 것은 무엇 한 가지로 단정 지어 말할 수 없는 것입니다. 숨 쉬고 활동하고 먹고 잠자는 모든 것이 다 소중합니다."

한빈 거사는 미소를 띠었다. 현암의 답변이 어느 정도 마음에 드는 모양이었다.

"그래, 모든 것은 하나와 얽히고 그 하나는 모든 것이다. 그만큼 생각하고 있다는 것이 기특하구나. 원래는 스스로 찾아야 하는 것이지만 네 생각이 바로잡혔으니 상세히 알려 주어도 될 듯싶구나. 내 말 잘 새겨듣고 잊어버리지 말거라."

"명심하겠습니다."

현암은 한빈 거사에게로 시선을 고정시켰다.

"이제 곧 때가 이른다. 물론 정확한 것까지는 나도 모르겠다. 내일 당장이 될지 십 년이나 이십 년 후가 될지도 모른다. 그 후가 될지도 모른다. 분명한 것은 반드시 때가 이른다는 것이다. 네 생전에 너는 분명 그때가 이르는 것을 볼 수 있을 것이다."

"때라고 하시면?"

"별도 달도 없는 밤이 오는 것이다. 그리고 날이 밝을 기미도 보이지 않을 것이야. 구름이 너무 끼어서 아무도 동이 틀 것이라고 믿지 않으며 모두 자포자기해 버리게 된다. 나그네가 길을 잃고 호랑이 밥이 되거나 절벽 아래로 떨어져 버릴지도 모른다."

현암은 숨을 죽였다. 한빈 거사의 비유는 현암이 알아들을 수 있는 것이었다. 그리고 그것은 박 신부와의 대화에서도 여러 번 들었던 내용이었다.

말세, 말세가 다가온다는 것이었다.

"아무도 모른다. 그 구름이 어디서부터 나와 어떻게 드리워지는지는……. 날이 밝고 동이 틀 텐데 아무도 그것을 믿지 않는다. 내일이 다가오리라는 것을 믿지 않고 호랑이의 눈빛을 빛으로 착각하고 귀신의 도깨비불을 광명으로 믿고 현혹된다. 어떤 것이 옳고 어떤 것이 그른지 아무도 분간하지 못한다."

"그러면 해를 기다려야 하는 것입니까? 기다리도록 인도해야 하는 것입니까?"

"너나 네 주변의 사람들이 인도하는 것이 아니다. 그러나 누군가가 한다. 그 사람이 바로 미륵불이고 구세주이고 메시아이고 정도령이다."

"그렇다면 우리가 해야 할 일은 무엇입니까?"

"명심해라. 그 사람은 아무것도 모른다. 그 사람이 세상을 구하게 되더라도, 그 사람이 세상을 구하는 것인지는 본인도 모르고 아무도 모른다. 그 사람이 어디서 태어날지도 모를 것이다. 그 사람은 결코 빛 같은 것을 내지 않으니까. 그 사람은 자신이 죽을 때까지 자기 자신조차 모른다. 또 그 사람 때문에 세상이 구원받더라도 세상 사람들은 그 사람이 있었는지조차 모를 것이며 그 사람이 사라지는 것조차 모를 것이다. 그 사람이 구원자다."

"그렇다면 어떻게 그 사람이 세상을 구한다는 말씀입니까?"

"그 반대의 존재가 있다. 징벌자다. 역시 아무도 그 사람이 세상을 망칠 것인지 모른다. 그 사람 자신도 모르고, 주변에서 아무도 알지 못한다. 그러나 그 사람이 있음으로 해서 모든 것은 구름에 뒤덮이게 된다. 그러나 구원자가 있으면 그 사람은 세상에 영향을 주지 못한다."

"구원자가 징벌자를 제거하는 것입니까?"

"아니다. 아직 이해하지 못했구나. 두 사람은 전혀 알지도 못하고 마주치지도 않는다. 서로의 존재도 알지 못하고 자기 자신의 존재조차도 알지 못한다. 징벌자에게 악의 사도라는 표시가 있지도 않을 것이며, 구원자가 착한 사람이라고 볼 수도 없다. 세상의 눈으로 본다면 그러하다."

"징벌자가 악한 존재가 아니라면 어떻게 징벌자가 됩니까? 그리고 구원자가 선한 사람이 아니라면 어떻게 세상을 구원합니까?"

한빈 거사는 잔잔하기는 했지만 다소 꾸짖는 듯한 어조로 현암에게 말했다.

"내 그래서 묻지 않았느냐? 생명이 어째서 귀중한 것이냐고?"

그제야 현암은 머리가 맑아지는 것 같았다. 그래서 한빈 거사는 그런 질문을 한 것이었다. 그렇다. 구원자나 징벌자나 인간 세상의 눈으로 본다면 아무런 역할을 하지 않는다. 다만 그들이 있음으로 해서 복잡 미묘한 천기에 변동이 오는 것이다. 구원자가 있다면 징벌자는 저절로 사그라져서 천기에 영향을 주지 못하게 될 것이고, 구원자가 없다면 징벌자가 하는 모든 것이 천기에 보이지 않는 영향을 주어서 결국 세상은 말세로 치닫게 되는 것이다.

현암은 몸이 떨렸다. 이것은 평소에 자신이 예상하던 말세의 양상과는 달랐다. 차라리 세상을 뒤엎을 만한 악의 존재가 나타나는 편이 나을지도 모른다. 그건 눈에 보이고 악의 존재를 인식할 수는 있으니까. 그러나 아무도 모르게, 더욱 기가 막힌 것은 그 징벌자조차도 자신이 말세의 도화선이 된다고는 생각하지 못하며, 그게 악인일지 선인일지도 모른다는 이야기가 아닌가.

"징벌자가 어떤 일을 하기에 세상에 말세가 오는 것입니까?"

"그것은 천기다. 하늘 뜻이기 때문에 아무도 알 수 없다. 다만 그 사람이 나타난다는 것만 안다. 그리고 그것은 사람이 어떤 행동이나 악행을 해서 오는 것이 아니라, 다만 그 사람이 있음으로 해서 오는 것이다."

그렇다면 그 사람 자체가 전쟁의 원인이 된다거나, 전 세계에 독재 정치를 한다거나 하는 등등의 생각은 접어 두어야 했다. 하긴 그러한 생각은 아이들도 할 수 있으리라. 어쨌든 말세는 아무도 모르게 온다고 했다. 아무도 짐작하지 못하는 방법으로…….

그 징벌자는 희대의 악한도 아니고 그렇다고 희대의 선인이나 거짓 지도자도 아닌, 평범한 이웃집 여자일 수도 있고 유치원생이나 양로원의 할아버지일 수도 있는 것이다.

현암은 몸을 떨다가 문득 의문이 생겼다. 징벌자가 그렇다면, 구원자도 표가 나는 사람이 아닐 게 분명했다. 그러면 구원자를 위해 자신들이 해야 할 일은 무엇이란 말인가?

"구원자를 위해 우리는 무엇을 해야 합니까?"

한빈 거사는 마치 그 질문을 기다리고 있었다는 듯 거침없이 말했다.

"도혜는 지난 십 년간 천기를 짚어 역을 산으로 풀이했다. 사실 인간 세상에서는 항상 징벌자와 구원자가 동시에 있었다. 구원자가 징벌자를 겸하는 경우도 있었고…… 다만 두 종류의 사람이 항상 같이 나와서 세상은 그럭저럭 균형을 이루고 있었던 것이다. 그런데 곧 그 균형이 깨진다. 그것은 우연이 아니다. 지금 세상은 점차 악으로 물들어 가고 있다. 물론 나이 든 사람은 젊은 세대가 버릇이 없다고 하고, 자신이 살고 있는 세상에 악이 팽배해 있다고 믿고 불안해한다. 그러니 지금이라고 특별하게 악의 세력이 팽창하는 기간이라고 보지는 않을 것이다. 특별한 범죄가 더 만연한다거나 법이나 윤리나 도덕이 지나칠 정도로 떨어진 것은 아니다. 그러나 문제가 있다. 표현하기가 쉽지 않지만 무엇인가가 어떤 한계를 넘어서는 조짐들이 여기저기서 나타난다. 말세의 징후는 그렇게 시작된다. 천기에서 금해 놓은 한계를 깨뜨렸고 그 때문에 구원자가 천명을 다하지 못해 세상의 빛을 보지 못한다. 그리해 징벌자의 존재만이 세상을 물들이고 구름으로 뒤덮이게 만드는 것이다. 일종의 자멸이다."

"구원자가 태어나지 못한다는 말입니까?"

"그것을 획책하는 자들이 있다. 내가 징벌자와 구원자의 존재를 알아낼 수 있었던 것처럼……. 그러나 현암아, 내 한 가지만 말해 주마."

"예."

"징벌자와 구원자는 자석의 양극이나 마찬가지다. 천기로 볼 때 어느 한쪽만 나타나지 않으며 그만큼 둘은 서로 밀접한 관계를 맺는다. 바꾸어 말하면 징벌자와 구원자는 흡사하다는 것이다."

"그건 무슨 말씀이신지요? 징벌자는 징벌자고 구원자는 구원자 아닙니까?"

"그 둘을 구분할 방법은 없다."

"네? 아니, 그렇다면?"

"그래서 누군가가 징벌자를 없애려고 한다. 그것이 가장 일차적인 방법으로 보일 수도 있다. 그러나 그 일은 반드시 실패한다. 여기에 무서운 점이 있다. 현암아, 만약 그렇게 되면 징벌자를 없애려고 하는 것은 구원자를 죽이는 결과만을 낳을 것이다."

"어떻게 그럴 수가 있습니까? 징벌자를 없앤다면 구원자가 그 역할을 다할 수 있을 것 아닙니까? 아니, 구원자가 역할을 하지 않아도 될 것이 아닙니까?"

"그것이 아니다. 그것이 바로 천기의 헤아릴 수 없는 점이다. 징벌자가 죽으면 구원자가 징벌자가 된다는 것! 바로 이게……."

"저는 아직도 스승님의 말씀이 납득이 가지 않습니다."

"어허! 내 말하지 않았느냐? 둘은 같은 존재이며 양극과 같은 것이라고. 천기를 어기려는 짓을 하늘은 용서하지 않는다. 그렇게 다 안배가 돼 있는 것이다. 그러나 사람들은 그것을 알지 못한다. 거기까지 짚어 생각할 수 없는 것이야. 징벌자와 구원자를 정확히 알 수 없는 까닭이 무엇인지 아느냐? 그 둘이 구분돼 있지 않기 때문이야. 어느 하나가 손상을 입으면 곧 하늘의 노여움이 떨어지는 것이고, 결국 그것은 화를 자초하는 것이 되는 셈이야."

현암은 자신도 모르게 손을 떨고 있었다.

"그렇다면…… 결국 말세라는 것은……."

"인간은 만물의 영장이 된 지 오래다. 외압과 같은 외연적인 이유로 종말이 오지는 않는다. 그런 것은 무슨 수를 써서라도 빠져나갈 것이다. 그러니 말세는 스스로 초래하는 것이다. 인간의 지(知)가 스스로의 화를 자초하는 것이다."

"그러나 그들에게 그런 것을 깨우쳐 준다면……."

"누군지 알고, 몇 명이나 되는지 안다고 어떻게 일일이 깨우쳐 주겠느냐? 더 불행한 것은 그들은 스스로가 악행을 한다고 믿고 있지 않다는 것이다. 가장 숭고하고 가장 거룩한 일을 한다고 믿고 있으며, 정의감에 충만해 있고, 스스로가 잘못하는 것이라고는 꿈에도 생각하지 않는다. 그리고 세상을 구하기 위해 모든 힘을 기울인다. 그렇지만 결국은 그것 때문에 세상의 종말이 오는 것이다. 바로 거기에 빠져나가기 힘든 인간 자신의 굴레가 있는 것이다."

한빈 거사는 말을 끊고 한숨을 쉬었다가 입을 열었다.

"결국 인간의 죄는 스스로만을 믿고 천기를 변조하려는 데서 시작되는 것인지도 모른다. 그러나 절대 하늘은 우박을 내리거나 대홍수를 일으키거나 하는 방법으로 인간을 벌하지는 않을 것이다. 스스로 자초해 당하도록 태초부터 안배가 돼 있다. 그것을 피하는 방법도 한 가지뿐. 둘 중의 어느 하나도 죽이지 못하게 하는 것뿐이다."

"이렇게 생각하면 어떨까요? 징벌자와 구원자가 같다고 하셨지요? 기껏 구해 냈는데 그것이 징벌자면, 우리가 우리의 천기를 믿고 오히려 세상을 망칠 수도 있는 것 아닙니까? 그것까지 천기가 안배돼 있으면 어떻게 하지요?"

한빈 거사는 현암의 말을 듣고 담담히 웃었다.

"그래. 나도 도혜도 그런 고민을 했다. 그리고 결론을 내렸지. 그렇게 되기까지는 네 도움이 컸지만……."

"무슨 말씀이신지요?"

"도혜는 너에게 모든 공력을 주고 아무 힘없는 늙은이가 됐다. 그전에도 모르는 바는 아니었지만, 실제로 겪고 나니 그때부터 도혜는 명이나 천기에 대해 다시 고민해 보게 된 것 같아. 도혜나 나도 그전까지는 징벌자를 없애는 일이 옳다고 생각하고 있었지. 그러나 현암아, 한번 생각해 보아라. 있는 것을 없애는 것은 부자연스러운 일 아니냐? 없앰으로써 천기가 잡힐 수 있다면 그것은 천기의 오묘함이 상실되는 것이라고 할 수 있다. 네 말대로 그것은 끝없는 순환일 뿐이지. 어느 것이 먼저고 어느 것이 나중인지 알 수 없는 것이다. 그래서 도혜와 나는 순리라는 것에 대해 생각해 보았다. 아무리 커다란 대의명분을 지니고 있다고 하더라도 아무 죄 없는 생명을 해치는 것을 과연 천기가 용납할까 하고 말이다. 도혜의 방법은 둘 다 살림으로써 세상을 구하려는 것이고, 다른 사람들의 방법은 하나를 없앰으로써 세상을 구하려는 것이다. 자! 네 생각은 어떠냐? 아까 내가 물어본 질문에 네가 그럭저럭 내 마음에 드는 답을 했으니 너에게 말해 준 것이다."

"징벌자가 구원자와 구별이 없다면 둘을 다 없앤다면……."

"그러면 천기는 다시 시작한다. 그것은 큰 궤도의 수정일 뿐이다. 둘을 모두 없애는 것은 절대로 있을 수 없다. 내가 말한 것을 꼭 되새겨 보아라. 징벌자가 태어나고 구원자가 태어나야만 되는 것이다. 일단 태어나면 그때는 무슨 수를 써도 천기는 바뀌지 않는다."

"태어나기만 하면 죽일 수 없다는 말입니까?"

"죽일 수 없는 것인지, 아니면 태어나는 그 순간으로 세상에 미칠 영향을 다 하는 것인지는 모른다. 좌우간 구원자가 태어나면 천기는 변하지 않는다. 보거라. 다른 자들이 징벌자를 없앤다면 그것은 태어나지 못하게 하는 것뿐이다. 그런데 둘 다 태어나지 못한다면 천기가 아예 수정돼야 하니, 그때 태어나는 다른 아이가 징벌자의 역할을 맡게 되는 것이다. 물론 천기를 거슬렀으니 구원자는 태어나지 않고 말이다. 알겠느냐? 구원자는 하나뿐이다. 그러나 징벌자는 하나지만, 천기를 거스르면 여럿이 될 수도 있다는 것이다."

현암은 머리를 숙였다. 이해가 될 듯, 되지 않을 듯 머릿속이 뒤죽박죽이었다. 그때 문득 이와 비슷한 일들이 벌어졌던 것이 떠올랐다. 아기 예수를 없애기 위해 헤롯왕은 갓난아이를 모조리 죽이려 했다. 그러나 스스로의 멸망만 앞당겼고 사람들에겐 고통을 주었을 뿐이었다. 예수는 태어나 자랐다.

물론 이번에는 그 경우가 반대이다. 자신들은 구원자를 위해 역으로 징벌자를 지켜야 한다. 그 징벌자는 정말로 위험한 존재일 수도 있다. 그러나 대를 위해 소를 희생한다는 말은 생명을 놓고는 따질 수 없다는 것을 현암도 일찍부터 생각하고 있었다. 이윽고 현암은 마음을 굳혔다.

"그러면 어디서부터 시작해야 합니까? 할 일은 알았습니다만 그게 누구인지 모른다면……."

"찾거라. 찾으면 되는 것이다."

"어떻게 말입니까? 아무도 알 수 없다고 하시지 않았습니까?"

"알 수 있는 사람이 있다. 그것도 네 가까이에……."

현암은 아, 하고 자신도 모르게 탄성을 질렀다. 티베트에서 판
첸 라마가 말했다는 연희에 대한 이야기. 심연의 눈. 가장 밝은 것
을 볼 수 있는 눈을 가진 사람. 그렇다면 혹시 연희의 심연의 눈이
란 것은 다른 능력을 지칭하는 것이 아니라 바로 태어날 구원자나
징벌자를 알아볼 수 있는 눈, 아니 그보다는 심안(心眼)을 지닌 것
이 아닐까?

"시간이 없다. 내가 하면 좋겠으나 나도 할 일이 있다."

"더 가르침을 주십시오."

"더는 내가 할 수 있는 일이 아니다. 나는 지금부터 천지공사를
드리러 가야 한다. 하늘의 뜻을 짚어야 한다. 이것이 내가 할 수
있는 유일한 일이구나. 그리고 너에게 알려 주마. 당장 그 사람을
찾거라. 그때는 못 만날지도 모르니…… 아마 이번이 너와 만나는
마지막이 되겠구나."

현암은 소스라치게 놀랐으나 한빈 거사는 따뜻하면서도 엄한
눈빛을 현암에게 보냈다.

"만나고 헤어지는 것은 모두 연(緣)에 달린 일이다. 도혜를 보고
도 아직 할 말이 남아 있느냐?"

마음속에서 뭔가가 솟구쳐 올라오기 시작했다. 도혜 스님만이
아니라 한빈 거사와도 이제 만날 수 없다니…… 이별이라니…….

"이후의 모든 일은 너에게 맡긴다. 그리고 너와 같이 있는 분들께도 내가 말한 것을 꼭 말씀드려라. 특히 신부님의 의견을 들어라. 그분은 깨달음을 얻으신 분이시다."

한빈 거사는 현암의 얼굴을 바라보면서 한마디를 덧붙였다.

"그리고…… 절대 순리를 잊지 마라."

현암은 대답 대신 자신도 모르게 울음을 터뜨렸다. 한빈 거사는 그러한 현암에게 할 말을 다 했다는 듯, 가벼운 발걸음으로 반대편의 어두운 숲속으로 사라져 갔다. 현암은 움직일 생각도 못 했다. 고개를 푹 숙인 채 눈물을 삼킬 따름이었다.

오열하는 현암의 어깨 너머로 별똥별 하나가 길게 꼬리를 그으며 떨어지고 있었다.

― 혼세편 완결

퇴마록 혼세편 4

초판 1쇄 인쇄　2025년 5월 8일
초판 1쇄 발행　2025년 6월 5일

지은이　이우혁

책임편집　양수인
편집진행　북케어(김혜인, 전하연)　**교정** 김기준
디자인　studio forb　**본문 조판** 정유정
책임마케팅　최혜령, 박지수, 도우리
마케팅　콘텐츠 IP 사업본부
해외사업팀　한승빈
경영지원　백선희, 권영환, 이기경, 최민선
제작　제이오

펴낸이　서현동
펴낸곳　㈜오팬하우스
출판등록　2024년 5월 16일 제2024-000141호
주소　서울특별시 강남구 테헤란로 419, 11층 (삼성동, 강남파이낸스플라자)
이메일　info@ofh.co.kr

ⓒ 이우혁

ISBN 979-11-94654-87-2 03810